憶良・虫麻呂の文学と方法

井村哲夫
IMURA Tetsuo

笠間書院

目次

Ⅱ　虫麻呂

Ⅲ　万葉飛鳥路・山背道　その他

Ⅳ　研究余滴

はしがき

一、学生時代の昔から老耄の現在に至るまで、私なりに精一杯がんばってきた学究生活に締め括りをつける思いを籠めて、この小著を成しました。

旧稿の掲載誌・発表年月・原題等は巻末の「収録論文一覧」に記しました。旧稿を本書に収載するに当って、佶屈な文章を明快にするため大幅に文章を差し替えた場合は、その箇所を〔付記〕に示しました。字句の添削や細部の訂正については一々注しません。

二、私の「著作一覧」及び旧著数冊の「正誤表」を巻末に付録致しました。私のおそらく最後の著作になるであろう本書に免じて御海容願い上げます。

旧著には、単なる校正漏れに留まらず、疎漏な誤記・錯誤少なからず、慚愧に堪えません。これらの拙著御所持の場合は、なにとぞ御訂正ください。

二〇一七年一二月

著者識

Ⅰ 憶良・旅人

山上憶良論——その文学の思想と方法

一　知・情・意の弁証法

歌人山上憶良《やまのうえのおくら》の文学の思想と方法についての私見を記そう。ここで言う思想とは、天平の知識人憶良を取り巻いていた儒・仏・道三教その他、他律として威嚇的に聳え立つ思想・教学体系の謂いではない。憶良の作文の文脈や歌の言葉から取り出してきた、憶良なる一個の歌人の知・情・意の弁証法である。私は憶良の文学の思想の根底には何よりも仏教の観念があると考えているものであるから、本稿に於いても仏教的関連についてすこし饒舌に述べるであろう。ただしご容赦願いたいが、現在の私に新しい知見があるわけではないので、今までに幾度か述べたところを、あらあらとたどることになるであろう。

二　大乗仏典の王『涅槃経』

憶良作歌「熊凝《くまごり》の為にその志を述ぶる歌」（5・八八六—八九一）について、宮中顧問官・桂園派の歌人井上通泰は、「或国の相撲使の従人の京に上る途にて病みて死にしばかりの事」を取り上げて、何故に麻田陽春《あさだのようしゅん》や憶良が歌を作ったのか、不審なる事なりといぶかっている（『新考』）。私も思う、当時の差別的・閉鎖的な身分階級社会の中に身を置きながら、貴族・支配階級の一員（従五位下。伯耆国守、東宮侍講、筑前国守等の経歴）であった憶良が、社会の底辺にうごめいている赤貧者や、肥後国の一少年熊凝や、あるいは志賀島《しかのしま》の海人《あま》の妻子になりかわって「その志を述べて」作歌することができたのはいったい何故なのだろうか、と。

憶良が親しんだ仏教経典の一つに『大般涅槃経《だいはつねはんぎょう》』があったと私は思っている。それをいちばん簡単に納得してもらうために、まず、『涅槃経』出自と思われる憶良の言葉をいくつか拾い出して示そう（以下『涅槃経』の品名は便宜南本による）。

等しく衆生を思ふこと羅睺羅《らごら》のごとし　（「思二子等一歌」序）

この言葉は『涅槃経』の初っ端（南本序品《じょほん》・北本寿命品《じゅみょうほん》）に、涅槃に臨んだ世尊の第一声として出てくる言葉「等しく衆生を視たまふこと、羅睺羅の如し。」であって、同経の根本理念の一つにかかわる、いわば『涅槃経』のパテントのような文句である。同じ「思子等歌」にある、

何処より　来りしものぞ

という言葉が、「令レ反二惑情一歌」の、

行方知らねば

と共に、宿縁の思想を表す言葉であり、典拠は一つの経典に限りがたいけれど、まずは『涅槃経』高貴徳王菩薩品《こうきとくおうぼさつほん》の例を示しておこう。

身と命と、自在の作なりや。……何処よりして来るや、去りて何処に至るや。……

『涅槃経』は何と言っても『法華経』『華厳経』と並んで諸々の経典に君臨している根本経典なのであるから、しかるべき典拠を例示する場合も、群小経典を措いてまず筆頭に挙げて良いのである。

八大辛苦　（「哀二世間難住一歌」序）

苦は、名数として二苦・三苦・四苦・五苦・八苦・十苦などあって、その内容も種々であるが、八大辛苦は五苦の

うち生老病死苦を開いて八とするもので、『涅槃経』聖行品《しょうぎょうほん》の数え方がこれ。その聖行品に見えるポピュラーな寓話、

　功徳天・黒闇天姉妹　（「沈痾自哀文」）

は、憶良は「悲㆓嘆俗道仮合即離易㆑去難㆒㆑留詩序」および巻五巻初の無題漢詩の序で言い及んでいる。

　如㆓折㆑翼之鳥㆒　（「志賀白水郎歌十首」左注）

もまた、『涅槃経』四依品《しえほん》に見える比喩「折㆑翼鳥の飛行すること能はざるがごとし」を倣っているに違いない。

　犢慕《うしのこしたひ》

の比喩は、釈尊入滅を哀嘆する言葉で、「犢のその母を失ふが如し」（哀嘆品《あいたんぼん》）など『涅槃経』に頻出する。衆生に随逐する仏・菩薩の慈悲をも譬えて、「大慈大悲一切を憐愍すること羅睺羅の如し。よく衆生に随ふこと犢の母を逐ふが如し」（梵行品《ぼんぎょうほん》）などとも見える。

　諸悪莫作・諸善奉行　（「沈痾自哀文」）

は、ごくポピュラーな偈《げ》ではあるが、『涅槃経』では梵行品などに見える。

　愛子古日を恋う「立ちをどり　足すり叫び　伏し仰ぎ　胸打ち嘆き」というはげしい哭泣表現　（「恋㆓男子名古日㆒歌」）

は、釈尊の入滅を嘆く場面の「搥《むねうちて》㆑胸大叫」「椎《むねうちて》㆑胸大哭」（序品）に似てはいないだろうか。

　中臂の頃・中臂の如し　（「悲㆓嘆俗道仮合即離易㆑去難㆒㆑留詩」）

は、短時間の比喩で一般的仏典語だが、『涅槃経』にも「大力士の臂を屈伸する頃」（「師子吼《ししく》菩薩品」）ほか少なからず見える慣用句である。

　盛年快楽の夢を追うてさまよう老醜の描写「手束杖《たつかづゑ》　腰にたがねて　か行けば　人に厭《いと》はえ　かく行けば　人に悪《にく》まえ」（「哀㆓世間難住㆒歌」）

なども、「善男子、盛年壮色も亦復是の如し、悉く一切に愛楽《あいげう》せられ、その老至るに及びて衆に悪賤せらる」（「聖行品」）など、衰老の法を説く描写にモチーフを得たようである。

世間を　憂《う》しと恥《やさ》しと　思へども　　（『貧窮問答歌』）

世間厭恥・慚愧の観念と言葉も一般的であるが、『涅槃経』が口を極めて説くのは「高貴徳王菩薩品」などである。

『涅槃経』高貴徳王菩薩品に「六難」を説く。「仏の出現に会い難いこと。正法は聴き難いこと。善心は生じ難いこと。中国に生れ難いこと。人身は得難いこと。諸根は具し難いこと」の六つである。『唐大和上東征伝』中に「人身難レ得・中国難レ生」とあるのは、六難の中の五（人身難レ得）と、四（中国難レ生）の組合せ。薬師寺の仏足石歌、

人の身は　得難くあれば　法《のり》の為《た》の　因《よすか》となれり　勉め諸々　すすめ諸々

は、上二句が五（人身難レ得）に当り、第三・四句は六（諸根難レ具）に当る。有り難き諸根（信・勤・念・定・慧）が「法の為の因」となる。つまり五・六は「人間としてあることの尊貴」を説く言葉である。私はかねて「貧窮問答歌」の、

わくらばに　人とは在るを　人並《ひとなみ》に　あれも作《な》れるを

について、「人並」とは「五根具有の人身」の謂いと理解して、右の仏足石歌と同じく六難の五・六をふまえたものであろうと考えている。憶良は社会のどん底の極貧者の口をして、我もまた人間としてあることの尊貴を、天に向かって訴えしめたものと理解している。

大略右のようであり、老来宿痾に悩み、生死の問題に常に思いをひそめていた憶良が、数有る経典の中でも、わけて釈尊の死とその永遠を説く『涅槃経』に親しんでいたと推測することは、容易であろうと思う。

『涅槃経』は、「一切衆生悉有仏性」を説き、高貴にして無限の可能性有る人間性に信頼を置く経典である。「わくらばに人とは在る」ことに於いて、王侯・貴族と貧窮者の分かちもない。先に述べた疑問、貴族社会・支配階級の一員であった憶良が、社会の底辺にうごめいている赤貧者や、肥後国の一少年熊凝や、あるいは志賀島の海人の妻子に

なりかわって「その志を述べて」作歌することが出来た理由は、仏典の、殊にも『涅槃経』の理念に培われた、人間の尊貴と平等の観念によるものであろう、と私は考えている。

三　純陀品

釈尊の輝かしく偉大な死（般涅槃）の場面を設定し、釈尊の開示せられた真理の永遠不滅を力強く宣言する『大般涅槃経』は、まさに一大叙事詩と称し得るものであるが、ことにも感動的な序幕のクライマックスは「純陀品《じゅんだほん》」（北本「寿命品」第一ノ二）であろう。そのあらましを、かい摘んで記せば……

*

静かに死を迎えようとしている世尊のもとに息急き切って駆けつけた、クシナガラ城の鍛冶屋の息子純陀は、世尊に向かって泣き叫び、かきくどいた。

苦なる哉、苦なる哉、世間空虚《くうこ》なり。どうか世尊、われわれを見捨てないでください。どうか死なないでください。

世尊は微笑みながら答える。

生者は必ず滅びるものだ。私もまた、その例外ではない。だが、私はすでに、滅びるべき苦悩の存在から離脱した者である。だから、死を迎えつつある今も、私は無上の平和を享受しているのであるから、純陀よ、泣くのをやめよ。

しかし純陀は納得しない。

世尊よ、あなたがおっしゃるとおりです。しかし、蚊や蚋《ぶと》のように無智な私に、どうして世尊の涅槃の本当の意味が理解できましょう。苦なる哉、苦なる哉、世間空虚なり。お願いです。どうか死なないでください。永遠にこの世にとどまって、われわれを愛し、われわれを救ってください。

世尊の高弟のひとり、文殊が、純陀を諌めて言う。

純陀よ、世尊を困らせてはいけない。世尊がおっしゃった、すべての存在は滅びるという真理を、よく考えなさい。

純陀は、憤然と文殊に食ってかかる。

文殊師利よ、あなたのお言葉とも思えません。世尊をすべての滅びの存在と同じように考えないでください。仏陀は永遠です。

世尊は言う。

文殊よ、純陀の言うとおりだ。

文殊は苦笑して口をつぐんでしまう。

純陀よ、私の肉体もまた、多くの苦悩を抱えて滅びゆく存在なのだ。それをよく観察しなさい。滅び去ることによって、諸々の苦悩から解き放たれるのだ。さぁ純陀よ、泣くのをやめて、行きなさい。

純陀は答える。

判りました、世尊。いつかは私にも世尊の死の意味を本当に理解できる日がくることでしょう。しかし今の私は、そして此処に居る多くの者たちはみな、蚊や蚋のように無智な者ばかりですから、それが理解できないのです。

と言って、純陀は泣く泣くその場から立ち去って行った。

*

思うに、純陀よ、あなたこそ永遠である。あなたが永遠であることが、仏陀が永遠であることの証明であると私は思う。この感動的な場面には、わが憶良もまた心を動かされたに違いないと思う。憶良はその作文の中で釈尊の死に言い及ぶこと三度である（5・八八六序「千聖已去」を含めて）。

生きとし生けるものの生滅は、すべて空しい夢になぞらえ、あてどない三界の流転は、いっときも回転を休めない環にたとえる。そこで、かの維摩居士は方丈の室で病気をわずらわれ、釈尊もまた沙羅双樹の間に身を横たえて死の苦しみを免れたまうことはなかった。

（巻五巻初の無題漢詩序）

仏陀は永遠不滅であるとは言っても、その肉体生身《しょうじん》は滅ぶ。滅びの苦しみをさだめとして持つ人間にとって何の慰めにもならない。純陀は嘆く、「苦なる哉、苦なる哉、世間空虚なり！」と。憶良もまた嘆く、「ああ痛ましき哉、ああ哀しき哉！」「世間《よのなか》はかくのみならし！」「空しく浮雲《ふうん》と大虚《たいきょ》を行き、心力《しんりき》共に尽きて寄る所無し！」と。

四　逆説と反語と

ふたたび『涅槃経』。二月十五日の朝、涅槃に臨みたまう時、世尊は仏の神力をもって大音声を出したもうた。

あまねく衆生に告げたまはく、「今日、如来《にょらい》・応供《おうぐ》・正遍知《しやうへんち》、衆生《しゅじやう》を憐愍《れんみん》し、衆生を覆護《ふご》し、等しく衆生を視たまふこと、羅睺羅の如し。……大覚世尊、将《まさ》に涅槃したまはむと欲す。一切衆生若し疑ふ所あらば、今悉く問ふべし。最後の問たらん。」その時に世尊、晨朝《じんでう》の時に於て、その面門より種々の光を放ちたまふ。

（「序品」。北本「寿命品」第一ノ二）

『涅槃経』の初っ端（南本序品・北本寿命品）に出てくる、世尊の第一声である。羅睺羅は釈尊の一子ラーフラの漢訳名。悉達多《しったるた》太子は二十九歳の時、愛妻と一子を残して出城し、修行思索ののち成道した。『涅槃経』が、法身常住の根拠を証すことばに、「子想《しそう》」また「極愛如一子地《ごくあいにょいっしじ》」という言葉がある。善人はもちろん極悪人に至るまでの一切衆生を、病気のひとり子を見守る親のように、見守る仏陀や菩薩の慈悲の境界を言う。その慈悲（法愛）の無差別・遍満を説き、その永遠であることをもって、仏陀の永遠の証明とする。この理念を表明するための慣用句が、「等しく衆生を視たまふこと、羅睺羅の如し」なる金口正説であり、『涅槃経』の中で繰り返し説かれる。この金口正説を憶良は次の作品の序文に挙げた。

＊

子等《こども》を思ふ歌一首　并《あは》せて序

釈迦如来、金口《こんく》もて正《ただ》に説きたまはく、「等しく衆生を思ふこと、羅睺羅のごとし」と。また説きたまはく、「愛は子に過《まさ》ること無し」と。至極《しごく》の大聖《だいしやう》すらや、尚《なほ》し愛子《あいし》の心を有《たも》ちたまへり。況むや、世間《せけん》の蒼生《さうせい》の誰《たれ》かは子を愛《うつく》しびずあらめや。

〈釈尊じきじきの御教えに、「わたしが衆生を平等に思うことは、わがひとり子の羅睺羅も同然である。」とおっしゃった。また、「いろんな愛の対象がある中で、子どもにまさるものはない。」ともおっしゃった。こんなことをおっしゃるくらいだから、至尊の聖者であられる釈尊ですら、やはり愛子の念を一方でお持ちだと見える。だとすれば、まして凡愚の我々だもの、この世間に誰ぞ子を愛さないものが居るだろうか。居るわけがない。〉

瓜食《は》めば　子ども思ほゆ	瓜を食うては　子を思い出す
栗食めば　まして偲《しぬ》はゆ	栗を食うとき　なおさら思う
何処《いづく》より　来《きた》りしものぞ	子どもは何処から　降って涌いたか
まなかひに　もとなかかりて	やたら目先に　ちらつく影が
安眠《やすい》し寝《な》さぬ　（5・八〇二）	今夜もおちおち　寝させてくれぬ

反　歌

銀《しろかね》も　金《くがね》も玉も	金・銀・玉　かの七宝も

何せむに　勝《まさ》れる宝　子に及《し》かめやも　（5・八〇三）——何として　無上の宝　子にまさろうや

＊

仏陀の永遠と法愛とを易しく説くために愛子の念を譬えとしたその言葉から、釈尊もまた愛子の念をお持ちだ、と言いくるめる憶良の序文の論法は、一種詭弁に属するものだ。「彼はバラを女人のように愛する」から、「彼は好色だ」という判断を導くことが詭弁であるように。憶良は、もう一つの釈尊のことば「愛は子に過《まさ》ること無し」からも、釈尊自身の愛子の念と深い嘆息を聞きつけようとする。しかしこの言葉の仏典の文脈の中での本来の意味は、「諸々の愛念の中で、愛子の念がもっとも強く衆生を結縛しているものだ。兄弟たちよ、貪りの愛を離れよ」と教えるものであるはずである。憶良がこれらの言葉の真意をまさか知らなかったわけではあるまい。それらを捩じ曲げて、「至極の大聖すらや、尚し愛子の心を有ちたまへり」と言いくるめることが詭弁であることは、重々知った上でのことであり、文章の〝あや〟として弄した詭弁なのだ。釈尊の言葉を、世間蒼生の側から引っ繰り返し、投げ返した逆説である。愛子羅睺羅の父であった釈尊、もろもろの苦しみを人々の上に、そして自分の上に深く見つめて、決然と迦毘羅《かびら》城を出城した釈尊、死の苦しみを免れたまうことのなかった釈尊——そうした暖かい血の通った生身の釈尊に対する強い親愛感情を、私はこの序文からうかがう。

憶良がこの序文で揚言しようとしたことはただ一つ、

世間の蒼生の、誰かは子を愛しびずあらめや。

これは蚊や蚋のように無智な凡俗の道理、先ほどの純陀の論理に他ならない。長歌を見よう。そこに、「何処より来りしものぞ」という言葉がある。『代匠記』が言うように、これに二通りの解釈がある。一つは、子どもの面影が何処からやって来たのか、といぶかる意味であるとする解釈、いま一つは、我が子の存在や、親子としてある縁の不思議をいぶかる言葉とする解釈である。私は後者の解釈をとりたい。そうすることによってはじめて、この歌の主題がよく見えてくるのだから。この言葉は、「令㆑反㆓惑情㆒歌」の「行方知らねば」という言葉と対になる言葉である。「知らず、何《いづれ》の処よりか忽ちに来去《らいこ》する」というのは空海（『続遍照発揮性霊集補闕抄《しょくへんじょうはっきせいれいしゅうほけつしょう》』「鏡中の像の喩を詠ず」）の言葉だし、「知らず、生まれ死ぬる人、いづかたより来りて、いづかたへか去る」というのは『方丈記』の言葉である。『涅槃経』高貴徳王菩薩品に、

　身と命と、自在の作なりや。……何処よりして来るや、去りて何処に至るや。……かくの如きの疑見、無量の煩悩、衆生の心を覆へり。

とある。すべての存在、親子夫婦その他一切の人間関係も、諸々の因縁の和合による一時的な現象（仮有《けう》・仮我《けが》）であることを知らない無智よりする疑見であり、その疑念によって仮有に執着する衆生の煩悩はいよいよ深い、と諭す言葉である。憶良はもちろんこの言葉の意味を十二分に正しく領解した上で、歌に用いている。かかる無智よりする疑見によって、貪りの愛に執し「安眠《やすい》し寝《な》さぬ」ところの世の親なるものの姿を演出し、造形しようが為に、である。

　反歌を見よう。

　　銀も　金も玉も　何せむに　勝《まさ》れる宝　子に及かめやも

反歌は、序文で理解をあえて歪めて引用した釈尊の言葉、

　愛は子に過《まさ》ること無し

の、そのままの翻案であることに気付く。憶良の魂胆はいよいよ明らかであろう。

　釈尊よ、あなたがおっしゃるとおりです。何ものにもまさって愛するものは子ども。これこそが蚊や蚋のように無智な我々世間蒼生の、あられもない姿なのです。

釈尊に教えられて、世間蒼生の姿を演出したのである。

五　世間蒼生の文学

ここで一つの判断が必要となってくる。このように、貪りの愛にとらわれた世間蒼生の姿を具象的に造形しておいて、さて、作者はそれを肯定しようとする者なのか、それとも否定しようとする者なのか、という判断である。その答えは、次の作品の批評から見付け出すことができると思う。

＊

惑情《わくじやう》を反《かへ》さしむる歌一首　并せて序

或有人《あるひと》、父母を敬《ゐやま》ふことを知りて、侍養《じやう》を忘れ、妻子を顧みずして、脱屣《だつし》よりも軽みす。自ら畏俗先生《ゐぞくせんせい》と称《なの》りて、意気は青雲の上に揚がれども、身体はなほ塵俗《ぢんぞく》の中に在り、未だ修行得道《しゆぎやうとくだう》の聖《ひじり》を験《しる》さず。けだしこれ命《な》を山沢《さんたく》に亡《うしな》ふ民《たみ》ならむか。このゆゑに、三綱《さんかう》を指示《さししめ》し、更《こもごも》に五教を開き、遺《おく》るに歌を以てして、その惑《まと》ひを反さしめむとす。歌に曰く、

〈こんな人が居るそうな。父母を敬うべきことは知っていながら世話を見ず、妻子を扱っては弊履のようにかえりみない。畏俗先生などと自称して、天を衝くばかりの意気込みは大変結構だが、その生活たるや俗塵にまみれたままである。修行の末、験術を身につけた天仙たる証悟を得たというわけでもない。この手合いはいわゆる山沢亡命の輩であろう。そこで、三綱五教の精神でもって歌を与え、その心得違いを改めさせてやろうと思う。その歌に、〉

父母を　見れば尊し
妻子《めこ》見れば　めぐし愛《うつく》し
世間《よのなか》は　かくぞ道理《ことわり》

父母を　見れば尊い
妻や子は　いとし可愛い
世間は　それで当然

黐鳥《もちどり》の　かからはしもよ
行方知らねば
穿沓《うけぐつ》を　脱《ぬ》き棄《つ》るごとく
踏み脱きて　行くちふ人は
石木《いはき》より　生《な》り出し人か
汝《な》が名《な》告《の》らさね
天《あめ》へ行かば　汝がまにまに
地《つち》ならば　大君います
この照らす　日月の下は
天雲《あまぐも》の　向伏《むかぶ》す極《きは》み
谷蟆《たにぐく》の　さ渡る極み
聞こし食《を》す　国のまほらぞ
かにかくに　欲しきまにまに
然《しか》にはあらじか　（5・八〇〇）

反　歌

ひさかたの　天路《あまぢ》は遠し
なほなほに　家に帰りて
業《なり》をしまさに　（5・八〇一）

＊

とりもちに　かかった鳥だ　からみあって生きてゆきたい
後の世は　知れぬのだから
脱ぎ捨てた　破《や》れ沓同然
妻や子を　捨てるだなんて
木の股から　生まれた人か
どこのどなただ
天国なら　君の自由だ
地上には　天子がいまし
日月の　照覧のもと
天雲が　垂れる地の果て
蝦蟇《ひきがえる》が　たどる果てまで
みそなわす　立派な国だ
あれこれと　したい放題
そりゃ聞こえぬがどうじゃ

天国は　及びもつかぬ
おとなしく
家族を守って　働きたまえ

「畏俗先生」とは俗世間を忌み嫌って離脱を願う人という意味の命名であるが、その先生に向かって、「なほなほに家に帰りて業をしまさに」と説諭するのである。「修行得道の聖」でもなく「木石非情」のものでもない、無智な「有情世間」の道理は、「黐鳥のかからはしもよ」だと言うのである。「黐鳥」は「トリモチにとらわれた鳥」のこと、「かからはし」は「かかわりたい」という意味。

人間の五欲が、人間を縛りつけていることは、鳥が網にかかったようなものであり、また、猟師がトリモチを敷いたようなものである。　（『仏本行集経《ぶつほんぎょうじゅうきょう》』空声勧厭品《くうしょうかんえんぼん》）

猟師が、猿を捕えようとして、トリモチを台の上に敷く。猿はこれに触れて手がくっつく。手を離そうとして足で踏むと、足がくっつく。足を離そうとして口で嚙めば、口がくっつく。猿とは無智な人間を譬え、猟師とは魔王波旬《はじゅん》を譬え、トリモチは貪りの愛を譬える。　（『涅槃経』高貴徳王菩薩品）

魔王が敷いたトリモチから離れよと教える仏の言葉の前で、憶良はまたもや逆説を弄する。トリモチにからめ捕られた鳥が人間の姿であるのなら、よし、そうあるまでだ。貪りの愛に積極的にかかわって生きて行きたいものだと主張するのである。それが何故かと言えば、「行方知らねば」（後の世は、知れぬのだから）と言うのである。「行方知らねば」は、先に『涅槃経』高貴徳王菩薩品「何処よりして来るや、去りて何処に至るや」を引いて説明したとおり、世間蒼生を貪りの愛へ駆り立てる因となるところの、無智・無量の疑見をいう言葉であった。とすれば、憶良はここでも、その無智を栖にとって、囚われの愛こそ世間の道理であると歌うのである。反歌に言う、天国は遠い、と。

ここで結論が出たようだ。憶良は「ひさかたの天路」を断念した。山沢亡命の「畏俗先生」の独覚流は捨てたわけだ。そしてトリモチにからめ捕られた無智な世間としてあることを選択したということである。

況むや、世間蒼生の誰かは子を愛しびずあらめや　（八〇二序）

況むや凡愚《ぼんぐ》の微者《いやしきひと》、何《いか》にぞ能く逃避《のがれさ》らむ　（八八六序）

世間はかくぞ道理　（八〇〇）

憶良は、「吾、身已《すで》に俗《ぞく》に穿《うか》たれ、心も塵《ぢん》に累《つな》がる」（沈痾自哀文）という頑強な「塵俗」の自覚の上に立って、「世の事」（八〇五）、「世間の道」（九〇四）、「群生品類」（沈痾自哀文）の道理を主張して止まないのである。世間を照射する目くるめくばかりの覚者の思想に対して、世間蒼生の側からする逆説の思想と方法が、憶良が採用した新しい創作の美学であったと言って良い。

仏陀よ、無智と苦悩こそが我々世間蒼生の生の意味だとするならば、よし、無智と苦悩をこそ私は歌おう。

六　菩薩の眼

誤解を恐れて一言書き加えよう。憶良の思想を、出世間を教える仏に対して、世間蒼生の側から引っ繰り返し投げ返した、逆説の思想だと言った。しかしそれは憶良が謗法《ほうぼう》の徒輩であったということではない。憶良は、蚊や蚋のように無智な世間の立場に立ち、純陀のように反語・逆説を弄しつつ、実は一歩覚者の智恵に近付いた者であったと私は思う。憶良はある作文で、仏教も儒教も教えこそ二つ異なれ、めざすところはただ一つ、この世界の救済を完成した時はじめて、それぞれの真理が実現できるのだと説いている（本書所収「俗道は仮に合ひ即ち離れて去り易く留まり難しといふことを悲しび嘆く詩一首并せて序」参照）。まことにこの世界の救済こそが仏にとっての「一大事因縁《いちだいじいんねん》」（『法華経』方便品《ほうべんぼん》）。そうして憶良の文学の思想と方法にとっての一大事因縁もまた、世間である。

愛する子が死ぬと、父母はその子と共に死にたいと願う。友よ、菩薩もまたそのようである。極悪の人であれ、地獄の苦しみに落ちている者があれば、共に地獄の底まで追って行こうと思う。（『涅槃経』聖行品）

塵俗に塗《まみ》れた世間を見つめてそらさなかった憶良の眼が、菩薩の眼に似通ってくるのも当然であろう。

七　憶良的リアリズム

逆説の思想が、逆説の美を、世間有情の姿に見出す。妻を失った夫の愛念未練（「日本挽歌」）、掌中の愛児を天へ飛ばした親の狂態（「恋二男子名古日一歌」）、親に先立って死ぬ子の無念（「為二熊凝一述二其志一歌」）、子を思う闇に惑う親（「思二子等一歌」）、父母も妻子も棄てて逃げた男の身勝手（「令レ反二惑情一歌」）、飢寒をしのいで身をすり寄せ合う赤貧一家の悲惨（「貧窮問答歌」）、そしてあの、盛年快楽の夢さめやらずに手束杖を腰にあてがい、か行きかく行く老醜無慚の姿（「哀二世間難住一歌」）等々、いままで誰もが目をそむけて来た、我・人の無智・愚闇・悲惨の姿に奇態な美を発見した憶良は、それら前後に比類の無い形象の数々を舌舐めずりしながら描き上げる。憶良の手法が時にはくどくて煩わしいことさえあるのも、描く対象への愛情のせいである。愛情こめて美的価値を造形して読者の前に差し出すのである。新しい「価値の造形」という意味で、ここに一個のリアリズムが成立したと言って良いであろう。個人のひそやかな叙情やかぼそい感懐を飛び越えてしまったことが、前後の和歌史の枠から憶良がはみ出てしまったゆえんでもあった。

貴族・支配階級の一員として十分に気位も高く、収入も豊かであったはずの憶良が、何の衒《てら》いもなく、堅塩《かたしお》を舐《な》め糟湯酒《かすゆざけ》を啜り洟《はな》を垂らす貧相な老人（「貧窮問答歌」）に自ら扮した理由も明らかであろう。憶良のリアリズムは、自分自身を歌う時もまた、価値を認めない事実——今の場合は我が従五位下の身分や高収人など——を手もなく捨象する。反面、価値有る虚辞を付け加える。子供に着せる布衣さえ無い貧困者のポーズ（「老身重レ病経年辛苦及二思児等一歌」）をとった理由も同じ。その貧困描写をそのまま憶良の実生活であると思っている人はもう居ないだろうと思う。この時七十四歳の憶良の側に「五月蠅なす騒く児ども」が居たとも思われない。憶良老は老いてなお精力絶倫であったらしいという観察もまた、そろそろ没にしたいものである。

世間の諸相を描きだす憶良の方法についてしばしば、「代作」・「虚構」と言う語句をキーワードとして説明されることがあるのだが、それは憶良の創作理念をまぎらわしくさせていると思う。私は憶良の創作理念にとっては、自身の生活の実際を歌ったものであれ、他人のための代作の場合であれ、そこに自・他を区別する意識はほとんど無く、虚と実とを区別する意識はまったく無かったと思う。すべて、そのリアリズムのなせる業である。価値の無い事実は切り捨てて惜しまない。他方で、一見無意味な形象をも、大胆にデフォルメして意味有り価値有る形象に色付け仕立て上げることをする。

　無意味な形象をデフォルメして価値有る形象に仕立て上げる憶良的リアリズムを説明する、さらに適当な例を次に示そう。

　憶良はある時、管下の志賀島を視察に訪れた。それは、折しも七月の魂祭《たままつり》の時期であったものと私は思う。島では島民達が家々毎に魂棚《たまだな》を祭り、飯《いい》を盛り、門火《かどび》を焚いて門に立ち、祖霊や新仏を迎える姿が見られたであろう。憶良の記憶には、数年前の痛ましい事件、対馬送粮船に従事した志賀島の海人荒雄《あらお》なる者の海難事故があった。憶良の目には、魂迎えをするために門火を焚いている島民達の姿に、荒雄の帰りを待つ妻子の愛執の姿が重なって見えた。

　荒雄らを　来《こ》むか来《こ》じかと　飯盛《いひも》りて　門《かど》に出で立ち　待てど来《き》まさず　（16・三八六一）

夜になれば、ふたたび死者の魂を送り返す為に美しく装飾された精霊船が、幾艚も沖の波間に漂うのを見たであろう。船ごとに死者の為の裹《つと》が載せてある。憶良の想像力は、その船を、沖に沈んだ荒雄に飲食を届けようとする妻子の愛念の業と幻視した。

　沖行くや　赤《あか》ら小船《をぶね》に　裹遣《つとや》らば　けだし人見て　開き見むかも　（16・三八六八）

日中の海では、大船小舟入り交じり、魚介を獲る海人達が水に潜る風景も見られたであろう。憶良は、その風景を、海底に沈んだ荒雄を探し求める荒雄の妻子らの執念の姿と見た。

　大船に　小舟引き添え　潜《かづ》くとも　志賀の荒雄に　潜き逢はめやも　（16・三八六九）

もともと憶良の眼が眺めていたものは、志賀島一帯の非情の自然と、海人の群のごく日常的な漁撈の姿と、つつましい魂祭りのしるしとがすべてであった。それら、言わばアノニムな風景と日常的で平凡な時間とを、たまたま記憶していた数年前の海難事故の話から、荒雄という名の一海人の遺族の、未練と愛執の八年という特殊な情況に塗りかえ、悲劇的な構図を仕立て上げた。それが憶良的リアリズムの手法である。憶良の豊かな想像力の所産でもあるのだから、この手法を「代作」とか「虚構」という言葉で片付けてしまうと、見えなくなってしまうものが少なくないのである。

八　終りに――憶良研究の現況

右は私見を述べることにもっぱらであった。本シリーズ（セミナー『万葉の歌人と作品』）の趣意からすれば、憶良研究の現在と将来について役立つようなことを述べるべきであったかもしれないと、反省している。憶良研究の現況について若干付言して申し訳とする。

憶良についての詳細な研究史的解説には、

高野正美「山上憶良」（『万葉集作者別研究史』『万葉集事典』有精堂、昭50）

村山出「山上憶良事典」（『万葉集必携Ⅱ』別冊国文学12、学燈社、昭56）

がある。憶良研究の展開を時代的・動態的にたどり、数多の問題点を整頓して示すこと適切にして簡潔、遺漏が無い。憶良研究の現在と未来についての的確な展望を与えてくれていて豊潤、平成十一年現在に於いてもいまだに新鮮なものである。

また、研究史的な展開を見据えつつ、憶良の全貌を丁寧明快に説きこなし、けだし名著と言うべき、

村山出『憂愁と苦悩　大伴旅人・山上憶良』（新典社、昭58）

がある。今後の憶良研究の良き指標となるであろう一冊である。

昭和五十九年頃までの憶良研究文献は『全注　巻五』所収「巻五・憶良・旅人研究文献目録」にほぼまとめている。昭和六十年以降、現在に至るまでにも数多の憶良研究が公刊された。いま「単行本」に限って言えば、次のようなものがある。

①井村哲夫『赤ら小船　万葉作家作品論』（憶良関係論文十一編。和泉書院、昭61）
②辰巳正明『万葉集と中国文学』「四、山上憶良と中国文学」（笠間書院、昭62）
③中西進編『山上憶良　人と作品』（執筆者は村山出・渡部和雄・坂野信彦・辰巳正明・中西進・和田嘉寿男・井村哲夫・来嶋靖生・尾崎左永子・下田忠・塚本邦雄・蔵中しのぶ・広岡義隆・真下厚。桜楓社、平3）
④川口常孝『人麿・憶良と家持の論』「第二部」（桜楓社、平3）
⑤辰巳正明『万葉集と中国文学　第二』「五、万葉集と三教思想」（笠間書院、平5）
⑥村山出『奈良前期万葉歌人の研究』「V　山上憶良論」（翰林書房、平5）
⑦林田正男編『筑紫万葉の世界』（憶良関係論文十一編。執筆者は井村哲夫・村山出・東茂美・渡瀬昌忠・原田貞義・福田俊昭・久保昭雄・辰巳正明・森淳司・橋本達雄・桜井満。雄山閣、平6）
⑧上代文学会編『憶良　人と作品』（執筆者は比護隆界・林勉・辰巳正明・大久保広行・森淳司・小野寛・稲岡耕二・橋本達雄。笠間書院、平6）
⑨渡瀬昌忠『山上憶良　志賀白水郎歌群論』（翰林書房、平6）
⑩大久保広行『筑紫文学圏論　山上憶良』（笠間書院、平9）
⑪増尾伸一郎『万葉歌人と中国思想』「第二部、山上憶良と中国典籍」（吉川弘文館、平9）
⑫井村哲夫『憶良・虫麻呂と天平歌壇』（憶良関係論文は六編。翰林書房、平9）

辰巳正明②・⑤、川口常孝④、村山出⑥、大久保広行⑩は、それぞれ著者数年来の論文をまとめて堂々たる大著・好著を成した。渡瀬昌忠⑨は志賀白水郎歌十首についての積年の作品論の集成であり、作品論の方法の独自性に新境地を開いている。辰巳正明②・⑤と増尾伸一郎⑪は、殊にも憶良の思想や中国文学・思想との交渉に関して精緻な新知見を精力的にくりひろげていて貴重な成果をもたらしている。中西進編③には、憶良の生涯をたどって六編の論文が収められて、現在のところ憶良の「生涯」についてのもっとも豊富で精細な研究になっている。

右の他、雑誌・紀要所載の論文の数はおびただしい。本書（セミナー『万葉の歌人と作品』第五巻・和泉書院）所載の憶良研究文献目録に見られたい。憶良研究の現況は、新知見の量産につぐ量産、なお今後へ向けて精力的に膨張しつづけている段階であると言えよう。そうして、憶良研究の、量より質への発展は、なお流動的ながら、しかし、そう何年も先のことではあるまいと期待される。

沈痾自哀文

沈痾自哀文《ちんあじあいぶん》

山上憶良作る

〈第1段〉

竊《ひそ》かに以《おみひ》みれば、朝夕山野《てうせきさんや》に佃食《かり》する者《ひと》すら、なほ災害《さいがい》無くして度世《わた》らふこと得《う》①。昼夜河海《ちうやかかい》に釣漁《すなどり》する者《ひと》すら、なほ慶福《けいふく》有りて経俗《けいぞく》を全《また》くす②。況《いは》むや、我胎生《たいしやう》より今日《こんにち》にいたるまでに、自《みづか》ら修善《しゆぜん》の志有り、曽《かつ》て作悪《さあく》の心無し③。所以《このゆゑ》に三宝《さんぽう》を礼拝《ゐやびをろが》み、日として勤《つと》めざること無く④、百神を敬重《ゐやびたふと》び、夜として闕《か》けたること鮮《な》し⑤。嗟乎媿《ああやさ》しきかも、我何《いか》なる罪を犯せばか、この重疾《ぢゆうしつ》に遭《あ》へる⑥。

①常に弓箭《きゆうせん》を執《と》りて、六斎《ろくさい》を避けず、値《あ》ふところの禽獣《きんしう》の大小、孕《はら》めるとまた孕まざるとを論《い》はず、並《とも》に皆殺して食《くら》ふ。此をもちて業《なり》とする者《ひと》を謂《い》ふ。

②漁夫《ぎよふ》潜女《せんぢよ》各《おのおの》　勤《つと》むるところあり。男は手に竹竿《ちくかん》を把《と》りて、能く波浪《はらう》の上に釣り、女は腰に鑿《のみ》と籠《こ》を帯び、潜《かづ》きて深潭《しんたん》の底に採《と》る者《ひと》を謂ふ。

③諸悪莫作《しよあくまくさ》、諸善奉行《しよぜんぶぎやう》の教を聞くことを謂ふ。

④毎日《ひごとに》経を誦《よ》み、発露《つみをあらは》して懺悔《く》ゆ。

⑤天地の諸神等を敬拝《ゐやびをろが》むことを謂ふ。

⑥いまだ過去に造りし罪か、若しは是現前《これげんぜん》に犯せる過《とが》なるかを知らず、罪過《ざいくわ》を犯すことなくは、何《いか》にぞこの

病《やまひ》を獲《え》む、と謂ふ。

〈第2段〉

初めて痾《やまひ》に沈みしより已来《このかた》、年月稍《やくやく》多し⑦。是の時年七十有四、鬢髪《ひんはつ》斑白《しら》けて、筋力尫羸《きんりよくやせおとろ》ふ。ただに年老いたるのみにあらず、またこの病を加へたり。諺《ことわざ》に曰く、「痛き瘡《きず》は塩を灌《そそ》き、短き材《き》は端《はし》を截《き》る」といふは、この謂ひなり。四支《しし》動かず、百節《ひやくせつ》皆疼《ひひら》き、身体太《はなは》だ重きこと、なほ鈞石《きんせき》を負へるがごとし⑧。布を懸《か》けて立たむと欲《おも》へば、翼《つばさ》折れたる鳥の如く、杖に倚《よ》りて歩《あゆ》まむとすれば、跛足《あしなへ》く驢《うさぎむま》の比《ごと》し。

⑦十余年を経たることを謂ふ。

⑧二十四銖《しゆ》を一両《りやう》と為し、十六両を一斤《こん》と為す、三十斤を一鈞《きん》と為し、四鈞を一石《せき》と為す、合はせて一百二十斤なり。

〈第3段〉

吾、身已《すで》に俗《ぞく》に穿《うか》たれ、心も亦塵《ぢん》に累《つな》がるるを以て、禍《わざはひ》の伏す所、祟《たたり》の隠るる所を知らむと欲《ねが》ひ、亀卜《きぼく》の門、巫祝《ふしゆく》の室に往きて問はずといふこと無し。若《も》しは実《まこと》なれ、若しは妄《いつはり》なれ、その教ふる所に随ひ、幣帛《へいはく》を奉り、祈禱《いの》らずといふこと無し。然れども弥《いよよ》増す苦しみ有り、曽《かつ》て減差《い》ゆること無し。吾聞く、前代に良医多くありて、蒼生《さうせい》の病患《びやうくわん》を救療《いや》す。楡柎《ゆふ》、扁鵲《へんじやく》、華他《くわた》、秦《しん》の和《くわ》、緩《くわん》、葛稚川《かつちせん》、陶隠居《たういんきよ》、張仲景《ちやうちゆうけい》等のごときに至りては皆これ世に在りし良医にして、除愈《いや》さずといふこと無しと⑨。件《くだり》の医《くすりし》を追ひ望むとも、敢《あ》へて及ぶ所にあらじ。若し聖医神薬《せいいしんやく》に逢はば、仰ぎ願はくは、五蔵《ござう》を割剖《さ》きて百病を抄《と》り採り、膏肓《かうくわう》の隩処《あうしよ》に尋ね達《いた》り⑩、二豎《にじゆ》の逃れ匿《かく》りたるを顕《あらは》さむと欲《おも》ふ⑪。命根《みやうこん》既に尽き、その天年《てんねん》を終りてすらなほし哀《かな》しとなす⑫。何ぞ況《いは》むや、生録《せいろく》いまだ半ばならずして、鬼に枉《よこしま》に殺され、顔色壮年《がんしよくさかり》にして、病《やまひ》に横《よこしま》に困《たしな》めらるる者《ひと》はや。世に在る大患の、孰《いづ》れかこれより甚《はなは》だしき⑬。

⑨扁鵲、姓は秦《しん》、字《あざな》は越人《えつじん》、勃海郡《ぼつかいぐん》の人なり。胸を割《さ》きて心を採《と》り、易《か》へて置き、投《い》るるに神薬を以てすれば、即ち寤《さ》めて平《つね》の如し。華他、字は元化《げんくわ》、沛国《はいこく》の譙《せう》の人なり。若し病の結積《むすぼ》れ沈重《おも》りて内に在る者《ひと》あらば、腸を刳《さ》きて病を取り、縫ひ復《かへ》して膏《かう》を摩《す》れば、四五日にして差《い》ゆ。

⑩肓《くわう》は鬲《かく》なり。心の下を膏《かう》とす。攻《いや》せども可《よ》からず。達《はりとほ》せども及ばず、薬も至らず。

⑪晋《しん》の景公疾《や》みて、秦の 医《くすりし》 緩視て還りしことを謂ふ。鬼に殺さるといふべし。

⑫聖人賢者一切含霊《がんりやう》、誰か此の道を免れむ。

⑬志恠記《しくわいき》に曰く、「広平《くわうへい》の前《さき》の大守《たいしゆ》、北海《ほくかい》の徐玄方《じよげんばう》の女《むすめ》、年十八歳にして死ぬ。その霊、馮馬子《ひようまし》に謂ひて曰く、『我が生録《せいろく》を案《かむが》ふるに、寿《よはひ》八十余歳なるべし。今妖鬼《えうき》に枉《よこしま》に殺されて、已に四年を経たり』と。ここに馮馬子に遇ひて、乃《すなは》ち更活《よみがへ》ること得たり」といふは是《これ》なり。内教《ないけう》に曰く、「瞻浮州《せんぶしう》の人は寿百二十歳なり」と。謹みてこの数を案《かむが》ふるに、必《うたがた》もこれを過ぐること得ずといふに非ず。故に寿延経《じゆえんきやう》に云はく、「比丘《びく》有り、名を難達《なんだつ》といふ。命終《みやうじゆ》の時に臨み、仏に詣《まう》でて寿《いのち》を請ひ、則ち十八年を延べたり」といふ。但《ただ》善く為《をさ》むる者のみ天地と相畢《あひを》はる。その寿夭《じゆえう》は業報《ごふほう》の招《を》く所にして、その修短《しうたん》に随ひて半ばとなる。いまだこの算《さん》に盈《み》たずして遄《すみやか》に死去《し》ぬ。故にいまだ半ばならずといふ。任徴君《じんちようくん》曰く、「病《やまひ》は口より入る。故に君子《くんし》はその飲食《いんしよく》を節《つつし》む」と。これによりて言はば、人の疾病《やまひ》に遇ふは必《うたがた》も妖鬼《えうき》にあらず。それ医方諸家《いはうしよか》の広説《くわうせつ》、飲食禁忌《きんき》の厚訓《こうくん》、知ること易く行ふこと難《かた》き鈍情《どんじやう》の、三つは目に盈《み》ち耳に満つこと由来《ゆらい》久し。抱朴子《はうぼくし》に曰く、「人はただその当《まさ》に死なむ日を知らず、故に憂へざるのみ。若し誠に知りて、刖 劓《あしきりはなそぎ》して期を延ぶること得べしとならば、かならずこれを為さむ」と。これを以《もち》て観《み》れば、乃《すなは》ち知りぬ、我が病は蓋《けだ》しこれ飲食の招《を》くところにして、自《みづか》ら治むること能はぬものか。

〈第4段〉

帛公略説《はくこうりやくせつ》に曰く、「伏して思ひ自ら励むに、この長生を以てす。生は貪《むさぼ》るべし、死は畏《い》むべし」と。天地の大徳《だいとく》を生といふ。故に死にたる人は生ける鼠に及《し》かず。王侯なりといへども、一日《あるひ》気《いき》を絶たば、積める金《くがね》山の如くありとも、誰か富《ゆた》けしと為《せ》む。威勢《いきほひ》海の如くありとも、誰か貴しと為《せ》む。遊仙窟《いうせんくつ》に曰く、「九泉下《きうせんか》の人は、一銭にだに直《あたひ》せず」と。孔子曰く、「天に受けて、変易《うつしか》ふべからぬものは形なり、命《めい》に受けて請益《こひくは》ふべからぬものは寿《いのち》なり」と⑭。故に生の極まりて貴く、命の至りて重きことを知る。言はむと欲《おも》へば言窮《こときは》まる。何を以てか言はむ。慮《おもひはか》らむと欲《おも》へば慮《おもひはか》り絶ゆ、何に由《よ》りてか慮らむ。

⑭鬼谷《きこく》先生の相人書《さうにんしよ》に見ゆ。

〈第5段〉

惟以《おもひみ》れば、人賢愚《けんぐ》と無く、世古今《ここん》と無く、咸悉《ことごと》に嗟嘆《なげ》く。歳月競《さいげつきほ》ひ流れて、昼夜息《ちうやいこ》はず⑮。老疾相催《らうしつあひうなが》して、朝夕《てうせき》に侵《をか》し動《さわ》く。一代の懽楽《くわんらく》、いまだ席前《せきぜん》に尽きずして⑯、千年の愁苦《しうく》、更に坐後《ざご》に継ぐ⑰。

⑮曽子《そうし》曰く、「往きて反《かへ》らぬものは年なり」と。宣尼《せんぢ》の川に臨む嘆きもまたこれぞ。

⑯魏文《ぎぶん》の時賢《じけん》を惜しむ詩に曰く、「いまだ西苑《せいゑん》の夜を尽くさず、劇《たちまち》に北邙《ほくばう》の塵《ちり》となる」と。

⑰古詩に曰く、「人生百に満たず、何《いか》にぞ千年の憂へを懐《いだ》かむ」と。

〈第6段〉

若夫《それ》群生品類《ぐんじやうほんるい》、皆尽くること有る身を以《もち》て、並《とも》に窮《きはま》り無き命を求めずといふことなし。所以《このゆゑ》に、道人《だうじん》方士《はうし》の、自ら丹経《たんきやう》を負ひ、名山に入りて薬を合はする者《ひと》は、性を養ひ神《しん》を怡《よろこ》びしめて、長生を求む。抱朴子に曰く、「神農《しんのう》云はく、『百病愈《い》えずは、安《いかに》ぞ長生を得む』」と。帛公《はくこう》また曰く、「生は好《よ》き物なり、死は悪《あ》しき物なり」と。若し不幸にして長生を得ずは、なほ生涯病患無き者《ひと》を以て、福大《さきはひおほ》しとせむか。今吾病《やまひ》に悩まされて、臥坐《ふしゐ》することを得ず。向東向西《かにかくに》、為すところを知ることなし。福《さきはひ》無きことの至りて甚だしき、すべて我に集まる。「人願へば天従ふ」といへり。もし実《まこと》有らば、仰ぎ願はくは、頓《たちまち》にこの病を除き、頼《さきはひ》に如平《たひらか》にあること得むと。鼠を以て喩《たと》へと為《せ》り、豈愧《あには》ぢざらむや⑱。

⑱已に上に見ゆ。

漢文の研究は、訓読に始まって、訓読に帰する。まず右に私の訓読を示して御批正を仰ぎたい。脚注（①～⑱の一八箇所）を省いた正文を六段に分けた。本文中に書き入れられた作者の自注は段落毎にまとめて記した。

一　構成と大意

〈第1段〉

「私のこの重病はいったいどんな罪過を犯したせいなのか。」という自問をもって緒言とした。

〈第2・3段〉

その自問を承け、第2段には、十余年に及んで老いと病に苦しんできた現状を述べる。第3段には、病因を尋ね治療を求めて訪れた亀卜筮竹の占い師・祈禱師のたぐいはイカサマであって信ずるに足りないと言う。ここで憶良は「罪禍・祟り」の俗信を斥けている。ついで、臓器移植をやってのけたという扁鵲など前代の伝説的な名医達を賞讃し、いまどきの医者ときたらヘボ医者ばかりだと、へらず口をたたく。そして、寿命半ばで病死すること、顔色壮年にして病に苦しむことが人生最大の患いであることを述べる。

なおここで、我が病因についていま一思案を加えて、「飲食不節制」に思い当たっている（自注⑬後半）。苦笑を交えたユーモラスなその告白から、憶良が日ごろ飲食に淫する者であったらしいことも想像できる。

〈第4段・5段〉

転じて第4段、高ぶった口調で「生命の貴重」を語り、第5段はその乱れた呼吸を鎮めようとするかのように「人生の無常」を嗟嘆する。

〈第6段〉

無常迅速の人生にあってなお長生を求める「群生品類の道理」を説き、息災長生を天に願って筆を擱《お》いた。

解釈上の留意点

(1)題詞——音読の場合は「チンアジアイブン」。訓読の場合は「ヤマヒニシヅミテミヅカラカナシブルフミ」。「沈痾」は二字熟せば宿痾の意味の名詞となるが、今は「沈」を動詞として「シヅム」と訓む。すでに第2段に「初沈レ痾已来」とあり、集中他にも「沈二運病一」(3・四六一左注)などあるのに従う。沈を動詞とすべき例は漢籍にも散見して「和臭」とは言えず、小島憲之「学事近報」(『上代の文学　日本文学史1』有斐閣、昭51)には「むしろ俗語的といえるかも知れない」とある。「文」は文体の一種。『文心雕龍《ぶんしんちょうりゅう》』に、文は有韻、筆は無韻の散文とするが、これはいま当たらない。小島憲之「山上憶良の述作」(『上代日本文学と中国文学　中』塙書房、昭39)に「この自哀文は文選の何々文(韻文散文を含めた広義の文)と同じく、ここでは所謂散文をさす。」と説く。

(2)第3段「身已に俗に穿たれ、心も亦塵に累がる」——身と心、俗と塵、それぞれ対応。いわゆる互文。穿と累も対応させて解釈したいところ。穿はうがつ、累は繋縛(仏典語。「塵累」は煩悩の繋縛の意)。心身は俗塵(世俗の不浄の煩悩)によって穴を穿たれ緒で累がれているという意味であろうと思う。

(3)第5段「曽子曰く」——この典拠は不明であったが、東茂美「過往の〈遊〉」(『万葉の風土・文学』塙書房、平7)によれば、『琴操《きんそう》』(後漢の蔡邕《さいよう》撰。漢代までの琴曲を収めた音楽の書。『日本国見在書目録』にもその名が見える)であった。東氏は、その本文を『曽氏家語』(清の王定安撰)から引用して示している。ここでは、京都大学図書館蔵『昌平叢書』

（同図書館が大正六年に昌平黌官板の板木によって三十部限定出版したもの）に収める『琴操』校本（清の孫星衍校、馬瑞辰序）を参考しておこう（漢字は通用字体に改めた。校注および返り点は省略した。東氏論文が示した本文と僅かに小異がある）。

曽子帰耕

曽子帰耕者、曽子之所作也、曽子事孔子十有余年、晨覚眷然念二親年衰、養之不備、於是援琴而鼓之曰、往而不反者年也、不可以再事者親也、歔欷帰耕来日安所耕、歴山盤兮欽崟

(4)第5段「魏文の時賢を惜しむ詩」――拙稿「憶良所引『魏文惜時賢詩』」（『赤ら小船』和泉書院、昭61、初出昭60）

(5)第6段「鼠を以て喩へと為り、豈愧ぢざらむや」――諸注が苦労するところ。『抱朴子』に「死王、生鼠ナルコトヲ楽《ねが》フ」と言う。たとえ生前王侯であった者でも、死んでしまうと、生きている鼠でありたいと願う、生がいかに貴重で願わしいものかという寓言である。死ぬと鼠の方がましと言われることになる。そんなことになったら、とても恥ずかしいではないか、と言う意味である。

二　文体と思想

「自哀文」は〝自愛〟文

「自哀文」という題詞は、「哀文」「哀策文」と紛らわしい。そこで『私注』に、「自哀文の哀は哀悼文の一体で、文選にも哀永逝文等がある。自ら作る哀文の意で、自らをあはれむ文と解したのでは少しく気合が違つて来よう。つまり生前ながら、久しい病がいえないので、自分の哀悼文を作つて置くといふ程の心持である。班婕妤に自悼賦あるが如きに倣つたものであらうか」と説いている。しかし、「自哀文」を「自ら作る哀文」と解釈するのはどうであろうか。中西進（「沈痾自哀文」『山上憶良』河出書房新社、昭48）は、『私注』と同じに「自らの哀文」とする解釈はとりながらも、ただしその内容は「生を願う文」というべきものであって、「哀文」の類とはほど遠いものであることに言及

している。その通り、およそ哀弔や祭奠《さいてん》の辞を重ねる「哀文」「祭文」の類とは似ても似つかないものである。「自ら作る哀文」と解釈するのはやはり躊躇されるのであり、「自ら哀しぶる文」と理解したい。その内容は、生命の貴重を論じ、息災長生を求める群生品類の道理を説き、わが病を天に向って告発するもので、その「自哀」文とはやがて「自愛」の文であり、論であり、説である。

甘美な美文調を交えて

全体として理屈っぽく、情意も赤裸々に表白する散文体である。殊にも第4段などは、中西進（前掲論文）の言を借りるなら「ほとんど、取り乱したような口吻で、激越に語る」段である。ところがそれに次いだ第5段は、がらりと打って変わって甘美に、叙情的に、ひたすら四言句を積み重ねた。

惟以
人無賢愚　世無古今
咸悉嗟嘆
歳月競流　昼夜不息
老疾相催　朝夕侵動
一代懽楽　未尽席前
千年愁苦　更継坐後

高ぶり乱れた呼吸はしばし、この美文調で整え鎮められるであろう。憶良の嗟嘆は十分甘美なものなのであって、もちろんそれは「二毛の嘆きを撥《のぞ》かむ」（「哀世間難住歌」序）、「五蔵の鬱結《いきどほり》を写《のぞ》かむ」（八六八歌前書状）とするものだ。

数多の俗書の引用——柔軟な頭脳

「自哀文」が引いている漢籍は、『琴操』（「曽子曰く」の典拠）や『文選』など、権威有る典籍もあれば、『抱朴子』『帛公略説』『鬼谷先生相人書』『遊仙窟』など通俗的な神仙書、人相判断の書やら艶笑小説に至るまでがある。数有る漢籍の中でも『抱朴子』の影が作文の表にも裏にも色濃く落ちているという（小島憲之前掲書）。かように〝通俗〟の書を多く典拠とすることについて、小島憲之は、「上代人の教養程度として致し方のないことであり、自己の述作に都合のよい漢籍の語句がそのまま利用されたのである。しかも病床にあつて、寿命生死の問題を考へ、自己の述作を納得の行くやうに表現しようとすれば、自然この方面の書を思ひ出さざるを得ない。固い正統的な経書、四角ばつた書にみえる死生論はもはや憶良には不必要であつた。俗信神仙延命を説く抱朴子の論こそ彼の脳裡をまづ占めてゐたのである。」と説いている。おおむね承服したいが、「上代人の教養程度として致し方のないこと」などから察せられるように、消極的に評価しておられるようである。

むしろ積極的な意義を憶良と『抱朴子』との関わりに認めようとするのは、村山出（「沈痾自哀文」『山上憶良の研究』桜楓社、昭51）であり、『抱朴子』の人生を最大に尊重する生命主義と、そのための養生説に、憶良は生を慮る拠り所を見出したのであり、実践性を尊重した『抱朴子』の性格が憶良の現実的希求と一致する面を持ったものと説いている。同感であり、教えられるところが多い。

増尾伸一郎（「『沈痾自哀文』の史的位置」『万葉歌人と中国思想』吉川弘文館、平9）はまた「自哀文」に「塵俗からの視点」を認め、その「抱朴子への依拠」に積極的な意義有りと説いていて甚だ明快である。

憶良がその種の通俗書を読み漁っていたことは事実であるけれども、だからと言って丹薬製造や空中浮揚術にうつつをぬかしていたわけではなく、人相判断に凝っていたものでもないし、ポルノ趣味があったわけでもない。第4、5段に於いて、『抱朴子』『帛公略説』『鬼谷先生相人書』『遊仙窟』等から選び取って引用した言葉は、

伏して思ひ自ら励むに、この長生を以てす。生は貪るべし。死は畏むべし。

天地の大徳を生といふ。

死にたる人は生ける鼠に及かず。

生は好きものなり。死は悪しきものなり。

などである。それらは何と嘘偽りも無い好き言葉であることか。良き人生の知恵の言葉であるかぎり、それがたとえ艶笑小説の中の言葉であろうとも、憶良は敬意を表したのである。憶良老、年令の割には頭脳が柔軟であったということである。第6段に於いて、不老不死の丹薬を求める道人方士について言及しているけれども、それは古今東西養生長生を求めるのが群生品類の道理であることの一事例、として言及したにすぎない。憶良が丹薬を信じていたわけではない。第3段に於いて亀卜や巫祝の類をイカサマとして否定し、わが病因として、

任徴君曰く、「病は口より入る。故に君子はその飲食を節む」と。これによりて言はば、人の疾病に遇ふは必も妖鬼にあらず。……これを以て観れば、乃ち知りぬ、我が病は蓋しこれ飲食の招くところにして、自ら治むること能はぬものか。

と考えるなど、憶良の柔軟で合理的な物の考え方には敬意を表して良い。なお前掲増尾論文に引用するところで知ったが、富士川游『日本医学史』（明37初版、裳華房。昭16決定版、日新書院）に、憶良の右の行文が、初唐の道士孫思邈『千金方』巻二〇に見える「霍乱之為レ病也。皆因二飲食一、非レ関二鬼神一。」などの言葉をふまえているという指摘がある由である。

“悟りきれない凡夫の嘆き”こそ憶良の主題

亀井勝一郎（『日本人の精神史　第一部〈古代知識階級の形成〉』講談社文庫、昭49。初版、文芸春秋、昭35）は、「沈痾自哀文」を評して「悉く悟りきれない凡夫の嘆きである。」と貶したが、それは見当外れの批評であった。憶良は最初から「吾、身已《すで》に俗《ぞく》に穿《うか》たれ、心も亦塵《ぢん》に累《つな》がれている」ところの「悟りきれない凡夫の嘆き」をこそ綴ろうとしたのであるから。有限の身で限りない命を求める群生品類の愚痴の道理をこそ訴えてこの「沈痾自哀文」をものしたのであるから。

亀井の言う「悟りきれない凡夫」を憶良の言葉で言い換えるなら、「凡愚微者」(5・八八六序)であり、「世間蒼生」(5・八〇二序)であり、「群生品類」(「沈痾自哀文」)であり、それらは憶良の思想と文学の立脚点であり、いまどきの言葉で言えばアイデンティティである。

憶良の作品に登場する人物はさまざまな「群生品類」の形象化である。それぞれが懸命に凡夫の嘆きを歌い上げている。「沈痾自哀文」の述作意図を、その懇切な自注の用意などからうかがえば、読者を予定し期待しているらしいのである。とすれば、かつて手束杖腰にたがねて、か行きかく行き人に憎まえていたあの「老よし男」(5・八〇四)が、今や終《つい》の病床に臥して、天を仰ぎ叫んでいるのである。

「人願えば天従う」と言うが、もしそれが本当なら、速やかにこの病を除き、平安を得させてほしい。死んで生鼠に劣ると言われる恥に私は堪えられない。天よ、わが願いを聴け。

「沈痾自哀文」は、憶良の自作自演の独り舞台《モノローグ》のように読むのがもっとも作者の意に適うであろう。この点で、増尾伸一郎(前掲論文)が、「この『自哀文』は、塵俗の中に我が身を置くことによって、自己と民衆を同一の視点から把握しようとするものであり、そこに描き出された世界も、憶良自身の問題を超えて、多くの民衆の苦衷を広く包摂し得ていると思われる」云々と述べているところに満幅の共感を私は持つ。

死の準備

筑紫から帰京後、臥したままの憶良は、天平五年三月以降六月三日以前に、絶筆三篇をものした。三篇は自署名と年月日の左注によって一括されている。

沈痾自哀文　　山上憶良作

悲歎俗道仮合即離易去難留詩一首并序

老身重病経年辛苦及思児等歌七首
天平五年六月丙申朔三日戊戌作

左注の年月日について『攷証』は、「こは、沈痾自哀文より右の長歌反歌まで、おしからめての年月なるべし」と言った。伊藤博（「貧窮問答歌の成立」『万葉集の歌人と作品　下』塙書房、昭50）は、三篇は憶良がその人生を総決算する「清書の歌」であったと言い、中西進（「老身重病の歌」前掲書）は、「同時に作ったかいなかは確言できないにしても、少くとも連続的な心情の中で作られた三篇」であると言った。

三篇は文体を異にしていても、飽くなき「生」への執着と限りない自愛の表白であることに相違は無い。「老身重病経年辛苦……」では更に「児等」への思いが今一つの執着として綴られていた。

執着する何ものもないといつた虚無の心では人間はなかなか死ねないのではないか。執着するものがあるから死に切れないといふことは、執着するものがあるから死ねるといふことである。深く執着するものがある者は、死後自分の帰つてゆくべきところをもつてゐる。それだから死に対する準備といふのは、どこまでも執着するものを作るといふことである。私に真に愛するものがあるなら、そのことが私の永生を約束する。

（三木清「死について」『人生論ノート』）

かれこれ、憶良は死に対する準備を良くしたということであろう。臨終の床の憶良の姿はもう一場面、我々に伝えられている。

士《をのこ》やも　空しかるべき　万代に　語り継ぐべき　名はたてずして　（6・九七八）

右一首、山上憶良臣の沈痾の時に、藤原朝臣八束《ふぢはらのあそみやつか》、河辺朝臣東人《かはべのあそみあづまひと》を使はして疾の状を問はしめき。ここに、憶良臣、報《こた》ふる語《ことば》已畢《をは》り、須《しま》らくありて、涕《なみた》を拭《のご》ひ悲しび嘆きて、この歌を口吟《うた》ひき。

「名」もまた、永生を約束するものとして、憶良の執着するところであった。大往生と言うべきであろう。

〔付記〕『万葉の歌人と作品』第六巻（和泉書院）所載の本論文を本書に収録するに当って、文章を改訂した箇所は、二九頁末二行目～三〇頁五行目です。但し趣旨に改変はありません。

悲歎俗道仮合即離易去難留詩一首并序

俗道《ぞくだう》は仮《かり》に合ひ即《すなは》ち離れて去り易く留《とど》まり難しといふことを悲しび嘆く詩一首　并せて序

〈**第1段**〉

竊《ひそ》かに以《おも》みれば、釈慈《しやくじ》の示教《じけう》は①、先に三帰《さんき》②五戒《ごかい》を開きて法界《ほふかい》を化《おもむ》け③、周孔《しうこう》の垂訓は、前《さき》に三綱《さんかう》④五教《ごけう》を張りて邦国《ほうこく》を済《すく》ふ⑤。故に知る、引導《いんだう》は二つなりといへども、得悟《とくご》は惟《ただ》一つなることを。

①釈氏慈氏を謂ふ。
②仏法僧に帰依することを謂ふ。
③一に不殺生《ふせつしやう》、二に不偸盗《ふちゆうたう》、三に不邪淫《ふじやいん》、四に不妄語《ふまうご》、五に不飲酒《ふおんじゆ》を謂ふ。
④君臣、父子、夫婦を謂ふ。
⑤父は義、母は慈、兄は友、弟は順、子は孝を謂ふ。

〈**第2段**〉

ただし以《おも》ひみれば世に恒質《こうしつ》無し、所以《このゆゑ》に陵谷《りようこく》も更変《あらた》まる。人に定期《ていき》無し、所以に寿夭《じゆえう》も同《ひと》しからず。撃《けき》目《もく》の間に百齢《ひやくれい》已に尽き、申臂《しんぴ》の頃《あひだ》に千代《せんだい》もまた空し。旦《あした》には席上の主《あるじ》となり、夕《ゆふへ》には泉下《せんか》の客《たびひと》となる。白馬《はくば》走り来《きた》るとも、黄泉《くわうせん》にはいかにか及《し》かむ。隴上《ろうじやう》の青松《せいしよう》は、空しく信剣《しんけん》を懸け、野中《やちゆう》の白楊《はくやう》は、ただに悲風《ひふう》に吹かる。是《ここ》に知る、世俗《せぞく》本《もと》より隠遁《いんとん》の室《むろ》無く、原野《げんや》にはただ長夜《ちやうや》の台《うてな》のみ有りといふことを。

〈第3段〉

先聖《せんせい》すでに去り、後賢《こうけん》留《とど》まらず。もし贖《あか》ひて免《まぬか》るべきこと有らば、古人誰《たれ》か価《あたひ》の金《くがね》無からむ。未《いま》だ独《ひとり》存《いのちたも》ちて遂に世の終りを見るといふ者《ひと》を聞かず。所以《このゆゑ》に維摩大士《ゆいまだいし》は、玉体を方丈《はうぢやう》に疾《や》ましめ、釈迦能仁《しやかのうにん》は、金容《こんよう》を双樹《さうじゆ》に掩《かく》したまへり。内教《ないけう》に曰く、「黒闇《こくあん》の後《しり》より来《こ》むことを欲《ねが》はずは、徳天《とくてん》の先に至るを入ることなかれ」と⑥。故に知る、生けるものは必ず死有り。死を若し欲《ねが》はずは、生まれぬに如《し》かずといふことを。況《いは》むや、縦《たと》ひ始終《しじゆう》の恒数《こうすう》を覚《さと》るとも、何《いか》にぞ存亡《そんばう》の大期《だいご》を慮《おもひはか》らむ。

⑥徳天は生なり。黒闇は死なり。

〈詩〉

俗道《ぞくだう》の変化《へんくわ》は撃目《けきもく》のごとく　人事《じんじ》の経紀《けいき》は申臂《しんぴ》のごとし
空《むな》しく浮雲《ふうん》と大虚《たいきよ》を行き　心力《しんりき》共に尽きて寄《よ》る所無し

漢文の研究は、訓読に始まって、訓読に帰する。まず右に私の訓読を示して御批正を仰ぎたい。序文は三段に分けた。

一　構成と大意

〈第1段〉

釈迦・弥勒の教えも、周の礼楽を整えた周公・儒家の祖孔子の教えも、それぞれの教訓（三帰五戒また三綱五教）を以て教化救済しようとしているものはこの世界（法界また邦国）である。すなわち仏教と儒教とは別の教え（引導は二つ）ではあるが、目指す真理の実現はただ一つ（得悟は一つ）、この世界の教化救済ということだ。仏教にせよ、儒教にせよ、この世界の救済を完成することこそがそれぞれのめざす真理を実現することであり、それぞれの真理に到達することにほかならない、と言うのである。まことに、この世界こそが仏教の「一大事因縁」（『法華経』方便品）であること、憶良は大乗の精神をきちんと捉えて述べているのである。周公・孔子ら聖人にとってもこの世界こそが一大事因縁であることは仏に同じであろう。

〈第２段〉

ところが、その一大事因縁たるべきこの世に不変の実体が無いのだ（恒質無し）、と詠嘆する。その詠嘆は四六文で華麗なものだ。――この世に恒質が無いのは困ったことである。困ったことではあるが、致し方もなく、そのまま受け入れるしかないというわけで、その覚悟を第３段に記しつける。

〈第３段〉

先聖後賢みな死を免れなかったし、釈迦も維摩も死んだ。「生けるものは必ず死有り」ということを覚悟するほかない、と言う。

そして最後を、たとえ「始終の恒数」（始め有れば終り有りの定め）は覚悟したとしても、「存亡の大期」（始めも無く終りも無い生死流転の定め。後述）というに至っては吾人の思慮を絶する、と詠嘆して結んだ。

〈詩〉

詩は、序に述べたところを要約総括する。一言で言って「有為転変《ういてんぺん》・五蘊皆空《ごうんかいくう》」を詠嘆した詩である。

解釈上の留意点

(1)俗道仮合即離易去難留――「俗道」は「世間」というに同じ。「仮合」は「因縁和合《いんねんわごう》」また「五蘊仮和合《ごうんけわごう》」すなわち、衆多の縁、また色・受・想・行・識の一時的な和合現象のこと。「即離」は仮合がすみやかに離散すること。「易去難留」は恒常不変の実体として留まることがないこと。以上一言で言って「五蘊皆空・有為転変」。

(2)法界――仏法の世界の意でなく、一切諸法、すなわちこの世界・宇宙。

(3)引導は二つなりといへども、得悟は惟一つなることを――此の箇所の解釈は、諸注が苦労しているところである。注意しておきたい誤解は、この一文の趣旨を、「儒仏習合の説」と見誤ることである。それが誤解であることは、もしその解釈によるならば、第1段から第2段へと意味の脈絡がたどれないということからわかるだろう。ちなみに儒仏習合説とは、仏教の五戒と儒教の五常と、その徳目の内容を摺り合わせて同一視するもので、六朝から唐以後に至るまで流行していた通俗の説であるという（道端良秀『仏教と儒教倫理』第九章、平楽寺書店、昭43など参照）。憶良はけっしてさような儒仏習合を説いているのではない。仏も聖人もこの世間をこそ一大事因縁としてその教化救済をめざすものであることを説くのである。

(4)存亡之大期―この語句には諸解がある。私見は、生まれ変わり死に変わって三世三界を漂流する定めのこと。なお後述する。

(5)俗道の変化は撃目のごとく、人事の経紀は申臂のごとし――「撃目」はまばたき。「人事」は人間界の事柄という意で「俗道」と同じ。「経紀」に諸説があるが、いまは、『代匠記』に『文選』曹子建《そうしけん》「七啓」の序「人事之紀経」と、その劉良《りゅうりょう》注「経紀ハ常理ナリ」を示しているのに従う。「人事の経紀」とは「俗道の定めとしての変滅」。それが申臂のほど（臂を屈伸する短時間）であるという。

(6)空しく浮雲と大虚を行き――有為転変・五蘊皆空のありようを、大空を漂うて跡形もなく消え失せる浮雲にたぐうものとして比喩した。仏典に多い比喩。

(7)心力共に尽きて寄る所無し――「心・力」は、心自体とその働きと。心力もまた拠り所たる不変の実体が無い。

二　文体と思想

序

「序」は文体の名である。『文体明弁』（巻四十四）に、

按二爾雅一云、序緒也。字亦作レ叙。言其善叙二事理一次第有レ序若二糸之緒一也。……其叙事又有二正変二体一。〔系以レ詩者為二変体一〕。

とある。本序は、主題である「俗道仮合云々」の理を叙して詳しく、論理的に継いで三段よりなっている。まさしく「善ク事ノ理《ことわり》ヲ叙シ、次第《つぎて》ニ序有ルコト糸ノ緒ノゴトシ」という内実と形式とを持っている。また「系《つ》グニ詩ヲ以テスル者」である。詩は序を要約した韻文で、その点は仏典における偈《げ》にも似ている。

整々たる駢儷体

（第1段）

竊以
釈慈之示教　先開三帰五戒　而化法界
周孔之垂訓　前張三綱五教　以済邦国
故知
引導雖二
得悟惟一
也

（第2段）

但以
世無恒質　所以陵谷更変
人無定期　所以寿夭不同
撃目之間　百齢已尽
申臂之頃　千代亦空
旦作席上之主
夕為泉下之客
白馬走来
黄泉何及
朧上青松　空懸信剣
野中白楊　但吹悲風
是知
世俗本無　隠遁之室
原野唯有　長夜之台

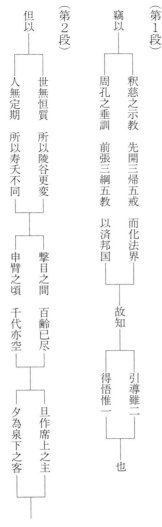

（第３段）

先聖已去
後賢不留
——如有贖而可免者　古人誰無価金乎　未聞独存遂見世終者——所以

維摩大士　疾玉体于方丈
釈迦能仁　掩金容于双樹

内教曰——不欲黒闇之後来
莫入徳天之先至
——故知——生必有死　死若不欲　不如不生

況乎——縦覚始終之恒数
何慮存亡之大期
——者也

この序は、右のように終始きちんとした駢儷体を構え、目にも美しく口にも快い。「沈痾自哀文」の理屈っぽく激越で、情意も赤裸々に表白した散文体と、此の序の、「明晰な論理性」（中西進「俗道悲歎の詩」『山上憶良』河出書房新社、昭48）を印象させられる整々たる駢儷体との間の、情と知、主張と内省、動と静の対照は著しいものがある。中西進はいみじくも、この序の「透明な論理性」は、「沈痾自哀文」の「嗟歎の曇りを払ったものだ」と言った。この序と同じ趣旨の題詞を持つ「世間難住といふことを哀しぶる歌一首并せて序」（５・八〇四—八〇五）が有るのだが、そこには「一章の歌を作りて二毛の嘆きを攬《のぞ》かむ」という述作の意図が記されていた。もちろん中国の詩論に基づくカタルシスの考え方である。「自哀文」はひたぶるに自愛の思いを主張し、老病の苦悩を天に向かって訴え、これはもっぱらに苦悩を内省し、自ら慰め、浄化しようと努めた。それぞれの文体を持つ両作品は、製作相次いで共に良く〝死の準備〟をするものであったと言って良い。

何にぞ存亡の大期を慮らむ

従来、最後の一文

況むや、縦ひ始終の恒数を覚るとも、何にぞ存亡の大期を慮らむ

がよく判らなかった。「始終の恒数」とは、始めあれば終わり有りという常理、生けるものは必ず死有りという定則である。「有レ生者必有レ死、有レ始者必有レ終、自然之道也」（『揚子法言』巻一二）、或いは「始有り終有るは是の世の常の理なり。生有る者は必ず滅す。即ち人の定まれる則なり」（『続《しょく》遍照《へんじょう》発揮《はっき》性霊集《せいれいしゅう》補闕抄《ほけつしょう》』巻八）など。では、始め有れば終りが有るという定めを覚悟した上でなお、思慮を絶つという「存亡の大期」とはいったい何だろうか。

通説は「生死の重大な時期、死の時期」というものであった。だがその解釈では、「生けるものは必ず死有り」とりっぱな覚悟は述べてみたものの、落ち着くところは「自分の死ぬ日はいつか」というような次元の低い問題への関心（死に対する恐怖）であったことになってしまう。これでは、土屋文明が「彼が決して悟つた人でないこと、又所謂宗教的悟入などを目ざさぬ人であることを示すものであらう」（『旅人と憶良』創元社、昭17）と貶したのももっともなことになるのであって、憶良には弁解の余地もないであろう。通説はやはり考え直したい。

近来諸説が出され、また論争があった。それらの概要は、

「憶良の言葉『存亡之大期』又々の説―言説を離れ籌量を絶つ―」（『憶良・虫麻呂と天平歌壇』翰林書房、平9、初出平2）

に整理して記した。私自身くるくると猫の目のように解釈を変え、あれこれ迷って来たところであったが、結局のところ右の拙稿に於いて、「輪廻転生のさだめ」とした辰巳正明説（「憶良を読む―六朝士大夫と憶良―」『万葉集と中国文学第二』

笠間書院、平5、初出昭63）に賛成して、仏典語としての諸用例の検討をも試みた。「存亡」は「生死」と同義であるが、ただしこの場合は「一期の生死」（一回限りの生死）の意味ではなく、生々世々《しょうじょうせぜ》、三世《さんぜ》（過去・現在・未来）にわたり三界（欲界・色界・無色界）を歴廻《へめぐ》ることを言う。「始終之恒数」との相違もここで明らかである。かれが「始・終」の恒数であるのに対して、これは「無始・無終」の大期である。「大期」は、その原義「大いなるさだめ」であり、人倫にとって大いなる定めとは、須臾遷変《しゅゆせんぺん》・生死輪転することであるから、「大期」の二文字だけで遷変・輪廻を意味して用いた仏典の用例も少なくない。一文の大意は次のようになろう。

たとえ、始めが有れば終りが有る、生ける者は死ぬという定めは覚悟して受け容れたとしても、ましてあの、生まれ、生まれ、生まれ、生まれて始めが無く、死に、死に、死に、死んで終ることも無い三界の漂流という観念に至っては、吾人の思慮が及ぼうか？　及びもつかない。

痛恨の反語のかなたに

「輪廻転生」という、この〝戦慄的な〟観念の前には、万葉人にとって懐かしい「妣《はは》の国」も、「常世国」の憧れも、雲散霧消してしまう次第だ。生の意味ももう一度根底から問い直さなければならなくなる。

何《いか》にぞ存亡《そんぼう》の大期《だいご》を慮《おもひはか》らむ！

この「反語」に、天平の知識人憶良の、嘘偽りのない痛恨の思いを読み取って良い。そうして、この痛恨の反語の向こうにこそ、憶良の世間蒼生の文学の世界が拓かれたのだと私は思う。

山上憶良——人生を歌った〝言志〟の歌人

天平時代の代表的知識人のひとり山上憶良は、いったいどんな横顔をしていたか。憶良とその作品の世界が、その前後の和歌史の流れの中で突出し孤立しているかのような印象を与える理由……それが今問われているのであろう。とても一筋縄でつかまるような憶良老ではないが、とにかくその経歴からたどってみよう。

青年時代——学問・遊芸に励む

憶良は斉明天皇六年（六六〇）に生まれた（通説）。かの大津皇子より三つ年上である。名門粟田《あわた》氏から枝分かれして居地山上を名乗るようになった小族山上氏の二代目か三代目であろうかと筆者は推測している。カバネも位も持たない青年時代は、好学の粟田一族の環境に恵まれて漢学に身を入れたらしい。中国語も勉強したようである（憶良は天智朝に百済から渡来した医師憶仁《おくに》の子ではないかという学説があり、その説によればなおさらのこと、生来好学の環境に恵まれていたことになる）。

漢学に親しむ一方で、柿本人麻呂や高市黒人、長意吉麻呂らと交わり、作歌や弾琴唱歌を競いあう仲間であったらしい。時代は、前代の天武天皇の皇親政治と礼楽思想による文化振興政策が大きく実を結んだ、いわゆる白鳳の盛期である。強力な皇室権力の下に社会の全面で皇親が優位に立った。天智・天武の諸皇子たちは競って自ら文化的指導者とも保護育成者ともなり、そこに「皇子文学圏」といわれるような文雅の場が生まれ、広がった。

憶良は出世の機をうかがって天智天皇皇子川島皇子の側近くに居たらしく、あるいは同皇子の舎人《とねり》であったかという推測もある。皇子は三歳年下の憶良の好学の志や作歌・音楽の才を愛して、自分の名前で憶良に作歌させ、行幸の旅先の宴会で歌わせたこともある。

紀伊国に幸《いでま》す時に川島皇子の作らす歌〈或は云はく山上臣憶良の作なりといふ〉

白波の浜松が枝《え》の手向《たむけ》くさ幾代《いくよ》までにか年の経《へ》ぬらむ　（1・三四）

若い時分のこの漢学・中国語の学力と作歌・音楽の伎芸とが、憶良のその後の生涯の路線を決定したようである。

大唐帝国へ――遣唐少録

憶良が世に出る機会がやってきた。大宝元年（七〇一）宗家と頼む粟田朝臣真人が第七次遣唐執節使に任命され、憶良は真人の推薦のおかげであろう、少録（書記）に抜擢された。この海外派遣を機に「山上臣」のカバネを賜る慶びもあったらしい。

大宝二年渡航、唐土にとどまること何年か。少録であるから執節使真人の側にぴったり張りついて往復したものとすれば、ほぼ一年半の中国滞在。折しも武周政権の終末期、爛熟の華やぎの中に頽廃の甘酸っぱい臭いが立ちまよう長安の街衢《がいく》で、憶良がせっせと購入した書籍には、『李善注文選《もんぜん》』『抱朴子《ほうぼくし》』『芸文類聚《げいもんるいじゅう》』の類、中には『鬼谷《きこく》先生相《そう》人書《じんしょ》』という人相判断の俗書や『志怪記《しかいき》』などいう怪異譚の類もあったらしい。当時評判の艶情小説『遊仙窟《ゆうせんくつ》』も忘れずに買い求め、旅嚢の底にしまいこんだ。

山上臣憶良、大唐に在る時に、本郷《もとつくに》を憶ひて作る歌

いざ子ども早く日本《やまと》へ大伴の御津《みつ》の浜松待ち恋ひぬらむ　（1・六三）

帰国は大宝四年（慶雲元年・七〇四）七月、粟田真人と同船であったろうか。その翌年遣唐の功労によって正六位下

に叙されたらしい。

鄙へ――牧民官の生活

その後の消息はしばらく不明だが、和銅三年（七一〇）十月平城京遷都のことがあり、その四年後の和銅七年正月、従五位下に叙位された。小族山上氏の長は、五十五歳にしてやっと貴族階級の末席に連なることができた。憶良は新調の浅い緋《あけ》色の衣を身にまとい、黒い薄絹の頭巾《ときん》を半白の頭にいただき、少々ぎこちなく構えて参内したであろう。

翌々霊亀二年（七一六）四月、伯耆守に任ぜられた。初めての上級管理職任官であるし、伯耆国は立派な上国の格式である。五十七歳の身にはこたえる旅も我慢して山陰道を下った。国府は鳥取県倉吉市国府字三谷にあって、西方に伯耆大山の秀峰を仰ぐところだ。翌三年九月、美濃国当耆《たき》郡多度山《たどやま》（今の養老山）の美泉を大瑞《たいずい》としてよろこんで、元正天皇の美濃行幸があり、その途次近江国琵琶湖畔で、かつて例を見ない大掛かりな音楽会が催された。元正朝の政治が天武朝以降の礼楽思想を大々的に継承するものであることを、天下に闡明《せんめい》した催しである。山陰・山陽・南海道の計十四ヵ国の歌舞団が参集した。伯耆守憶良もみずから歌人舞人たちを率いてはるばる東征、伯耆国の土風《くにぶり》の歌舞を奉仕せしめたと思われる。ついで美濃国不破行宮においても東海・東山・北陸道諸国の歌舞が奏上された。元正天皇は多度山に行幸、親しく美泉を身に浴びた。

美濃行幸から帰京して十一月、元正天皇は養老改元の詔を下した。その要旨は、

美濃国多度山の美泉は天が賜うた大瑞である。天下に大赦するとともに元号を改めて養老とせよ。八十歳以上の老人に位一階を授け、年齢に応じてそれぞれ褒美を与えよ。孝子・節婦等を表彰し租税を終身免除せよ。身寄りの無い者・生活困窮者・病人等を扶助せよ。国の長官じきじきに出向いて慰問し、親しく湯薬を与えよ。山沢に亡命している者や武器を隠匿している者等をきびしく処分せよ、云々。

というものである。憶良は史生や医師の一団を引きつれて管下をこまめに歩き回り、老・病者の慰問・貧民救済・善行の表彰のために心身を労したはずである。

地方民衆の生活の苛酷な現実になまなましく触れたこの時期の体験やそれに基づく思索が、後年、山沢亡命者を諭す「惑情を反《かへ》さしむる歌」（5・八〇〇〜八〇一）、老残の悲哀を歌う「世間難住といふことを哀《かな》しぶる歌」（5・八〇四〜八〇五）、親に先立つ孝子の嘆き「熊凝《くまごり》の為に其の志を述ぶる歌」（5・八八六〜八九一）、貧窮の困苦の中に無告の民の声を聞く「貧窮問答の歌」（5・八九二〜八九三）等々の佳作を生む肥やしになったことは疑いがない。

養老三年（七一九）七月、按察使《あぜち》の制度が創始せられ、出雲・伯耆・石見三国を監察することになった息長《おきなが》真人臣《おみ》足《たり》という男がやってきた。この男、名門の出を誇り、学問もあり、若輩の身で按察使の大任に抜擢された能吏であったが、在任中権勢を振りかぎしてせっせと収賄、財テクに励んだため、後年位禄を剥奪された男である（『続日本紀』神亀元年十月二十九日条）。憶良はこの汚職官僚に一年ばかり付き合ったようだが、おそらく腹に据えかねていたであろうから、臣足を告発する連判状の中には憶良の署名もあったかもしれない。

都へ——宮廷風流の中心

養老三年、日照りが続き、全国的に飢饉が蔓延した。六道の諸国は義倉を開いて飢民救済に大わらわであった。翌四年、引き続く飢饉で騒然としている中を、憶良は伯耆守の任解けて帰京した。五年正月、名立たる学者・文人・技芸の士十数名と共に「朝廷を退出した後、東宮に侍れ」という命令を受けた。当時二十一歳の皇太子（後の聖武天皇）に帝王学を講ずる晴れがましい大役である。憶良は音楽の教育を担当し、古今の歌謡や弾琴唱歌の伎芸を皇太子に手ほどきしたものであろうとは筆者の推測である。若い時分に柿本人麻呂や高市黒人らと弾琴唱歌の伎芸を競いあった実績が身を助けたのである。この時期に、宮廷音楽の整備充実を図るため、宮廷大歌の台帳とすべく『類聚歌林《るいじゅうかりん》』

を編纂したらしい（編纂目的・時期には異説もある）。

神亀元年（七二四）、皇太子が即位した。この時、東宮侍講の憶良はそのまま横滑りして侍従となり、音楽好きの新天皇の宮廷を遊芸で飾って世に「風流侍従」ともてはやされた十余人（『藤氏家伝』下）のグループの一員になったのではないかというのが、筆者の思惑である。「風流侍従」たちは前代からの礼楽思想を継承する聖武宮廷の歌舞管弦振興政策の推進者であったと考えられる。山部赤人や笠金村を新顔の宮廷歌人として取り立て、引き回したのも憶良たちであったろう。ほぼ三年間のこの時期が、憶良の生涯にとってもっとも華やかで晴れがましい時期であったかと思われる。

倭文手纏《しつたまき》数にもあらぬ身にはあれど千年《ちとせ》にもがと思ほゆるかも　（5・九〇三）

憶良は、前代の人麻呂グループの生き残り、天皇側近の遊芸の師として敬意を払われ、時の左大臣長屋王の邸宅の七夕宴に招請されて七夕歌を歌わせられたり、権勢家藤原房前《ふささき》から息男八束《やつか》の音楽教育を頼まれもしたらしい。次の二首などは、あたかもこの時期の憶良が弾琴唱歌の弟子たちに与えた、おさらい用の歌曲ではないかと筆者は思っている。

秋の野の花を詠む歌二首

秋の野に咲きたる花を指《および》折りかき数ふれば七種《ななくさ》の花　その一　（8・一五三七）

萩の花尾花葛花なでしこの花をみなへしまた藤袴朝顔の花　その二　（8・一五三八）

解き放たれた文学魂

神亀三年の秋冬の頃、筑前守となって筑紫に下った。天皇の身辺に侍り、貴紳家に出入りする恵まれた優雅な生活から、一転してふたたび下民の生業や鶏豚の世話におよぶ牧民官生活への転出であった。天離る鄙の地で、当然憶良の風流の意気は鬱屈したであろう。

　しかし幸いなことに、神亀四、五年の交、新しい大宰帥として大伴旅人卿を迎えることができた。当時大宰府には多士済済、大弐紀男人《きのおひと》（憶良と同時の東宮侍講の一人、文章の大家・詩人）、少監土師百村《はにしのももむら》（同上侍講の一人、楽舞の人か）、薬師張福子《ちょうふくし》（医師であり、また当時有数の方士）、大典麻田陽春（詩人）等、当代第一級の文化人がいた。風流の帥《そち》大伴旅人を中心として「筑紫歌壇」とも言われる文雅の交わりが生まれた。

　旅人邸で行なわれる七夕宴・梅花の宴その他の席上で、憶良老が、昔とった杵柄、何かといえば歌を求められて小鼻をうごめかしたこと疑いない。

　　　山上憶良臣、宴《うたげ》を罷《まか》る歌

　憶良らは今は罷らむ子泣くらむそれその母も我《わ》を待つらむぞ　（3・三三七）

トウトウタラリの酩酊ぶりである。憶良は酒豪としても相当なものであったらしい。そんな雰囲気の中で鬱屈していた憶良の創作意欲もかき立てられた。宮廷という伝統的文雅の場を離れたことによって、かえって自由に解き放たれた文学魂が憶良の心を揺さぶったのである。

　和歌の世界にはすでに、多彩で委曲を尽くした叙情表現の伝統があった。若い日の歌友である人麻呂が切り開いた、悲壮感を積み重ね盛り上げるあの「動乱調」とも言われるスタイルなど、もはや余人にそれを超えることはできないと思われる。清明の山水を歌って理想も高らかに永遠を寿いでは、都の新人山部赤人にまさる者はいない。あるいは、『遊仙窟』趣味のフィクション仕立てや瓢逸の風刺で宴席を魅了する芸当では長官旅人の洒落っ気に一籌《いっちゅう》を輸する。

　しかし、和歌はまだ中国の詩文と並び立つことが出来るような格調高い思想的・論理的な表現の機制を手に入れてはいないではないか。和歌が単なる儀礼の装い、宴の座興、男女の媒《なかだち》の具でおわるのであるならば、我々日本の歌人は、それこそ死して糞壌と化するのみではないか。かの魏文帝（曹丕《そうひ》）も言っている、「人間七尺の身体も死んでしまえば一塊の土くれだ。ただ徳を立て名を揚げることによって、不朽となる。書物を著わすのも不朽の名をとどめる一番の方法だ」（「王朗に与ふる書」『魏志』「文帝紀」ほか）と。「詩ハソノ志ヲ言フ」（『礼記』「楽記」）ともある。日本の歌を、日頃親しんでいる漢詩と並び立ち得るまでに、詩として鍛えてみたい。あるいはそれによって我が名が後代に語り継がれることもあろうか。

士《をのこ》やも空《むな》しかるべき万代《よろづよ》に語り継ぐべき名は立てずして　（6・九七八）

おそらくそういう思いが、この時期の憶良の心に萌したものと思う。幸い憶良の志を理解し、期待してくれる人々がいた。旅人を中心とする筑紫の文雅の交わりである。

言志の歌の誕生

いまは、憶良がいろいろな工夫を試みた数ある作品の中から、もっとも高い文学的達成度を示す作品「貧窮問答の歌」を取り上げて若干の批評を試みておこう。

貧窮問答の歌一首　并《あは》せて短歌

〔問いの歌〕風雑《まじ》り　雨降る夜《よ》の　雨雑り　雪降る夜《よ》は　すべもなく　寒くしあれば　堅塩《かたしほ》を　取りつづしろひ　糟湯酒《かすゆざけ》　うち啜《すす》ろひて　咳《しはぶか》ひ　洟《はな》びしびしに　しかとあらぬ　鬚《ひげ》かき撫でて　我《あれ》をおきて　人はあらじと　誇ろへど　寒くしあれば　麻衾《あさぶすま》　引き被《かがふ》り　布肩衣《ぬのかたぎぬ》　有りのことごと　着襲《きそ》へども　寒き夜《よ》すらを　我《われ》よりも　貧しき人の　父母は　飢ゑ寒《こ》ゆらむ　妻子《めこ》たちは　乞ひ乞ひ泣くらむ　この時は　いかにしつつか　汝《な》が世は渡る

《私訳》風にまじって雨が降り、雨にまじって雪が降る、滅法寒い夜だから、堅塩つまんで嘗めながら、ちびちび啜る糟湯酒。やたら咳きこみ洟すすり、しょぼしょぼ鬚を撫でさすり、世間のやつらは皆木偶《でく》だと、威張ってみたが寒くって、すっぽりかぶる麻ぶとん。布の袖無しありったけ、重ねて着ても寒い夜を、わし

より貧しい人たちの、父母や妻子はひもじかろう、こごえて泣いているだろう。こんな時にはどうやって、

君らの暮らし、耐えてゆくのだ？

この問いの歌の人物像（歌い手）は、憶良の自画像とおぼしい。もちろん国守クラスの貴族憶良の実生活がこの男のように貧相なものであったはずがない。糟湯酒を啜りながらブツクサ不平を言っているこの男の姿は、あるいは永年下級官吏生活に耐えてきた前半生の追憶の中にある自画像と言ってもよいだろうか。そして貧書生時代の自画像を描いて見せたところに、憶良の皮肉な魂胆をみてとることも出来る。貴族の身分や筑前守の肩書きなどは憶良にとって洒落にも文学にもならないものだったのである。

それにしてもこの男の姿は、なんと諧謔的なことか。水っ洟を啜り貧相な鬚を撫でながら「世間のヤツ等はみな木偶の坊だ。このワシをおいて人物はおらん」などと威張ってはみたが、あまりの寒さに麻布団をひっかぶる。憶良は万葉作家中でも有数のユーモリスト、他人を眺めるように自分のことを眺めることができる人なのだ。それは同時に他人のことを我が事のように歌うことが出来る人の意味でもある。

問いの歌に応えて、極貧者が歌い出す。

〔答えの歌〕天地《あめつち》は　広しと言へど　我《あ》がためは　狭《さ》くやなりぬる　日月《ひつき》は　明《あか》しと言へど　我《あ》がためは　照りや給はぬ　人皆か　我《あ》のみや然《しか》る　わくらばに　人とは在るを　人並《ひとなみ》に　我《あれ》も作《な》れるを　綿《わた》もなき　布肩衣《ぬのかたぎぬ》の海松《みる》のごと　わわけさがれる　かかふのみ　肩にうち掛け　伏廬《ふせいほ》の　曲廬《まげいほ》の内に　直土《ひたつち》に　藁《わら》解き敷きて　父母《ちちはは》は　枕の方《かた》に　妻子《めこ》どもは　足《あと》の方《かた》に　囲《かく》み居て　憂へ吟《さまよ》ひ　竈《かまど》には　火気《ほけ》吹き立てず　甑《こしき》には　蜘蛛の巣掛きて　飯炊《いひかし》く　ことも忘れて　ぬえ鳥の　のどよひ居るに　いとのきて　短きものを　端《はし》切ると　言へるがごとく笞《しもと》取る　里長《さとをさ》が声は　寝屋処《ねやど》まで　来立ち呼ばひぬ　かくばかり　すべなきものか　世間《よのなか》の道　（5・八九二）

《私訳》天地は広いと言うが、わしらにはどうして狭い？　日も月も明るいはずが、わしらにはどうして暗

い？　皆そうか？　わしだけそうか？　得難くも五根《ごこん》具えた、人としてあるこのわしが、袖無しの綿もぼぼけて、海松《みる》のように破れて垂れた、ぼろぎれを肩にひっかけ、傾いてひしゃげた小屋で、藁を解き地べたに敷いて、父母は枕の側に、妻や子は足の方に、取り囲み苦しみあえぎ、竈《かまど》には煙も立てず、甑《こしき》には蜘蛛が巣を張り、飯を炊くことも忘れて、ひいひいと呻いていると、「短材の端《はし》切る」という　諺を地でゆくように、里長が笞を鳴らして、寝処まで踏み込みわめく。こんなにも術《ずつ》ないものか？　この人の世は。

山上憶良の工夫の第一は、この戯曲的問答形式である。この構成によって「貧窮」のテーマが特定の個人の特定の状況ではなくなり、この世間一般の問題として対象化され客観化されることになった。工夫の第二は、生活臭を漂わせて無類の日常語・俗語を自由奔放に取り入れちりばめることによって、「世間」の主題を写実的に肉付けしている。工夫の第三は、漢語や仏典語を和語・和文脈に翻案し（歌中の傍線部）、作品の論理的・思想的骨格に仕立てたことである。

憶良の魂胆──思想と方法

歌詞「わくらばに人とは在るを　人並に我も作れるを」は、おそらく『大般涅槃経』の次の文言に依拠している。

世に六つの出会い難いことがある。第一に、……（中略）……第五に、人身は得難いということ。第六に、諸根は具し難いということ。（高貴徳王菩薩品）

真理に向かって進み、ついには真理に到達する尊い五つの能力（信《しん》・勤《ごん》・念《ねん》・定《じょう》・慧《え》）を具えているのは万物の中で人間だけである。人身は万に一つも得難い。この世に人間として生を享け、人間として五根を具えていることを、無上に尊いことであると仏典は教える。大乗仏教の根本思想の一つである。憶良は、この「人間尊貴の主張」をば、社会の底辺の襤褸をまとうた「極貧者」をして歌わしめたのである。その魂胆は知れていよう。

問答歌に添えられた短歌一首、

世間《よのなか》を憂《う》しと恥《やさ》しと思へども飛び立ちかねつ鳥にしあらねば

（5・八九三）

人はみな、苦悩に満ちたこの人生を辛いとも思い、恥ずかしいとも思いながら生きている。しかしながら、自由に空を翔ける鳥ではない以上、地上にへばりついている人間である以上、その人生にふてぶてしく居直って生きて行くほかないのだ、と。この歌から理解できるだろう、憶良がいかに愛情と感動をこめて愚痴の世間相をさまざまに描くことに専念したかという、その理由を、またその文学的方法を。貧窮・老醜無残・病患・愛執・愚痴その他さまざまな迷妄の中にこそ、汚泥にまみれて息づく人間の真実と尊貴とを見つけることができたのだから。

天平五年（七三三）、七十四歳で憶良は死んだらしい。彼にもっと時間が与えられていたら、と思うのは後人の愚痴に過ぎないかもしれない。

山水有情——憶良・旅人の場合

一　山上憶良

憶良の風景、それを一言で言えば、「有情の自然」である。

私の推測によれば、天平初の某年の七月、憶良は博多湾口の志賀島を訪れて島民のつましい魂祭りのわざを見た。魂棚に飯を供え、門口に立って死者の魂を迎える姿や、死者の飲食を載せて沖に放つ精霊舟行事を見た。緑にうるおう能古の島を浮かべて波あくまで穏やかな博多湾には、大舟小舟を連ね潜水して魚介を獲る海人の姿もあった。憶良の目が眺めていたものは、志賀島一帯の非情の自然と、海人の群の日常的な漁撈の姿と、つましい魂祭りのしるしとがすべてであった。たまたま数年前の対馬送粮船の遭難事件の話を耳にしていた憶良は、それら言わばアノニムな風景と日常的で平凡な時間とをば、荒雄という名の一漁民の遺族の怨念の八年という特殊な情況に仕立て上げた。

荒雄らは　妻子《めこ》が産業《なり》をば　思はずろ　年の八年《やとせ》を　待てど来まさず　（16・三八六五）

その想像力の所産が「筑前国の志賀の白水郎の歌十首」（16・三八六〇～九）である。(1) 志賀島の山も海も水田も、帰らぬ荒雄を待ってうらぶれた有情の風景と化した。

志賀の山　いたくな伐りそ　荒雄らが　よすかの山と　見つつ偲はむ　（三八六二）

荒雄らが　行きにし日より　志賀の白水郎《あま》の　大浦田沼《おほうらたぬ》は　さぶしくもあるか　（三八六三）

島民のつましい魂祭りのわざ、魂棚に飯を供え、門口に立って死者を迎える姿や、死者の飲食を載せて沖に放つ精霊舟も、荒雄の遺族の怨念に彩られて悲劇的な形象となった。

荒雄らを　来むか来じかと　飯《いひ》盛りて　門《かど》に出で立ち　待てど来まさず　（三八六一）

沖行くや　赤ら小船に　つと遣らば　けだし人見て　開き見むかも　（三八六八）

海人が大舟小舟を連ね魚介を求めて潜きする風景も、荒雄の遺族の未練執着のわざに染め上げられた。

大舟に　小舟《をぶね》引き添へ　潜《かづ》くとも　志賀の荒雄に　潜き逢はめやも　（三八六九）

憶良は、一部の万葉歌人のように山水・自然を観賞的に眺めることは全くしなかった。地名を詠み込むこともまた他者と比べて低率であった。(2)その理由としては、彼の創作的関心が一般に人事的、倫理的な主題に傾いていたことを指摘することができる。だから、憶良がその歌に詠み込むことをした数少ない地名や山水・自然の形象はいつも、この世の人間の営みの背景としてであり、そうしていつも人生的な様々の哀歓や憶良の倫理観を象徴する有情の形象としてである。

いま少し、例歌をあげて見よう。まず、妻をうしなった旅人に献じた哀悼の歌。

妹が見し　棟《あふち》の花は　散りぬべし　わが泣く涙　いまだ干なくに　（5・七九八）

初夏の空をほのかに彩っていたあふちの花を、病床の妻はたしかに見たのだった。しかしホトトギスが来鳴く時節の到来を妻は待てなかった。今や散り初めたあふちの花の淡々しい薄紫色が気分象徴しているものは、あまりにもはかなく頼りない人事の転変というものであろう。涙だけはいつまでも乾くことがない。

大野山　霧立ちわたる　わが嘆く　息嘯《おきそ》の風に　霧立ちわたる　（5・七九九）

嘆息が霧となって立つと言うのは万葉時代の俗信(3)だから必ずしも憶良独自の発想とは言えないけれども、霧立ちこめる大野山を嘆きの色一色でむしろ豪快に染め上げた手法は、やはり憶良の想像力ならではの観があるであろう。

春されば　まづ咲く宿の　梅の花　独り見つつや　春日くらさむ　（5・八一八）

「独り見つつや」の「や」は、軽い疑問を含んだ詠嘆。「独り眺めてこの一日を暮らすとしようか」と言う。花魁、すなわち衆花に先んじて独り咲く孤芳の花が梅花であり、それに真向かう「独り」もまた孤芳の人でなくてはならない。憶良の梅花は、憶良その人のあの頑固なまでの自恃の精神態度と共感する有情の花である。

憶良は「明星（明の明星）」「夕星（宵の明星）」を歌っている。「夕星」は他に人麻呂も歌っているが（2・一九六）、「明星」は憶良がただひとり歌っている。

……我が中の　生まれ出でたる　白玉の　吾《あ》が子古日は　明星《あかぼし》の　明くる朝《あした》は　しきたへの　床の辺さらず　立てれども　居れども　共に戯れ　夕星《ゆふつづ》の　夕《ゆふへ》になれば　いざ寝よと　手を携はり　父母も　うへはなさがり　三枝《さきくさ》の　中にを寝むと　愛《うつく》しく　しが語らへば……　（「男子名は古日に恋ふる歌」5・九〇四）

明の明星・宵の明星は共に、親子の情愛の日々を象徴する美しい枕詞となっている。星を見ても花を見ても、憶良という人はこの世の人の営みを離れては歌えない人だったのではないか。

長忌寸意吉麻呂、結び松を見て哀咽《かな》しぶる歌二首

磐代の　岸の松が枝　結びけむ　人はかへりて　また見けむかも　（2・一四三）

磐代の　野中に立てる　結び松　こころも解けず　いにしへ思ほゆ　（一四四）

山上臣憶良、追ひて和《こた》ふる歌一首

鳥翔成　あり通ひつつ　見らめども　人こそ知らね　松は知るらむ　（2・一四五）

有間皇子の結び松を見て詠んだ歌である。皇子の悲劇を追憶してもっぱらその悲哀と感傷に収斂する意吉麻呂の詠嘆に対して、憶良の詠嘆が異質である所以は、現前する非情の松が皇子の悲劇的な生涯を唯一今に証す有情のものに化している点である。この歌において憶良の関心は皇子の悲劇の回想にはなくて、無言で語りかけてくる年経た結び

松への感動にある。憶良の活発な想像力は、自然を見るときの憶良を敬虔なアニミストにしてしまう。

神功皇后の鎮懐石を歌っては、

かけまくは　あやに畏し　足日女《たらしひめ》　神の命　韓国《からくに》を　向け平げて　御心を　鎮めたまふと　い取らして　斎ひ給ひし　真玉なす　二つの石を　世の人に　示し給ひて　万代に　言ひ継ぐがねと　海《わた》の底　沖つ深江の　頸髪《うなかみ》の　子負《こふ》の原に　み手づから　置かし給ひて　神ながら　神さびいます　奇御魂《くしみたま》　今の現《をつつ》に　尊きろかも　（5・八一三）

憶良の目は、足日女神の命の「天地の共に久しく言ひ継げ」という意志を「今の現に尊く」示現する二つの石にひたと据えられる。ここでも非情の石が有情物に化している。

山上臣憶良、秋の野の花を詠む歌二首

秋の野に　咲きたる花を　および折り　かき数ふれば　七種の花　其の一　（8・一五三七）

萩の花　尾花・葛花　撫子が花　をみなへし　また藤袴　朝顔が花　其の二　（一五三八）

この七種の選択に文雅の花・非文雅の花の区別、美・醜の差別は無かった。あるいは黄に、あるいは淡い紫に、また銀白に、そしてあるものは人の見る目も華やかに、あるものは野の片隅に目立たず、己が分々秋の野を飾り、ひとしく甘雨にうるおうている。大伴熊凝や、志賀の海人や、曲廬の中の貧者たち、名もない衆庶のひたぶるな生を見つめて歌った憶良が、秋の野の草を眺めて歌い上げたものは、なおこの地表の生の一途なあわれさ・いとしさであった。憶良の文学（あるいは想像力）の志向する自然がどういうものであるかを、この七種の有情の花が一番よく語っているであろう。

二　大伴旅人

旅人の自然、それを一言で言えば、「感傷の風景」である。

暮春の月、吉野の離宮に幸す時に、中納言大伴卿、勅を奉りて作る歌一首　并《あは》せて短歌〈未だ奏上を経ぬ歌〉

み吉野の　吉野の宮は　山からし　貴くあらし　川からし　さやけくあらし　天地と　長く久しく　万代《よろづよ》に　変はらずあらむ　行幸《いでまし》の宮　（3・三一五）

反　歌

昔見し　象《きさ》の小川を　今見れば　いよよさやけく　なりにけるかも　（三一六）

飛鳥京・藤原京の時代には頻繁に行われていた吉野行幸も、平城京時代になると養老七年（七二三）五月の元正天皇の行幸があったぐらいで途絶えていたが、以来久々に神亀元年（七二四）三月、聖武天皇の吉野行幸があった。右の歌はその折の作歌であろうかと言われている。勅を奉じて作歌したものであるが、何らかの事情で奏上されずにおわったという。長歌は行幸供奉の際の奏上歌として離宮讃歌の約束通り、吉野離宮を取り巻く山水の貴さ・清さを讃め、離宮の万代長久を寿いでいる。長歌の末三句「万代に変はらずあらむ行幸の宮」という寿ぎを現に実現しているものとして、反歌では象の小川の清らかさを、昔見たままに、いないな昔見たよりも一層清らかであると歌い納めた。ところで、この「昔」は、「今」すなわち聖武天皇神亀の御代（天平時代）に対して、旅人自身の若かりし日、しばしば吉野行幸に供奉した飛鳥京・藤原京の時代（白鳳の盛期）を追憶して言うものであろうと考えて間違いなかろう。天平時代の時代精神の底流には白鳳時代への憧れというものが潜んでいると私はひそかに信じているものであるが、旅人のこの歌はまさに「昔」即ち白鳳への憧れの上に立って、その引き合いの上に「今」即ち天平の御代を賛美するという発想をとっている。ここで「今」の聖代を賛美しているのは、奏上歌の約束に（タテマエとして）従ったまでである。旅人のホンネは、果たして天平の「今」の時代を白鳳の「昔」にまさる聖代として、朗々と歌い上げることが出来たであろうか。それは疑問である。

私は旅人の有名な「讃酒歌十三首」の思想と叙情を論じて、つぎのように述べたことがある。「天平という時代は律令制度という法制・礼制の上に大小の貴族勢力が拮抗しつつ成り立っていた社会であるから、その中に因循姑息な法治主義者や形式的な礼教主義者、また右顧左眄する俗物的な立身出世主義者や保身主義者、あるいは巧言令色をこととする者たちがはびこっていたことは想像するに難くなく、そうした時代と社会の偽善的なエトスに対する大伴旅人の反発」が「讃酒歌」の制作動機のひとつである、と。(4) 皇室絶対扈従の精神を伝統的に持っている守旧的な大伴一族にとって、皇室勢力が未曽有の高まりを見せた白鳳の盛期は、理想と栄光の時代であった。「昔見し象の小川」は、旅人にとって喪われた幸福な過去の追憶の中にある風景なのであった。

神亀四、五年の交大宰帥として赴任し、ほぼ三年間在住した筑紫で、旅人が歌った「懐郷」の歌々もまたやがて「懐旧」の歌に他ならなかった。

我が命も　常にあらぬか　昔見し　象の小川を　行きて見むため　(3・三三二)
浅茅原《あさぢはら》　つばらつばらに　物思へば　古りにし里し　思ほゆるかも　(3・三三三)
忘れ草　我が紐に付く　香具山の　古りにし里を　忘れむがため　(3・三三四)

「象の小川」(吉野)も「香具山の古りにし里」も、共に旅人にとって飛鳥・藤原京時代の追憶の中にある感傷の風景である。それが果たして今もなお昔の姿のままに存在するかどうかあやぶむ思いは、旅人自身隠そうとはしない。

我が行きは　久にはあらじ　夢のわだ　瀬にはならずて　淵にてありこそ　(3・三三五)
しましくも　行きて見てしか　神奈備の　淵は浅せにて　瀬にかなるらむ　(6・九六九)

「夢のわだ」は吉野、「神奈備の淵」は飛鳥である。

このように、旅人の叙情がたやすく感傷に流れる傾向は、単にその育ちのよい鷹揚でかつ繊細な人性に発しているもののみ、生理的な理由で説明して済ますならば誤るであろう。晩年の不如意な政治的社会的現実、加えて自己の老齢に対する鬱々たる思いの抑圧から逃れようとする、一種自己韜晦の態度によるものであろうと思われる。

　次の作品もまた、そうした推測を可能にする作品であろう。

　大宰帥旅人は管下の松浦県を旅して、「松浦河に遊ぶ序」と十一首の連作短歌（5・八五三～六三）をものした。


　余《やつかれ》、暫く松浦の県《あがた》に往きて逍遥《さまよ》ひ、聊かに玉島の潭に臨みて遊覧《あそ》ぶに、忽《ゆくりなく》も魚を釣る女子等に値《あ》ひぬ。花容双びなく、光儀匹《たぐひ》なし。……

という序文ではじまり、蓬客等と仙女まがいの松浦娘子等との間で贈答された巧みな恋の駆け引き八首と、後人追和三首で構成した、軽妙なコメディ風の筆致に成る「淡彩一抹の小篇」（澤瀉久孝氏『注釈』）と言い得る作品である。十一首の作者について諸説があるが、私は序文を旅人の作とし、短歌十一首の作者は複数と見つつも、十一首を宴席の風流な趣向として配列を按排し、演出したものは旅人であろうと考えている。(5) さて、この玉島川には大和の吉野川が、また玉島川の仙媛には吉野川の柘枝伝説の仙女が重なっていることを指摘し、「所詮は作者旅人の切々たる郷愁に負ふ」ところの文学的創造であることを洞察した高木市之助氏の御説(6)があり、首肯せられるのである。たとえば「隼人の瀬戸」を見ても旅人は、

　隼人《はやひと》の　瀬戸の巌も　鮎走る　吉野の滝に　なほしかずけり　（6・九六〇）

と歌うのであった。現実の鄙の風景に、追憶の吉野の山川を重ね合わせ、鄙の女達に仙媛の衣を纏わせ、『遊仙窟』まがいの小ロマンを夢想する。この夢想には、先に見た憶良の場合のような、現実を再構成して平凡な風景に新しい意味や価値を与える「想像力」を認めることが出来ない。退屈な現実をしゃれた言葉の漆喰で糊塗・隠蔽し、旅人自身も姿を晦ましている「夢想」でしかないであろう（両者の文学としての優劣はもちろん別の問題である）。

　現実の風景の上にうしなわれた過去の回想の風景が重ねられ、むしろ甘やかな感傷に流れて行く。次の歌群もまたそういう感傷的機制の産物である。筑紫に伴った妻大伴郎女をうしなった旅人は、三年後の天平二年十二月、帰京の

旅につく。先の筑紫下向の時には妻と共に見た道中の風景を、このたびは独り見ながら帰った。

鞆の浦を過ぎて、

我妹子《わぎもこ》が　見し鞆の浦の　むろの木は　常世《とこよ》にあれど　見し人ぞなき　（3・四四六）

敏馬の崎を過ぎて、

妹《いも》と来し　敏馬《みぬめ》の崎を　帰るさに　ひとりし見れば　涙ぐましも　（3・四四九）

行くさには　二人我が見し　この崎を　ひとり過ぐれば　心悲しも　（四五〇）

故郷の家に帰りついて、

妹として　二人作りし　我が山斎《しま》は　木高く繁く　なりにけるかも　（3・四五二）

我妹子が　植ゑし梅の木　見るごとに　心むせつつ　涙し流る　（四五三）

天平三年六十七歳で没する直前、辞世の歌とも見える二首を遺している。

三年辛未、大納言大伴卿、寧楽の家に在りて、故郷を思ふ歌二首

しましくも　行きて見てしか　神奈備《かむなび》の　淵は浅《あ》せにて　瀬にかなるらむ　（6・九六九）

指進乃　栗栖《くるす》の小野の　萩の花　散らむ時にし　行きて手向《たむ》けむ　（九七〇）

二首目の歌の第一句の訓義不詳、第二句の所在不詳であるが、九六九番歌と対の歌であることや「故郷を思ふ」という題詞から見て、飛鳥地方の小野と考えるのが妥当であろうか。その小野に萩の花が散るころ旅人が「手向け」をしようと言う対象は、歌の言葉がおぼめいていてよく判らないが、おそらく飛鳥の国つ神であるか、または大伴氏の祖廟ででもあろう。その神々は、都が遠く平城京に遷った後は祭ることもおろそかになってうら寂びてしまった白鳳の神々である。旅人の死後、資人余明軍《しじんよのみやうぐん》が歌った歌はこうである。

かくのみに　ありけるものを　萩の花　咲きてありやと　問ひし君はも　（3・四五五）

かれこれ思えば、病床の旅人が、今はの際にもしも何かを幻覚したとしたなら、それはおそらく萩の花が咲き散る故郷飛鳥の小野の風景の幻覚であり、その花に匂うているうら若い日の旅人自身の姿であったに違いない。旅人の目が見る風景は、いつも追憶の中にある感傷の風景であったが、それはついに死の床での幻覚にまで持ち越されたもののようである。

注

（1）「赤ら小船―志賀白水郎歌私注」『赤ら小船・万葉作家作品論』

（2）憶良の地名は二七（異語数一八）。名詞の語数に対する比率は二七％（一八％）で低い。地名を差し引いた名詞六〇八（異三四八）のうち動物・植物・鉱物・天体・地勢・天然現象に属するものは一一七（異八〇）有り、一九・二％（異二三・〇％）であり、黒人四五％（異四五・八％）、赤人四六・六％（異四六・八％）などと比べてもその低率が推し測れる。「作家論のために―万葉歌人の語彙量調査―」前掲書

（3）君が行く　海辺の宿に　霧立たば　吾が立ち嘆く　息と知りませ（15・三五八〇）など。

（4）「大宰帥大伴卿讃酒歌十三首」前掲書

（5）『万葉集全注・巻第五』一三六〜一四〇頁

（6）高木市之助氏「玉島川」『古文芸の論』

園梅の賦

一　園梅の賦——筑紫歌壇の一日

時に初春の令月にして気淑く風和ぐ

天平二（七三〇）年正月一三日、大宰帥《だざいのそち》大伴旅人卿邸で催された観梅の歌宴のにぎわいは、巻五に収められた「梅花の歌三十二首并《あは》せて序」（5・八一五〜四六）が、いきいきと今に伝えている。参集する者、大宰大弐《だざいのだいに》、少弐《しょうに》、筑前、筑後、豊後の守《かみ》、造観世音寺別当《ぞうかんぜおんじのべっとう》ら七名を正客とし、大宰府の諸官人にまじって壱岐、対馬、大隅、薩摩など辺陬《へんすう》の国司の顔も見え、総勢三二名。多端な政務の間に、一日《いちじつ》くつろいだ気分も流れていたであろう。

天平二年正月十三日に、帥老《そちのおきな》の宅《いへ》に萃《あつ》まりて宴会を申《の》ぶ。時に初春《しよしゆん》の令月《れいげつ》にして気淑《よ》く風和《やはら》ぐ。梅は鏡前《きやうぜん》の粉《ふん》を披《ひら》き、蘭《らん》は珮後《はいご》の香《かう》を薫《かを》らす。加以《しかのみにあらず》、曙《あさけ》の嶺《みね》に雲移り、松は羅《うすもの》を掛けて蓋《きぬがさ》を傾《かたぶ》く、夕《ゆふへ》の岫《みね》に霧結び、鳥は縠《うすもの》に封《と》ぢられて林に迷《まと》ふ。庭に新蝶《しんてふ》舞ひ、空に故雁《こがん》帰る。ここに天を蓋《きぬがさ》にし地を坐《しきゐ》にし、膝《ひざ》を促《ちかづ》け觴《さかづき》を飛ばす。言《こと》を一室の裏《うち》に忘れ、衿《ころものくび》を煙霞《えんか》の外に開く。淡然《たんぜん》に自《みづか》ら放《ゆる》し、快然《くわいぜん》に自《みづか》ら足《た》りぬ。もし翰苑《かんゑん》にあらずは、何を以《もち》てか情《こころ》を攄《の》べむ。詩に落梅《らくばい》の篇《へん》を紀《しる》す、古《いにしへ》と今と夫《そ》れ何か異《こと》ならむ。宜しく園の梅を賦《ふ》して、聊《いささ》かに短詠《たんえい》を成すべし。

われらが詩の園

太陽暦で二月八日、旅人邸の園梅は咲いていたか。大宰府天満宮には現在百五十種余の観賞梅がある由であるが、これはあまり参考にならない。「旅人邸の梅は現在の観賞梅とは違い、野梅系のほとんどが早咲きの白梅だったでしょう。官邸あとといわれるあたりに現在も見られる白梅は、早咲きが二月上旬から中旬、中咲き二月下旬から三月上旬、後咲き三月中旬です」とは、天満宮権禰宜馬場宣彦氏の御教示である。旅人邸の梅は植栽されたものであろうから、常識的に考えて日当りの良い南庭で、手入れも施され、二月上旬には十分開花していたと思われる。

正月《むつき》たち春《はる》の来《きた》らばかくしこそ梅《うめ》を招《を》きつつ楽《たの》しき終《を》へめ　大弐紀卿《だいにのききやう》　（5・八一五）
梅《うめ》の花《はな》今《いま》咲《さ》けるごと散《ち》り過《す》ぎず我《わ》が家《へ》の園《その》にありこせぬかも　少弐小野大夫《せうにのをのだいぶ》　（5・八一六）
梅《うめ》の花《はな》咲《さ》きたる園《その》の青柳《あをやぎ》は縵《かづら》にすべくなりにけらずや　少弐粟田《あはた》大夫　（5・八一七）

参会者の歌の誦詠は、おそらく琴を弾ずる者や歌い手も用意されていたであろうが、大弐紀男人《きのをひと》の開宴の歌（八一五）に始まり、少弐小野老《をののおゆ》が「我が家の園」の梅花の盛りを讃え（八一六）、粟田大夫が柳色を添えて会衆を宴楽へ誘う（八一七）。「我が家の園」は、この歌が旅人邸で歌われたものと考える限り、旅人邸の園を指して言うもので、「一同われらの詩の園」（伊藤博[1]）という理解がとうぜんとなろう。

ひとり見つつや春日暮らさむ

春《はる》さればまづ咲《さ》くやどの梅《うめ》の花《はな》ひとり見《み》つつや春日《はるひ》暮《く》らさむ　筑前守山上大夫《つくしのみちのくちのかみやまのうへだいぶ》　（5・八一八）
世間《よのなか》は恋繁《こひしげ》しゑやかくしあらば梅《うめ》の花《はな》にもならましものを　豊後守大伴大夫《とよくにのみちのしりのかみおほとものだいぶ》　（5・八一九）

憶良の歌（八一八）の上三句もまた、われらが「やど（庭園）」の花魁《かかい》の賛美であり、下二句は反語でなく、今日一日の清遊をうなずく心であろう。「ひとり」とあるのを宴集に背を向けた場違いの歌と見るまでもない。衆花にさきがけて独り咲き、また独り散るのが梅花の詩的な本意である。その梅に向き合う者もまた孤芳の人であろう。この「ひとり」は算用数字ではないのだから、思うどち一同に共鳴を求めて歌ったと理解してさしつかえない。

ただし、稲岡耕二(2)は、「（共に見るその人もなく）一人で見て春の日を暮らすことであろうか」と口訳し、旅人と同様に憶良も神亀五（七二八）年頃妻を失ったものと考え、その悲しみが人々の楽しげな唱和にまじってここにあらわれたと言う。伊藤博(3)は、旅人の心境に立って歌ったもので、続く大伴大夫の「世間は恋繁しゑや」もそれをうけたのだし、旅人の「後《のち》に追和《ついわ》する梅の歌四首」（5・八四九〜五二）に「見《み》む人《ひと》もがも」とあるのも、故人を念頭に置いたもので、憶良の歌に響き合うものだとする。両氏は、憶良の梅花の歌にまことに哀切な色彩を与えた。しかし、そのいかにも痛々しい情念を、この新春の淡然自放、快然自足を謳歌する宴に持ち込むことになる（それも正客のひとりとして）のがためらわれるというだけの理由で、筆者は先述の解釈のあたりで足踏みしている。

ともあれ、春日遅々、人の思いをして多からしめる気分は、憶良の下二句に十分であろう。それをうけて大伴大夫の「世間は恋繁しゑや」は、春心である。満座の人々の心情の実際としてはおのずと「郷愁」（金子評釈）であったということかもしれぬ。続く二首は会衆を宴楽へ誘う歌、

梅《うめ》の花今盛《はないまさか》りなり思《おも》ふどちかざしにしてな今盛《いまさか》りなり　筑後守葛井大夫《ふぢゐだいぶ》　（5・八二〇）

青柳　梅《あをやなぎうめ》との花《はな》を折《を》りかざし飲《の》みての後《のち》は散《ち》りぬともよし　笠沙弥《かさのさみ》　（5・八二一）

笠沙弥の歌は花より団子《だんご》のたぐいで、満座の哄笑が想像される。

宴たけなわ

以上七首は、開宴の挨拶に始まり、旅人邸の園梅を賛美し、会衆に宴楽を呼びかけ、宴初に歌われる正客の歌としての役目をそれぞれに果たしている。主人に対する謝辞は、形式ばらない宴として、宴楽を謳歌することで十分意が

尽くされよう。ここで主人の歌がある。

我《わ》が園《その》に梅《うめ》の花《はな》散《ち》るひさかたの天《あめ》より雪《ゆき》の流《なが》れ来《く》るかも　主人《あるじ》　（5・八二二）

以下、落花、惜花、賛美、宴楽のモチーフが鶯、柳縵《かづら》、かざしの歌材とともに繰返し飽かず歌い継がれ、宴酣《えんかん》の雰囲気も認められるようである。終盤に入っては落花のモチーフが多くあらわれ、歌い収めの歌らしい内容の、

霞立《かすみた》つ長《なが》き春日《はるひ》をかざせれどいやなつかしき梅《うめ》の花《はな》かも　小野氏淡理《をのうぢたもり》　（5・八四六）

で閉じられている。

以上の急ぎ足の解説では言い足りないが、梅花歌三十二首は、その巻五における配列順のままに、宴の進行と気分の流れを伝えているらしく思われる。仔細に見れば、かれこれ歌相互の間に語句や発想の連絡や対応も見受けられるようであり、そこから当日の座席の次第や唱詠の順序にまで推測を及ぼす研究もある。

望京の思いに結ばれて

大伴旅人の大宰帥赴任の理由には、藤原氏による敬遠ということもあったに違いない。同時に武人・政治家として人に認められる旅人の力量もあったはずである。養老四（七二〇）年には征隼人《せいはやと》持節《じせつ》大将軍として征西、勇名を馳せた旅人である。天平元（七二九）年六・七月、久しぶりに大隅・薩摩両国の隼人の朝貢があったが、これもこのたび赴任した旅人の差配に他なるまい。大陸、半島に対する目配りも確かに、宴から八ヵ月後の諸国防人《さきもり》停止の制など、旅人の果断な政治的軍事的判断に負うものであろう。梅花の宴は、かような長官旅人卿に率いられて夷《ひな》を治めるますらお達の忙中の閑を誇示するもので、その心組みはおのずと序文の凛たる高朗調にもあらわれていた。

同時に、宴集の人々の心を一つにつないでいたもうひとつの感情についても述べておかねばならない。それは望京の思いである。

梅《うめ》の花《はな》折《を》りかざしつつ諸人《もろひと》の遊《あそ》ぶを見《み》れば都《みやこ》しぞ思《も》ふ　土師氏御道《はにしうぢみみち》（5・八四三）

また、三十二首の後に「員外故郷《ゐんぐわいふるさと》を思ふ歌両首」があって旅人の作と言われる。

我《わ》が盛《さか》りいたくくたちぬ雲《くも》に飛《と》ぶ薬食《くすりは》むともまたをちめやも（5・八四七）

雲《くも》に飛《と》ぶ薬食《くすりは》むよは都見《みやこみ》ばいやしき我《わ》が身《み》またをちぬべし（5・八四八）

「員外」とは、梅花の歌ではないが宴当日に歌われた歌であることを意味していようか。都と鄙《ひな》の間の風雅の落差が、かえって自覚的な風雅の共同体、筑紫歌壇を成り立たせたと言ってよいのである。

宴果てて

後《のち》に追和《ついわ》する梅の歌四首（内二首）

我《わ》がやどに盛《さか》りに咲《さ》ける梅《うめ》の花散《はなち》るべくなりぬ見《み》む人《ひと》もがも（5・八五一）

梅《うめ》の花夢《はないめ》に語《かた》らくみやびたる花《はな》と我思《あれも》ふ酒《さけ》に浮《う》かべこそ（5・八五二）

追和四首も旅人の歌と言われている。「見む人もがも」はただちに亡妻を言うとは解し難い語法であるが、そこに孤愁が有る。梅は故人のよすがでもあった（3・四五三）。梅花宴のにぎわい果てて、歌稿を整理している旅人の心をまたぞろ占めたものは、都から隔てられた鄙住まいの欝情と、老いと孤独とであった。これらの歌稿を送られた都の吉田連宜《よしだのむらじよろし》は、老友の傷心に対してねんごろな慰藉の手紙を送っている。

……伏して冀《こひねが》はくは、朝《あした》に翟《きぎし》を懐《なつ》けし化《うつくしび》を宣《の》べ、暮《ゆふへ》に亀を放ちし術《みち》を存《とど》め、張《ちやう》・趙《てう》を百代に架《か》け、松《しよう》・喬《けう》を千齢に追ひたまはむことを。……（5・八六四前）

注

（１）伊藤博「園梅の賦」（同氏『万葉集の歌人と作品』下、塙書房）
（２）稲岡耕二「憶良の梅花歌と七夕歌の背後」（『武蔵野文学』一七号、一九六九年一二月）
（３）伊藤博、注（１）に同じ。

参考文献

・大久保広行「梅花の宴歌群考」（『都留文科大学研究紀要』九集、一九七三年六月。同氏『筑紫文学圏論大伴旅人・筑紫文学圏』笠間書院、所収。）

二　松浦の虚構──仙女と佐用姫と

松浦県の物語

筑紫には神功《じんぐう》皇后の伝説が少なくない。記紀（仲哀天皇、神功皇后の条々）や『肥前国風土記《ひぜんのくにふどき》』に信仰深く伝えている。松浦郡《まつらあがた》玉島川の伝説はとりわけ著名である。新羅《しらぎ》征討の成否を占って、皇后は裳《も》の糸で年魚《あゆ》を釣り給うた。その時の御立《みた》たしの石は「勝門比売《かちどひめ》」とあがめられて川中にあり、土地の婦女子は、毎年四月上旬に年魚釣りの行事を催すという。松浦郡にはまた、大伴狭手彦《さでひこ》と松浦佐用姫《さよひめ》（篠原村の弟姫《おとひめ》とも）の悲恋物語を伝える領巾麾嶺《ひれふりのみね》（現在の唐津市の東境、鏡山《かがみやま》）や、鏡の渡《わたり》（唐津市）などの名勝地もある。こうした古伝説に富む松浦県《まつらあがた》は、その明媚な風光とあいまって、筑紫下りの都人が一度は訪れてみたいあこがれの地であったようである。

淡彩一抹の小篇

天平二（七三〇）年初夏四月、大宰帥大伴旅人《だざいのそち》は松浦郡玉島川を訪れて、年魚を釣る土俗の行事を見る機会を得たらしい。祭であるから鄙の婦女子も盛装で、神功皇后の姿を思わすような貴人の装いをしていたかもしれない。

松浦川《まつらがは》に遊《あそ》ぶ序《じょ》

余《やつかれ》、暫《たまさか》に松浦《まつら》の県《あがた》に往《ゆ》きて逍遙《せうえう》し、聊《いささ》かに玉島《たましま》の潭《ふち》に臨《のぞ》みて遊覧するに、忽《たちま》ちに魚《うを》を釣る女子等《をとめら》に値《あ》ひぬ。花《はな》の容双《かほなら》びなく、光《て》りたる儀匹《すがたたぐひ》なし。柳《やなぎ》の葉《は》を眉《まよ》の中《うち》に開《ひら》き、桃《もも》の花《はな》を頬《つら》の上《うへ》に発《ひら》く。意気雲《いきくも》を凌《しの》ぎ、風流世《よ》に絶《た》えたり。……

すばらしい娘さん、「あなた方はもしや仙女というものではありませんか」。娘たちは笑って答える、「私たちはとるに足らぬ漁夫の娘。だけど生まれつき水に親しみ、山を愛し、魚の自由な境涯を羨んだり、美しい煙霞にうっとり夢見る風流な娘です。思いがけず立派な殿方に出会えて嬉しいこと。これを御縁に偕老の契りを結びましょう」。私は答える、「はいはい、謹しんで仰せに従いましょう」。そのとき日は西山に傾き、私を乗せた黒馬は家道につこうとする。そこで思いを述べて歌を贈った。

あさりする漁夫《あま》の子《こ》どもと人《ひと》は言《い》へど見《み》るに知《し》らえぬうまひとの子《こ》と　（5・八五三）

答《こた》ふる詩《うた》に曰く

玉島《たましま》のこの川上《かはかみ》に家《いへ》はあれど君《きみ》をやさしみ顕《あら》はさずありき　（5・八五四）

蓬客《ほうかく》等の更に贈る歌三首

松浦川《まつらがは》川《かは》の瀬光《せひか》り鮎《あゆ》釣《つ》ると立《た》たせる妹《いも》が裳《も》の裾《すそ》濡れぬ　（5・八五五）

松浦《まつら》なる玉島川《たましまがは》に鮎《あゆ》釣《つ》ると立《た》たせる児《こ》らが家道《いへぢ》知《し》らずも　（5・八五六）

遠《とほ》つ人《ひと》松浦《まつら》の川《かは》に若鮎《わかゆ》釣《つ》る妹《いも》が手本《たもと》を我《われ》こそまかめ　（5・八五七）

娘等《をとめら》の更に報《こた》ふる歌三首

若鮎《わかゆ》釣《つ》る松浦《まつら》の川《かは》の川次《かはなみ》の並《なみ》にし思《も》はば我恋《われこ》ひめやも　（5・八五八）

春《はる》されば我家《わぎへ》の里《さと》の川門《かはと》には鮎子《あゆこ》さ走《ばし》る君待《きみま》ちがてに　（5・八五九）

松浦川七瀬《まつらがはななせ》の淀《よど》は淀《よど》むとも我《われ》は淀《よど》まず君《きみ》をし待《ま》たむ　（5・八六〇）

後《のち》の人の追和《ついわ》する詩三首　帥老《そちのおきな》

松浦川川《まつらがはかは》の瀬速《せはや》み紅《くれなゐ》の裳《も》の裾濡《すそぬ》れて鮎《あゆ》か釣《つ》るらむ　（5・八六一）

人皆《ひとみな》の見《み》らむ松浦《まつら》の玉島《たましま》を見《み》ずてや我《われ》は恋《こ》ひつつ居《を》らむ　（5・八六二）

松浦川玉島《まつらがはたましま》の浦《うら》に若鮎《わかゆ》釣《つ》る妹《いも》らを見《み》らむ人《ひと》の羨《とも》しさ　（5・八六三）

一編は、神仙境に迷いこんだ主人公が美女と一夜の歓を尽して去るという、唐の張文成《ちょうぶんせい》の艶物《つやもの》小説『遊仙窟《ゆうせんくつ》』に模したところもある「淡彩一抹《たんさいいちまつ》の小篇」（万葉集注釈）と言われる。艶冶《えんや》な贈答交情の場面を、後人追和詩三首を付けることで縹渺とした夢語りに化してしまうところが淡彩一抹と評されるゆえんであろう。松浦川の乙女は、梧桐日本《ごどうのやまと》琴《ごと》の娘子《おとめ》（5・八一〇）や梅花の精（5・八五二）と同じ、旅人の夢のまた夢である。

うたげの趣向

右の贈答、追和の配列は一見無作為に見えるけれども、渡瀬昌忠[1]は、八五八と八五七番、八五九と八五六番、八六〇と八五五番という、たとえば波紋がひろがるような形の対応。また八六一と八五五番、八六二と八五六番、八六三と八五七番の対応（先の波紋型に対して流下型と渡瀬は名付ける）に注意している。

この作品は、梅花歌三十二首などとともに、都の吉田連宜《よしだのむらじよろし》あてに四月六日付の書簡で送られたのだが、在筑紫の人々にも披露されて、その松浦遊行を羨む山上憶良の歌三首（5・八六八〜七〇）があり、それには「七月十一日謹上」とある。憶良は七月八日の旅人邸七夕宴に出席しているから（8・一五二三〜六）、その折に松浦川の作品を見たのであろうと言う（万葉集全註釈）。そこで、旅人は七夕宴での披露にそなえて、それまで伏せていたのだという原田貞義[2]の推測も楽しい。

宴の趣向であればとうぜん朗詠であり、歌い手には遊行女婦児島《こじま》のたぐいなど事欠かない。序文の趣意の朗読のあと、蓬客、仙女の本《もと》・末《すえ》の唱和。追和して主人旅人自身の弾き歌いというような趣向でもあったろうか。

万代に語り継げと

その年が暮れて、旅人は大納言を兼任して帰京することになった。一二月六日、憶良は別れの歌七首（5・八七六〜八八二）に添えて、松浦佐用姫の歌を呈上したらしい。

大伴佐提比古郎子《おほとものさでひこのいらつこ》、独《ひと》り朝命を被《かがふ》り、使ひを藩国《はんこく》（注――任那《みまな》）に奉《うけたま》はる。艤棹《ふなよそひ》して言《ここ》に帰《ゆ》き、稍《やくやく》に蒼波《さうは》に赴《おもぶ》く。妾《をみなめ》松浦佐用姫《まつらさよひめ》、この別れの易《やす》きことを嗟《なげ》き、その会《あ》ひの難《かた》きことを嘆く。即《すなは》ち高き山の嶺《みね》に登り、遙《はろ》かに離《さ》り去《ゆ》く船を望み、帳然《ちやうぜん》に肝《きも》を断《た》ち、黯然《あんぜん》に魂《たま》を銷《け》つ、遂に領巾《ひれ》を脱《ぬ》きて麾《ふ》る。傍《かたはら》の者《ひと》、涕《なみだ》を流さずといふことなし。因りてこの山を号《なづ》けて、領巾麾嶺《ひれふるみね》と曰《い》ふ。乃《すなは》ち歌を作りて曰く、

遠《とほ》つ人《ひと》松浦佐用姫《まつらさよひめ》夫恋《つまごひ》に領巾《ひれ》振《ふ》りしより負《お》へる山《やま》の名《な》　（5・八七一）

　後《のち》の人の追和《ついわ》

山《やま》の名《な》と言《い》ひ継《つ》げとかも佐用姫《さよひめ》がこの山《やま》の上《へ》に領巾《ひれ》を振《ふ》りけむ　（5・八七二）

　最後《いとのち》の人の追和《ついわ》

万代《よろづよ》に語《かた》り継《つ》げとしこの岳《たけ》に領巾《ひれ》振《ふ》りけらし松浦佐用姫《まつらさよひめ》　（5・八七三）

　最々後《いといとのち》の人の追和《ついわ》二首

海原《うなはら》の沖行《おきゆ》く舟《ふね》を帰《かへ》れとか領巾《ひれ》振《ふ》らしけむ松浦佐用姫《まつらさよひめ》　（5・八七四）

行《ゆ》く舟《ふね》を振《ふ》り留《とど》みかねいかばかり恋《こほ》しくありけむ松浦佐用姫《まつらさよひめ》　（5・八七五）

憶良の新解釈

この作品で憶良は、佐用姫伝説に自由な解釈を与えている。佐用姫は、去り行く愛人の船を「振り招く」（『肥前国風土記』）ための呪術的行為としてのみ領巾を振ったのだが、それを「山の名と言ひ継げ」「万代に語り継げ」とて領巾を振ったのだというのは、憶良自身の心底の露呈にほかならない。『肥前国風土記』はさらに、狭手彦の姿を借りた蛇が佐用姫をとり殺す後日譚をも伝えている。そうした土俗の口碑自体に憶良が興味をひかれてこの歌を作ったわけでもない。詠鎮懐石歌（5・八一三〜四）にせよ、この作品にせよ、憶良が単純に感動しているのは、それらの石や山が、遠い世の出来事を今の現《おつつ》に伝え来り、しかも未来永遠に証し続けるだろうという一事である。作者に異説があるものの、憶良作と断ずる一理由である。筑前国志賀白水郎《しかのあま》歌十首（16・三八六〇〜九）もまた作者に異説があるものであるが、名もない一白水郎をいつまでも偲ぶよすがの山として、志賀の山を見つめた同じ眼がここにもあるであろう。

一編もまた、文面をもってひそかに呈上されたものではあるまい。餞別の宴で、旅人を送る人々によってこもごもに歌いかわされたものと思う。もちろん、佐用姫に事寄せた思いは、この筑紫での旅人との美しい邂逅と悲しい別れとを永遠に記念したいという、憶良の願いであったはずである。

二つの夢

憶良が実際に松浦郡に足を運ぶことがあったかどうかは判らないが、いずれにせよ、山を見て哀傷したふうの人々の追和を重ねて伝誦歌風に仕立てたところが虚構である。何よりもこの作品の「万代に語り継げ」というモチーフが、後人、最後人、最々後人の相継ぐ追和という作りごとの上に表現されている。追和の虚構は、その漢文序・倭歌組合せの形式とともに、旅人の松浦川の歌の虚構へのお返しのつもりであろう。

旅人は、後人追和形式によって淡い松浦川の夢語りを仕立て上げた。憶良は、同じ追和の虚構に万代に語り継ぐべき願いを籠めた。旅人の夢は過去へ向かい、憶良の幻視は未来へ放たれる。二編は、世間虚仮《こけ》を語り合ったふたりが、同じ筑紫で見たそれぞれの夢の交歓であったということになるであろうか。

夢。私も夢見た松浦川をこの春訪れた。筑肥線浜崎からバスで玉島神社へ。神后御立石を拝して簗場《やなば》の吊橋《つりはし》からさらに上流へ約四キロ、猛スピードで追い越す自動車に右のわき腹をそがれるような思いで小一時間も歩いたか。歩くにつれ川は淀と瀬こもごもに、学生たちの歓声もあがる。これは正しく〝吉野川〟である（高木市之助）(3)。だが鮎返《あゆがえり》のかっての激湍《げきたん》は上流にできたダムのせいで水涸《か》れて、今は鮎子《あゆこ》が躍らないのだと言う。

注

（1） 渡瀬昌忠「柿本人麻呂における贈答歌」（『美夫君志』一四号、一九七〇年一二月。『渡瀬昌忠著作集』第八巻、おうふう、所収）

（2） 原田貞義「『詠鎮懐石歌』から憶良の『七夕歌』まで――その作者と成立の背景をめぐって」（『万葉』八二号、一九七三年一〇月。同氏『読み歌の成立　大伴旅人と山上憶良』翰林書房、所収）

（3） 高木市之助「玉島川」（同氏『古文芸の論』、岩波書店）

参考文献

・清水克彦「仙媛贈答歌の性格」（同氏『万葉論集』桜楓社）

三　酔ひ泣き――讃酒歌の世界

大宰帥大伴卿、酒を讃むる歌十三首

験《しるし》なきものを思《おも》はずは一杯《ひとつき》の濁《にご》れる酒《さけ》を飲《の》むべくあるらし（3・三三八）

酒《さけ》の名《な》を聖《ひじり》と負《おほ》せし古《いにしへ》の大《おほ》き聖《ひじり》の言《こと》の宜《よろ》しさ（3・三三九）

古《いにしへ》の七《なな》の賢《さか》しき人《ひと》たちも欲《ほ》りせしものは酒《さけ》にしあるらし（3・三四〇）

賢《さか》しみと物言《ものい》ふよりは酒飲《さけの》みて酔《ゑ》ひ泣《な》きするし優《まさ》りたるらし（3・三四一）

言《い》はむすべせむすべ知《し》らず極《きは》まりて貴《たふと》きものは酒《さけ》にしあるらし（3・三四二）

なかなかに人《ひと》とあらずは酒壺《さかつほ》になりにてしかも酒《さけ》に染《し》みなむ（3・三四三）

あな醜《みにく》賢《さか》しらをすと酒飲《さけの》まぬ人《ひと》をよく見《み》ば猿《さる》にかも似《に》る（3・三四四）

価《あたひ》なき宝《たから》といふとも一杯《ひとつき》の濁《にご》れる酒《さけ》にあにまさめやも（3・三四五）

夜光《よるひか》る玉《たま》といふとも酒飲《さけの》みて心《こころ》を遣《や》るにあに及《し》かめやも（3・三四六）

世間《よのなか》の遊《あそ》びの道《みち》にすずしきは酔《ゑ》ひ泣《な》きするにあるべかるらし（3・三四七）

この世《よ》にし楽《たの》しくあらば来《こ》む世《よ》には虫《むし》に鳥《とり》にも我《われ》はなりなむ（3・三四八）

生《い》ける者《もの》遂《つひ》にも死《し》ぬるものにあればこの世《よ》なる間《ま》は楽《たの》しくをあらな（3・三四九）

黙居《もだを》りて賢《さか》しらするは酒飲《さけの》みて酔《ゑ》ひ泣《な》きするになほ及《し》かずけり（3・三五〇）

価なき宝

三四五番の歌の「価なき宝といふとも」につき、『法華経』（巻四、五百弟子授記品）の寓話を見よう。ある貧乏な男が、親友の家で酔うて寝た。親友は男の衣のうらに「無価宝珠《むげのほうじゅ》」を付けて与えた。男は酔うていてそれを知らず、その後も相変わらず貧乏に苦しんだ。「仏も亦是の如《かく》し。……我等を教化《けうけ》して一切智《いっさいち》の心を発《おこ》さしめたまひき。而《しか》るを尋《つい》で廃忘《はいまう》して、知らず、覚《さと》らず」とある（『大正蔵』第九巻、二九頁上段）。

もし「価なき宝」という語が右の出典によるのなら、作者はこの寓話をまったく知らないことはあり得ず、したがって三四五番の歌はずいぶん思い切った謗法《ほうぼう》の言だということになる。しかしそこまで旅人を不遜な人とみることはない。三四八・三四九番の歌が、因果や生者必滅の観念を逆手にとって現世の楽しみを主張するのも同様で、頽廃思想というようなものでもない。世間虚仮を身にしみて知った人のペーソスに類する戯作の文脈の上に、謗法の言にまぎれる歌も、現世享楽の声もあるのであり、三四一・三四七・三五〇番のような、いっそぶざまな「酔ひ泣き」の礼賛もあるのであろう。

酔ひ泣き礼賛

讃酒歌のお手本だと言われる竹林《ちくりん》の七賢《しちけん》のひとり劉伯倫《りゅうはくりん》の「酒徳頌一首」（『文選』巻四十七）が、ぶざまな酔い泣きを礼賛しているわけでもない。「天地が開けてこのかたを一日とし、一万年も瞬時だとしている。日月を門とし、全世界を庭としている」という大人先生《たいじんせんせい》の陶々たる面目は、讃酒歌の大伴旅人卿にない。

歓《くわん》を得ては当《まさ》に楽しみを作《な》すべし
斗酒比鄰《としゅひりん》を聚《あつ》めよ
盛年重ねて来らず

一日再び晨《しん》なり難し
時に及んで当に勉励すべし
歳月人を待たず
（陶淵明「雑詩其二」『陶淵明集』所収）

これら「漢代以来伝統ある無常観的快楽詩」（青木正児（1））の伝統によってわが旅人も歌っているのだが、ただしかし、旅人の面目は大人先生を気取らず、すなおにわが愚痴を表明して恥じないところにある。「無価宝珠」の尊厳を知らぬわけではない。だからといって、聖賢ならぬわれら凡俗が「酔ひ泣き」をこばんだらどうなるか。その滑稽な自己喪失、自己否定の図が「猿にかも似る」「賢しら」である。「酒徳頌」の大人先生でなく、酔ひ泣きの愚痴をもって、半ば自嘲的に（凡愚の自認）、半ば皮肉に（賢しら否定）、自己主張しているのが旅人である。

猿にかも似る

三四四・三五〇番で嘲笑している「賢しら」の意味を、歌の言葉に即して言えば、「酒飲まぬ」「猿にかも似る」「黙居《もだを》る」「賢しみと物言ふ」ことであり、つまりは、人間らしい情意的な生活を拒み、胸襟をひらいて人と語らず、理非曲直の分別ありげに振舞うような人物を言うのである。

天平という時代は、その華麗な文化的遺産からの印象とはうらはらに、律令体制の矛盾がさまざまに噴き出して、権力者の反目抗争は激化し、氏族間の均衡も破れて浮沈さだまらぬ時世相だった。先述のような「賢しら」な小人物が官人社会にはびこる状況は十二分にあったであろう。そういう時世に「酒」はしばしば謀反気を起こす。藤原麻呂《まろ》は、「上に聖主有り、下に賢臣有り。私ごとき無用者は琴酒を事とするのみだ」といつもうそぶいていたという（「麻呂卿伝」）。橘《たちばなのもろえ》諸兄は、天平勝宝七（七五五）年頃、飲酒の席で不穏な発言をし、反状さえあると密告されたという（『続紀』天平宝字元年六月甲辰条）。天平宝字二（七五八）年には、「近頃民間で宴集して、みだりに政治をそしることがある」

として禁酒令も出た（『続紀』二月壬戌条）。わが旅人の濁れる酒は、「反状有り」とまではいかないけれども、麻呂や諸兄の酒と同じ味の酒だったとは言えるであろう。

十三首の構成

讃酒歌十三首の配列構成については、伊藤博[2]、稲岡耕二[3]、五味智英[4]の諸氏に詳しい研究がある。三三八番は、一編の総序というべき歌であり、以下三首目ごとに「賢しら」否定と「酔ひ泣き」肯定があらわれる（三四一・三四四・三四七・三五〇）。伊藤は巧みにこの五首を柱に譬《たと》え、間にはさまれる二首一対の四群（三三九・三四〇・三四二・三四三・三四五・三四六・三四八・三四九）を襖《ふすま》に譬えている。襖の四群はまたそれぞれにモチーフの上で展開がある。三三九・三四〇番は、禁酒令を犯して「聖人（清酒の隠語）に酔ったのだ」と弁解したという魏《ぎ》の徐邈《じょばく》や、酒を愛した晋《しん》の竹林七賢の故事を引いて、酒礼賛に理有るところを歌う。三四二・三四三番は、死んで陶土となり酒壷になりたいと言った呉《ご》の鄭泉《ていせん》の故事を引いて酒の礼賛。三四五・三四六番は、無価宝、夜光玉と対比して、反語の強調文で酒の礼賛を積み重ねる。三四八・三四九番は、因果や生者必滅の観念を逆手にとって現世の楽しみを願う。以上、襖の四群はいわば変奏部で、主題である四本の柱に集約されつつ展開していて、これらを無作為な配列構成とみるわけにはゆかない。

楽しくをあらな

「楽し」（三四八・三四九）という語は、本来多衆の歌舞飲楽を言うもので、独酌のうれしさを言うものではない。「楽しくをあらな」は、やがて「斗酒比鄰《としゅひりん》を聚《あつ》めよ」（陶淵明）である。讃酒歌十三首も、ある日の酒宴にそなえて制作されたもので、右に見られたような配列の斉整は、誦詠の方法や次第にかかわっているかと思われる。

それにつけて伊藤博[5]は、旅人、沙弥満誓《さみまんせい》、山上憶良、小野老《おゆ》、大伴四綱《よつな》の五人が座を組んで誦詠したとし、その誦詠の順序にまで及んだ推定を下している。興味深い論であるが一点の不審がある。十三首は、宴の主人旅人の作歌である。主人の歌を客分に歌わせることがなかったとは私にも言い切れないが、歌舞音楽はやはり享受者へのサービスであろうから、常ならここは歌い手（旅人が加わってもよい）や弾琴者をそろえて、主客ともども楽しみたいところである。

当時の歌宴で、歌の誦詠がどのような次第で、またどんな曲節で行なわれたか、史料的に十分明らかではないけれども、一時代後の神楽歌の場合などに、歌い手が本・末に分かれて唱和する二部形式は、「古昔宴楽の席上、対座して唱和燕楽した様を像《かたど》つたもの」（『増補改訂日本文学大辞典』(6)）と推測される。神楽歌の本・末の唱和で、二首の歌を一首ずつ歌うときは、形式内容ともに一対をなす二首である。いま讃酒歌の三三九・三四〇番、三四二・三四三番、三四五・三四六番、三四八・三四九番の二首一対四群は、本・末一首ずつの唱和とみなしたい。三三八、三四一、三四四、三四七、三五〇番の五首は、上下を分けて第三句を繰返す唱和で、たとえば、

（本）験《しるし》なき　ものを思はずは　一杯《ひとつき》の

（末）一杯の　濁れる酒を　飲むべくあるらし

このように歌われたものかとも思う。もちろん、囃し詞や琴の伴奏、曲節の変化などをも含めて推察したい。

筑紫歌壇の新機軸

短歌は、それ自体完結した思想表現と抒情を果たし得る短詩型であるが、その情調の遠心的に流れる傾向が、容易に問答・唱和や連作を可能にする。だが、この性質を利用して意識的に構成した十三首もの連作となると、これはまた格別である。讃酒歌の場合は右に推察したような多数の歌い手による合唱の場面をさえ持つ。伊藤博(7)が指摘するように、短歌一〇首内外で構成した連作は、他に旅人の亡妻悲傷歌群（3・四三八〜四〇、四四六〜五三）と憶良の志賀白

水郎歌（16・三八六〇～九）がある。「二、松浦の虚構」で述べた松浦仙女歌と佐用姫歌も、贈答や追和の形式ではあるが、これらに準じた構成意図を認め得る作品であった。筑紫歌壇の新文芸として見直されつつあるゆえんである。

注

（1）青木正児（同氏『中華飲酒詩選』筑摩書房、一九六一年四月）
（2）伊藤博「古代の歌壇」（同氏『万葉集の表現と方法』上、塙書房）
（3）稲岡耕二「憶良・旅人私記—讃酒歌の構成をめぐって—」（『国語と国文学』三六巻六号、一九五九年六月、同氏『万葉集の作品と方法』所収）
（4）五味智英「讃酒歌のなりたち」（『国語と国文学』四六巻一〇号、一九六九年一〇月、同氏『万葉集の作家と作品』所収）
（5）伊藤博、注（2）に同じ。
（6）藤田徳太郎「神楽歌」（『増補改訂日本文学大辞典』第一巻、新潮社、一九五〇年二月）
（7）伊藤博、注（2）に同じ。

四　沖に袖ふる——白水郎歌の世界

筑前国《つくしのみちのくち》の志賀《しか》の白水郎《あま》の歌十首

王《おほきみ》の遣《つか》はさなくに情進《さかしら》に行《ゆ》きし荒雄《あらを》ら沖《おき》に袖振《そでふ》る　（16・三八六〇）
荒雄《あらを》らを来《こ》むか来《こ》じかと飯盛《いひも》りて門《かど》に出《い》で立《た》ち待《ま》てど来《き》まさず　（16・三八六一）
志賀《しか》の山《やま》いたくな伐《き》りそ荒雄《あらを》らがよすかの山《やま》と見《み》つつ偲《しの》はむ　（16・三八六二）

荒雄《あらを》らが行《ゆ》きにし日《ひ》より志賀《しか》の海人《あま》の大浦田沼《おほうらたぬ》はさぶしくもあるか　（16・三八六三）
官《つかさ》こそ指《さ》しても遣《や》らめ情出《さかしら》に行《ゆ》きし荒雄《あらを》ら波《なみ》に袖振《そでふ》る　（16・三八六四）
荒雄《あらを》らは妻子《めこ》の産業《なり》をば思《おも》はずろ年《とし》の八歳《やとせ》を待《ま》てど来《き》まさず　（16・三八六五）
沖《おき》つ鳥鴨《とりかも》といふ船《ふね》の帰《かへ》り来《こ》ば也良《やら》の崎守早《さきもりはや》く告《つ》げこそ　（16・三八六六）
沖《おき》つ鳥鴨《とりかも》といふ船《ふね》は也良《やら》の崎回《さきた》みて漕《こ》ぎ来《く》と聞《き》こえ来《こ》ぬかも　（16・三八六七）
沖行《おきゆ》くや赤《あか》ら小船《をぶね》に裹遣《つとや》らばけだし人見《ひとみ》て開《ひら》き見《み》むかも　（16・三八六八）
大船《おほぶね》に小船《をぶね》引《ひ》き添《そ》へ潜《かづ》くとも志賀《しか》の荒雄《あらを》に潜《かづ》きあはめやも　（16・三八六九）

荒雄の海難事件―左注の大意

十首の左注によれば、神亀年間（七二四〜八）対馬《つしま》へ糧食を送る船長に指名された筑前国宗像郡《むなかたのこおり》の宗像部津麻呂《むなかたべのつまろ》は、老齢のゆえに滓屋郡《かすやのこおり》志賀村《しかのむら》の白水郎荒雄《あまあらお》に任務の交代を頼んだ。日頃同じ船の仲間として兄弟とも思う津麻呂のためなら命をもかけようと、友義に厚い荒雄は交代を承諾し、肥前国松浦県《まつらのあがた》美禰良久《みねらく》の崎（今の五島列島三井楽《みいらく》町という）から対馬を目指したが、不幸暴風雨に遭遇して海に沈んだのだった。そこで妻子が、子牛の母牛を慕う心をもって歌ったのが右の十首だと言う。また「或は云はく、筑前国守山上憶良臣、妻子の傷《いたみ》に悲感し、志を述べてこの歌を作る」とある。

『三代実録』貞観一八（八七六）年三月九日条大宰権帥在原行平の起請文によれば、毎年筑前、筑後、肥前、豊前、豊後の五国が各三百廿斛《こく》、肥後国四百斛の分担で、計二千斛を対馬に送っていた。その運送は年中五、六艘のうち三、四艘の割で漂流していたような困難な業務であったことも知られ、荒雄の事件も珍しいことではなかったらしいと判る。荒雄の船が美禰良久崎から出帆していることが従来疑われ、そういう航路が有ったのであろうとか、地理不案内の京人の錯誤であろうとか言われているが、右の史料に照らせば、荒雄の船は肥後あるいは肥前国提供分の輸送に当たり、五島列島を経由したのかも知れない。犬養孝『万葉の旅』[1]は対馬海流の利用を考えている。五島の貢米を対馬送糧分に充てることもあり得よう。

さて、神亀は元（七二四）年から五年までだから、三八六五番の「年の八歳」をおおよそ八年と見れば、天平三（七三一）年から七年にかけての数年間が制作の時期となる。作者は山上憶良とする説が有力であり、筆者も従うものだが、憶良だとすると彼は天平四年には任解けて帰京し同五年死亡したらしいから、十首の制作を天平三、四年とし、事件を神亀初年とみる考えにくみしたい。

飯盛りて門に出で立ち

志賀島を訪れた憶良は、荒雄という海難死亡者の供養を怠らぬ遺族の消息を聞いて、いたく心を動かされた。貞節の寡婦を顕彰するのも国守の仕事であるから詳しく事情を調べて、それが後に左注の記事となる。見はるかす玄海灘の波間に憶良は荒雄の出帆の姿を思い画く（16・三八六〇・三八六四）。「さかしらに行きし荒雄」と言うのは妻子の志を述べて作るという意図の表われだ。志賀の島の無情の自然が有情の景に化してくる（16・三八六二・三八六三）。三八六一番の「飯盛りて」とは影膳《かげぜん》かと言うが、年の八歳を経て荒雄の死は既定事実であり、盛り飯の実体はおそらく死者の霊を待ち迎える節供の供養であろう。『日本霊異記』には、死んだ父親や子の五月・七月の節、正月一日、一二月晦《つごもり》の夜の帰宅とその供養飲食の設けを語っている（上巻三十、十二話、下巻二十七話）。七月の魂祭りはやがて盂蘭盆会《うらぼんえ》の仏事と習合するものだ。柳田国男[2]は盆・正月が本来同じ祖霊を迎える祭であることを教えている。死者を迎えもてなすならわしとは言いながら、その実は空しい嘆きが「待てど来まさず」であろう。これも妻子の志を述べる言葉だ。

ちなみに、盂蘭盆会については、中国では六朝以来朝野で盛んに行なわれた行事で、わが国では公的記録として推古紀十四年七月十五日設斎の記事を初めとし、斉明紀三年、五年、『続日本紀』天平五年七月の記録を見る。筆者は、盛り飯を供えて門に出で立ち待つという描写を、志賀の海人の七月の節または年末年始の魂祭りと推定する。あるいは大陸に近い地域として早く仏事化した七月の盆供であったかも知れぬ。

赤ら小船

さてまた死者の飲食をのせて沖を行く「赤ら小船」（16・三八六八）は、今も各地で行なわれる精霊船《しょうろぶね》の元型ではないだろうか。朱塗りの船は官船と言う説は山田孝雄[3]によってとっくに否定されている。だいいち、官船ではずいぶん散文的なイメージではあるまいか。「弘《ひろ》（志賀町）では五組に分れて、廃船を飾り立て五艘の精霊船を作りました。八月十五日午後十一時半頃に浜辺の人達の御詠歌や花火に送られ、漁船に引かれながら沖へ遠ざかる精霊船があかあかと光り、子供心にも美しい感動でした。それもいつか三艘に減り、二、三年前から一艘になりました」（十数年前志賀島の海沿いの道で挨拶してくれた少女、今は福岡市在住の一児の母親久我志保子氏の暑中見舞の一節である）。死者を迎え、また送るとする古い由来の行事の心も、荒雄の妻子も一つ心であろう。筆者は[4]「赤ら小船」を官船という散文的なイメージから解放し、七夕の「さ丹塗りの小船」同様美しく色どり飾ったかわいい船の謂いとし、天平の頃志賀の海人が祖霊・死者供養のために今の精霊船類似ないし元型の行事を行なっていたと推測する。

憶良は天平三・四年の七月ないしは暮の節に志賀島を訪れたのではなかろうか（憶良が七月に管内巡行した例は5・八〇五左の注記にある）。土俗の行事は都人にとって、また国司にとって一大関心事であった。大伴旅人や高橋虫麻呂《むしまろ》が土俗の行事を見て素敵な夢を歌ったように、わが憶良は志賀の海人の魂祭りを見て、それが荒雄の妻子の執着のわざであるかのように幻想し、創作したのではあるまいか。死者を追い求める妄執の年の八歳こそ憶良のよって立つ「志」（左注）であったのだから。死児古日《ふるひ》の親の姿（5・九〇四～六）と荒雄の妻子の姿と似通うのもとうぜんであった。十首は親族貪愛《とんない》の有情の道理を歌う憶良の文学世界の中にたしかに位置付けられるであろう。

民謡ではあるまい

『万葉集』中の風俗歌《ふぞくうた》の類、平安朝四譜《しふ》のそれにせよ、主題や情念の非特殊性や、また多くの場合国名・地名に執する発想などと、十首は全く異質のパトスの世界にある。志賀白水郎が香椎《かしい》神社に風俗楽を奉仕していた史料（『三代実録』貞観十八年正月二十五日条）をあげて類推を十首に及ぼすのも、死を穢れとして避ける神廟に奉仕する風俗歌舞と、一白水郎の変死を歌う十首との距離を思えば容易に従えない。最後の歌三八六九番は、「ささなみの志賀の大わだよどむとも昔の人にまたも逢はめやも」（1・三一）と似た語法を持つ痛恨の歌で、それまでに歌い重ねてきた妻子らの未練の仕業や口説きをも一挙に打ち砕き、絶望の極で突き放す。これもまた、ほかの誰よりも憶良の呼吸なのであった。

十首の配列構成

この作品の構造や作者をめぐっては、十指に余る論文が昭和二〇年代後半から三〇年代前半にかけて賑やかな論争史を形作り、近時また再燃の勢いである（読者は、次頁・次々頁の「参考文献」にあげた最近の研究によって論争史のあらましをも知られるであろう）。

（三八六〇・三八六一）と（三八六四・三八六五）、三八六六と三八六七、三八六八と三八六九とに発想の対応があることは大方の認めるところである。『尼崎本万葉集』の注記を尊重して、三八六二を三八六五と三八六六の間へ移し、三八六〇、三八六一、三八六三、三八六四、三八六五、三八六二、三八六六、三八六七、三八六八、三八六九という配列を原形だという澤瀉久孝注釈説は、（三八六〇・三八六一・三八六三）と（三八六四・三八六五・三八六二）の三首ずつの対応を認めて、これも説得力を持つようである。いずれによるにせよ、（三八六四・三八六五）が十首のなかほどに位置して（三八六〇・三八六一）の主想を再現するものであり、（三八六六・三八六七）と（三八六八・三八六九）の二組が十首全体の情念の波動を悲劇的な極に打ち上げて収めているという構成観は、多数の一致して認めるところであろう。ここには、短歌連作の新形式が可能にした一首一首の連鎖や対立・反響を利用して全体を劇詩的にまとめる工夫があったと思わざるを得ない。

誦詠法としては、これも讃酒歌（→「三、酔ひ泣き」）で述べたような、本・末の連唱を考慮して構成したかと察せられる。

代作や作者韜晦《とうかい》、何人かの歌い手による連唱の考案、夢語りや幻想の虚構を交じえて、私的詠嘆の玩具に堕しつつあった和歌を創作的に構成し直す試みを重ねた、旅人・憶良文芸の成果の一つを、ここにも数えることができるのである。

注

（1） 犬養孝（『万葉の旅』社会思想社、一九六四年七月）
（2） 柳田国男『先祖の話』（筑摩書房、一九四六年四月。『定本柳田国男集』第十巻、所収）
（3） 山田孝雄『万葉集講義』（巻第三、二七〇番歌第四句条。宝文館、一九三七年一一月）
（4） 井村哲夫「赤ら小船―志賀白水郎歌私注―」（『赤ら小船　万葉作家作品論』和泉書院、所収）

参考文献

・伊藤博「古代の歌壇」（同氏『万葉集の表現と方法』上、塙書房）
・稲岡耕二「筑前国志賀白水郎歌十首に就いて」（『万葉』八〇号、一九七二年九月。同氏『万葉集の作品と方法』岩波書店、所収）
・中西進「志賀白水郎歌」（『万葉集研究』第一集、塙書房、同氏『山上憶良』河出書房新社、所収）

・林田正男「筑前国志賀白水郎歌序説―制作年次考―」（『文学・語学』五五号、一九七〇年三月。同氏『万葉集筑紫歌の論』桜楓社、所収）
・吉永登「筑前志賀の白水郎の歌十首の作者について」（同氏『万葉―文学と歴史のあいだ』創元社）
・渡瀬昌忠「山上憶良―志賀白水郎歌の周辺」（古代文学会編『万葉の歌人たち』武蔵野書院、一九七四年一一月。同氏『山上憶良志賀白水郎歌群論』翰林書房、所収）

五　かくばかり術なきものか――憶良の貧窮問答歌

貧窮問答《びんぐうもんだふ》の歌一首　并《あは》せて短歌

風《かぜ》交《ま》じり雨《あめ》降《ふ》る夜《よ》の　雨《あめ》交《ま》じり雪《ゆき》降《ふ》る夜《よ》は　すべもなく寒《さむ》くしあれば　堅塩《かたしほ》を取《と》りつづしろひ　糟湯酒《かすゆざけ》うちすすろひて　しはぶかひ鼻《はな》びしびしに　然《しか》とあらぬひげ掻《か》き撫《な》でて　我《あれ》を除《お》きて人《ひと》はあらじと　誇ろへど寒《さむ》くしあれば　麻衾《あさぶすま》引き被《かがふ》り　布肩衣《ぬのかたぎぬ》ありのことごと　着襲《きそ》へども寒《さむ》き夜《よ》すらを　我《われ》よりも貧《まづ》しき人《ひと》の　父母《ちちはは》は飢《う》ゑ寒《こ》ゆらむ　妻子《めこ》たちは乞《こ》ひて泣《な》くらむ　この時《とき》はいかにしつつか　汝《な》が世《よ》は渡《わた》る

天地《あめつち》は広《ひろ》しといへど　我《あ》がためは狭《さ》くやなりぬる　日月《ひつき》は明《あか》しといへど　我《あ》がためは照《て》りや給《たま》はぬ　人皆《ひとみな》か我《あ》のみや然《しか》る　わくらばに人《ひと》とはあるを　人並《ひとなみ》に我《あれ》もなれるを　綿《わた》もなき布肩衣《ぬのかたぎぬ》の　海松《みる》のごとわわけさがれる　かかふのみ肩《かた》にうち掛《か》け　伏廬《ふせいほ》の曲廬《まげいほ》の内《うち》に　直土《ひたつち》に藁《わら》解《と》き敷《し》きて　父母《ちちはは》は枕《まくら》の方《かた》に　妻子《めこ》どもは足《あと》の方《かた》に　囲《かく》み居《ゐ》て憂《うれ》へ吟《さまよ》ひ　かまどには火気《ほけ》吹《ふ》き立《た》てず　甑《こしき》には蜘蛛《くも》の巣《す》かきて　飯炊《いひかし》くことも忘《わす》れて　ぬえ鳥《どり》ののどよひ居《を》るに　いとのきて短《みじか》き物《もの》を　端切《はしき》ると言《い》へるがごとく　しもと取《と》る里長《さとをさ》が声《こゑ》は　寝屋処《ねやど》まで来立《きた》ち呼《よ》ばひぬ　かくばかりすべなきものか　世間《よのなか》の道《みち》

（5・八九二）

世間《よのなか》を憂《う》しと恥《やさ》しと思《おも》へども飛《と》び立《た》ちかねつ鳥《とり》にしあらねば　（5・八九三）

山上憶良頓首謹上《とんしゆきんじやう》す。

戯曲的な形式

問答形式は憶良の独創でもなんでもない。しかし右の長歌は、同時同処の掛け合いでも対話でもなく、問答とは言いながらおのおの時処を異にした二場面の組合せで、二人の人間の独白詠を並べたと言ってもよい内容を持っている。

前半部の時は夜、風に雨を交じえ、やがて静かな降雪へ――。先ほどから一人の男が何かぶつくさ呟いている。貧相ながらも意気だけは昂然たる老人で、作者憶良の扮装ともおぼしい。糟湯酒に暖を求めながら洟をぐずぐず言わせ、「世間の奴はみんな馬鹿だ」などと威張っている。それにしても寒い。おれなどはまだましの方だが、貧乏な人たちの家族はこんな時どうしているだろう?

（暗転）くずれかけたあばら屋の内部。地べたに敷いた藁に寝そべった男のまわりを、老人や妻子が取り囲んで坐っている。火の気のないかまど、蜘蛛の巣をかけたこしき。さくり泣く子ども。「天地はどうしてこんなに狭いのだ。御天道様はどうしてこう暗いのだ。みんなそうなのか。おれだけがこうなのか。他人様と同じ、おれも人間だのに……」。そこへ、笞をふるって村人を労役に駆り立てる里長の威赫的な声がきこえてくる。

後半部の時は、夜の印象を前半部から持ち越すけれども、役《えだち》（時季的に租税ではあるまい）に駆り立てる里長の登場などからは夜が明けた寒村を想像しても良い。こうした二場面を組み合わせることで、読者はちょうど暗転する舞台を見る観客の立場を強いられる。これは、一人称表白の抒情を脱し切れない長歌になにほどか「戯曲的構想」（青木生子）(1)をもたせ、叙事の詩として新生させようとした憶良の工夫になるものである。したがって従来の通例の問答歌とは別の新形式だと言える。

恥しき世間

右のような構造を持つ長歌である以上、短歌八九三番は、長歌に登場する人物の声の続きではあり得ない。長歌の言わば舞台を「観照しての、憶良自身の声」（伊藤博）(2)という理解がとうぜんとなる。作者（演出者）の主張を舞台がはねた後の字幕で示したようなものだ。だからこの短歌に貧窮問答歌の主題も製作意図も盛り込まれている。

憶良は、長歌の登場人物の貧窮の嘆きをわが身に引きつけて、「世間は恥しいもの」と言っている。とは言え従五位下元伯耆守、筑前守の生活が同様に貧窮であったとは考えられない。憶良の創作を統一する主題は世間《よのなか》（人間）であって、小テーマないしモチーフとして老・病・死、生への執着、親族貪愛《とんない》、エゴイズム等があり、同列に貧窮がある。そこで、短歌の言う「恥しい世間」とは、「貧乏だから辛い、恥しい」というのではないので、貧苦その他諸々の苦悩に満ちた、業《ごう》としての人間生活をおしなべて言うのである。憶良自らは、老と病に苦しみ、

　嗟乎《ああ》媿《はづか》しきかも、我何の罪を犯せばかもこの重き疾《やまひ》に遭へる……（沈痾自哀文《ちんあじあいぶん》）

と嘆いた。因果を信ずるにせよ信じないにせよ、とにもかくにも六道を輪廻《りんね》してあがきもがきの連続である人生は、憶良ならずとも恥しいものであり、鳥にでもなりたい。

いかにしつつか汝が世は渡る

恥しい世間の拒否→離脱の願い→離脱の不可能→恥しい世間への居直り、というもって回った理屈をそのまま歌にしたのが八九三番の短歌である。なにしろ憶良は、死ぬ直前にさえ「死せる王侯」であるよりも「生ける鼠」でありたいと願った人だ（沈痾自哀文）。鼠の恥しさくらい覚悟の上である。

鳥にしあらぬ人間の恥しさが、そこに居直った憶良にとってはそのまま生の実感であり、感動であり、詩心をそそる価値となった。その新発見が彼の精力的な創作の由来である。貧窮問答歌の登場人物が、襤褸をまといながら、思

いのほかに生き生きと美しいことに思いいたれば筆者の饒舌はいっさい不要となろう。

「いかにしつつか汝が世は渡る」と言う問いは、憶良が自分の文学に与えた課題でもあった。その問いかけに答えて、愛する者を失った夫や妻子が、親に先立つ子供が、子を思って眠れぬ親が、妻子を捨てて山に入った男が、若い日の夢を追うてさまよう老人が、つぎつぎに登場してくるのである。

謹呈の意図

この作品はなんぴとかに謹上された。従来謹上の相手として、藤原房前《ふささき》、藤原八束《やつか》、多治比広成《たじひのひろなり》、多治比県守《あがたもり》その他の名があがっている。それぞれ有力な推測でかえって決着をみていない。謹呈の意図を考えて、かかる庶民の窮状を文藻《ぶんそう》の形をもって要路の大官に訴え、政治的配慮をうながすものだという発言も、『窪田空穂評釈』はじめ少なからずある。しかし、もしそうなら作品自体がそうした意図を見事に裏切っているではないか。憶良の貧窮（なべて世間）は、政治や経済ではどうにもならないものだったのだから。

謹呈の意図は唯一文学的な共感を相手に求めてのものであったに違いない。とうぜんその相手は、「これは政治が悪い。次の閣議に提案しよう」などと考える人であってはならず、「戯曲的な新工夫が中々面白い。貧窮の如き素材でも歌になるのだなぁ。日本の歌も大陸の文学に負けたものではないぞ」と思ってくれる人でなくては憶良が承知すまい。

筑紫歌壇の終曲

その点では大伴旅人（『全釈』・『金子元臣評釈』ら）が最適格者である。「この歌を上の熊凝《くまごり》の歌と共に一括して、都まで郵送、知己旅人卿の覧に供したものと思はれぬ事もない。但旅人卿は同三年七月に薨去されたから、郵送の日時を数へると、この歌どもは或は旅人卿の目に触れるに及ばなかつたかも知れない」（金子、一五五九頁）。謹上の肩書に筑前守とないことは、熊凝の歌の題詞下に記したから省いた（「謹上」の上に氏名は最少限必要だが官職は省ける）とみなせる。麻田陽春《あさだのやす》の二首（八八四・八八五）をも含めて、旅人帰京後の筑紫歌壇の作物《さくもの》を都に上せたのであろう。

ただし熊凝の歌は、六月一七日に九州を発って上京した相撲使の一行の少年が安芸国で死んだ不幸を題材にした歌であり、その死の報告が折り返し府に伝えられず、相撲使の帰府後もたらされたのであったら、憶良はこれらの歌の製作時には旅人の死の消息をも聞いていたはずで、旅人への献呈は考えにくくなる。その時の第二案としては麻田陽春が有力であろう。陽春が相撲使の報告を聞き、憶良の得意な代作のやり方を真似た二首を示したのに対し、わが意を得たりと序文付き長歌と短歌五首の作品で答え、最近の自信作の貧窮問答歌をも付けて呈上したのかも知れない。陽春は『万葉集』には短歌四首にすぎないが、『懐風藻』作家であり、旅人なき筑紫で憶良が文学を語り合う数少ない人物の一人であったろう。

「恥しき世間」の主題を、虚構をかまえて歌う憶良の文芸は、実質上貧窮問答歌をもって終わる。したがってまた、旅人に領導せられ、憶良によってその存在を主張する筑紫歌壇の終曲の位置にある作品だったと言ってよい。もし先の推測が当たっていて、旅人卿に献呈されたのであったなら、偶然とは言え、旅人卿の死に捧げる最高の献花であったということになる。

虫麻呂や家持らが憶良の特異な用語や発想の工夫を模倣したあとは著しいが、その文学イデーはその後の和歌史に再現することはなかった。歌はまだ私の抒情歌として未開拓な沃野《よくや》を歩み続けることができたし、思想は空海の思索や親鸞の冒険をくぐらなければ十分に肉体化されなかったと思う。かれこれ憶良文学の位相はなお、ひよわな和歌史の将来へ向かって未決定であると言ってもけっして皮肉ではないのである。

注

（1）青木生子「憶良の芸術性—その評価をめぐって—」（同氏『日本抒情詩論』弘文堂、一九五七年一月）

（2）伊藤博「貧窮問答歌の成立」（同氏『万葉集の歌人と作品』下、塙書房）

参考文献

・川口常孝「憶良の『世間』」（同氏『万葉歌人の美学と構造』桜楓社、一九六七年四月）

・村山出「貧窮問答歌—基礎的考察—」（『帯広大谷短期大学紀要』一三号、一九七六年三月。同氏『山上憶良の研究』桜楓社、所収）

・高木市之助『貧窮問答歌の論』（岩波書店、一九七四年三月）

六　心咽せつつ涙し流る——旅人の亡妻悲傷

異郷の別れ

神亀五（七二八）年早春であろう、大伴旅人は大宰帥となって筑紫へ下った。伴った妻大伴郎女《いらつめ》には、夫とともに見る旅先の風物が喜びであったようで、敏馬崎《みぬめのさき》（現在の神戸市灘区）や鞆《とも》の浦（現在の福山市）のむろの木などが、後年旅人の哀傷のたねになっている。

筑紫到着後、その妻が病死する。その死は旅人の傷みに憶良が捧げたといわれる「日本挽歌《にほんばんか》」（5・七九四〜九）によれば、楝《おうち》（せんだん）の木が淡紫色の小さな五弁花の群がりを空にひろげる初夏の時分であったらしいから、郎女は筑紫下りの旅の疲れも癒えずに病み、そのまま死去したものと思われる。

とうぜん、旅人の悲しみは深かった。

大宰帥大伴卿、凶問《きょうもん》に報《こた》ふる歌一首

禍故《くわこ》重畳《ちようでふ》し、凶問累集《るいしふ》す。永《なが》く崩心《ほうしん》の悲しびを懐《むだ》き、独り断腸《だんちやう》の涙《なみだ》を流す。ただし両君の大助に依《よ》りて、傾命わづかに継ぐのみ。筆《ふみて》の言を尽さぬは、古今嘆くところなり。

世間《よのなか》は空《むな》しきものと知《し》るときしいよよますます悲《かな》しかりけり　（5・七九三）

神亀《じんき》五年六月二十三日

右の歌の情念が、世間空しの実感から、限りない悲しみへと流れてゆく感傷の機制を示しているように、その後の旅人の全作品は（「二、松浦の虚構」に述べた松浦川の夢にせよ、「三、酔ひ泣き」の讃酒歌のペーソスにせよ）、右の歌がひろげているとめどない感傷の世界の中に、それぞれの座標を占めるものと観察されるのである。折に触れて故人を偲ぶ歌には、

湯《ゆ》の原《はら》に鳴《な》く葦鶴《あしたづ》は我《あ》がごとく妹《いも》に恋《こ》ふれや時《とき》おかず鳴《な》く　（6・九六一）

橘《たちばな》の花散《はなち》る里《さと》のほととぎす片恋《かたこひ》しつつ鳴《な》く日《ひ》しそ多《おほ》き　（8・一四七三）

ほかに、ただちに故人を言うものではないが、老いて妻を失った孤独が影をおとす四首（5・八五〇、八五一。8・一五四一、一五四二）もある。これらは折にふれての小抒情歌であるが、ここに意図的な構成を持つ十一首の連作がある。

亡妻悲傷連作十一首

神亀《じんき》五年戊辰《ぼしん》、大宰帥大伴卿、故人を偲《しの》ひ恋ふる歌三首

愛《うつく》しき人《ひと》のまきてししきたへの我《わ》が手枕《たまくら》をまく人《ひと》あらめや　（3・四三八）

右の一首は、別れ去《い》にて数旬を経て作る歌。

帰《かへ》るべく時《とき》はなりけり都《みやこ》にて誰《た》が手本《たもと》をか我《わ》が枕《まくら》かむ　（3・四三九）

都《みやこ》にて荒《あ》れたる家《いへ》にひとり寝《ね》ば旅《たび》にまさりて苦《くる》しかるべし　（3・四四〇）

右の二首は、京に向かふ時に臨近《ちか》づきて作る歌。

天平《てんぴょう》二年庚午《かうご》の冬十二月、大宰帥大伴卿、京に向かひて道に上る時に作る歌五首

我妹子《わぎもこ》が見《み》し鞆《とも》の浦《うら》のむろの木《き》は常世《とこよ》にあれど見《み》し人《ひと》そなき　（3・四四六）

鞆《とも》の浦《うら》の磯《いそ》のむろの木《き》見《み》むごとに相見《あひみ》し妹《いも》は忘《わす》らえめやも　（3・四四七）

磯《いそ》の上《うへ》に根延《ねば》ふむろの木《き》見《み》し人《ひと》をいづらと問《と》はば語《かた》り告《つ》げむか　（3・四四八）

右の三首は、鞆の浦に過《よき》る日に作る歌。

妹《いも》と来《こ》し敏馬《みぬめ》の崎《さき》を帰《かへ》るさにひとりし見《み》れば涙《なみた》ぐましも　（3・四四九）

行《ゆ》くさには二人《ふたり》我《わ》が見《み》しこの崎《さき》をひとり過《す》ぐれば心悲《こころかな》しも　一に云ふ「見もさかず来《き》ぬ」　（3・四五〇）

右の二首は、敏馬の崎に過《よき》る日に作る歌。

故郷の家に還《かへ》り入りて、即《すなは》ち作る歌三首

人《ひと》もなき空《むな》しき家《いへ》は草枕《くさまくら》旅《たび》にまさりて苦《くる》しかりけり　（3・四五一）

妹《いも》として二人作《ふたりつく》りし我《わ》が山斎《しま》は木高《こだか》く繁《しげ》くなりにけるかも　（3・四五二）

我妹子《わぎもこ》が植《う》ゑし梅《うめ》の木《き》見《み》るごとに心咽《こころむ》せつつ涙《なみた》し流《なが》る　（3・四五三）

巻三の配列では、四四〇番と四四六番の間に、神亀六年・天平元（七二九）年の他人の作品が割り込んで収められているのであるが、これは巻三の編年式の編集のためで、旅人の原稿においては首尾呼応した十一首連作であったろうことは、伊藤博[1]の考証によって明らかである。伊藤によれば、題詞の傍線部分も編者が書き添えた編集上の処置と見受けられ、旅人の原稿にはなかったものである。天平二（七三〇）年暮の作であるはずの四三九・四四〇番が、神亀六年・天平元年の他人の作の前にあるのは、四三八・四三九・四四〇番の三首が原稿において、「思恋故人歌三首」という題詞の下に、編者の分割を容れぬ結束を示していたからだというのも当然の観察であろう。

歌で綴った旅日記

四三八番の作歌時と四三九・四四〇番の作歌時との間には、三年近い歳月が経過しているのであるが、その三首を同じ題詞「思二恋故人一歌」でくくった。独り寝の悲哀を持続する「詩の時間」（伊藤博）でまとめたのである。四三八番の故人に向かって訴え口説くような激しい物言いは、さすがに、四三九・四四〇番では収まって、帰京の時が近づいた感傷と、帰京後の新たな苦しみへの不安を歌っている。つぎの「向レ京上レ道五首」は、鞆の浦から敏馬崎へ、その間終始同じ嘆き——非情の自然に比べられる有情のものの常無さ——を持続している。「還二入故郷家一三首」は、四四〇番に応じて新しい苦しみの始まりを告げ、故人のよすがである山斎《しま》（庭園）・梅の木を眺めていまさらのように嗚咽の涙を流す。

かように、三つの場面（筑紫、帰京の旅、故郷の家）をひと流れの哀傷で綴り合わせて、短歌による旅日記を成り立たせていることが否めない。いま一歩進めば私小説的な世界がひらけてきそうな思いがする。折に触れて口を洩れた歌を成るがままに並べた十一首ではなく、帰京後に首尾を整えた構成の作意を認めることができる。伊藤博(2)は、旅人の原稿の形態が年紀を持たず。題詞・左注に漠然と時の経過を示しただけであることも、そうした旅人の創作意図と無縁ではないと言っている。正しいと思う。

人生的な構図

北へゆく雁《かり》ぞ鳴くなるつれて来し数は足らでぞ帰るべらなる　（『古今集』9・四一二、羇旅歌）

この歌は、ある人、をとこ女もろともに人のくにへまかりけり。男まかりいたりてすなはち身まかりにければ、女ひとり京へかへりけるみちに、かへる雁のなきけるをきゝてよめるとなんいふ。

『古今集』の人々は、この種の小さな物語を和歌にまとわせて楽しむことを知っていた。同様な趣向は『万葉集』巻十六などにも見受けられたところであるが、しみじみとした人生的な構図は持ち得なかった。旅人は持っている。『万葉集全釈』その他の注釈書が注意している『土佐日記』は、任地で愛児を失った主人公の旅日記であり、京の家にたどりついた哀傷で終わっている。

思ひ出でぬことなく、おもひこひしきがうちに、この家にて生れし女児《をんなご》のもろともに帰らねば、いかがはかなしき。……

生《む》まれしも帰らぬものをわがやどに小松のあるを見るが悲しさ

貫之はその叙述を一女性の筆に仮託している。旅人の亡妻悲傷歌十一首には、作者を韜晦《とうかい》する余裕も純粋なフィクションの意図もないが、その文芸的指向の彼方に、しかし瀟洒に脱皮して、これら古今時代の人人の文芸がひらけてきたと言ってよいのであろう。

旅人文芸の位置

青木生子は、(3)旅人の亡妻挽歌や望京歌の心情が、現実の体験に発したものながら、静かに持続的に心底に湛えられて、「心境的」「境涯的な詠嘆」になっていると言っている。それは中国文学に馴染んだ老境の慨嘆と、生活の不如意(中央政権から隔たる筑紫住まい)によってもたらされたものとし、そこに「心境小説的抒情の『我』」が醸成されて、新しい抒情が生まれてきた状況を観察した。また亡妻挽歌十一首が、柿本人麻呂以来の系譜に立つことをも論じた。

旅人の新工夫は短歌の連作形式であったが、それは長歌よりも自由かつ有効に時間・空間をひろげて歌日記風の小世界を構成できる可能性を示した。ただその試みは、歌友山上憶良に類似の制作を見ただけで、万葉史は黙殺する。仮名の発明と、中国詩文のより主体的な享受をまって花を開く平安朝文芸の世界はまだまだ遠かったと言わなければならないけれども、純粋な個我の抒情の細い源流をなしながら、その生涯の終わりに美しく仕上げた作品として、亡妻悲傷歌十一首は記念されるのである。

伴墓に立って

旅人は天平三（七三一）年七月二五日、六七歳で死ぬ。佐保山で荼毘《だび》に付し（書持《ふみもち》の例）、骨は佐保川を渡って埋められたであろうか（尼理願《りがん》の場合）。旅人の父安麻呂が建立した氏寺永隆寺（伴寺《ともでら》、鞆寺）の跡は現在三笠温泉郷の直下、三笠霊園上方の一画、東大寺墓所（俗称伴墓《ともばか》）であることを川口常孝[4]が確かめた。「わたしの立っている足下に家持はねむっているかも知れないのであった。また、旅人が、坂上郎女が、この足下にねむっているかも知れないのであった」と川口は言う。俊乗坊重源《しゅんじょうぼうちょうげん》の墓のかたわらにたたずんで見下ろせば、あの佐保山を眺めて泣いたひとも、笑った人ももう遠い。

注

（1）伊藤博「旅人の亡妻挽歌」（同氏『万葉集の歌人と作品』下、塙書房）

（2）伊藤博、注（1）に同じ。

（3）青木生子「旅人の抒情の位相」（同氏『日本抒情詩論』弘文堂、一九五七年一月）。青木生子「亡妻挽歌の系譜——その創作的虚構性——」（『言語と文芸』七四号、一九七一年一月、同氏『万葉挽歌論』塙書房、所収）

（4）川口常孝「〝伴墓〟の発見について」昭和四八年一二月二〇日付レポート。（同氏『大伴家持』桜楓社、第一章第四節所収、一九七六年一一月）

Ⅱ

虫麻呂

虫麻呂の魅力

一　多彩な多面体

虫麻呂は「伝説歌人」と言われます。浦島伝説その他、幾つかの伝説を歌っているからです。また「旅の歌人」と言われます。殆どの作品が旅にかかわる歌だからです。その作風がとてもリアルで叙事的な描き方をするので「リアリスト」とか「叙事詩人」とも言われます。一方その歌う内容から見ると、たいへんロマンチックで叙情的な内容なので、「ロマンチスト」と言われます。このように、いろいろな言葉で批評されている虫麻呂は、それだけ多彩な多面体であると言えます。異彩を放って独自な世界を持っているために、その他大勢の万葉歌人からは少し離れたところにいる、仲間はずれの歌人、一匹狼のような観さえ有ります。そんなわけで、昔は余り高く評価されていなかったようです。

近世万葉学のリーダーで『万葉考』の著者賀茂真淵は虫麻呂を評して、「強きがごとくして下弱し。」と言いました。この評価を私なりに解釈しますと、虫麻呂はたくさん歌を作っていて、すこぶるエネルギッシュな作者に見えるけれども、その内実は空疎で無力な作者である、と言うようなことでしょうか。真淵が尊んだような、「万葉ぶり」「いにしへぶり」の歌人としては、虫麻呂が一級品でないことは確かです。虫麻呂の歌は「いにしへぶり」からはかなりはみ出している観があります。現代ではアララギ派の統領で『万葉集私注』の著者土屋文明氏が、「無力なる作者」「散漫」「粗略」「誇張虚飾」などとけんもほろろに貶《けな》しています。この文明氏の評価は真淵の批評と通底するところがあります。虫麻呂は、和歌の歴史の伝統的主流からは相当はずれたところにいる異端派ということなのでしょう。

ところが一方、現代の研究者には虫麻呂のファンが多いのです。近代文学研究のパイオニア吉田精一氏は、「純粋な詩として見る時（中略）私の鑑賞によれば虫麻呂の歌は、万葉の長歌中にあつて傑出したものの一つであり、時に近代的な鋭感を感じとる」「すぐれた頽唐美の詩人」と言いました。これはびっくりするほどの褒め言葉ではありませんか。なにしろ千三百年も昔の歌人虫麻呂に近代的なセンスを認めるというのですから。また、私の恩師犬養孝先生が、「魂の故郷を持たぬ漂泊の精神」「孤愁のひと」とチョークで大きく板書して、虫麻呂のことをいとしくてたまらぬように、まるで自分の息子の話でもするように、身を入れて講義していらっしゃったことを、今は遠く懐かしく思い出します。中西進氏も、「非現実の世界にさまよい、見果てぬ幻想を求める旅に棲むひと」と、これまたなかなか魅力的な言葉で虫麻呂を語っています。虫麻呂は、現代になってその価値を発見されつつある歌人ということになるのでしょうか。ここ数十年の間に虫麻呂に関する研究論文の数も幾何級数的に増えました(1)。

さて、虫麻呂の魅力の全体像を、今日のこの短い時間で語ることはできません。一部の作品を鑑賞しながら、その魅力の一端を尋ねてみることにしましょう。

二　旺盛な感情移入の性向――自然物の擬人化・有情化

霍公鳥《ほととぎす》を詠む一首　并《あは》せて短歌

うぐひすの　卵《かひご》の中に　ほととぎす　独り生まれて
己《な》が父に　似ては鳴かず　己《な》が母に　似ては鳴かず
卯の花の　咲きたる野辺ゆ　飛び翔《かけ》り　来鳴きとよもし

橘の　花を居散らし　ひねもすに　喧《な》けど聞きよし　喧
幣《まひ》はせむ　遐《とほ》くな行きそ　遐
我がやどの　花橘に　住み渡れ　鳥　（9・一七五五）

反　歌

かき霧らし　雨の降る夜を
ほととぎす　鳴きて行くなり　𪫧怜《あはれ》　その鳥　𪫧怜　（一七五六）

ホトトギス目の鳥には「托卵」という習性がある。卵を自分で育てないで、鶯とかホオジロとか、ほかの小鳥の巣に生み付けるという横着な本能がある。卵を産み付けられた鶯は、ホトトギスの卵を一生懸命温め、やがて生まれた雛を懸命に育てる。成長したホトトギスは、ある日忽然と巣から飛び立ってゆく。

その鳴き声は里親のウグイスに似もつかぬホトトギスの声です。生まれつき実の親を知らない、運命的に生涯孤独の鳥なのです。成鳥となっても、常に一羽で行動する。卯の花が咲いている野辺を一直線に飛びかけって来て、鳴き叫び、橘の枝にとまって花を散らし、一日中やかましく鳴き騒いでいても、その声はとても耳に快い。お礼はするからどうか遠くにゆかないでおくれ。わが宿の橘の木に、ずっと住みついておくれ、ホトトギスよ。虫麻呂は、ホトトギスの生態を、さながらに語り、共感や愛惜の情を寄り付かせます。

（反歌）あたり一面かき曇らせて雨が降る夜の空を、ホトトギスが鳴きながら飛んでゆく、あわれ、その鳥よ。

虫麻呂は、孤独の鳥ホトトギスに人間的な感情をたっぷりと移入しています。森本治吉氏は「対自然歌に於て自然物を擬人化し有情化して作品のいづこかに人間臭を漂してゐる。」と言っています。虫麻呂には自然を素材としながらも純客観的な写景歌が無い。いつも対象に自分の感情をたっぷりと移入して有情化し、擬人化するというのです。

森本氏のこの観察は的確で、虫麻呂の世界に分け入る出発点となる、大切な指摘です。森本治吉氏は、虫麻呂の不思議な魅力を発見し称揚して虫麻呂研究の先鞭をつけた学者と言えます。この歌に描き出されたホトトギスは、虫麻呂そのひとの魂を形象化したものと言えます。ホトトギスは虫麻呂その人なのです。

ちなみに、歌の下の□で囲んだ文字は、小島憲之氏曰く、漢籍臭い文字であって、虫麻呂が漢籍をよく勉強した証拠だと。「何怜」は虫麻呂に限りませんが、アハレという感動詞で、『遊仙窟』にもこの文字が見えるという漢語そのものです。

さて、小動物のささやかな生の営みにそそぐ虫麻呂の愛しみの目は、次の歌でもまた顕著です。

武蔵の小埼の沼の鴨を見て作る歌一首

埼玉《さきたま》の　小埼の沼に　鴨ぞ翼霧《はねき》る
己《おの》が尾に　降り置ける霜を　払ふとにあらし　（9・一七四四）

「武蔵の小埼の沼」は行田市の埼玉にあった沼。寒い夜、小埼の沼に浮いて眠る鴨がいる。思い出したように時々羽ばたきをして、水しぶきをあげる。尾の上に置いた霜を払おうとしているらしい。

作者はもっぱら小動物・鴨のささやかな生態を描写することに興味があるようです。しかし、その写実的な観察描写の裡に豊かな抒情が溢れていることを見逃すわけにはゆきません。それは、小動物のささやかな生の営みにそそぐ愛しみというものです。鴨が時折羽ばたきするわずかな仕草に、虫麻呂は自分の感情をゆたかに移入しています。「己が尾に降り置ける霜を払ふとにあらし」と擬人化し、有情化しています。それを犬養孝氏は「自分の気持ちそのままなのです。」と言っています。虫麻呂の気持ちがそのままこの鴨の形象と化しているのです。

この虫麻呂の歌と同じように、旅先で霜降る夜の鴨を見た志貴皇子の歌は次のようです。

芦辺行く　鴨の羽交《はがひ》に　霜降りて　寒き夕べは　大和し思ほゆ　（1・六四）

芦辺の鴨の背中に霜が降る夜は寒々として、ホームシックになります。作者の思いは眼前の景物から一転「大和し思ほゆ」と家郷大和へ回帰してゆきます。この歌に見るように、異郷の風物に接するに付けて家郷を思い、妻を思うという発想は、万葉の旅の歌におおむね一般のパターンです。しかし、虫麻呂の旅の歌には、万葉歌に一般の懐郷のモチーフが無いのです。そこで、森本治吉氏はこう言っています。虫麻呂の旅の歌は「家郷への思慕を綴らない。」と。虫麻呂はホームシックを歌わないのです。ひょっとすると、彼はまだ若くて独身で、大和に残してきた妻や子どもが居なかったのでないか、と想像したりします。

三　孤愁のひと——第二の現実・美の世界の構築

筑波山に登る歌一首　并《あは》せて短歌

草枕　旅の憂へを　慰もる　事もありやと
筑波嶺《つくはね》に　登りて見れば
尾花散る　師付《しつく》の田居に　雁がねも　寒く来鳴きぬ
新治《にひばり》の　鳥羽の淡海《あふみ》も　秋風に　白波立ちぬ
筑波嶺《つくはね》の　良けくを見れば
長き日《け》に　思ひ積み来し　憂へは止みぬ　（9・一七五七）

反　歌

筑波嶺《つくはね》の　裾廻《すそみ》の田居に
秋田刈る　妹がり遣《や》らむ　黄葉《もみち》手折らな　（一七五八）

「旅の憂へ」とは、常陸国に赴任して幾年月かを経た、異郷の生活のわびしさでしょう。旅の憂いを慰めることもできようかと、虫麻呂は筑波山に登りました。頂上から、素晴らしいパノラマが見下ろせます。東方遙かに、きらきらと輝くのは霞ヶ浦です。ひろびろとひろがる田園地帯「師付の田居」におりている雁の鳴き声も寒々としています。西方を見れば、「新治の鳥羽の淡海」が広がっていて、秋風に白々と波立っています。このすてきな鳥瞰図に、虫麻呂の旅の憂いは甘く溶け込んで行きます。欝積した旅の憂いのカタルシスを味わっているのです。

（反歌）筑波嶺の裾野で稲刈りをしている農婦の中に、妻が立ち交じっているかのように構えて、甘い愛の交歓を夢想しています。これは虫麻呂の憧れ心が見た白日夢。

私はこの虫麻呂の歌をよむたびに、石川啄木の次の歌をつい思い起こしてしまいます。

高山《たかやま》のいただきに登り
なにがなしに帽子をふりて
下《くだ》り来しかな
（『一握の砂』）

啄木もまた、高い山に登り、何がなしに帽子を振って、山をおりてきました。啄木と虫麻呂と二人は同じ、未知なる人生へのあこがれ、青春の日々の感傷を共有しているように思えてなりません。

この歌についての犬養孝氏の鑑賞はこうです。

頂上から見はるかす秋風落莫たる景観……（中略）……尾花散り寒々と雁の来鳴く景観も、湖上秋風に白浪立つ景観も、いずれも白々とそそけ立つたわびしさである。……（中略）……決して叙景のための叙景ではなくして、作者の、秋風落莫、孤寂の心情を表はすものでなければならない。わびしい心はわびしい景に共鳴りし定着しゆくことによつて、ひとつのやすらぎを獲得する。

この「筑波山に登る歌」や先の「ホトトギスの歌」をきめ細かに分析して、犬養孝氏は次のように説きました。虫麻呂の心のありようは徹底的なロマンチシストであり、現実世界に満たされない「孤愁のひと」である。そのリアルな手法による創作行為は、「現実の世界ではない、第二の現実」への憧れ、「美の世界の構築」をめざすものだ、と。思えば、雨の夜をひとり飛ぶホトトギスも、小埼の沼に翼霧る鴨も、筑波山の頂上から見下ろしたパノラマも、みんな虫麻呂その人の心の象《かたち》であり、魂の風景なのでした。虫麻呂は自分自身の心の象をリアルに描きあげる歌人だったのです。先の森本治吉氏に次いで、虫麻呂の世界に深々と分け入り、その魅力の本質を解き明かした学者は犬養孝氏です。

四　漂泊する魂——自己の証し・生命感情の充足を求めて

「旅の歌人」でありながら、万葉歌人一般の旅の歌とは発想を異にして、家郷への思慕を綴ることがきれいさっぱりと無い虫麻呂。回帰する家郷を持たない虫麻呂の魂は、落ち着く場所を求めて旅に出てゆきます。そうして、旅先の土地で出会った珍しいもの、未知なもの、驚くべきものへと、心を寄り付かせます。そういう虫麻呂の心の有りようは、これまた犬養論文によれば、「漂泊する魂」です。次の歌を読みましょう。

上総《かみつふさ》の末《すゑ》の珠名娘子《たまなをとめ》を詠む一首　并《あは》せて短歌

しなが鳥　安房に継ぎたる　梓弓　末の珠名は
胸別《むなわけ》の　広き我妹《わぎも》　腰細の　すがる娘子の
その姿《かほ》の　端正《きらきらしき》に　花の如　笑みて立てれば　端正
玉桙《たまほこ》の　道行人《みちゆきびと》は　己《おの》が行く　道は行かずて
呼ばなくに　門《かど》に至りぬ
さし並ぶ　隣《となり》の君は　予《あらかじ》め　己妻《おのづま》離《か》れて

乞はなくに　鎰《かぎ》さへ奉る　　　　　　　　鎰
人皆の　かく迷《まと》へれば
容艶《うちしなひ》　縁《よ》りてぞ妹は　たはれてありける　　　　容艶　（9・一七三八）

反　歌

金門《かなと》にし　人の来立てば
夜中にも　身はたな知らず　出でてぞ逢ひける　　（一七三九）

「上総の末」は、房総半島の君津市・富津《ふっつ》市のあたり。そこに珠名という娘子がいたという。どんな娘子であったかというと、ブレストはいわゆるDカップ、ジガバチのようにウェストが細い美少女です。容姿端麗なその乙女がまた、花のようににっこり微笑んで立っているというとマァ、道を行く男達は、それぞれに用向きがあるはずだのに、その用向きを忘れてしまって、珠名が呼んだわけでもないのに、フラフラと珠名の家の門までやってくるのでした。お隣のご亭主はというと、前もって妻を離婚しておいて、珠名が欲しいと言ったわけでもないのに、鍵を持ってきて「この鍵を受け取ってくれ。結婚してくれ」と頼むのでした。男という男がみんな、このように珠名の色香に迷うというと、珠名は、なよなよと艶めかしくシナを作って、男に身を任せ、戯れていたのだってさ。

（反歌）門の前に男がやって来て立つというと、真夜中であるにもかかわらず、無分別にもまぁ、出て行って逢ったのだってさ。

虫麻呂は、伝説のヒロイン珠名を、「胸別の広き我妹《わぎも》」と――まるで自分の恋人のように――いとしげに「我妹」と呼びます。ところが、その珠名たるや、言い寄る男を相手かまわず受け入れて手玉にとり、情事にふけったという、とんでもない淫奔な不良少女なのでした。そんな珠名に対して虫麻呂は、「身はたな知らず」（無分別にも、マァ！）と、一応は世間の常識なみの批評は口にするけれど、実はその批評の言葉とはうらはらな愛着の目を珠名にそそいでいます。

長歌の最後、「うちしなひ　縁りてぞ妹は　たはれてありケル」、また反歌の「夜中にも　身はたな知らず　出でてぞ逢ひケル」のケルは、いわゆる気付き・驚き・伝聞の助動詞。ですから口訳は、

なんとまぁ、なまめかしく男にしなだれかかって、戯れていたのだってさ！

なんてことだ、夜中でさえも分別もなく、出て行って男と情事にふけったのだってさ！

となります。つまり虫麻呂は、世間的な道徳のレベルを飛び越えて不羈奔放に生きた珠名娘子の伝説に遭遇して驚き、それをつぶさに語ることによって欝積《カタルシス》の解放を味わい、生命感情を充足させているのではないでしょうか。青木生子氏は「虫麻呂のゑがく伝説は彼にとつて自己のあくがれを深々とよせる世界」だと言っています。虫麻呂が、この珠名娘子はとんでもない尻軽女だなどと、世間的な道徳をあてはめて非難しようと思っていないことは確かです。いや逆に、珠名のその不羈奔放な人生に対してなにがしか共鳴共感するところがあることに気付き、驚き――むしろ羨望にまがう――の声を放っていると言って良いのです。

さて、この歌と同じように、世間的な常識の枠をはみ出たようなものに対する虫麻呂の好奇の目・驚嘆の声と言う点では、次の歌などがその最たるものでしょう。

筑波嶺に登りて嬥歌《かがひ》会をする日に作る歌一首　并《あは》せて短歌

鷲の住む　筑波の山の　裳羽服津《もはきつ》の　その津の上に　嬥歌
率《あども》ひて　娘子壮士《をとめをとこ》の　行き集ひ　かがふ嬥歌《かがひ》に
人妻に　我も交はらむ　我が妻に　人も言問《ことと》へ
この山を　うしはく神の　昔より　禁《いさ》めぬ行事《わざ》ぞ

「今日のみは　目串《めくし》もな見そ」

「事もとがむな」（9・一七五九）

反　歌

男神《ひこかみ》に　雲立ち登り　しぐれ降り

沾《ぬ》れ通るとも　我帰らめや（一七六〇）

カガヒというのは、村落共同体の春秋の祭り。飲食・歌舞し、性的な解放が行われたという。『常陸国風土記』に筑波嶺の嬥歌会の記事がある。「嬥歌《ちょうか》」は漢語で巴（四川省重慶地方）の土民男女のフォーク・ダンスの歌のことであり、その文字を我が国の土俗の行事のカガヒに当てたものです。モハキツは何処かよく分かりません。筑波山頂だとか、山麓だとか、いろいろ説がある。「その津の上に」と言いますから、川のほとりであったでしょうか、あるいはこんこんと湧く泉がある場所であったのでしょうか。そこに近郷近在の男女が寄り集まり、歌い舞うカガヒに参加して、人妻に私も交わろう、わが妻に人も求愛せよ、この筑波山を支配なさる神が、昔からお許しになっている行事なのだ、と歌っています。

「今日のみは　目串《めくし》もな見そ」

「事もとがむな」

ここのところ、男女の会話と見たのは小学館日本古典文学全集『万葉集』であって、正しいと思います。それに従いました。それから、「目串」という言葉が難解で、従来様々な解釈が出されているのですが、今は私の解釈を書き付けておきます。私の解釈は「人妻であるしるしの櫛」――結婚指輪のような――というものです。

（女）「今日だけはこの人妻のしるしの櫛も目にしないで下さい」

（男）「事（人妻との交わり）も咎めるなよ」

さて、この歌をよむと、虫麻呂自身がある日ある時筑波嶺のカガヒにみずから参加したかのように受け取れますが、もちろん作り事でしょう。「人妻に吾も交わろう。わが妻に人も交われ」なんて、いわゆるスワッピング――都の人である虫麻呂にとっては、びっくり仰天・不倫猥雑で非常識極まる野蛮な行事です。当時の刑法「律」には、人の妻を犯した者は懲戒免職とある。「人妻に我も交はらむ　我が妻に人も言問へ」と一人称で歌っていますが、虫麻呂が実際に自分の妻を連れてこの土俗の行事に参加したはずもありません。つまり、一首は、その土俗の行事の興奮のるつぼの中へ自ら身を投じる幻想です。虫麻呂は白日夢に酔っているのです。

旅先で、筑波嶺のカガヒというとんでもないお祭りに出会ってびっくりした虫麻呂は、また、同じようにとんでもない物をみてびっくりしました。それは日本一の富士の山です。

不尽の山を詠む歌一首　并《あは》せて短歌

なまよみの　甲斐の国　うち寄する　駿河の国と
こちごちの　国のみ中ゆ　出で立てる　不尽《ふじ》の高嶺《たかね》は
天雲《あまくも》も　い行きはばかり　飛ぶ鳥も　飛びも上らず
燃ゆる火を　雪もて消《け》ち　降る雪を　火もて消ちつつ
言ひも得ず　名付けも知らず　霊《くす》しくも　います神かも
石花《せ》の海と　名付けてあるも　その山の　堤《つつ》める海ぞ
不尽川と　人の渡るも　その山の　水の激《たぎ》ちぞ
日本《ひのもと》の　大和の国の　鎮《しづめ》とも　います神かも　（国の）鎮
宝《たから》とも　成れる山かも
駿河なる　不尽《ふじ》の高嶺《たかね》は　見れど飽かぬかも
（3・三一九）

反歌

不尽の嶺《ね》に　降り置く雪は
六月《みなつき》の　十五日《もち》に消ぬれば　その夜降りけり　（三二〇）

不尽の嶺《ね》を　高み恐《かしこ》み
天雲《あまくも》も　い行きはばかり　たなびくものを　（三二一）

なまよみの甲斐の国（山梨県）うち寄する駿河の国（静岡県）と、彼方此方の国の真ん中にすっくと聳え立つ富士山は、空行く雲も恐る恐る躊躇《ためら》いながら流れ、飛ぶ鳥も飛び上がることが出来ない。燃え上がる噴火を雪で消し、降る雪を噴火で消しつつ、言語道断、名状しがたい、まことに霊妙な神の山だ。セの海（後の西湖と精進湖）という名の湖も、富士山が堰き止めて出来た湖だ。富士川という大川も、富士山から流れ出た激流だ。日本の国の鎮護でいらっしゃる神山だ。日本国の宝の山だ。駿河なる富士の高嶺は、見れど見飽かぬ山であるよ。

（反歌）富士の嶺に降り積もった雪は、真夏の六月十五日に溶けて消えるというと、なんと、もうその夜から降り積もるということだ。

（反歌）富士の嶺が高くて畏れ多く、空行く雲さえ、流れためらい、たなびくと言うではないか。

三十七句を費やした饒舌な長歌と二首の短歌に成る歌は、甲斐・駿河二国の間にそそり立ち、火を噴き、湖を造り、大河を流す、火の山富士を、その生き生きと活動する姿において動態的《ダイナミック》に語っています。そのイメージを中西進氏は、「冥界へ通ううす暗がりの世界と、遥か常世を見はるかす白波の世界とのまん中に…（中略）…しきりに轟音を発し、噴煙をあげ、紅蓮の焔を吐く火の山」と巧みに解説しています。

孔子は「怪《かい》・力《りょく》・乱《らん》・神《しん》」を語ることが無かったと言います（『論語』述而）。怪力乱神というのは、世間の常識を超えた大きなエネルギーや人智の及ばない不可思議な現象のことですが、虫麻呂の富士山はまさにこの世の物ならぬ

「怪・力・乱・神」に他なりません。長歌の後半、詠嘆と強調の助詞カモとゾの連続反復を見て下さい。

……霊しくも　います神カモ！　……その山の　堤める海ゾ！

……その山の　水の激ちゾ！　……鎮とも　います神カモ！

……宝とも　成れる山カモ！　……見れど飽かぬカモ！

息せき切ったような驚嘆の声の連続です。この昂揚した気分の中で詩人は自我意識を拡張させ、生命感情を充足させています。紅蓮の炎を上げる富士は、虫麻呂の魂そのものの形象化です。富士の噴火と一緒に詩人の魂もまたドーンと噴火しているのです。岡本太郎は「芸術は爆発だぁ」と言いましたが、虫麻呂も「富士山は爆発だぁ。私の歌も爆発だぁ」と言っているのですよ、きっと。

以上六編の歌を鑑賞したところで、次のようなことが言えると思います。

虫麻呂の漂泊する魂は、自分自身を見つけるために旅に出た。そして旅先の土地に伝わるいろいろな伝説に出会った。また、珍しい土俗のお祭行事を見た。あるいはまた、富士山のような、超人的な大自然のエネルギーに触れた。それらに虫麻呂は自分自身の魂の証しを見つけることができた。その発見の喜びが虫麻呂の創作活動の契機となった。

五　虫麻呂の年齢

以上のような虫麻呂の創作活動のあり方から鑑みて、私は、虫麻呂という人の年齢に思いが及ぶのです。自然や外界の諸事象へ人間的な感情を旺盛に移入する傾向、豊かな創作的夢想力あるいは想像力、新奇を求めて漂泊する魂、理想的美的恋愛への憧憬、世間の常識の枠をはみ出たものへ向ける好奇の目、自我の拡張の願望・生命感情の充足——これらを、私はかつて青年期のロマンチシズムの特質と考え、虫麻呂は心身共に若い青年（二十歳代）であったろうかと想像したことがあるのですが、さて、いかがでしょうか。

六　豊かな漢学の素養

以上六編の作品を眺めただけでも、虫麻呂の作品の世界が、万葉集中異彩で新しい文芸的価値を創出していることが窺えると思います。万葉集の文芸的レベルをいま一段レベル・アップしているとも言えます。それにつけても、ひとつには中国文学の影響ということが顧みられます。小島憲之氏は、虫麻呂歌中の「中国文学的な表現」「潤色」「漢籍を学んだ結果の用字」をたくさん例を挙げて説明しています。そして、虫麻呂に「漢籍読破の力」があることを認めています。「筆をとれば潤色を行ひ、華やかに表現のできる時代の流れ」の上に虫麻呂の世界が出現したと言います。氏が例示した漢籍臭い文字をさらに引用しますと、「海若《わたつみ》」「邂尓《たまさかに》」「反側《こいまろび》」「頓《たちまちに》」「委曲尓《つばらかに》」「悒憤《いぶせ》む」その他です。これらを見れば、なるほど虫麻呂の自在な漢籍利用の力を認めざるを得ません。富士山を「国の鎮」と歌ったのも、中国的表現だと小島氏は言います。「大室、鎮をなす」（『文選』東京賦《とうけいのふ》）。大室とは嵩高《すうこう》（嵩山。五岳の一）と言う山の名前。李善《りぜん》注に「言以二嵩高之嶽一、為二国之鎮一也」とある。富士山を日本国の宝、鎮の山と、はじめて日本の文献上に登録したのはあるいは、虫麻呂だったのかもしれません。

虫麻呂歌中の漢籍由来の漢字については、かつて私も一つ発見しました。「焼大刀《やきたち》の　手穎押しねり」（見二菟原処女墓一歌　9・一八〇九）とある傍線部の二文字「手穎」の文字と訓についての通説は次のようです。「穎《エイ》」はカホン科植物の穂、その訓はカビ・カヒである。一方「剣の柄《つか》」を「タカミ（手上・剣頭）」という。そこで、「穎」を借訓の文字とし、その訓カビがカミに通用するとして「手穎」を「タカミ」と訓み、「剣の柄《つか》」と解するものです。これに対して私の意見は次のようです。『礼記正義』（三十五少儀十七）の「刀を人に手渡すときは刃を避けて穎の方を差し出す」という部分の鄭玄《じょうげん》の注に「穎は鐶である」とある。すなわち「穎」は借訓の文字ではなく、「刀鐶（環）」の意の正訓の文字である。「手穎」（手に取る穎）は二文字で「タカビ乃至タカヒ」と訓み、「環頭太刀の把頭《つかがしら》」を意味する正訓の文字であるというものです。『学令』（「教二授正業一」条）に「三礼は鄭玄の注を勉強せよ」と規定していますが、虫麻呂はきっと鄭玄注でしっかり『礼記』を読んでいるのでしょう。「筆をとれば潤色を行ひ、華やかに表現のできる時代の流れ」の中に虫麻呂は生まれたと言った小島憲之氏の言葉がおおきにうべなわれるわけです。虫麻呂作品と漢籍との関わりを考える論文も近時増えています。(2)

かように、虫麻呂は、漢籍に通じた知識人であった。また、『高橋連虫麻呂歌集』を編んでいて、それが尊重されたことはその中から多数の作品が巻九に採録されていることからもわかるところで、歌人としての作歌の力量は早くから宮廷の中で認められていたものと考えられます。かように、虫麻呂は漢籍に通じた知識人、また力量ある歌人として、時の宮廷で広く認められた歌人であったろうと思われるのですが、ここで不思議に思えることは、宮廷の晴れの場面での奏上歌がないということです。行幸従駕の歌もない。旅の歌と伝説の歌に終始している。晴れの歌といえば、せいぜい勤務先の役所で上司に献呈した歌があるくらいのもので、その他はもっぱら、旅の歌と伝説の歌ばかりです。つまり虫麻呂は、人麻呂・赤人・金村・千年・福麻呂・家持らのようないわゆる「宮廷歌人」風の風貌をまったく持っていないのです。宮廷歌壇の圏外にある傍系の歌人の観があります。

これには何らかの事情があるはずです。それはあるいは彼の経歴から説明できるのではないかと私は思っています。

七　虫麻呂の閲歴私見

虫麻呂の閲歴については不明な点が多いのですが、ここには、私の意見を書き付けておきます。

造難波宮司——神亀三年（七二六）十月、式部卿藤原宇合《うまかい》、知造難波宮事となる。この時期に虫麻呂は、造難波宮司の役人としてあり、その秀才をもって宇合卿の知遇を得たか。

権勢ある政治家宇合卿の身辺を飾る歌人——天平四年（七三二）八月、宇合が西海道節度使となって西下の際には壮行の歌（6・九七一～九七二）を求められ献上している。

常陸国赴任——天平六年三月、難波新宮完成。造難波宮司の任終わり、常陸国に赴任したか。年齢も若く位階も低く、あるいはその文筆の能力をもって史生であったか。

解任帰京——史生の任期六年を経て、天平十二年ころ帰京したか。この間、都の政局にはどんでん返しがあった。

天平九年、藤原氏四兄弟（右大臣武智麻呂・参議房前・参議宇合・参議麻呂）薨ずる。

天平十年、橘諸兄、右大臣となる。

天平十二年、藤原広嗣（宇合第一子）の乱、式家の壊滅。

天平十五年、橘諸兄、左大臣となる。

不遇の官人——天平十二年ころ帰京して後の虫麻呂は、諸兄政権下において、式家《しきけ》（藤原宇合の家系）にゆかりある官人として官途の上で不遇をかこったか。

宮廷歌壇からはずれた傍系の歌人——おそらく帰京後に『高橋連虫麻呂歌集』を編んで世に問い、万葉集巻九の編纂に際しては『虫麻呂歌集』から多量の作品が収録された。虫麻呂は力量ある歌人として広く世に認められていたが、宮廷歌壇の諸場面——内廷・外廷での宴や儀礼、行幸従駕の場面、貴紳の周辺等——で活動することはついになかった。すなわち、式家ゆかりの歌人として、諸兄主導下の宮廷歌壇から疎外され、傍系の歌人のまま終わった。宮廷歌壇から距離を置くことによって、かえって個に沈潜し、旅と伝説の世界にふかぶかと触れることもできて、宮廷歌人風の型にはまらない自由で独自な歌境を開くことが出来たということにもなる。——まずは右のような次第ではなかったかと私は考えているのです。

さて、短い時間内で、あたふたと早口に、いろんな事を述べてとりとめもなくなってしまいましたが、とりあえず、虫麻呂という歌人がすこぶる異彩を放って個性ある歌人であるということ、万葉集の平均的なレベルから、かなりはみ出している、なかなか興味深い歌人であるということを了解していただけましたら幸甚です。御清聴ありがとう御座いました。

注

（1）菅原　準「虫麻呂関係文献目録」『万葉の歌人と作品』第七巻（和泉書院・平成一三年）

（2）――虫麻呂作品と漢籍との関わりを考えた最近の論文若干――
原田貞義「高橋虫麻呂――『登筑波山歌』をめぐって――」和歌文学会編『論集万葉集』（笠間書院・昭和六二年）
内藤　明「旅愁と豊饒――高橋虫麻呂『筑波山に登る歌』をめぐって――」『短大論叢』七八号（関東学院女子短期大学・昭和六二年七月）
辰巳正明「旅と憂愁――高橋虫麻呂――」『万葉集と中国文学　第二』（笠間書院・平成五年）
村山　出「高橋虫麻呂の論」『奈良前期万葉歌人の研究』（翰林書房・平成五年）
吉田信宏「霍公鳥を詠む歌」『万葉の歌人と作品』第七巻（和泉書院・平成一三年）

引用参考文献

吉田精一「万葉集の頽唐美」『万葉集講座２』（創元社・昭和二七年）
犬養　孝「虫麻呂の心――孤愁のひと――」『万葉の風土・続』（塙書房・昭和四七年）
『万葉の歌人高橋虫麻呂』（世界思想社・平成九年）
中西　進『旅に棲む・高橋虫麻呂論』（角川書店・昭和六〇年）
森本治吉『高橋虫麻呂』（青梧堂・昭和一七年）
青木生子「抒情詩人としての虫麻呂」『日本抒情詩論』（弘文堂・昭和三二年）

小島憲之『上代日本文学と中国文学・中』第五篇第八章（塙書房・昭和三九年）
井村哲夫『憶良と虫麻呂』（桜楓社・昭和四八年）
『憶良・虫麻呂と天平歌壇』（翰林書房・平成九年）
「虫麻呂の『手穎』の文字と訓について」『万葉』一六六号（平成一〇年七月）

虫麻呂の「手穎」の文字と訓について

高橋虫麻呂作歌「見二菟原処女墓一歌一首」（9・一八〇九番）に、

……焼大刀《やきたち》の手穎押祢利《おしねり》白檀弓《しらまゆみ》靫《ゆき》取《と》り負《お》ひて……

とある、「手穎」の文字と訓について考えなおしたい。

一　「穎」字

（a）「穎」の文字について

まず「穎」の文字については、寛永版本に「頴」とあるが、藍紙本・元暦校本以下の古写本（近時発見の広瀬本を含めて）の文字から「穎」（頴）と認められており、これには異議のないところである。

（b）「穎」の訓はカビ・カヒであること

「穎」は、『倭名類聚鈔』（十巻本）「穎」に「訓加尾」とあってカビ（濁音）と訓まれる。一方『類聚名義抄』（観智院本。仏下本二三）に「穎」に「カヒ」の訓あり[1]、『祝詞』〈祈年祭〉「加牟加比」（＝神穎）、『出雲国風土記』島根郡「勘養」（＝神穎）などがあってカヒ（清音）も認められる。『大漢語林』が「穎」の文字について、名乗り字の難訓として例示している穎田《カイタ》・穎谷《カイタニ》などのカイもまたカヒ（清音）の転呼音であろう。

（c）通説は「穎」を借訓文字とし、ビ・ヒとミを通わしてカミと訓むこと次に、「手穎」の訓については、『校本万葉集』に頼れば古写本から寛永版本に至るまで一般に「タカヒ」と付訓されていた。仙覚『註釈』、『代匠記』（精撰本）等もこの訓を疑うことはなかった。[2] それが、『万葉考』に至って「預」の文字を「頭」の誤字と見てはじめて「タカミ」と訓み、『古義』がそれに従った。『略解』は「預」を誤字として「穎」を採った上で、ヒとミと通わして「タカミ」と訓むべしと説き、この『略解』説が現今の万葉集諸注すべてに踏襲されている。『万葉考』以下が「タカミ」と訓み改めるべしと考えたのは、「撫レ剣（都盧耆能多伽弥屠利辞魔屢）」（『神武即位前紀』）「大刀之手上」（『清寧記』）などとあるのによったのである。

さて、「穎」字をカミと訓むにつけては、二、三の注釈を例示すれば、

　穎は、カホン科植物の穂をいう字。倭名類聚鈔に「穂、唐韻云、穎余頃反、訓加尾穂也」とあるによつて、カミの訓に、使用したものと考えられる。これによつてこの句をタカミオシネリと読むべきである。

（『増訂万葉集全註釈』）

　原文、穎はカヒと訓む。それをカミに通用させた。柄（え）を平安時代にはカビといっている。

（『日本古典文学大系万葉集』）

　タカミは剣の柄。原文『手穎』の『穎』は稲ののぎ（穂先）を意味する古語カビを借りた。

（『新編日本古典文学全集万葉集』）

等々「穎」（穎）は借訓の文字であり、その訓カビ・カヒをカミに通用させたと説くのが、『略解』以来、最新の新編日本古典文学全集『万葉集』に至るまでの諸注一般である。しかしそれで良いのだろうか。

（d）「穎」は「刀鐶」「剣柄」の義の正訓の文字であろうこと

「穎」の文字は借訓の文字でなく、「正訓」の文字と見て良い理由があることを述べよう。『佩文韻府』巻五十三

「頴」の項に『礼記正義』の注・疏を引用して「刀授頴礼記刀郤刃授頴削授拊注頴鐶也正義（六字略。以下丸括弧《パーレン》内は全て井村注）刃之在手為頴（以下略）」（上海書店影印一九八三年六月第一版による。傍線を施した郤は卻、刃は刀なるべし）とある。諸橋『大漢和辞典』も同じく、「〔礼、少儀〕刀卻レ刃授レ頴。〔注〕頴、鐶也。〔疏〕（六字略）刀之在レ手、謂レ之為レ頴（以下略）」とあり「つか。にぎり」と字解している。

両書に導かれて私もまた『礼記正義』（以下引用は『十三経注疏』中華書局影印一九八〇年一〇月第一版による）の注・疏を参照しよう（句読点、返り点は私に施した）。巻三十五少儀第十七に、「刀卻レ刃授レ頴。削授レ拊」（人に刀・削を授ける場合は、刀は刃を避けて頴の方を差し出す。削は拊を差し出す）の〔注〕に「（三字略）頴鐶也。拊謂レ把」（頴は鐶のことである。拊は把のことである）とあり、続けて「凡有レ刺刃者以授レ人則辟レ刃」の〔疏〕に「言下授レ人以レ刀、卻レ仰二其刃一、授レ之以上レ頴。頴謂二刀鐶一也。言下以二刀鐶一授上レ之。削授レ拊者、削謂二曲刀一、拊謂二削把一。言下以レ削授レ人則以レ把授上レ之」（人に刀を差し出す時はその刃を差し向けないで頴の方を差し出すと言うことだ。頴は刀鐶をいう。刀鐶の方を差し出すということだ。「削授レ拊」というのは、削は曲刀のことで、拊は曲刀の握りをいう。曲刀を人に差し出す場合は握りの方を差し出すということだ。）とある。右の〔注〕・〔疏〕によれば即ち「頴」は刀鐶である。鐶頭は太刀の穂に見做せるから頴である。右に示したように〔注〕も〔疏〕も「頴（鐶）」と「拊（把）」とを区別しているのであるから、「頴は刀鐶である」と字解される。把（ツカ・ニギリ）でなくツカガシラの部分である。

ただし、『礼記正義』の疏に「正義曰」として「刀之在レ手、謂レ之為レ頴」とも見え、これは鐶と拊の区別なくツバより上の部分「柄（ツカ・ニギリ）」を指して言うものとみえる。なべて穂状のものが頴なのであるから、剣のツバより上の部分柄（ツカ）もまた穂状であり従って頴（カビ）であることは、『名義抄』に「柄」をカビと訓んでいるごとくである。従って鐶頭の部分だけでなく、ツバより上部の「柄（つか）」をも頴（カビ）と言ってさしつかえない。

以上を要するに、「頴」は第一義的に刀鐶（ツカガシラ）、第二義的には剣柄（ツカ・ニギリ）と字解し得る文字であるということである。

（e）虫麻呂の学識の一斑を窺い知ること

さて、小島憲之博上が縷々説かれたごとき「虫麻呂の漢籍読破の力(3)」を以てすれば、虫麻呂の学識が『学令』「教㆓授正業㆒」条に規定している「『礼記』鄭玄注」に及んでいたと推測することに何のためらいもないであろう。とすれば、虫麻呂の「穎」の文字はカホン科植物の穂をいう字の訓を借りたものではなくて「刀鐶」「剣柄」の義の正訓の文字であったと言って良いのである。虫麻呂の学識を今一つここに確かめたとも言えようか。

二 「手」字

（a）「手」も正訓文字であること

「手束弓」という語がある。「手束」は「弓束纏きかへ」などある「弓束」（弣・弝）のことで、手に取る束（柄・把・拊）の意であろう。「手束杖」もまた手に取る束（柄・把・拊）のある杖であろう。同様に「手穎」は手に取る穎であり、「手」の文字もまた「穎」と共に、正訓の文字であろう。

（b）「手穎」の訓はタカビ乃至タカヒで良いこと

虫麻呂の文字「手穎」が「刀鐶」「剣柄」の義の「正訓」の文字と認められるとすれば、その訓もまた正訓のままに「タカビ」乃至「タカヒ」と訓むのが良いのである。思い返せば、古写本から寛永版本（「手預」）にいたるまで、その訓は「タカヒ」が一般なのであった。『神代紀』上の「急㆓握剣柄㆒」の古訓がタカヒであり、卜部兼方『日本書紀神代巻』がその訓の例証として『日向国風土記』を裏書きするところであった（後述）。古人はタカヒという訓に疑いを持たなかったものであろう。「タカビ・タカヒ」という語が人々にとって次第に疎くなって後に唯一「タカミ」と訓むべしと考え、ビ・ヒとミと通用という説明も必要になったのであろう。

三　『日向国風土記』逸文の「剣柄」の訓

この際『日向国風土記』の「剣柄」の訓を検討しておく必要がある。

日向国風土記曰宮崎郡高日村昔者自天降神以御剣柄置於此地因曰剣柄村後人改曰高日村其剣之柄居社敬祭名曰三輪神之社

右の本文は卜部兼方自筆『日本書紀神代巻』[4]下の裏書により、漢字は通行字体に改めた。なお、「高日村《タカヒノ》」「剣柄村《タカヒノ》」の付訓がある。右を訓みくだせば次のようであろう。

宮崎《みやざき》の郡《こほり》。高日の村。昔者《むかし》、天《あめ》より降《くだ》りましし神、御剣《みたち》の柄を此の地《ところ》に置きき。因りて剣柄の村《むら》と曰《い》ひき。後人《のちひと》改めて高日の村と曰《い》ふ。その剣の柄は社《やしろ》に居《ゐ》ませて敬《ゐやま》ひ祭《まつ》る。名づけて三輪《みわ》の神《かみ》の社《やしろ》と曰《い》ふ。

右の「高日の村」は、先ずはタカヒ（清音）と訓むべきであろう。では、「御剣の柄」および「剣柄の村」は、考えられるタカミ・タカヒ・タカビの三訓のうちどれを採るのが良いか。

『万葉集古義』は「本たかみの村と云るを、後人たかびと改めつと云ことにて、剣柄をたかひと云べきよしはさらになし、ミとビの濁音と通ふまゝに、後人改めて然いへるのみにこそあれ」（9・一八〇九番語釈）と言った。井上通泰氏『西海道風土記逸文新考』がこれと同説で、「剣柄村」を「タカミ村」と訓み、「高日村」を「タカビ村」と訓み、「もとタカミ村といひしを訛りてタカビ村といひしなり」と説いている。ミ→ビの交替は容易に認められるもので、一説とは思うけれども、「高日村」はまずは「タカヒ（清音）村」と訓まれて然るべきであろうと思われるから、これを「タカビ村」と訓むことを前提とする『古義』『新考』説には不安が残るであろう。

では、「高日村」を「タカヒ村」と訓み、「剣柄村」を「タカミ村」と訓めばどうか。その際はミからヒへ「改曰」したことになるのだが、ミ→ヒという子音交替は一般的とは言えないように思う。

『釈日本紀』（前田家本）[5]の巻六「剣柄」条の「剣柄」「高日」の訓は共に「タカヒ」であり、「大問云訓二之多加比一、其義如何。……神世之昔以二剣之柄一称二多加比一以之可レ知歟」と言う。『日本古典文学大系風土記』もまた「剣柄村」も「高日村」も共に「タカヒ」村と訓み、「後人改曰」については「高日村は文字を改めただけ」と言うが、いかがか。「改曰」はやはり文字ではなく訓みを改めることと考えたいものである。

では、「剣柄」を「タカビ」（濁音）と訓めばどうか。その際濁音が清音化（ビ→ヒ）した「改曰」ということになる。この清濁の交替は容易に認められると思う。穎の字自体カビ・カヒの清濁両訓が存したのであった。本逸文の場合今には、その「剣柄」の訓としてはタカビ（濁音）を採るのがもっとも無難であるということである。

なお言えば、この風土記の「剣柄」の場合はその実体、井上通泰氏が説いたように柄《つか》ではなく柄頭《つかがしら》なのであろう。[6]

四　「タカミ」と「タカビ・タカヒ」とは同義異訓の個別の語であること

『岩波古語辞典』は「たかび【手柄】」の項目を立て、

《タはテ（手）の古形。カビは柄（え）》剣の柄。「――を取りしばり、〈紀神代上〉。「み剣の――を以ちて、此の地（ところ）に置きたまひき。よりて――の村といひき」〈日向風土記逸文〉

また、「たかみ【手かみ】」の項目を立て、

《タはテ（手）の古形。カミはカビ（柄）の子音交替形》剣の柄。「撫剣、此をば都盧耆能多伽弥屠利辞魔屢（つるぎのたかみとりしばる）と云ふ」〈紀神武即位前〉

と説いている。これによれば「タカビ」と「タカミ」は同じ語で、単なる子音交替形ということになる。私は「タカビ・タカヒ」と「タカミ」とは同義ではあるが個別の語であると思う。先に述べたように、「タカビ・タカヒ」は刀鐶・剣柄の義の「手穎」「手柄」の正訓であろう。一方、「タカミ」もまたその語構成はタ・カミであり、「手上」（『清寧記』）や

「剣頭」（『神代紀』上）と書かれた文字から見て、手に取る剣の頭（上）の意であろう。『西海道風土記逸文新考』も「タカミは古事記に手上と書けるが正字なり」と考えている。「手」「頭（上）」の文字は正訓の文字である。すなわち、「タカビ・タカヒ」と「タカミ」はおなじ「刀鐶・剣柄」の義ながら、カビ・カヒとカミにあてる文字を異にし、したがって訓をも異にする個別の語であると考える。個別の両語の間に子音交替を考えるのは不要であり無意味でもあろう。

五　結論

以上、虫麻呂作歌の「手穎」は「借訓」の文字ではなく、「刀鐶」「剣柄」の義の「正訓」の文字と見て良いこと。「タカミ」と「タカビ・タカヒ」とは同義異訓の個別の語であること。「手穎」はその文字のまま「タカビ」乃至「タカヒ」と訓むのが正当であろうことを述べた。

ちなみに、「焼大刀《やきたち》の　手穎《たかび(ひ)》　押祢利《おしねり》」(7)という仕草は、相手に刃を向けて柄を握っている姿態ではなく、腰に佩いたままの剣の鐶頭の部分を上方から掌で覆う形で鷲摑みにして相手を威嚇する仕草であろうかと思う。写楽描くところの錦絵、懐からぬっと出した右手で左腰に差した刀の柄頭を上から鷲摑みにして眼を剥いている「二代市川高麗蔵の志賀大七」などを連想するのであるが、必ずしも突飛な連想であるとは思わない。

注

（1）『類聚名義抄』（観智院本）には「穎」のほかに、「稃」（法下一四）に「イネノカヒ　カヒ」の訓が、「穭」（法下二一）に「ウルシネ　カヒ」の訓がある。

（2）仙覚『註釈』は「タカヒトハ、タチノ柄《ツカ》ヲイフ也」と言って疑いもなかった。『代匠記』（精撰本）は「預」を誤字として「穎」を採り、「穎ハ稲ノ穂ヲ云ヘハ、両字共ニ借テ書テ太刀ノ柄《ツカ》ノ事ナリ。……タチヲ下略シテ柄ヲカヒト云ヘルナリ」、即ち手穎二字は借訓文字、タカヒはタチカヒの略と見たようである。

（3）小島憲之『上代日本文学と中国文学・中』第五篇第八章㈢(1)「高橋虫麻呂とその文字表現」（塙書房、一九六四年三月）

（4）赤松俊秀編『国宝卜部兼方自筆日本書紀神代巻』（法蔵館、一九七一年一二月）による。

（5）前田家本『釈日本紀』（吉川弘文館、一九七五年二月）による。

（6）抑上代の刀の茎はいと長くて必しも後世の刀のナカゴの如く柄を附くるを要せざれど、なほ把握に便よからむが為に多くは柄に嵌めしなるべけれど其柄は後世のものの如くたやすく取外さるるものにはあらじ。ここに上代の刀の柄には柄頭《ツカガシラ》と称すべき装飾ありき。考古学者は之を其形状に従ひて鐶頭・円頭・方頭・圭頭・頭椎・蕨手の六種に分てり。たとへば万葉集巻二にコマツルギワザミガ原ノカリ宮ニアモリイマシテとよめるは朝鮮式の刀剣には鐶頭を附けたればワの枕辞に狛剣といへるなり。思ふにここに剣柄《タカミ》といへるはその柄頭《ツカガシラ》にて柄頭は多くは取外さるるものなればソヲ此地ニ置キテといへるならむ。さらば剣頭と（日本紀なる四神出生章第六一書の如く）書かむぞ当りなむ。杜甫の後出塞に千金装㆓馬鞭㆒、百金装㆓刀頭㆒とあり。是やがてツカガシラなり。（『西海道風土記逸文新考』）

（7）「押しねり」のネルをヒネルの意とする『略解』『日本古典文学大系万葉集』『注釈』等の解釈があるかと思えば、「奈良の都をねるは誰が子ぞ」（神楽歌）のネルと見て「束を握ってのし歩き」と口訳する『新編日本古典文学全集万葉集』もあって難しいが、一般には「撫㆑剣（都盧耆能多伽弥屠利辞魔屢）」（『神武即位前紀』）、「按㆑剣」（『天武紀』）、「拉トリシハル」（『類聚名義抄』）等の類推から強く握り締める意と解されている。今それに従う。

〔付記〕『万葉』一六六六号所載の本論文を本書に収録するに当って、文章を改訂した箇所は、一一九頁一行目～一五行目です。但し趣旨に改変はありません。

虫麻呂——叙事と幻想

一　写生の力量

対象の本性・特質を的確にとらえる敏感な目を虫麻呂は持っている。

霍公鳥《ほととぎす》を詠む一首　并《あは》せて短歌

うぐひすの　卵《かひご》の中に　ほととぎす　ひとり生まれて　己《な》が父に　似ては鳴かず　己が母に　似ては鳴かず　卯の花の　咲きたる野辺ゆ　飛び翔《かけ》り　来鳴き響《とよも》し　橘の　花を居散らし　ひねもすに　鳴けど聞きよし　幣《まひ》はせむ　遠くな行きそ　わが屋戸《やど》の　花橘に　住みわたれ鳥　（9・一七五五）

反　歌

かき霧《き》らし　雨の降る夜を　ほととぎす　鳴きて行くなり　あはれその鳥　（一七五六）

この歌の霍公鳥の鉄砲玉のようなイメージは、安永天明期の俳人蕪村の句を思い出させる。

ほととぎす平安城を筋違《すぢかひ》に

反歌はまた雨夜の闇を翔る裂帛の一声、まことに俳句的題材でもある。

名のれ〳〵雨しの原のほととぎす

郭公《ほととぎす》琥珀《こはく》の玉を鳴らし行く

うぐいすの鳴く様子はどのようかと言えば、同じく蕪村に、

鶯のあちこちとするや小家がち
うぐひすの鳴くやちいさき口明《あい》て

これらと似もつかぬ霍公鳥の鳴きざま・飛びざまが「己が父に似ては鳴かず己が母に似ては鳴かず」なのであろうと思われ、単にホーホケキョとテッペンカケタカの相違ではない。千年を隔てて同じようにナイーヴな感覚を持った詩人が、同じほととぎすの琥珀の玉の声をとらえて「あはれその鳥」の嘆声を放ったわけである。蕪村の写生の力量を称揚し積極的美の詩人と評したのは正岡子規であるが、そのひそみにならってわが虫麻呂にも同じ賛辞を与えてよいのではないか。今くわしく述べる余裕はないが、印象的・絵画的・色彩的・浪漫的・物語的など蕪村に向けられる多くの評言が虫麻呂にもそのまま通用しそうなのである。

二　語りのスタイル

虫麻呂は伝説に取材する四編の作品を作った。伝説を歌った作者が他にいないわけではないが、たとえば赤人（3・四三一〜三）や福麻呂（9・一八〇一〜三）に比べても同じ伝説を扱いながら虫麻呂の作（9・一八〇七〜八、一八〇九〜一一）は、筋や人物の言動をより丹念にたどって写すという特色があり、その結果彼を伝説詩人・叙事詩人と呼ぶことがあるほどである。だが、素材としての伝説自体が本来叙事的な語りなのであるし、一方に記紀の天語歌《あまがたりうた》など語り歌の伝統もあるとなると、虫麻呂の伝説歌の特色らしい語りの口つきも、必ずしも彼独自のものとは言えなくなってしまう。しかし別の角度から観察してみょう。

語りの口つきは、四編の伝説詠にとどまるものではない。先の詠霍公鳥の歌にせよ、その冒頭八句など見れば、孤独な運命の鳥ほととぎすについての因果話めいた語りにほかならない。この語りによって霍公鳥はすっかり有情のも

のに化して、その琥珀の玉を効果的に鳴り響かせていることがわかるだろう。その他二、三の例をあげるにとどめるが、

級照《しなで》る　片足羽河《かたしはがは》の　さ丹塗りの　大橋の上ゆ　紅《くれなゐ》の　赤裳すそひき　山藍《やまあゐ》もち　摺《す》れる衣着《きぬき》て　ただひとり　い渡らす児《こ》は……（9・一七四二）

島山を　い行きめぐれる　川沿ひの　岡辺の道ゆ　昨日こそ　わが越え来《こ》しか……（9・一七五一）

牡牛《ことひうし》の　三宅の潟《かた》に　さし向かふ　鹿島の崎に　さ丹塗《にぬ》りの　小舟を設《ま》け……（9・一七八〇）

物の形・色彩・位置関係など念入りに述べて、歌うというよりは語ると言うべき口つきは伝説詠に限らぬ虫麻呂の全作品の基調だと言って言い過ぎではないように思われる。そうして、その調子を彼の自らなスタイルにしているものは、先述のように対象の本性・特質を直覚的にとらえる敏感な目と写生の力量であると考えられる。虫麻呂の叙事と言い語りと言うのもこの目と力量とに因るもので、他に選択の余地のないスタイルなのであったと思われる。

三　豊かな想像力

対象のうわべでなく本質を直覚的にとらえる敏感な目はまた、豊かな想像力に負わなければならないだろう。その奔放な想像力の一例として次の歌を挙げたい。

登筑波嶺為嬥歌会日作歌一首　并《あは》せて短歌

鷲の住む　筑波の山の　裳羽服津《もはきつ》の　その津の上に　率《あども》ひて　をとめをとこの　往き集ひ　かがふ嬥歌《かがひ》に　人妻に　吾も交はらむ　吾妻に　人も言問《ことと》へ　この山を　うしはく神の　昔より　禁《いさ》めぬ行事《わざ》ぞ　今日のみは　めぐしもな見そ　事も咎むな　嬥歌は東の俗の語にかがひといふ（9・一七五九）

反歌

男神《をのかみ》に　雲立ち登り　しぐれ降り　濡れ通るとも　吾帰らめや　（一七六〇）

「今日のみは　めぐしもな見そ、事も咎むな」の三句、従来難解であったが最近小学館版万葉集におもしろい説が出た。「メグシトモナ見ソの意か。同じ禁止でも、ナ＋連用形＋ソ・ナ＋連用形の形は、終止形＋ナに比べて一般に懇願的で上位者に向かって言うことが多い。この句は女から男へ言ったもので、次の『事も咎むな』は男から女に言ったことばと思われる。」とある。すなわち、（女）〝今日だけは可愛いそうに思わないでください〟（男）〝咎めてくれるな〟という、嬥歌会につどうたおとめおとこのやりとりだと考えるのである。この興味ある新解釈に従えば、一編はいよいよ作者の御機嫌な白昼夢らしいものに見えてくる。東俗の語にかがひという風習（天平の都人にとってそれはもはや野鄙な奇習と見えるものであったに違いない。『常陸国風土記』筑波嶺嬥歌会条の記事は多分に都人の好奇心の筆による記述のように読める。天平六年二月の朱雀門の歌垣などとは別のものである）を見聞して、ヒューマンな感興をそそられた作者の想像上の作と思われる。幻想の写生である。御機嫌な白昼夢とは言ったが、けっして一時の座興を買う戯笑歌の類ではなく、高橋連虫麻呂歌集に載せて他人にも読んで欲しいと思った作であろう。

秋の作であるから、あるいは前に置かれた登筑波山歌（次に挙げる）と同じ日、同じ山頂での夢想だったかもしれない。

四　物語的情趣

次の歌もまた顕著に語りの口調を持つ作品である。

登筑波山歌一首　并《あは》せて短歌

草枕　旅の憂へを　慰もる　こともありやと　筑波嶺に　登りて見れば　尾花散る　師付《しつく》の田居に　雁がねも
寒く来鳴きぬ　新治《にひばり》の　鳥羽の淡海《あふみ》も　秋風に　白波立ちぬ　筑波嶺の　良けくを見れば　長き日《け》に　思ひ積み

来《こ》し　憂へは止みぬ　（9・一七五七）

反　歌

筑波嶺の　裾廻《すそみ》の田居に　秋田刈る　妹《いも》がり遣《や》らむ　黄葉手折らな　（一七五八）

「長き日に思ひ積み来し憂へ」は、常陸国の役人として余儀なくされた数年間の異郷生活に発している。旅は去〻家（12・三一三三）とも書いて、郷愁の心をもてあます状況である。あの黒人でさえその漂泊する魂を妻の待つ大和につないだのだったが（3・二八〇、一・七〇）、虫麻呂の旅愁は、旅先の土地の秋風落莫の風景のなかへ甘く溶け込んでゆき、とどめようもなく瀰散してしまう。とらえどころのないその甘い気分は、反歌によって恋愛の情緒に化して落ちつく。

虫麻呂が通ってきた山麓師付の田居には秋田刈る農民の姿がそここに見られた筈である。それはまた、通りすがりの旅人の気紛れな感傷などとは無縁で日常的な生活者の姿をしていた筈だ。ところでこの反歌の「妹」を実際の愛人と見るのは、「虫麻呂の心に遠い」「黄葉さへも手折りはしないのが虫麻呂であらう」「人生への限りない慕情、清らかな懐しみ」と犬養孝博士は言われている（「虫麻呂の心—孤愁のひと—」『万葉の風土・続』）。人なつっこいエトランゼの目が見た夢想と言えよう。この反歌によって長歌のあのとりとめもない憂愁が、恋物語風の気分に化している。

妹が垣根さみせん草の花咲きぬ　蕪村

この句が漂わせている物語的情緒を虫麻呂の歌も持つことになる。
虫麻呂の気分がともすればこのような物語的な気分に向かって流れる傾向は巻九・一七四五、一七四六、一七五二、一七四二～三などについても見ることができよう。

五　青春の憂愁――理想と感傷

愁ひつつ岡にのぼれば花いばら　　蕪村

日本古典文学大系『蕪村集』の注者暉峻康隆氏は、「この愁いは青春の憂愁である。」と言って、啄木の歌、

愁ひ来て丘にのぼれば名もしらぬ鳥啄めり赤き茨の実

（『一握の砂』）

をも示している。私はここに並べて先の登筑波山歌を置きたい。蕪村にとって花いばらが、啄木にとっては赤い茨の実を啄む名も知らぬ鳥が、彼らの憂愁と共感する有情の自然であったように、虫麻呂の感傷を甘く受入れてくれたのは筑波山頂からの展望、秋風落莫のパノラマである。

……筑波嶺の　良けくを見れば　長き日に　思ひ積み来し　憂へは止みぬ

これは青春の憂愁のカタルシス――その風景の中の一点景として、虫麻呂の愛を受けとめてくれる妹の姿があるのも道理である。

かように至極具合のよい感情移入やカタルシスが虫麻呂の製作の過程なのであり、それは霍公鳥に向かって（9・一七五五～六）、鴨に向かって（9・一七四四）、東国の民俗の行事に向かって（9・一七五九～六〇）行われ、いくつかの伝説を対象としても同様なのであろう。彼の伝説歌の主人公達が肉体を具えて生き生きしているのもきっとそのせいであろう。

だとすれば、先程来述べてきた彼の豊かな想像力というのも、彼のこのように活発な感情移入・共感型の性格に因るものとも思われる。その想像力を駆使して写生した数々の形象――ほととぎす、鴨、桜花、伝説の登場人物達、英雄宇合像、そしてあるいは巻三・三一九～二一の不尽山また？　虫麻呂の美的な理想的な、時に感傷的な心情のすなおな投射だと言ってよいのではないか。そこに「あはれその鳥」の嘆声も発せられ、「遠き世にありけることを昨日

しも見けむがごとも思ほゆるかも」という率直な感慨もあり、不羈奔放な美少女末珠名に対して好奇と愛着の目を向ける理由もあるのであろう。西海道節度使宇合卿に理想的な武人像のヴェールをかぶせ、その英雄的な凱旋を迎え参出ようという場面には、「丹つつじの匂はむ時の、桜花咲きなむ時」の龍田道という目もあやな舞台装置が気持良く空想されるという風である。

今ひとつの作品について述べなければならない。常世の国の幸福をむざむざ取り逃してしまった哀れな浦島子に対する虫麻呂の批評はこうである。

詠水江浦島子一首　并《あは》せて短歌

……かき結び　常世《とこよ》に至り　海神《わたつみ》の　神の宮の　内のへの　妙《たへ》なる殿に　携はり　二人入りゐて　老いもせず　死にもせずして　永き世に　ありけるものを　世間《よのなか》の　愚か人の　我妹子《わぎもこ》に　告《の》りて語らく　「しましくは　家に帰りて　父母に　事も語らひ　明日のごと　我は来なむ」と……　（9・一七四〇）

反　歌

常世辺に　住むべきものを　剣大刀　己《な》が心から　鈍《おそ》やこの君　（一七四一）

浦島子に向かって「愚か人」「鈍や」と言っても、本心浦島は馬鹿者だと思っているほど虫麻呂が子供であるわけではない。常世話が荒唐無稽な空想譚であることは承知の上であろうから、これはイロニー。

小人は土《くに》を懐《おも》ひ、死狐は岳を首《まくら》とす。　（『丹後国風土記』逸文浦島伝説・『釈日本紀』所引）

という、この世間の人間の卑小さ・愚直さに対するイロニーの気分（詞章はともかく）は、おそらく『丹後国風土記』以前、虫麻呂以前、原浦島伝説以来のものであろうと思う。同じ逸文風土記に、常世に伴われた浦島子に向かって亀比売らが「人間《ひとのよ》と仙都《とこよ》との別《わかち》を称説《と》き、人と神と偶《たまさか》に会へる嘉《よろこ》びを談議《かた》る。」というくだりがある。ユートピアと現実とは、浦島子がうっかり漕ぎ過ぎた「海界《うなさか》」を境にして全く別の世界であるということは、まことに人間繰返し説き聞かされなければならないことではある。だから、「世間之愚人乃」という二句、諸注多く「世にも愚かな人の」という風に前の句を副詞的に解釈しているけれども、これは次のように考える方が良いと思う。「世間」は仙都《とこよ》に対する人間《ひとのよ》で、「愚人」は天上仙家《とこよのくに》の人（神）に対するこの地上の人間であろう。二句は、「仙界ならぬこの世の、天上仙家の人ならぬ愚かな人間の」という意味にとりたい。

浦島子は常世の夢を見る人間の代表者なのだから「鈍やこの君」と名指しで言ってもまた〝人間どうあがいてみても畢竟地上の人間であることを脱れず、いつかはこの浦島子のように玉くしげを披いてじだんだを踏む愚かなものだ〟というペーソスであるようだ。ある春の日霞みわたる墨江の浜辺にやって来て、沖にたゆたう釣舟を眺めながらうらうらと良い気分になって浦島伝説を思いたどり、〝人間ついに卑小なもんだなァ〟の微苦笑を洩らしたのがこの歌であろう。啄木は大という字を砂に書いて立ち去ったのだけれども。

「虫麻呂——叙事と幻想」と題して、写生の力量、語りのスタイル、豊かな想像力、物語的情趣などにつき大急ぎで述べてきた。英雄的武人像宇合卿（6・九七一～二）、不羈奔放な美少女珠名（9・一七三八～九）、死で証す愛血沼壮士たち（9・一八〇九～一一）、明るく無遠慮な性の宴筑波嶺嬥歌会（9・一七五九～六〇）、純潔無垢の少女真間娘子（9・一八〇七～八）そしてあるいは不尽山の崇高（3・三一九～二一）などなどが、虫麻呂のかなり混沌とした心象風景である。ここに、孤独の鳥ほととぎす（9・一七五五～六）、小さな生の営み鴨（9・一七四四）、秋風落莫の景筑波山（9・一七五七～八）、惜花の情をかきたてて散る龍田山の桜（9・一七四七～八、一七四九～五〇、一七五一～二）、愛の夢（9・一七四二～三、一七四五、一七四六、一七五二、一七五八）、愚かで卑小な人間浦島子のペーソス（9・一七四〇～一）などを加えて、小稿の副題「叙事と幻想」とはつまり、作者の主体の内実に即して見るならば「青春の理想と感傷」の謂いではなかろうか、というのが急ぎ足の結論である。

参考すべき論文

犬養　孝「虫麻呂の心——孤愁のひと——」『万葉の風土・続』（塙書房・昭和四七年）
久米常民「高橋虫麻呂の業績—叙事文学への努力—」『万葉集の誦詠歌』（塙書房・昭和三六年）
伊藤　博「歌語りの世界—その問題点をめぐって—」『国語と国文学』昭和三七年一〇月（古代和歌史研究5『万葉集の表現と方法・上』所収。塙書房・昭和五〇年）
清水克彦「伝説歌の成立条件—虫麻呂の伝説歌を中心に—」『万葉論集』（桜楓社・昭和五〇年）
中西　進「虫麿の幻想」『万葉史の研究』（桜楓社・昭和四三年）
井村哲夫「若い虫麻呂像」『憶良と虫麻呂』（桜楓社・昭和四八年）

虫麻呂——天平万葉の一視標

旅に歌う

虫麻呂の作品はすべて旅の歌、もしくは旅途上の歌である。その旅の歌は、他の歌人のそれと違って、旅途から家郷（大和）を思うおきまりの発想を全く持っていない。彼の抒情は、ひたすら旅先の風物や民俗や口碑に寄り付いてゆく。そこで、いつも未知なものを発見した喜びに歓声を挙げているかのような歌ばかりが作られることになる。しばらく彼のおしゃべりにつきあってみよう。

河内の大橋を独《ひと》り行く娘子《をとめ》を見る歌　并《あは》せて短歌

しなでる　片足羽川《かたしはがは》の　さ丹塗《にぬ》りの　大橋の上ゆ　紅《くれなゐ》の　赤裳裾引き　山藍もち　摺《す》れる衣着て　ただひとり　い渡らす児《こ》は　若草の　夫《つま》かあるらむ　橿の実の　独りか寝《ぬ》らむ　問はまくの　欲しき我妹《わぎも》が　家の知らなく　（9・一七四二）

反　歌

大橋の　つめに家あらば　ま悲しく　独り行く児に　宿貸さましを　（一七四三）

「片足羽川」は大和川とも言われ、石川とも言われるが、それはともかく、河内の国は渡来人集団が植民して先進的な渡来人文化が華やかに花開いていた土地柄である。歌われている丹塗りの大橋という舞台も華やかなら、その橋を渡る乙女の衣装もまたカラフルである。この乙女の衣装と姿態には渡来の異国の女性の面影があるであろう。河内には、大陸から渡来して染色を業としていた赤染氏（常世連氏）という氏族集団が居た。『令集解』（職員令、織部司「染戸」

条）所引の「古記」に、「河内国の緋染め七十戸、藍染め三十三戸」と見える。渡来人の女達が染め上げる紅と藍色は、先進的な河内の渡来人文化の言わばシンボルカラーだったのである。開明の光線に溢れて晴れ渡る河内の空の下で、虫麻呂はまさにそのシンボルカラーをこそ歌って、憧れごころを寄りつかせる。

因に言えば、虫麻呂が憧れごころを寄りつかせる女人像は、すべて異土の風景の中に夢想された女人、または異郷の風土に根付いた伝説のヒロインばかり。その二例、

三栗《みつぐり》の　那賀《なか》に向かへる　曝井《さらしゐ》の　絶えず通はむ　そこに妻もが　（9・一七四五）

遠妻し　高《たか》にありせば　知らずとも　手綱《たづな》の浜の　尋ね来《き》なまし　（9・一七四六）

彼の抒情は遠心力をもっているかのように外へ外へと拡がってゆく。それを一言で言えばあこがれでる魂。彼がその、後世類稀な叙事歌人と言われる叙事のスタイルを以て描き出す異郷の風景もまた、彼のあこがれ心と交感する、言わばシンボルのような風景となる。

筑波山に登る歌一首　并《あは》せて短歌

草枕　旅の憂へを　慰もる　事もありやと　筑波嶺《つくはね》に　登りて見れば　尾花散る　師付《しつく》の田居《たゐ》に　雁がねも　寒く来鳴きぬ　新治《にひばり》の　鳥羽《とば》の淡海《あふみ》も　秋風に　白波立ちぬ　筑波嶺の　良けくを見れば　長き日《け》に　思ひ積み来《こ》し　憂へは止みぬ　（9・一七五七）

反　歌

筑波嶺の　裾廻《すそみ》の田居に　秋田刈る　妹《いも》がり遣らむ　黄葉《もみち》手折らな　（一七五八）

漠とした未知の人世へのあこがれ心が、虫麻呂の足を何度か筑波山の頂上へ運ばせた。おそらく作者自身その正体を捉え難かった「旅の憂へ」は、山頂から展望する有情の自然景観の中へ甘く溶け込んでゆき、視線は裾廻の田居に転ぜられ、そこに実は居もしない（と私は思うが）愛人の姿を仮想して、やさしい愛の交歓を夢見る。唐突と思われる

かもしれないが、私はこの歌を読むたびに石川啄木の「高山《たかやま》のいただきに登りなにがなしに帽子をふりて下《くだ》り来しかな」という歌を思い出す。青春の日々の同じ感傷を二人の歌が共有しているように思われてならない。啄木もまたその生涯旅にあって人生を歌い、漠とした未知なるものに向かってあこがれ心をもてあました歌人だと言えると思うのだ。あるいはまた若き日の蕪村――「愁ひつつ岡に登れば花いばら」。そしてふたたび啄木「愁ひ来て丘に登れば名も知らぬ鳥啄《ついば》めり赤き茨《ばら》の実」。

「尾花散る師付の田居」に「寒く来鳴く雁」、「秋風に白波立つ鳥羽の淡海」――これらは作者の「旅の憂へ」と交感する「孤愁」（犬養孝「虫麻呂の心―孤愁のひと―」『万葉の風土・続』）のシンボルのような風景になっていると言ってよいであろう。

先に類稀な叙事歌人と言った。その叙事のスタイルの一端はすでに挙げた二つの作品を一読して明らかであろう。情意的な語は能うかぎり控えて、名詞と動詞を積み重ねて用い、人物・事物をその生き生きと動く姿で捉えて写す。換言すれば、情を抒べるよりも前に事物を叙べるに熱心であり、歌うというよりも語る表現に傾いている。すなわち叙事の文体を成している所以である。では何故叙事の文体が選ばれたかと言えば、その理由は簡単で、彼が発見したシンボルを如実に写そうとすれば、そのとき採用できる文体は叙事的である他なかったであろう。

伝説に歌う

叙事のスタイルは、彼が好んで歌う伝説詠懐歌の製作にあたっていよいよ顕著である。その理由も明白である。虫麻呂のあこがれ心と交感するシンボルになる歌材は、現実世界よりも伝説口碑の世界の中により豊富に見つけられたからである。

常世の国の幸福を己れの愚かしさからむざむざ取り逃がしてしまった浦島子を歌って虫麻呂はこう言う。

……老いもせず　死にもせずして　永き世に　ありけるものを　世間《よのなか》の　愚か人の　我妹子《わぎもこ》に　告《の》りて語らく
しましくは　家に帰りて　父母に　事も語らひ　明日のごと　我は来《き》なむと……　（9・一七四〇）

反　歌

常世辺《とこよへ》に　住むべきものを　剣太刀《つるぎたち》　なが心から　鈍《おそ》やこの君　（一七四一）

浦島子は「世間の愚か人」、すなわちこの世の中を離れてはどこへも行けない卑小な人間のシンボルである。その浦島子に向かって「鈍やこの君」と皮肉ってはいても、その皮肉は、歌う作者自身を含めたこの人間界に向けられている。「人間というものは結局みな浦島さんであることを免れないのだなぁ」という慨嘆であり、苦笑である。同じ、人間に対する好奇心と皮肉な目が、あたら花の命を自ら散らせてしまった勝鹿真間娘子や菟原処女を見つめ、また奔放な愛欲生活に身をまかせる末珠名娘子をも見つめて歌う。

上総の末の珠名娘子を詠む歌一首　并《あは》せて短歌

しなが鳥　安房に継ぎたる　梓弓　末の珠名は　胸別《むなわけ》の　広き我妹《わぎも》　腰細の　すがる娘子《をとめ》の　その姿《かほ》の　きらきらしきに　花の如　笑《ゑ》みて立てれば　玉桙の　道行き人は　己《おの》が行く　道は行かずて　呼ばなくに　門《かど》に至りぬ　さし並ぶ　隣の君は　あらかじめ　己妻《おのづま》離れて　乞はなくに　鍵さへ奉る　人皆の　かく迷へれば　うちしなひ　寄りてぞ妹は　たはれてありける　（9・一七三八）

反　歌

金門《かなと》にし　人の来立てば　夜中にも　身はたな知らず　出《い》でてぞあひける　（一七三九）

末珠名娘子は、その美貌をもって男という男を呆けさせてしまう絶対的支配力を持った女性美のシンボルである。彼女に対して「身はたな知らず（分別もなく、マァー）」と皮肉な批評はしていても、それは決して非難の声ではない。彼女の色香に迷う男たちへの笑いはあるが、たわれ女珠名に対しては愛着の眼を向けている。その奔放な愛欲行動の上に虫麻呂は己れの若々しい性愛を寄り付かせ、解放させているらしいのである。
末珠名と対照的な伝説のヒロインが勝鹿真間娘子と菟原処女である。二人は、それぞれに純潔あるいは貞節のシンボル。虫麻呂が伝説歌人と呼ばれるのは、伝説に取材した四編の作品があるからであるが、そのようにも彼が伝説に執した理由は、彼の漠とした未知なる人世への憧れ、限りない好奇心が、それらの伝説の主人公に恰好な感情移入の対象を見付けたからに他ならないだろう。

民俗に歌う

未知なる人世へのあこがれ心は、伝説と同じように民俗の行事へも向けられる。

筑波嶺に登りて嬥歌会《かがひ》を為る日に作る歌一首　并《あは》せて短歌

鷲の住む　筑波の山の　裳羽服津《もはきつ》の　その津の上に　率《あども》ひて　娘子壮士《をとめをとこ》の　行き集ひ　かがふ嬥歌会に　人妻に
我《わ》も交はらむ　我が妻に　人も言問《ことと》へ　この山を　うしはく神の　昔より　禁《いさ》めぬ行事《わざ》ぞ　「今日のみは　目串《めぐし》
もな見そ」　「事もとがむな」　（9・一七五九）

反　歌

男神《をのかみ》に　雲立ち登り　しぐれ降り　濡《ぬ》れ通るとも　我帰らめや　（一七六〇）

長歌の後半「　」の部分は、男女のやりとりだという日本古典文学全集『万葉集』の説に従った。「目串」は難解で諸説があるが、私は人妻のしるしである櫛のことではないかと思っている。そこでその会話の部分の大意は、

女「今日だけは、この櫛も目にとめないでください。」

男「交わりもとがめるな。」

というようなことになるであろう。ここでも、会話体の表現も混じた叙事の文体で描き出したカガヒの行事と、参加

する人間の姿は、虫麻呂にとって、抑圧されない赤裸々な人間性の発露のシンボルである。既婚者間の自由な性交渉が許されるこの土俗の行事が都人である虫麻呂の目に不倫と映じなかったはずはないのに、だが彼はもっぱら好奇の目をもって見つめ、共感の声を挙げている。その興奮のるつぼの中へ自らも身を投じてゆく白日夢（あるいは感情移入）であったろう。

虫麻呂の旺盛な感情移入の眼差しは、小動物の生態へも向けられる。

武蔵の小埼《をさき》の沼の鴨を見て作る歌一首

埼玉の　小埼の沼に　鴨ぞ翼霧《はねき》る　己《おの》が尾に　降り置ける霜を　払ふとにあらし　（9・一七四四）

また、

ほととぎすを詠む歌一首　并《あは》せて短歌

うぐひすの　卵《かひご》の中に　ほととぎす　ひとり生まれて　己《な》が父に　似ては鳴かず　己《な》が母に　似ては鳴かず　卯の花の　咲きたる野辺ゆ　飛び翔《かけ》り　来鳴きとよもし　橘の　花を居散らし　ひねもすに　鳴けど聞きよし　幣《まひ》はせむ　遠くな行きそ　我がやどの　花橘に　住み渡れ鳥　（9・一七五五）

反　歌

かき霧らし　雨の降る夜を　ほととぎす　鳴きて行くなり　あはれその鳥　（一七五六）

ほととぎすの托卵本能から歌い起こして、父母に似ては鳴かぬ運命的に孤独な鳥へ愛着を寄せる。この歌と、先の「筑波山に登る歌」から、虫麻呂の「孤愁」の心を見付けた犬養孝博士の美しい論文（前記）がある。叙事の文体がこの歌でも的確に物の本性を描き出す。「卯の花の　咲きたる野辺ゆ　飛び翔り　来鳴きとよもし　橘の　花を居散らし」「かき霧らし　雨の降る夜を　ほととぎす　鳴きて行くなり」――これらは、うぐいすなどとは違うかの鳥の本性と生態である。蕪村の句に、「ほととぎす　平安城を　筋かひに」とあるような飛翔の姿、あるいは「名のれ〳〵

雨しの原の　ほととぎす」という句のような――。虫麻呂の物の本性を的確にとらえる目は決して蕪村に劣ってはいないと思うのだが、どうか。こうして、このほととぎすは虫麻呂の「孤愁」のシンボルと化した。しでの田おさでもなく、蜀魂でもなく。

青年虫麻呂

虫麻呂は東国の名山を二つ歌った。筑波山と富士山である。

　富士の山を詠む歌一首　并《あは》せて短歌

なまよみの　甲斐の国　うち寄する　駿河の国と　こちごちの　国のみ中ゆ　出で立てる　富士の高嶺は　天雲《あまくも》も　い行きはばかり　飛ぶ鳥も　飛びも上らず　燃ゆる火を　雪もて消ち　降る雪を　火もて消ちつつ　言ひも得ず　名付けも知らず　くすしくも　います神かも　石花《せ》の海と　名付けてあるも　その山の　堤《つつ》める海ぞ　富士川と　人の渡るも　その山の　水の激《たぎ》ちぞ　日本《ひのもと》の　大和の国の　鎮《しづ》めとも　います神かも　宝とも　なれる山かも　駿河なる　富士の高嶺は　見れど飽かぬかも　（3・三一九）

　反　歌

富士の嶺に　降り置く雪は　六月《みなつき》の　十五日《もち》に消ぬれば　その夜降りけり　（三二〇）

富士の嶺を　高み恐《かしこ》み　天雲も　い行きはばかり　たなびくものを　（三二一）

この歌は、山部赤人の「富士の山を望む歌」の後に並べて置かれるが、その赤人の描いた富士の姿、

天地《あめつち》の　分れし時ゆ　神さびて　高く貴き　駿河なる　富士の高嶺を　天の原　振り放《さ》け見れば　渡る日の　影も隠らひ　照る月の　光も見えず　白雲も　い行きはばかり　時じくぞ　雪は降りける　語り継ぎ　言ひ継ぎ行かむ　富士の高嶺は　（3・三一七）

反　歌

田児《たご》の浦ゆ　うち出《い》でて見れば　ま白にぞ　富士の高嶺に　雪は降りける　（三一八）

という、端正清浄で静態的な富士の姿と比較して虫麻呂の富士はどのようであろうか。

「なまよみの　甲斐の国　うち寄する　駿河の国と　こちごちの　国のみ中ゆ　出で立てる」「燃ゆる火を　雪もて消ち　降る雪を　火もて消ちつつ」「その山の　堤める海ぞ」「その山の　水の激ちぞ」など、富士の山を動作の主格とする表現によって、虫麻呂は生きて躍動する火の山の姿を描き出した。このイメージを中西進博士は「冥界へ通ううす暗がりの世界と、遥か常世を見はるかす白波の世界とのまん中に……しきりに轟音を発し、噴煙をあげ、紅蓮の焔を吐く火の山」（『旅に棲む・高橋虫麻呂論』）と解説している。虫麻呂はまさに怪力乱神《かいりょくらんしん》を語っているのだ。

思えば、虫麻呂という歌人自身が、この富士の姿のようにあるデモーニッシュな力に衝き動かされていた歌人であった。その力を、私はかつて「青年期の特徴をとどめたロマンチシズム――即ち、内省的な自我体験から生ずる漠たる憂愁・孤独感、肯定的積極的な自我の拡張、生命感の充足への希求、自然や外界の諸事象への感情移入と創作的想像力、理想的美的恋愛感情への陶酔、そしてそれらすべてを包む憧れの眼」（「若い虫麻呂像」『憶良と虫麻呂』）として説明したことがあった。

天平万葉の一視標

高橋虫麻呂の作品中、製作時期の判明する作品は天平四年の一編（6・九七一～二）のみであり、他はすべて不明なのである。そのために虫麻呂の製作活動の時期を推測して二つの説がある。旧来の通説は、養老年間に常陸国に在職して主要な作品を製作し、天平四年の作を彼の最後期の製作と見なすものである。一方、その活動時期を引き下げて見る徳田浄氏説や土屋文明氏説があり、筆者もまた若干の根拠を以て、天平四年の作品を彼の早い時期の製作とし、主要な作品を作った常陸国在住の期間は天平六年夏以降の数年間であるという考えを持っている。二説のいずれによるかで、天平万葉の淵と瀬が入れかわる大事な問題なのであるが、残念ながら未決着というほかない。

天平という時代は、さきの白鳳の時代の宮廷歌人として偉大であった柿本人麻呂の歌風の衰退を見ながらも、山部赤人や笠金村らの正統派宮廷歌人の新風、山上憶良や大伴旅人らインテリ派の活発な創作活動を見、一方で虫麻呂のような自由な魂の彷徨を許す寛容さをも併せ持っている時代であった。虫麻呂の作品は、天平という時代の豊かな創造的エネルギーを測る一方の視標となるであろう。

ところでその虫麻呂の評価をめぐっては、たとえば吉田精一博士の「純粋な詩として見る時……私の鑑賞によれば虫麻呂の歌は、万葉の長歌中にあつて傑出したものの一つであり、時に近代的な鋭感を感じとる」(『万葉集の頑唐美』『万葉集講座2』創元社)といった賛辞の一方、「散漫な作」「無力なる作者」「誇張虚飾」といった土屋文明氏『万葉集私注』の酷評があるなど、その他にも虫麻呂評価は混乱の様相。案外、虫麻呂論は現代人のコンプレックス、混雑した感性を測る視標ともなっているようである。

Ⅲ

万葉飛鳥路・山背道

その他

謎の里　飛鳥

一　飛鳥（明日香）

明日香風―幻視の里

甘樫丘《あまかしのおか》に登ってみよう。丘の中腹に、一基の万葉歌碑（犬養孝書）が据えられている。

采女《うねめ》の　袖吹き反《かへ》す　明日香風《あすかかぜ》
京都《みやこ》を遠み　無用《いたづら》に吹く　　志貴皇子
（1・五一）

「采女の袖吹き反す」――采女の袖はいま皇子の目の前で翻っている。しかしそれは作者のたまゆらの幻視、同時にわれわれ鑑賞者のしばしの幻視であってよい。映画のいわゆるcutback《カットバック》の技法にも似ていて、華麗な幻が消えたあと、ただ飄々《ひょうひょう》と風の音を聴く。

皇子が幻視した采女の姿には若い日の母（越道君《こしのみちのきみの》伊羅都売《いらつめ》・近江朝廷の采女であったらしい）の面影が重なっていたかもしれない。幻に幻が重なって、廃都を歩く皇子の足取りは危ういであろう。

この地に都があった時代があまりにも多くの劇《ドラマ》に満ち、しかも余りにもあわただしく過ぎ去ってしまったがために、その日々から千三百年経った今日もなお、飛鳥は何処を歩いても、何処を見ても、目眩《くるめ》くばかりの幻視の里だ。

明日香風は今日も吹いている。

昭和四十二年十一月のある日、この万葉歌碑を多くの人々が取り囲んで、除幕式が行われたのだった。「犬養先生還暦記念のために捧げる万葉歌碑のうた」（黛敏郎作曲）の美しいコーラス（大阪大学混声合唱団）が、雨上がりの明日香の空を渡って行った。

それから時は流れて、曲を捧げた人も捧げられた人も、今はもうこの世の人ではないと思えば、丘の道を登る私の足取りも危うくなってくる。

飛ぶ鳥明日香の里

今日、私たちが「飛鳥（明日香）」という地名から脳裏に思い描く風景は、かなり漠として広域なものであることが否めない。大和三山のたたずまいや、飛鳥川上流の綱掛けや、檜隈のキトラ古墳までが目に浮かんでくる。『角川日本地名大辞典（奈良県）』のような権威ある地名辞典が、「飛鳥川の上流から大和三山に囲まれた地域までの凡称」（八三頁「飛鳥」の項。また八〇頁「明日香」の項）と明言するに至っては、この広域な飛鳥の概念は今や公認されているらしい。

だが、ちょっと待て。

和銅《わどう》三年庚戌《こうしゆつ》の春二月、藤原宮《ふぢはらのみや》より寧楽宮《ならのみや》に遷《うつ》る時に、御輿《みこし》を長屋《ながや》の原に停《とど》めて、古郷《ふるさと》を廻望《かへりみ》て作らす御《み》歌《うた》　一書に云はく、太上天皇《おほきすめらみこと》の御製《おほみうた》ぞといふ

飛ぶ鳥　明日香の里を　　置きて去《い》なば　君があたりは　　見えずかもあらむさようなら！　古郷《ふるさと》明日香

これからは　あなたのあたりが　　見えなくなるわ　（1・七八）

題詞に「藤原宮より寧楽宮に遷る時に」とあるからであろう、第二句「明日香の里」につき、「ここは広義にいふ飛鳥の地であるから、藤原の宮地方をも含めていふ」（金子元臣『万葉集評釈』）と説かれたり、あるいは「藤原京まで

を含む広義の飛鳥を示す」（『角川日本地名大辞典（奈良県）』八四頁）と解説されることがある。「藤原宮」と「古郷」と「明日香の里」とを同一視するこの解釈が案外広く行われている。これには喜田貞吉のような斯学の権威の、藤原京は「地理上より観察すれば、亦飛鳥京の内」（『帝都』）という援護射撃もあって、うっかりしていると説得されてしまう。だが、ちょっと待て。藤原京までを含めて明日香の里と言えるのであろうか？　「広義の飛鳥」などというものがあったのであろうか？

万葉人のあずかり知らぬ「広義の飛鳥」

飛鳥から大和三山をも含めるような広範囲の地域を指して「〜の里《さと》」と言った例を筆者は知らない（「里」は、多少の人家がある集落のイメージでしかなく、行政区画としての里も五十戸を基準とする小集落の謂《いい》である）。また、「飛ぶ鳥」と言う枕詞のそもそもは「浄御原宮」の冠辞であり、ついでその宮の所在地明日香（明日香の里・明日香の河・飛鳥壮《をとこ》）の冠辞ともなったものであるが、この枕詞に藤原京をまで含める広域を覆うイメージは無いと思う。さらに、第四句の「君」は誰を指して言うものか必ずしも確かでないのだが、いま作者元明女帝（一書の太上天皇は譲位後の称）の亡き夫君草壁皇子を指すという意見に従うとして、元明女帝にとって後ろ髪引かれる「君があたり」と言えば、まずは何よりも「島の宮」であり「浄御原宮」であったはず。藤原宮には、夫君との思い出は何一つ無いのであった。作者は「藤原宮より寧楽宮に遷る時」に、夫君ゆかりの古郷の方面を廻望して、いよいよ遠くなる若き日の思い出に別れを告げたのであろう。

以上要するに、「広義の飛鳥」なるものは、万葉人のあずかり知らぬ観念であろうということだ。それは「飛鳥地方」というほどの、我々後世人が便宜的に思い描いた観念であろう。

飛鳥の範囲

飛鳥の範囲については、さきに岸俊男が、「香具山以南、橘寺以北のおもに飛鳥川右岸一帯の地域となり、そのほぼ中心に飛鳥寺が位置する」（「古代史と万葉のことば―明日香を一例として―」『宮都と木簡―よみがえる古代史―』）、「藤原や厩坂・田中はもちろん、小治田・豊浦や橘・嶋などは『飛鳥』に近接する別の地域として意識されていたのであろう」（『明日香村史・上巻』「歴史編」古代2）と説いたところであった。氏が、飛鳥の北限を漠と「香具山の南麓」としたのは、飛鳥岡本宮など飛鳥諸宮の所在がまだ漠として定まらなかったためである。それら諸宮の所在が明日香村大字岡の宮殿遺跡一帯にほぼ推定できるようになった今日では、飛鳥の北限はさらに狭めて考えられることになった。

そこで、小澤毅（「伝承板蓋宮跡の発掘と飛鳥の諸宮」『日本古代宮都構造の研究』）の意見、飛鳥の範囲は「現在の大字『飛鳥』および『岡』が、ほぼそれに相当する」、「実質上利用しうる平地空間として、それは『真神の原』に近い地域概念」とする想定にようやく落ち着いてきそうな気配である。ただし、飛鳥の神奈備「高市郡《たけちのこほり》賀美郷《かみのさと》甘南備山《かむなびやま》飛鳥社」の旧地を「雷丘」とするのが通説であり、この通説が否定されない限りは、大字雷を飛鳥の北限に含めて考えておかねばならない。

千田稔（「小墾田・飛鳥・橘―槻と橘―」『古代日本の歴史地理学的研究』Ⅳ一）は、小墾田の範囲をかれこれ推定しつつ、飛鳥は「石神遺跡より南」「飛鳥寺あたりから川原寺周辺まで」とした。南限を「川原寺周辺」とした根拠は「川原寺は、斉明天皇の飛鳥川原宮の旧地に建立されたものとも想定されるので、川原寺の地は飛鳥」であるというものであり、「川原寺と橘寺の間の東西道」が飛鳥と橘との境界をなすと言う。この説によれば飛鳥の範囲はその一部が飛鳥川の左岸にわたることになり、この点が不安である。川原寺の下層に飛鳥川原宮の遺構が眠っているかどうか、むしろ疑わしく、なお今後の検証を待つ必要があるであろう。

甘樫丘《あまかしのおか》の丘頂に立ってみよう。丘の東方、飛鳥川右岸に広がるおだやかな田園風景を眺望すれば、日本人なら誰だって胸が温《あつ》くなる。指呼の間に大字飛鳥の集落を見下ろし、集落を貫く道のつきるところに、飛鳥坐《あすかにいます》神社・鳥形山がある。飛鳥の集落の南には飛鳥大仏の安居院《あんごいん》がつつましくたたずみ、伝蘇我入鹿《そがのいるか》の首塚の回りには修学旅行の生徒の群れも眺められるであろう。目を南方へ移せば、謎に満ちた酒船石《さかふねいし》がひそむ丘、そうしてあのあたりが飛鳥板葺宮《あすかのいたぶきのみや》跡伝承地であり、大字岡の集落も望まれる。――この一眸《いちぼう》の間、一陣の明日香風が颯《そう》と吹き渡るほどの狭小な田園風景こそ、万葉人の「明日香の里」である。

。「明日香」・「飛鳥」の用例――飛鳥の諸宮・飛鳥川を除く――

「明日香風」志貴皇子 （1・五一）
「飛ぶ鳥明日香の里」元明天皇 （1・七八）
「明日香の真神の原」柿本人麻呂 （2・一九九）
「古家の里の明日香」長屋王 （3・二六八）
「明日香より藤原宮に遷りし後」 （3・二六八左注）
「明日香の旧き京師」山部赤人 （3・三二四）
「古郷の飛鳥」「平城の明日香」大伴坂上郎女 （6・九九二）
「飛ぶ鳥飛鳥壮《あすかをとこ》」作者不詳 （16・三七九一）
「今日々々と飛鳥に到り」乞食者 （16・三八八六）

二　飛鳥の真神の原

飛鳥の苫田

飛鳥大仏に詣でよう。崇峻《すしゅん》天皇元年（五八八）、蘇我馬子《そがのうまこ》は、「飛鳥衣縫造《あすかのきぬぬひのみやつこ》が祖樹葉《おやこのは》」の家を取り壊して日本初の本格的寺院「飛鳥寺（法興寺・元興寺）」の造営を開始し、その地を「飛鳥の真神《まかみ》の原」また「飛鳥の苫田《とまた》」と名付く、という。「真神の原」については、さらに古く雄略《ゆうりゃく》天皇七年（四六三）に、今来《いまき》の才伎《てひと》（新しく来日した技術者）である陶部《すえつくりべ》・鞍部《くらつくりべ》・画部《えかきべ》・錦部《にしこりべ》・訳語《おさ》らを上桃原《かみももはら》・下《しも》桃原（桃原は島庄石舞台付近）・真神原の三所に住まわせたという記事もある。柿本人麻呂が、「明日香の　真神《まかみ》の原に　ひさかたの　天《あま》つ御門《みかど》を　懼《かしこ》くも　定めたまひて……」（巻二、一九九）と歌っている「天つ御門」は、これを「檜隈大内陵」と解するのは誤解で、正しくは御殿と解すべきものであり、すなわち天武天皇飛鳥浄御原宮もまた「真神の原」に建設されたのだった（吉永登「飛鳥浄御原宮――その位置をめぐって」『万葉――その探求』）。

「真神の原」は、およそ飛鳥大仏の安居院《あんごいん》周辺から南へ大字岡の集落あたりまで、東は飛鳥の岡、西は飛鳥川で画される小平野の称である。

飛鳥寺は、推古《すいこ》天皇四年（五九六）に、塔とそれを囲む東・西・北三つの金堂を配した偉容が竣功、文字通り日本仏法興隆の寺となった。養老二年（七一八）九月に法興寺が平城京に遷された後は本元興寺《もとがんごうじ》と称され、現在は安居院があって、鞍作鳥《くらつくりのとり》仏師作とされる丈六の金銅釈迦座像「飛鳥大仏」を護持している。

千四百年の風雪に耐えた痛々しいお顔の大仏を拝む。すぐに思い起こされるのはこの大仏を造った工人達の苦労である。『日本書紀』推古天皇十四年（六〇六）四月八日条の周知の記事、

> 銅《あかがね》・繡《ぬひもの》の丈六の仏像、並びに造り竟《をは》りぬ。是の日に、丈六の銅の像を元興寺の金堂に坐《ま》せしむ。時に仏像、金堂の戸よりも高くして、堂に納《い》れまつること得ず。ここに諸々の工人等《たくみども》、議《はか》りて曰く、「堂の戸を破《こほ》ちて納れむ」といふ。然るに鞍作鳥のすぐれたる工《たくみ》、戸を壊《こほ》たずして堂に入るること得《う》。即日《そのひ》に、設斎《せつさい》す。ここに会集《つど》へる人衆《ひとびと》、勝《あ》げて数ふべからず。

鞍作鳥は、継体《けいたい》天皇朝（六世紀初め）に渡来して高市坂田《たけちのさかた》原《はら》（明日香村阪田）に草堂を結び、仏像を礼拝していたとい

う司馬達等《しばたつと》の孫である（司馬達等―多須奈《たすな》―鳥。坂田寺は多須奈・鳥父子による造立とされる）。鳥仏師も、幼い頃はあの阪田のマラ石の辺りを駆け回って遊んでいたのであろう。

。「明日香の真神の原」柿本人麻呂　（2・一九九）

「大口の真神の原」舎人娘子・作者不詳　（8・一六三六、13・三二六八）

〈備考〉「真神」は偉大な神の意味。恐ろしい狼をもまたマカミと言ったので、その連想から「真神の原」に「大口の」という枕詞がついた。その枕詞からまた、「むかし明日香《アスカ》の地に老狼在ておほく人を食ふ。土民畏れて大口の神といふ。名《テ》二其《ノ》住《ル》處《ヲ》一號《イフ》二大口眞神原《ノマカムノハラト》一と云々。見《タリ》二風土記《ニ》一。」（『枕詞燭明抄』中巻。『萬葉集古註釈集成』近世編①）という伝説もできた。

飛鳥おとこ

右に少しくかいま見たように、飛鳥真神の原とその周縁の地は、およそ六、七世紀のころ、渡来した種々の技術者・職人集団がここかしこに住み着いていて、飛鳥文化・文物の言わば一コンビナートの観を呈していたようだ。

巻十六「竹取翁《たけとりのおきな》」の歌（三七九一～三八〇二）に、「黒沓《くろぐつ》」を縫う「飛鳥《あすか》をとこ」が登場する。

……　稲寸丁女《いなきをとめ》が
妻問《つまど》ふと　我におこせし
彼方《をちかた》の　二綾裏沓《ふたあやしたぐつ》
飛ぶ鳥　飛鳥壮《あすかをとこ》が
霖禁《ながめい》み　縫ひし黒沓《くろぐつ》
さし履きて　庭にたたずめ　……　（16・三七九一）

……　稲寸娘子《いなきおとめ》が
求愛の　しるしに呉れた
彼方《おちかた》特産の　二綾《ふたあや》の足袋《たび》
飛鳥おとこが　雨ごもりして
縫い上げた　黒革の靴
ちょいと履き　庭をぶらぶら　……

ここに「黒沓《くろぐつ》」とは「黒革舃《くろかはのくつ》」（『続日本紀』大宝元年三月甲午条）、また礼服の「烏皮舃《くろかはのくつ》」、朝服の「烏皮履《くろかはのくつ》」（衣服令）と同じであり、黒漆塗りの革靴のことで、若き日の竹取翁のような伊達男たちも愛用した高級品らしく、「飛鳥沓縫《あすかのくつぬひ》」（『令集解』巻四「職員令」大蔵省条所引『古記』）たちの製品であるらしい。

さて「飛鳥をとこ」と言う言葉は、「飛鳥の里に住んでゐる職人男」（折口信夫『万葉集辞典』）の意味であり、「沓縫」に限らず一般に、飛鳥一帯に拠って種々の価値を生産していたクラフツマンたちを指して、時代の先端を行く彼等の技術に対する賞賛をこめて言う称呼であったと思われる。先年、万葉文化館建設の際に埋め立てられた飛鳥池遺跡にも、彼等「飛鳥をとこ」たちの足跡が、しっかりと刻み付けられていたことであった。

三　飛鳥の宮

万葉集に名が見えるかぎりの飛鳥の諸宮は次のようである。

㋑遠飛鳥宮《とほつあすかのみや》

㋺高市岡本宮《たけちのをかもとのみや》〈飛鳥岡本宮《あすかのをかもとのみや》・岡本宮《をかもとのみや》〉

㋩明日香川原宮《あすかのかはらのみや》

㋥後岡本宮《のちのをかもとのみや》

㋭明日香清御原宮《あすかのきよみはらのみや》〈明日香宮《あすかのみや》・飛鳥《とぶとり》の浄之宮《きよみのみや》・浄御原宮《きよみはらのみや》〉

最近の相継いでめざましい考古学的知見によれば、明日香村大字岡の宮殿遺跡の地下の遺構は、第Ⅰ～Ⅲ期の重複した遺構よりなり、第Ⅰ期は飛鳥岡本宮、第Ⅱ期は飛鳥板蓋宮、第Ⅲ—A期（内郭を中心とする段階）は後飛鳥岡本宮、第Ⅲ—B期（内郭にエビノコ郭が付設され、外郭が拡充・整備された段階）が飛鳥浄御原宮の遺構である可能性が大きくなってきたらしい（小澤毅前掲論文。林部均「伝承飛鳥板蓋宮跡の年代と宮名」『古代宮都形成過程の研究』）。同地の西北方には、あるいは「白錦後苑《しらにしきのみその》」（『日本書紀』天武天皇十四年十一月戊申条）であろうかと推測されるかなり広い規模と優美な設計によるらしい苑池も、ようやくその片鱗《へんりん》を見せ始めた。飛鳥の宮殿遺構の全容が隅々まで明らかになる日を、われわれは固唾《かたず》を飲んで待ち望むばかりだ。

以下、万葉集に見える飛鳥の諸宮につき、かいつまんで記す。

㋑遠飛鳥宮《とほつあすかのみや》

男浅津間若子宿祢王《をあさづまわくごのすくねのみこ》、遠飛鳥宮《とほつあすかのみや》に坐《ま》しまして天下治《あめのしたし》らしめしき。　（『古事記』下巻允恭《いんぎょう》天皇条）

『古事記』（履中天皇条）によれば河内国安宿郡《あすかべ》（現、大阪府羽曳野市）の「近つ飛鳥」に対して、大和の飛鳥を「遠つ飛鳥」と称したということであるが、遠飛鳥宮の所在は伝説の彼方に杳《よう》として不明である。

。「遠飛鳥宮御宇雄朝嬬稚子宿祢天皇」　（2・九〇左注）

〈備考〉巻二、九〇番歌は古事記歌謡の引用である。

㋺高市岡本宮《たけちのをかもとのみや》〈飛鳥岡本宮《あすかのをかもとのみや》・岡本宮《をかもとのみや》〉――万葉の黎明

『日本書紀』舒明天皇二年（六三〇）冬十月十二日「飛鳥岡《あすかのをか》の傍《ほとり》に遷りたまふ。これを岡本宮といふ」。岡本宮は、先述のように、どうやら大字岡の宮殿遺跡の最下層に眠っていたらしい。諸説が有った「飛鳥岡《あすかのをか》」も、大字岡から大字飛鳥の上方にわたる一帯の丘陵とする意見（折口信夫『万葉集講義』、吉永登前掲論文、和田萃「飛鳥岡について」『橿原考古学研究所論集』3・一九七五年）が確かなものになってきた。岡本宮は、八年（六三六）六月炎上し、田中宮に移り、十二年（六四〇）十月、百済宮《くだらのみや》に移る。十三年（六四一）十月、舒明天皇崩御したまう。

万葉集は、巻一巻頭に、雄略《ゆうりやく》天皇御製「籠《こ》もよ　み籠《こ》持ち……」の歌を飾り、ついで舒明《じょめい》天皇香具山《かぐやま》の望国《くにみ》の御製歌を載せる。

大和には　群山《むらやま》ありと　　大和には　群山があると

とりよろふ　天《あめ》の香具山　　身に鎧《よろ》う　天の香具山よ
登り立ち　国見をすれば　　山頂から　国を望めば
国原は　けぶり立ち立つ　　国原は　炊煙立ち籠《こ》め
海原《うなはら》は　かまめ立ち立つ　　海原は　カモメ群れ飛ぶ
うまし国そ　蜻島《あきづしま》　　なんて良い国だ！
大和の国は　　あきづ島　大和の国は
（1・二）

万葉集の時代は事実上、この舒明天皇の大和の国土讃歌から始まる。澤瀉久孝（『万葉歌人の誕生』）は、舒明の皇后宝皇女《たからのひめみこ》（皇極・斉明天皇）と天智・天武の母子三帝の作歌活動をもって、名実相適《あいかな》った「万葉歌人の誕生」と説いた。「高市岡本宮御宇天皇代《たけちのをかもとのみやにあめのしたをさめたまひしすめらみことのみよ》」をば万葉時代の黎明期と言って良い。

「高市岡本宮御宇天皇代」（1・二標目）
「飛鳥岡本宮御宇天皇」（1・八左注）
「高市岡本宮」（4・四八七左注）
「岡本天皇」（8・一五一一題詞、9・一六六四左注）
「岡本宮御宇天皇」（9・一六六五題詞）

㈧明日香川原宮《あすかのかはらのみや》

舒明天皇崩御して、皇后宝皇女《たからのひめみこ》即位（皇極天皇）。皇極天皇二年（六四三）四月、飛鳥板蓋宮《あすかのいたぶきのみや》に遷った。四年（六四五）六月十二日、板蓋宮の大極殿で三韓進貢の儀式が行われている最中、蘇我入鹿《そがのいるか》が惨殺された（乙巳《いつし》の変《へん》）。

この日、雨下《ふ》りて潦水《いさらみづ》庭《おほば》に溢《いは》めり。席《むしろ》・障子《しとみ》を以ちて鞍作《くらつくり》が屍《かばね》に覆《おほ》ふ。（『日本書紀』）

混乱の中で孝徳《こうとく》天皇即位。難波長柄豊碕宮《なにわのながらのとよさきのみや》に遷ってしばらく大化の新政の時代を経るが、白雉《はくち》五年（六五四）天皇崩御の後、都はふたたび飛鳥へ帰り、斉明天皇元年（六五五）一月皇祖母尊《すめみおやのみこと》（皇極）が飛鳥板蓋宮で重祚《ちょうそ》（斉明《さいめい》天皇）した。同年冬、板蓋宮が火災にあい、飛鳥川原宮に遷り、二年、後岡本宮《のちのおかもとのみや》に遷るという次第である。

さて、万葉集巻一、七の標目に、「明日香川原宮御宇天皇代」とあるのを、重祚後の、飛鳥川原宮に宮居した斉明天皇の御代と誤解されることが多いが、正しくは重祚前の飛鳥板蓋宮御宇皇極天皇の御代の意味である。川原宮と板蓋宮と紛れてややこしいが、その辺の事情は『万葉集注釈』（澤瀉久孝）が次のように説くとおりである。

喜田貞吉博士が「板蓋宮亦飛鳥川の川原にあつたもの」（『帝都』）とし、書紀の「板蓋宮」も「川原宮」も広い意味の川原宮の一部とせられたのによるべきで、諸陵式に「飛鳥川原宮御宇皇極天皇」、扶桑略記皇極天皇元年の条に「飛鳥宮一云川原板蓋宮」、霊異記（巻上、第九話）に「飛鳥川原板蓋宮御宇天皇之世癸卯年」とあり、くはしくは川原板蓋宮と云つたものである。……（中略）……次の「後岡本宮云々」の標題に対して皇極天皇の御代の意味である事は明瞭である。

。「明日香川原宮御宇天皇代」　（1・七標目）

〈備考〉右に述べたように、この標目の明日香川原宮は飛鳥板蓋宮を指して言う。なお巻一、七番歌はその題詞に「額田王歌　未詳」とあり、作者・時代について不審がある。

㈡ 後岡本宮《のちのをかもとのみや》——激動の十年

斉明天皇二年（六五六）、飛鳥の岡本に宮室を建てて遷った。これを後飛鳥岡本宮《のちのあすかのおかもとのみや》という。その位置を「現在の飛鳥浄御原宮推定地の北側、一段と低くなった北地区の南端」と推定する意見（網干善教「斉明天皇と後飛鳥岡本宮」飛鳥保存財団『飛鳥に学ぶ』）もある。斉明天皇と皇太子中大兄《なかのおおえ》が後飛鳥岡本宮に宮居した期間はほんの十年間に過ぎないけれども、この間にも時代は激しく揺れ動いた。宮殿建築や運河の開削など大規模な土木工事に疲弊した人民の怨嗟《えんさ》の声も世に満ちた。斉明天皇四年（六五八）十一月、謀《たばか》られた有間皇子《ありまのみこ》が紀州藤白坂《ふじしろのさか》で絞殺されることがあり、「自ら傷みて松が枝を結ぶ歌二首」（2・一四一～一四二）に哀れをとどめた。六年（六六〇）十月、新羅《しらぎ》・唐に侵攻された百済に援軍を乞われ、救援の為の軍船の建造など、遠征の準備に大わらわとなる。七年（六六一）一月、天皇の御船西征して筑紫へ向かう。歌姫額田王《ぬかたのおおきみ》の伊予熟田津《にきたづ》出航の歌もこの旅の折だ。

熟田津に　船乗りせむと　　月待てば　潮もかなひぬ　　今は漕ぎ出でな　　　　　　熟田津で　船出を待てば
月も出た　今が潮時
さぁ！　漕ぎ出よう
（1・八）

斉明天皇は筑紫の朝倉橘広庭宮《あさくらのたちばなのひろにわのみや》に入ったが、鬼火が燃えるなどの怪異の現象もあり、七月に崩御（六十一歳・帝王編年紀、六十八歳・本朝皇胤紹運録）。天皇としても、一人の女性としても波瀾の生涯であった。

中大兄皇太子称制後も朝鮮動乱への介入が続いたが、ついに天智称制二年（六六三）八月、唐・新羅《しらぎ》の連合軍と白《はく》村江《すきのえ》で戦って大敗を喫し、倭軍兵士の血は白村江を朱に染めたという（旧唐書）。九月、百済滅亡、敗残の倭軍は百済の遺民を伴って帰国した。帰国後は、国防（防人、烽火の設置、水城建設）・外交（百済遺民の受け入れ。唐・高麗等との間の使節往来）・内政（官僚制の充実や氏族の整頓）の繁忙に追われつつ、六年（六六七）三月、都を近江大津京に遷した。遷都を誹《そし》る声は世上に満ち、毎日毎夜のように火災が頻発したという。

今日、菜の花やレンゲに彩られた飛鳥の岡辺を漫歩しながら、かの時代の未曾有《みぞう》の激震を想像することは、かなり難しい。

。「後岡本宮御宇天皇代」（1・八標目、2・一四一標目）
「後岡本宮馭宇天皇」（1・八左注）
「後岡本宮」（2・一四一標目注、4・四八七左注）
「岡本天皇」（4・四八五題詞、四八七左注）

〈備考〉「岡本天皇」は、舒明・斉明いずれの天皇を指していうのか紛らわしいが、右は内容からみて女性の歌だから、後岡本宮・斉明天皇御製ときまる。

㋭明日香清御原宮《あすかのきよみはらのみや》〈明日香宮《あすかのみや》・飛鳥《あすか》の浄之宮《きよみのみや》・浄御原宮《きよみはらのみや》〉――万葉の黄金期

天智天皇十年（六七一）十二月、近江大津宮において天皇崩御。翌壬申《じんしん》の年（六七二・天武天皇元年）の大乱で近江朝廷をくつがえした大海人皇子《おおしあまのみこ》は、倭京へ立ち戻って、嶋宮《しまのみや》に入り、ついで岡本宮（斉明天皇の後岡本宮）に入る。岡本宮の南に宮室を造営して同年冬に遷り、翌二年（六七三）二月、新宮（飛鳥浄御原宮）において即位（天武天皇）。菟野《うのの》皇女《ひめみこ》立后。

　壬申《じんしん》の年の乱の平定《しづ》まりにし以後《のち》の歌二首

皇《おほきみ》は　神にしませば　赤駒《あかこま》の　腹這《はらば》ふ田居《たゐ》を　京師《みやこ》となしつ

天皇は　現人神《あらひとがみ》だ　馬が這う　水田地帯を　皇都とされた　（19・四二六〇）

　右の一首、大将軍贈右大臣大伴卿作る

大王《おほきみ》は　神にしませば　水鳥《みづとり》の　すだく水沼《みぬま》を　皇都《みやこ》となしつ　作者未詳

天皇は　現人神だ　鳥すだく　沼沢地帯が　皇都になった　（四二六一）

「大君は神にしませば」は、「この時代の帝権の発達が、この譬喩の句を生ずるに至つた。これは慣用句で、集中にしばしば使用されてゐるが、この用例が、一番古い」（武田祐吉『万葉集全註釈』）。壬申の乱に勝利し、天皇専制の律令国家の建設へ向けて創造の巨歩を踏み出した天武天皇とその皇統に対する賛嘆と憧憬を歌い上げる、白鳳という時代の精神を表す慣用句である。

二首については、どちらかが本歌で、他方はその改作乃至類歌だという意見があるが無用である。二首一対の形であって、東西に分かれた本方《もとかた》・末方《すえかた》の唱和と見るべきものであり、飛鳥浄御原宮完成の祝典において詠誦されたものと考えられる。おそらく演舞を伴ったであろう。前の歌は壬申の乱の功労者大伴御行《おおとものみゆき》が大伴氏を代表して献歌し、その歌舞もまた大伴氏の氏人《うじびと》による奉仕であろう。後の歌は作者未詳とあるが、おそらくは、宮廷の衛門《えもん》・開闔《かいこう》をつかさどる氏族として大伴氏と対《ペア》をなしていた佐伯《さえき》氏の某による献歌であり、その歌舞もまた佐伯氏の氏人による奉仕であろうと推測される。

天武天皇十年（六八一）二月、浄御原律令《きよみはらりつりょう》の編纂を開始、草壁皇子《くさかべのみこ》立太子。十二年（六八三）二月大津皇子《おおつのみこ》初めて朝政を聴く。十五年（六八六）七月二十日、天皇の病気平癒を祈願して朱鳥《あかみとり》と改元。九月九日、天皇崩御。直ちに皇后臨朝称制《りんちょうしょうせい》したまう。十月二日、大津皇子の謀反発覚、翌三日すみやかに処刑される（二十四歳）。磐余池《いわれのいけ》の堤で流涕《りゅうてい》の歌（3・四一六）があり、姉大伯皇女《おおくのひめみこ》の痛恨の歌（2・一六三～一六六）があった。

神風《かむかぜ》の　伊勢の国にも　　伊勢の国に　居ればよかった
あらましを　なにしか来けむ　　弟も　居ない飛鳥に
君もあらなくに　　来るのじゃなかった　（2・一六三）

宮廷では故天皇の殯宮の儀が延々と続き、涙にくれる大后の歌（2・一五九～一六一）もあった。持統二年（六八八）十一月、桧隈大内陵《ひのくまのおおうちのみささぎ》に葬り奉る。

三年（六八九）四月、草壁皇太子薨去のことがあり、人麻呂献呈挽歌（2・一六七～一七〇）や舎人等の慟哭の歌声（2・一七一～一九三）が佐田の岡辺にこだました。

四年（六九〇）正月、大后即位（持統天皇）して、新都の建設を期し、太政大臣高市皇子に命じて、藤原の宮地を調査させる。五年（六九一）十月、藤原京の地鎮祭を行い、以後道路や宅地の建設が急ピッチで進められ、八年（六九四）

十二月、飛鳥を出て、新益京《しんやくのみやこ》藤原宮に遷都というはこびになる。

飛鳥浄御原宮とそれに次ぐ藤原京の時代は、万葉集にとっては黄金の時代であった。天武天皇が策定したところの日本の伝統と国土に根を下ろした礼《れい》・楽《がく》兼備の国家建設の機運のもと、傑出した数多の皇子たち（高市・大津・川島・志貴・忍壁等）の存在もあり、その皇子たちの庇護の下に、宮廷の歌人たち（柿本人麻呂・高市黒人・長意吉麻呂等）も生き生きと作歌活動を展開することができたのだった。

。「明日香宮御宇天皇」（1・二一題詞注）
「明日香清御原宮天皇代」（1・二二標目）
「明日香宮」（1・五一題詞）
「明日香清御原宮御宇天皇代」（2・一〇三標目、2・一五六標目）
「明日香清御原宮御宇天皇」（8・一四六五題詞注）
「明日香の清御原乃宮《きよみのみや》」持統天皇（2・一六二）
「飛鳥《とぶとり》の浄之宮《きよみのみや》」柿本人麻呂（2・一六七）
「浄御原宮御宇天皇」（20・四四七九題詞注）

四　明日香の古き京師

千鳥鳴く古家の里

宮殿や寺院が輪奐《りんかん》の美を誇り、様々な文化的価値の生産都市であった飛鳥・真神の原の景観も、藤原京遷都、そしてまた平城京へと遷都の後は、朝堂・官衙《かんが》の建物はおおかた毀《こぼ》たれて運び去られ、大宮人も移り去って、ようやく、千鳥の声もわびしい「古家《ふるへ》の里」の趣となっていったらしい。

わが背子《せこ》が　古家《ふるへ》の里の
明日香には　千鳥鳴くなり
妻待ちかねて　長屋王

懐かしい　君が古里
明日香では　千鳥が鳴くよ
妻待ちわびて
（3・二六八）

めまぐるしい遷都をよそ目に飛鳥古京に住み残った人もいた。

明日香河　河門を清み
後《おく》れ居て　恋ふれば京《みやこ》
いや遠そきぬ

明日香川　清さに惹かれて
住み残ったが
恋しい都は　遠退《とおの》くばかり
（19・四二五八）

冬になれば、廃都を雪が閉ざした。

大口《おほくち》の　真神の原に
零《ふ》る雪は　いたくな零《ふ》りそ
家もあらなくに　舎人娘子《とねりのをとめ》

降る雪よ
そんなにひどく　降らないで！
真神の原には　宿もないのよ
（8・一六三六）

廃都に住む男女にもしめやかな恋はあった。

三諸《みもろ》の　神奈備山《かむなびやま》ゆ
との陰《ぐも》り　雨は落《ふ》り來ぬ
天霧《あまぎ》らひ　風さへ吹きぬ
大口の　真神の原ゆ
思ひつつ　還《かへ》りにし人
家に至りきや

三諸の　神奈備山から
空一面　雲が垂れこめ
雨は降り　風も出てきた
うらぶれて　真神の原を
とぼとぼと　帰ったあなた
無事に　お家に着きましたか？
（13・三二六八）

反　歌

還りにし　人を思ふと
ぬばたまの　その夜は吾も
眠《い》も寝かねてき

夜明けまで
まんじりともせず　起きてたわ
帰って行った　人を思って

（三二六九）

雲白く遊子悲しむ

安居院の境内に、明日香京懐古の万葉歌碑がある（佐佐木信綱書。願主辰巳利文。昭和十二年四月建立）。

神岳《かみをか》に登りて、山部宿祢赤人《やまべのすくねあかひと》の作る歌一首并せて短歌

三諸《みもろ》の　神名備山《かむなびやま》に
五百枝《いほえ》さし　繁《しじ》に生ひたる
つがの樹の　いや継ぎ継ぎに
玉葛《たまかづら》　絶ゆることなく
ありつつも　止まず通はむ
明日香の　古き京師《みやこ》は
山高み　河とほしろし
春の日は　山し見がほし
秋の夜は　河し清《さや》けし
朝雲《あさくも》に　鶴《たづ》は乱れ
夕霧《ゆふぎり》に　かはづはさわく
見るごとに　哭《ね》のみし泣かゆ

三諸の　神奈備山に
枝を伸べ　こんもり繁る
つがの木の　その名のように
次々と　絶えることなく
いつまでも　通いつめたい
慕わしい　明日香古京は
山も川も　気高い姿
春の日は　山うるわしく
秋の夜は　清冽な川
朝雲に　鶴は乱舞し
夕霧に　蛙《かわず》は騒ぐ
何処を見ても　涙があふれる

古《いにしへ》思へば　　　昔が恋しくて　　　（3・三二四）

反　歌

明日香河　川淀《かはよど》さらず　　　明日香川　淀ごとに立つ
立つ霧の　思ひ過ぐべき　　　霧のように　はかなく消える
恋にあらなくに　　　恋ではないぞ　　　（三二五）

この歌碑の前に立つ時、筆者の目にはいつも、信州小諸懐古園《こもろかいこえん》の「小諸《こもろ》なる　古城のほとり　雲白く　遊子《いうし》悲しむ」の詩碑が二重写しになって見えてくる。藤村をこよなく敬愛された先師犬養孝の影響である。「山高み」は、飛鳥盆地を囲む山々、具体的には東方の音羽山《おとはやま》・多武峰《とうのみね》から南方の細川山《ほそかわやま》・稲淵《いなぶち》へ連なる山々を仰いで言うのであろう。「河とほしろし（川は雄大だ）」は、西北方へ一筋光る長蛇のように延びて、その果ては目も遙《はる》に霞む飛鳥川の印象であろう。

反歌の序詞「明日香河　川淀《かはよど》さらず　立つ霧の」については、二つの解釈が行われている。一つは、立ちこめた霧もやがていつかは消え過ぎてゆくものであるとして、「思ひ過ぐ」にかかるという解釈。二つは、川淀離れず、じっといつまでも消えず立ちこめている霧の実景として、「思ひ過ぎぬ恋」の譬喩とする解釈である。両説ともに可能であり、両様の鑑賞を楽しめばよい。

謎の里飛鳥

飛鳥は謎に満ちた里である。赤人が登った「神岳・三諸の神名備山」はどこか、というのも飛鳥の謎の一つである。これについてはおよそ三つの説がある。

（一）「雷岳」説——現在大字飛鳥小字神奈備に鎮座する飛鳥坐《あすかにいます》神社は、淳和《じゅんな》天皇天長六年（八二九）三月十日に、神託によって、「高市郡《たけちのこほり》賀美郷《かみのさと》甘南備山《かむなびやま》飛鳥社」を「同郡同郷鳥形山」へ遷したもの（日本紀略）であるが、その天長六年以前の旧址を大字雷の小丘「雷岳」（3・二三五）と考え、それが赤人歌の「神岳・三諸の神名備山」でもあるとする意見で、これが通説となっている（『菅笠日記』、『大日本地名辞書』、大井重二郎『飛鳥古京』、犬養孝『万葉の旅』ほか）。

筆者は、「高市郡賀美郷甘南備山」を大字雷の「雷岳」とする意見に賛成である。雷岳の存在故に明日香の里は「甘南備の里」（7・一一二五）とも歌われるのであろう。ただし、右の赤人歌のほかにも巻二、一五九・巻十三、三二二七、三二二八、三二三〇、三二三一、三二六六、三二六八等に見える「神岳」「三諸の神名備山」などをもまた十把一絡《じっぱひとから》げに大字雷の雷岳と決めつけてしまうのはなお早計かと思っている。「神名備山」は一つとは限らないのだから。

（二）「甘樫丘陵」説——折口信夫（『万葉集辞典』〈平成八年二月一〇日初版『折口信夫全集』第11巻所収〉「かみをか【神岳】」の項）は、大字雷の小山は「如何に滄桑の変を経、又、詩人の誇張があつたとしても、本集の『山高み川遠じろし』（3・三二四）、其他の文句とはかけ離れ過ぎてゐる」として、神岳（又、雷岳）は、「今、甘橿ノ丘と称してゐる対岸豊浦村の丘から、西は石川、南は五条野・川原、東は飛鳥川に臨んだ、方十町余の丘陵を言うたらしい」と説いた。折口によれば「石川精舎」は「神南山石川寺」と言った由であるし、甘樫坐神社の存在をも思い合わせれば、右の地域が神名備であった可能性は大きいと思う。

ただし、折口は右の地域を飛鳥坐神社の旧址・飛鳥の神南備と考えているが、そこは飛鳥の域外であるから、飛鳥の神南備ではあり得ないし、飛鳥社と称することもなかったはず。したがって飛鳥の神名備とは別個の、いま一つの神名備山（仮称・甘樫の神名備）と考えたいものである。赤人歌その他が歌う「神岳」「三諸の神名備山」をこの甘樫の神名備とみなす意見は、現地に臨んだ景観からも、説得力があり、あながちに否定できない。

（三）「ミハ山」説——岸俊男（「万葉歌の歴史的背景」『宮都と木簡―よみがえる古代史―』）。『明日香村史』上巻「歴史編」古代2）は、明日香村の地籍図を検して、中ツ道延長線の行きあたるところ、橘寺の南、俗にいうフグリ山の西に連なる山の一帯に「ミハ山（神山）」の小字名が遺っているところが飛鳥坐神社旧社地・飛鳥の神名備であり、赤人歌ほかの「神岳」「神名備山」であろうとした。

「ミハ山」神名備説に疑問を呈す

「ミハ山」説は斯学の権威の説であるから賛同する人も多いのだが、若干疑問を記し付けておきたい。第一に、「ミハ山」を飛鳥の神名備と考えて良いか、どうか。それは大字橘の小字ミハ山なのであるから、「橘・嶋などは『飛鳥』に近接する別の地域として意識されていたのであろう」（前掲『明日香村史』上巻「歴史編」古代2）ということであれば、飛鳥の神名備でも飛鳥社でもあり得ないであろう。意見に整合性を欠いていると思われる。

第二に、「ミハ山」を直ちに「神山」と解して良いか、どうか。過般筆者は明日香村役場を訪れて土地台帳を見せてもらって、大字橘の七二三〜七二九番地（七二四番地を除く）にわたり小字「ミハ山」を認めたが、「神山」の二文字は確認できなかった。役場の人も首を傾げていた。岸論文中に（神山）とあるのは「ミハ山」に対する氏の解釈を示したものであるらしい。「ミハ山」は果たして「神山」であろうか。

岸説を支持して、「『ミハ』とは『ミワ』であって神のことである」（千田稔「史書としての『万葉集』」學燈社『国文学』平成十六年七月号）という意見を見た。岸氏の解釈を代弁している意見かと思う。しかしこれは、すこし性急な論法ではあるまいか。もし明日香村の土地台帳の作成者が「ミワ山」のつもりで「ミハ山」と書記したものならば、仮名遣いの混乱というほかない（例えば粟・アハを転呼音のままにアワと書くことは認められるが、泡・アワをアハと書いたときは仮名遣いの混乱か誤記というほかない）。百歩譲って、明日香村土地台帳のミハ山は正しくはミワ山と書くべきであったものと仮定しよう。その際あるいは桜井市の三輪《みわ》山が類推されるのであろう。しかし、三輪《みわ》山は三輪《みわ》（地名）の山のことであり、神山《しんざん》の意味ではない。三輪山の枕詞が「味酒《うまさけ》」であるように「神酒」をミワとは言ったが、「神」をミワとは言わぬ。もっとも、地名三輪に神の字を当てた特別の場合が有りはした。その場合は「大和の三輪の地の大物主神の神威が大きく、神といえば三輪の神が思い起こされたので、ミワに神があてられるようになったのであろうか」（『時代別国語大辞典』上代編）と考えられる次第で、「三輪山」をば「神山」と書いたらしい例（2・一五七、12・三〇一四）もあるけれど、それは大物主神の縁で地名三輪にたまたま神の字が当てられたということなのであって、三輪山《みわやま》・神山《みわやま》はついに三輪（地名）の山のことであり、神《かみ》ノ山という意味を第一義的に持っているわけではない（地名アスカに飛鳥の字を当てるが、アスカに飛ぶ鳥という意味は無いのと同断である）。かれこれ、ミワは神のこと、ミワ山は神山（神名備山）のことという解釈を筆者は疑う。まして土地台帳にはミハ山と書記されているのだから。

　飛鳥は謎に満ちた里だから、どの小径をたどっていても飽きることがない。

平城の明日香

養老二年（七一八）九月平城京に遷された飛鳥寺は、南都七大寺の一つ元興寺として発展拡充せしめられ、「平城《なら》の明日香」と呼ばれて、堂塔伽藍が絢爛と立ち並ぶ新浄土を現出させた。

　大伴坂上郎女《おほとものさかのうへのいらつめ》の、元興寺《ぐわんごうじ》の里を詠む歌一首

古郷《ふるさと》の　飛鳥はあれど
青丹《あをに》よし　平城《なら》の明日香を
見らくし好《よ》しも

飛鳥寺も　立派だったが
新しい　平城の明日香の
眺めは素敵《すてき》！
（6・九九二）

今日、猿沢池の南方、中院町《ちゅういんちょう》の元興寺極楽坊や芝新屋町《しばのしんやちょう》の五重塔跡一帯の稠密《ちゅうみつ》な町屋に平城の明日香の面影は求むべくもない。

五　飛鳥川

飛鳥古郷の表徴として

赤人が歌い上げたところの、律令国家建設のエネルギーに溢れていた飛鳥古京の時代への回顧・憧憬・感傷は、天平の万葉人たちに広く共通する心情であった。その際、飛鳥川が、甘南備の里としての飛鳥古郷の神聖さと清らかさの表徴として歌われる。

今日もかも　明日香の河の
夕さらず　かはづ鳴く瀬の
清《さや》けくあるらむ　上古麻呂《かみのこまろ》

宵毎に　蛙《かわず》が瀬で鳴く
明日香川　さぞかし今日も
奇麗だろうな
（3・三五六）

清き瀬に　千鳥妻喚《よ》び
山の際《ま》に　霞立つらむ
甘南備《かむなび》の里

清い瀬に　千鳥が鳴いて
山峡《やまあい》に　霞が立って
ああ！　甘南備の里
（7・一一二五）

時には奈良の都からはるばる訪れて、禊《みそ》ぎをする川でもあった。聖武天皇の寵愛が噂になった八代女王《やしろのおおきみ》が天皇に奉った歌。

君に因《よ》り　言《こと》の繁《しげ》きを
古郷《ふるさと》の　明日香の河に
潔身《みそぎ》しに行く

天皇様と　噂になって
明日香川まで　参ります
潔身《みそぎ》しに
（4・六二六）

飛鳥川はその源を、竜門山地竜在峠《りゅうざいとうげ》の北西の明日香村畑《はた》付近に発して畑川を称し、栢森《かやのもり》で入谷《にゅうだに》と芋峠方面からの二つの小流を合わせ、潺湲《せんかん》たる渓流も次第に豊富な水量となり、稲淵を流れて稲淵川（南淵川）の称があり、祝戸《いわいど》で細川谷を流れ落ちてくる冬野川《ふゆのがわ》（細川）を合わせて飛鳥川となり、要所に灌漑・治水のための井堰《いで》を設けながら飛鳥の里・真神の原の西縁を画して北流し、雷丘と甘樫丘の間に割って入り、藤原京を南東部から北西部へ走り抜け、磯城《しき》郡川西町保田《ほた》で大和川に合する。延長ほぼ二十数キロ《メートル》。

飛鳥川の態様

飛鳥川の流れは潺々《せんせん》として急である。

明日香川　しがらみ渡し　　　明日香川に　柵《しがらみ》渡し
塞《せ》かませば　流るる水も　　　堰《せ》いたなら　すこしは流れも
のどにかあらまし　柿本人麻呂　　　長閑《のどか》になろうか　（2・一九七）

水嵩《みずかさ》が速やかに変化し、ともすれば水が涸れて瀬があらわれる。

しましくも　行きて見てしか　　　一目でいい　訪ねて見たい
神名火《かむなび》の　淵は浅《あ》せにて　　　神名備の　淵は浅瀬に
瀬にかなるらむ　　大伴旅人　　　なってはいまいか　（6・九六九）

と思うと、そぼふる春雨にすらたちまち増水して、瀬音が爽やかに高鳴るのだ。

今往《いまゆ》きて　聴くものにもが　　　ひとっぱしり　聴きに行きたい
明日香川　春雨零《ふ》りて　　　明日香川
激《たぎ》つ瀬の音を　　　この春雨に　高鳴る瀬音を　（10・一八七八）

増水は時に激流となって土砂を流し、淵と瀬が入れ替わり、瀬に渡した飛び石が埋もれて無くなることもあった。

年月も　いまだ経なくに　　　明日香川　瀬々に渡した

明日香川　瀬々《せぜ》ゆ渡しし
石走《いしばし》もなし

飛び石も　いつのまにやら
無くなっちゃった
（7・一一二六）

こうした飛鳥川の態様が、古今集にいたって、

世の中は　何か常なる
明日香川　昨日の淵ぞ
今日は瀬になる

明日香川
有為転変《ういてんぺん》の　世の姿
昨日の淵も　瀬になる今日だ
（古今集18・九三三）

と歌われてからというものは、「河は飛鳥川。淵瀬もさだめなく、いかならんとあはれなり」（『枕草子』「河は」）となり、「飛鳥川の淵瀬常ならぬ世にしあれば、時移り、事去り、楽しび悲しびゆきかひて、はなやかなりしあたりも人住まぬ野らとなり、変らぬすみかは人あらたまりぬ」（『徒然草』二十五段）となって、不定《ふじょう》無常の世間を象徴する歌枕となるのだが、万葉集の飛鳥川は、まだそこまでひと色に無常観と結びついたイメージにはなっていない。

暮らしの里川として

飛鳥川は「名所でもなんでもない。この川筋を中心に定住した万葉人たちが、朝夕見なれた親しい里川」（犬養孝『万葉の旅』）であって、里人の日々の暮らしの抒情が寄り付く川なのであった。

飛鳥川　水往き増さり
いや日異《ひけ》に　恋の増さらば
ありかつましじ

飛鳥川の　水嵩《みずかさ》のように
逢いたさが　日増しに募《つの》れば
死んじゃいそうだ
（11・二七〇二）

飛鳥川の水嵩は幾ら増してもかまわないけれど、日増しに募る恋心を何としよう?

明日香川　明日も渡らむ

明日香川　飛び石伝《つた》って

石走《いしばし》の　遠き心は
思ほえぬかも

明日も来よう　疎《うと》む心は
さらさら持たぬ　（10・二七〇一）

石走《いしばし》はサヨバヒの通い路でもある。飛び石の間隔には、狭いのもあれば広いのもあるから、「間近《まちか》し」（4・五九七）の比喩ともなれば、「遠し」の比喩ともなる。「遠き心」は、疎遠な心、疎《うと》んずる気持ち。

石橋に生えてゆらゆら靡く玉藻の姿を見ては、それを比喩として、恋人に寄せるひたむきな慕情を歌う。

春されば　花咲きををり
秋付《あきづ》けば　丹《に》の穂《ほ》にもみつ
味酒《うまさけ》を　神名火山の
帯にせる　明日香の河の
速き瀬に　生《お》ふる玉藻の
打ち靡き　情《こころ》は寄りて
朝露の　消《け》なば消《け》ぬべく
恋しくも　著《しる》くも逢へる
隠《こも》り妻《づま》かも

春はいっぱい　花が咲き
秋は真っ赤に　もみじする
神名備山が　帯に巻く
明日香の川の　速い瀬に
茂る玉藻が　靡くよう
私の心は　ひたむきに
死んでもいいと　思い詰め
その甲斐あって　相逢うた
大事な大事な　わが隠し妻！　（13・三二六六）

反　歌

明日香川　瀬々の珠藻《たまも》の
打ち靡き　心は妹に
寄りにけるかも

明日香川の　瀬の藻のように
ひたむきに　私の愛は
おまえに靡いた　（三二六七）

しがらみ（水を堰きとめるために設けた木や石の柵）にからまって靡けない玉藻を見れば、それに言《こと》寄せて逢えない恋のしがらみを嘆く。

明日香川　瀬々に玉藻は
生ひたれど　しがらみあれば
靡きあへなくに

明日香川の　瀬の藻じゃないが
しがらみに　妨げられて
思いとどかぬ

（7・一三八〇）

玉藻幻想

名もない庶民の歌においては、明日香川の玉藻はひたむきな恋情の単純な比喩の形象にとどまっているが、これがいったん宮廷歌人柿本人麻呂の筆にかかるというと、どうなるか。次の歌は、河島皇子《かわしまのみこ》（天智天皇皇子）を越智野《おちの》に葬った時、その妃泊瀬部皇女《はつせべのひめみこ》（天武天皇皇女）に献上した歌だという。

飛ぶ鳥　明日香の河の
上《かみ》つ瀬に　生《お》ふる玉藻は
下《しも》つ瀬に　流れ触《ふ》らばふ
玉藻なす　か依《よ》りかく依り
なびかひし　夫《つま》の命《みこと》の
たたなづく　柔膚《にきはだ》すらを
剱刀《つるぎたち》　身に副《そ》へ寝ねば
ぬばたまの　夜床《よとこ》も荒るらむ
そこ故に　慰めかねて
けだしくも　逢ふやと思ひて

鳥が飛ぶ　明日香の川の
上つ瀬の　玉藻は流れ
下つ瀬の　玉藻に触れる
ゆらゆらと　揺れて縺《もつ》れて
寄り添うた　亡き夫《せ》の君《きみ》の
ふくよかな　柔肌《やわはだ》をまあ！
添《そ》い臥《ぶ》しも　絶えた御閨《おねや》は
どんなにか　寂しいでしょう
さればこそ　心は侘《わ》びて
ひょっとして　亡き夫の君に

玉垂れ《たまだ》の　越智《をち》の大野の
朝露に　玉裳《たまも》はひづち
夕霧に　衣《ころも》は沾《ぬ》れて
草枕《くさまくら》　旅宿《たびね》かもする
逢はぬ君ゆゑ

逢えるかと　越智の荒野の
朝露に　裳は濡れそぼち
夕霧に　衣を濡らし
旅寝をば　なさるのですか
二度と逢えぬ　お人のために？
（2・一九四）

ゆらゆら靡く玉藻の形象が、柔肌を絡み合わせる愛の姿態と二重写しになって、まことになまめかしい。夫君の面影を求めて、衣裳も濡れそぼちつつ、越智野を彷徨《さまよ》う高貴の女人像もまた佳麗。

明日香川は、人麻呂によって亡き明日香皇女《あすかのひめみこ》（天智天皇皇女）の御名《みな》にゆかりの形見の川ともなった。

飛ぶ鳥　明日香の河の
上《かみ》つ瀬に　石橋《いしばし》渡し
下《しも》つ瀬に　打橋《うちはし》渡す
石橋に　生《お》ひて靡ける
玉藻もぞ　絶ゆれば生《お》ふる
打橋に　生《お》ひをれる
川藻もぞ　枯るれば生《は》ゆる
何しかも　我が大君の
立たせば　玉藻のもころ
臥《こや》せば　川藻のごとく
靡《なび》かひの　宜しき君が

鳥が飛ぶ　明日香の川の
上つ瀬に　飛び石を並べ
下つ瀬に　板橋を架ける
飛び石に　靡く玉藻は
絶えるとも　また伸びてくる
板橋に　茂る川藻は
枯れたって　また生えてくる
だのに何故　皇女《ひめみこ》さまは
朝夕に　寝ても覚めても
ゆらゆらと　玉藻のように
寄り添うた　愛しい君の

朝宮を　忘れたまふや
夕宮を　背《そむ》きたまふや……
……（中略）……
音のみも　名のみも絶えず
天地《あめつち》の　いや遠長《とほなが》く
偲ひ行かむ　御名《みな》に懸《か》かせる
明日香河　万代《よろづよ》までに
愛《は》しきやし　わが大君の
形見にここを

御殿をば　お忘れになり
出て逝《い》って　しまうのですか？
……（中略）……
お噂や　お名前だけでも
絶やさずに　永久《とわ》に常磐《ときわ》に
お偲びしよう　御名《みな》にゆかりの
明日香川　いついつまでも
お慕わしい　皇女《ひめみこ》さまの
形見とて　この川をば！

（2・一九六）

。「飛鳥川」の用例——文字の異同や作者名を省略——

2・一九四・一九六（重出）・一九七・一九八。3・三二五・三五六・三五六或本。4・六二六。7・一一二六・一三六六・一三七九・一三八〇。8・一五五七。10・一八七八。11・二七〇一・二七〇二・二七一三。12・二八五九。13・三二二七・三二六六・三二六七。19・四二五八。

〈備考〉右の他に、10・二二一〇は河内の飛鳥川、14・三五四四・三五四五の二首は東国にあった同名の川と思われる。

明日香川七瀬の淀

「七瀬の淀」は、多くの瀬と瀬の間にまた多くの淀があるさま。早瀬の水も流れて淀に入れば静かになる。思いなしか、水鳥たちも波を立てまいと静かに泳いでいるようだ。

明日香川　七瀬の淀に
住む鳥も　意《こころ》あれこそ
波立てざらめ

明日香川　七瀬の淀に
住む鳥も　心得顔《こころえがお》に
波も立てないよ　（7・一三六六）

鳥にも思慮分別があるのだろうか。そうだ、あの水鳥のように、私達も人前ではさりげなくふるまって、気取《けど》られないようにしなくては——。

。「七瀬の淀」作者不詳

〈備考〉「七瀬淀は飛鳥川に在りたらんも今定かならず、一説に樹葉堰の下より石堰に至る間にして神奈火淵も亦其の中にありと云へり」（『奈良県高市郡志料』）

清みの河

妹《いも》も吾《あれ》も　清《きよみ》之《の》河《かは》の
河岸《かはきし》の　妹が悔《く》ゆべき
心は持たじ　河辺宮人

君と僕　心清みの
河の岸　決して君に
後悔させせぬ　（3・四三七）

「清之河」を『万葉集代匠記』がキヨミノカハと訓んで、「飛鳥河ヲ浄御原ノ辺ニテハキヨミノ川トモ申スベシ」とした。契沖は、「浄御原」は本来「浄原《きよみはら》」であって、「浄御原」と書くのは、キヨミのミにメデタキ字である御の字を借りたものと考えている。そのように考えると、なるほど、浄原《きよみはら》を流れる河を「清《きよみ》之《の》河《かは》」と言うこともあり得るし、浄原《きよみはら》にある宮を「浄《きよみ》之《の》宮《みや》」（2・一六七）とも言い得るわけだ。男女お互いに二心無く、清い愛情であることを、清みの河の名に寄せて歌う。上三句は「悔ゆ」を言い出す序詞となる。河岸が脆弱で、しばしば崩れた姿をさらしていたのであろう。そこで「河岸の崩《く》ユ」に同音の「妹が悔《く》ユ」を懸けたのだ。

。「清之河」河辺宮人　（3・四三七）

〔付記〕右は、奈良県明日香村発行『続明日香村史』中巻・文学編・第三章「飛鳥の万葉故地」の第一節「明日香村村内の故地とその歌」一～二十二の内、筆者が分担執筆した一～五を転載したものです。右に続く「明日香村村内の故地とその歌」六～二十二は左記の通りであり、それぞれに問題点を提起すること尠からず、「謎の里飛鳥」の思いは愈々深いものがあります。

六「檜隈、佐日之隈、檜隈川」　七「真弓乃岡、橘」　八「橘寺」　九「河原寺（川原寺）」　十「豊浦寺」　十一「小墾田（小治田）」　十二「年魚道」（以上執筆者・村瀬憲夫）　十三「島宮・島（島宮・勾池／島／島乃御門／多芸能御門／島御橋／島の榛原）」　十四「雷丘・神岳・三諸・神奈備（雷・雷丘・伊加土山／神岳／三諸／神奈備／礪津宮／三垣山／垣津田池／逝廻丘／打廻前）」（以上執筆者・神野富一）　十五「真神の（が）原」　十六「元興寺」　十七「大原」　十八「矢釣山と八釣川」　十九「南淵と南淵山」　二十「細川と細川山」　二十一「多武」　二十二「旗野」（以上執筆者・森斌）

ミハ山・飛鳥神奈備説の疑義を質す

はじめに

『続明日香村史』中巻「文学編」に寄せた拙稿[1]に於いて「神岳」や「飛鳥の神奈備」（飛鳥坐神社の天長六年以前の旧社地「高市郡賀美郷甘南備山飛鳥社」）に関して述べるところがあり、その比定地について従来行われている主な説を挙げて、急ぎ足に簡略なコメントを加えた。その際、岸俊男氏の著名な「ミハ山・飛鳥神奈備説[2]」に対し、かねて抱いていた素朴な疑問を添えることをした。その後、和田萃氏の論文「新城と大藤原京―万葉歌の歴史的背景[3]」に接した。それによると、「ミハ山・飛鳥神奈備説」は、一九七〇年（昭和四十五年）当時、『明日香村史』編集進行中、岸俊男氏に従って村内の小字調査に従事しておられた折の和田氏の発見と調査に基づくところであったということを知った。同論文にはミハ山実地検分の報告も記されていていたいへん具体的かつ説得力に富む。筆者の不明を恥じなければならない。かれこれ「ミハ山・飛鳥神奈備説」について今一度、和田氏論文にも言及しつつ、敷衍した意見と質疑を公表する必要が生じた。

岸俊男氏は、明日香村の地籍図を検して、中ツ道延長線の行きあたるところ、橘寺の南、俗にいうフグリ山の西に連なる山の一帯に「ミハ山」の小字名が遺っているところが、飛鳥坐神社の旧社地・飛鳥の神南備であり、赤人歌ほかの「神岳」「神名備山」であろうとした。氏は「ミハ山」を「神山」と解釈されたようである。岸氏説を支持して、「『ミハ』とは『ミワ』であって神のことである。」と言う千田稔氏の意見も見た。これは岸氏の解釈を代弁している意見かと思う。和田萃氏もまた、「ミハ山」という地名が「神体山で大物主神が籠りいます『三輪山』と同じ呼称」であることに注目されたのであった。(4)

さて「ミハ山・飛鳥神奈備説」に対して、かねて私が抱いていた疑問は次のようである。

一　橘は飛鳥の域外ではないのか—疑問(一)

明日香村土地台帳を披見すれば、大字橘の七二三〜七二九番地（七二四番地を除く）にわたり、小字「ミハ山」が認められた。ところで「橘」の地は、飛鳥の域外であって、「橘・嶋などは『飛鳥』に近接する別の地域として意識されていたのであろう。」（『明日香村史』上巻「歴史編」古代2「飛鳥の範囲」一三一〜一三二頁）という岸氏の御意見に私は双手をあげて従うものであるが、はたしてそうであるならば、「橘のミハ山」は「飛鳥神奈備《あすかノ》」ではあり得ず、「飛鳥社《あすかノ》」とも称し得ないのではないか。同じ論文中（一二七頁）に「ミハ山・飛鳥神奈備説」もまた展開されているところであるから、その意見の整合性が疑われるのである。

二　橘ミハ山は賀美郷域でなく、檜前郷域ではないか—疑問(二)

「橘」の位置に関して今一つの疑義がある。周知の『日本紀略』淳和天皇天長六年三月庚辰朔己丑条の記事、

大和国高市郡賀美郷甘南備山飛鳥社。遷同郡同郷鳥形山。依神託宣也。（新訂増補国史大系）

によれば、飛鳥神奈備と鳥形山とは「同郡同郷」なのであるから、「ミハ山・飛鳥神奈備説」が成り立つためには、橘の「ミハ山」が『和名抄』「賀美郷」の郷域内でなければならないわけだが、その点に疑義がある。

『和名抄』高市郡七郷「巨勢・波多・遊部・檜前・久米・雲梯・賀美」の内の「賀美郷・檜前郷」がおおよそ現在

の明日香村域に比定されている（『角川日本地名大辞典（奈良県）』地誌編「明日香村」一三九四頁）。「賀美郷」については、『大和志』が「飛鳥村」（今日の明日香村大字飛鳥の範囲をさす）というが、これは狭きに過ぎるようで、もっと範囲を広げて考えてよい。桜井満氏(5)は、「飛鳥川上流の南淵山を囲む地域から雷・豊浦までの流域と飛鳥の岡の奥山まで」を賀美郷域と見てよいという、大凡の見当としては妥当かと思うが、細部にわたっては漠としていて、橘が賀美郷域内か否かは不明。『大日本地名辞書』（第二巻）は「賀美郷」の項に「和名抄、高市郡賀美郷。飛鳥の地にして今飛鳥高市の二村是なり」と言い、その郷名下に「橘」も「川原寺址」「野口荒墓」も記載している。「橘」「川原」「野口」は旧高市村（明治二十二年～昭和三十一年）の村域内であったから、『大日本地名辞書』に依拠する限り、「ミハ山・飛鳥神奈備説」は安泰であるかに見える。しかし、ちょっと待て。『地名辞書』の解説は、今の行政区画名で言えば大凡この見当なり、というほどの物言いである。近代の行政区画的村域が、そっくりそのまま古代の郷域に当てはまるわけではない。時代によって細部に出入り・異同があることは言うまでもない。権威ある辞書といえども無批判に依拠するわけには行かない。

そこで視点を変えてみよう。旧高市村域内の「野口」及び「川原」については、『和名抄』「賀美郷」域ではなく、「檜前郷」域であると考えるべき史料がある。まず「野口」については、「檜隈大内陵（延喜式諸陵寮）」の存在からして、『和名抄』「檜前郷」域であることはすでに明らかである。「野口王墓」が「檜隈大内陵」に比定されており、それを疑う人は今やいないはずである。

次に「川原」については、『欽明紀』七年七月条「倭国今来郡《やまとのくにのいまきのこほり》の言《まをさく》」に「川原民直宮《かはらのたみのあたひみや》は檜隈邑《ひのくまのさと》の人也《ひとなり》」とある記事が参考される。「川原民」は明日香村川原に居住する東漢系の一族である。『角川日本地名大辞典（奈良県）』（「ひのくま・檜前（明日香村）」の項目中「（古代）檜隈③檜隈邑」の項）にこの『欽明紀』の記事を示して、「川原民直の川原は現在の明日香村川原を示し、民直の居住地と推定され、檜隈邑の範囲に含まれる。」と言う通り、すなわち「川原」

は『欽明紀』において「檜隈邑」であった。『欽明紀』「檜隈邑《ひのくまのさと》」は『和名抄』「檜前郷《ひのくまのさと》」の「前身」(『新編日本古典文学全集日本書紀』頭注)であるに相違ない。『欽明紀』において「檜隈邑」であった「川原」は、『和名抄』においてもなお「檜前郷」であったと推定してまず誤りは無いと思われる。

さて、「橘」は「川原」の南側に道一筋を挿んで直接し、西側は「野口」に直接している。「橘」と「川原」とは共にその東側を飛鳥川によって画されている。このような地勢上、「橘」もまた「川原」「野口」と共に『和名抄』「檜前郷」域と判断するのが、もっとも自然かと思われる。以上のように、「ミハ山」が『和名抄』「檜前郷」域であったとすれば、それは「賀美郷甘南備山飛鳥社」ではあり得ない。

三　ミハ山はミワ山か―疑問㈢

明日香村地籍図の「ミハ山」は「ミワ山」であるのかどうか、最初に疑問を呈したのは、直木孝次郎氏(6)であって、「ミワ山」ならスムーズに神山と解せられるが、「ミハ山」は果して神山か、すこし疑問が残る。この山がミワ山とよばれていたのなら、地籍図に小字名は「ミワ山」と書くのがふつうである。「ミハ山」と書いてある以上、この山は「ミハ山」で、「ミワ山(神山)」ではないという論理が成り立つ。

と疑った。ただし、実際には「ミワ山」といっていたものを、つい「ミハ山」と書いたのかもしれないから強く主張するつもりはないとの条件付きである。桜井満氏また、「ミハ山がミワ山と記されることはあっても、ミワ山をミハ山とは言わないであろうし、ましてや記さないであろう。」と疑った。筆者もまた、注1稿において、明日香村の地籍図の作成者が「ミワ山」のつもりで「ミハ山」と書記したものならば、「仮名遣いの混乱か誤記というほかない。」と述べたことであった。

ただし、右の私の「仮名遣いの混乱か誤記」という発言については、木下正俊氏から御注意をいただいて、いま若干の反省がある。すなわち、ハ・ワの厳密な書き分け等仮名遣いの基準がいつの時代にもあったわけではないから、地籍図・小字「ミハ山」がいつの時代のものか不明である以上、誤記・混乱とばかり一概には決め付けられぬ。そこで、前言を修正して次のように言おう。明日香村地籍図の「ミハ山」は、文字通り「ミハ山」を書記したものとまず考えられるが、一方で「ミワ山」を書記したものと考える余地もある。すなわち、両者の可能性が五分五分であるとしても、「ミハ山・飛鳥神奈備説」はその出発に於いてすでに五〇《パーセント》の不確実性を負う。

四　ミワ山は神山か――疑問㈣

いま、「ミワ山」を書記したものと仮定してみよう。その際、桜井市の「三輪山」が類推されるのであろう。しかし「三輪山」はあくまで桜井市の三輪の山であって、「神山《しんざん》」の意味を持たない。三輪山の枕詞が「味酒《うまさけ》」であるように、「神酒《みき》」をミワとは言ったが、「神《かみ》」をミワと言うことはなかった。もっとも地名「ミワ」に「神」の文字を当てることがあった。「三輪山」を「神山《みわやま》」、「大三輪」を「大神《おほみわ》」と書いた。やがて氏族名、「大三輪氏」を「大神《おほみわ》氏」と書くことがあった。これらの例からミワは神《かみ》、ミワ山は神山《しんざん》であるという類推もなされるのであろう。しかし、これらは三輪の土地と大物主神に関わる特殊例であった。「三輪の地の大物主神の神威が大きく、神といえば三輪の神が思い起こされたので、ミワに神があてられるようになったのであろうか」（『時代別国語大辞典』）と考えられる次第である。神という文字を地名三輪に当てたのであって、ミワなる国語に神の意味があったわけではない。「神山《みわやま》」はついに「三輪（地名）の山」のことである、「アスカ」「カスガ」にそれぞれ「飛鳥」「春日」の文字を当てるが、「アスカ」「カスガ」に「飛ぶ鳥」「春の日」という意味はないのと同断である。ミハ山乃至ミワ山という地名から、それを直ちに神山・神奈備山と解釈することには無理がある。

付けて言う、これも木下正俊氏からいただいた示唆によるところであるが、仮に大三輪の大物主神をある土地に勧請した場合に、その土地を、大三輪の神奈備になぞらえてミワ山と呼称することはあり得るであろう。それでは、当面の橘のミハ山の場合はどうなのか。『出雲国造神賀詞』によれば、大物主神を大御和《おほみわ》の神奈備に坐《ま》せ、そうして、飛鳥の神奈備に坐《ま》せたのは賀夜奈流美命《かやなるみのみこと》の御魂とある。およそ飛鳥坐神社四座の祭神に関しては古来紛々たる諸説があって収拾つけがたく、この方面からの議論は不毛と思われ、敬遠するに如かない。

以上、「ミハ山・飛鳥神奈備説」について四つの疑問を記した。これらの疑問が解けるまで、同説はなお定説などとは言い難い。とは言え、権威の説をあげつらって忸怩たる思いである。どうぞや蒙を啓いていただきたい。

五　和田萃氏のミハ山現地調査の報告

その報告（注3論文）は、現場の具体的状況に即した文章であるから、そのまま引用するに如くは無い。

> ミハ山中腹の北側地点に至ると、眼下に橘寺がみえ、真北には香具山を望むことができた。辺りには白い小石を敷きつめた一画があって、やや大きめの石をケルン状に、約〇・五メートルほどの高さに積み上げており、古代の祭祀場を思わせた。そこから尾根を東へやや下ると、「フグリ山」の稜線に高さ一・五メートルほどの磐座群が散在していた。このようにミハ山からフグリ山にかけての一帯は、小さな白い石を敷きつめた「斎庭《ゆにわ》」を思わせる祭祀場や、近接して磐座群が所在し、神祀りの場所としてまことにふさわしい。ミハ山から北方を望むと、飛鳥京跡から飛鳥寺、遠く香具山を一望することができ、赤人の歌った景観を彷彿とさせる。飛鳥川はフグリ山の裾を縫うように流れており、神奈備山と称されるに足る条件を備えている。「ミハ山」の呼称は、平安初期に至るまで神奈備山であったことを、今に伝えるものだろう。

とある。すでに先に氏の高著『日本古代の儀礼と祭祀・信仰』下（第V章第四「飛鳥の神々」平成七年六月）においても同様な報告が記され、ミハ山からフグリ山へかけての一帯を飛鳥の神奈備山と推定できること、したがって式内加夜奈留美命神社（『出雲国造神賀詞』）は元来このミハ山に所在したとみることが可能である、と述べておられたところであった。

実地を踏んでいない筆者には、コメントの余地もないのだが、それらの石積み・敷き石が疑いもなく古代の斎庭《ゆにわ》であったものかどうか、岩石群が磐座と断定して憚らないものであるのかどうか、それを傍証できる祭祀の遺物の発見でもあればよいが、と期待するのは私の無い物ねだりであろうか。千年の歳月の経過はそれを不可能にしているであろうか。もしそれらが古代祭祀の遺跡であると実証された場合には、「（仮称）橘の神奈備」――ただし「飛鳥の神奈備」とは別個の――として認めることにやぶさかでないことは申し添えておく。

注

（1）『続明日香村史』中巻「文学編」（平成十八年九月）第三章「飛鳥の万葉故地・第一節・明日香村村内の故地とその歌・一～五」二三八頁～二六九頁。

（2）岸俊男氏「万葉歌の歴史的背景」『文学』三九巻九号（昭和四十六年九月）。再録『宮都と木簡―よみがえる古代史―』（昭和五十二年）。同氏「飛鳥神南備と檜隈大内陵」『明日香村史』上巻「歴史編」古代２（昭和四十九年八月）一二七頁。

（3）和田萃氏「新城と大藤原京―万葉歌の歴史的背景―」『万葉』第百九十六号（平成十八年十一月）。この論文は平成十七年十月の万葉学会全国大会公開講演会における講演をまとめられたものである。私は同学会を欠席し、御講演を拝聴せずして失礼した次第。

（4）千田稔氏「史書としての『万葉集』」学燈社『国文学』第四十九巻第八号（平成十六年七月）

（5）桜井満氏「飛鳥の神奈備山」『美夫君志』第四十一号（平成二年十月）。再録『万葉集の民俗学的研究』（平成七年三月）。氏は、賀美郷域がそのまま「古代飛鳥の地といってよく、飛鳥の甘南備山はこの地域の内に求めなければならない」として、新たに「南淵山」説を提唱した。賀美郷域がそのまま古代飛鳥の地とすることには疑問があり、南淵は飛鳥の域外と思われ、従って南淵山・飛鳥《あすかノ》神奈備説にはにわかに賛成できない。

（6）　直木孝次郎氏「飛鳥――再訪の旅・甘樫岡の政治と宗教」『明日香風』第八号（昭和五十八年八月）。再録『飛鳥――その光と影』（平成二年六月）。氏は、甘樫岡を「神の宿る樫の木、樫の山」として飛鳥神奈備とする説を推し進めた。私は甘樫岡・神奈備説をうべなうものであるが、ただし飛鳥《あすかノ》神奈備とは別個の「（仮称）甘樫《あまかしノ》神奈備」として考えたいと思っている（注1稿）。

明日香村出土の亀形・小判形石造物の不思議

二〇〇〇年一月に、奈良県明日香村「酒船石遺跡」丘陵の北麓で発見された「亀形石造物」・「小判形石造物」の二つの石造物については、すでに古代史や考古学方面の専門家諸氏の種々の論考があって啓蒙されることばかり多く、それはそれで一々納得もするのであるが——素人の目から見れば、まことに変てこなしろものではある。

二つの石造物の組み合わせのちぐはぐな印象

「亀形石造物」が、比較的豊かな表情の造形であるのに対して、これと組み合わされた「小判形石造物」のほうは、すこぶる〈抽象的で無表情な、長円形のしろもの〉である。この「具象」と「抽象」との組合せの不均衡な印象、違和感は拭いがたいものがある。いわゆる「木に竹を接ぐ」のたぐい。このちぐはぐな組み合わせの印象は、これらの石造物が〈現状のままで完結した造形物である〉ということを疑わせて十分であると思う。かの猿石や石人像を刻んだ豊かな感性と

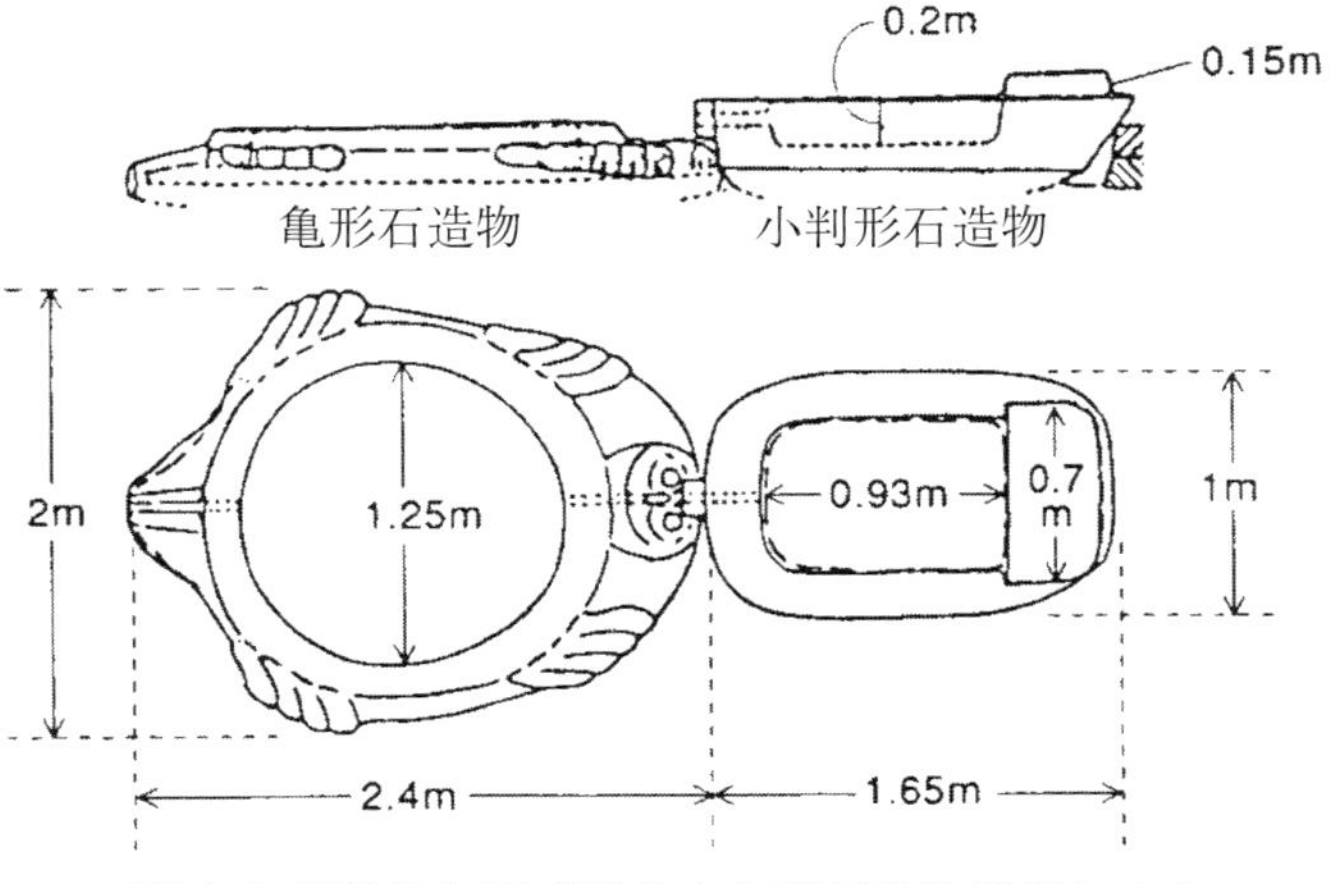

飛鳥古京顕彰会編『新出土亀形石造物遺構』より

技術を持つ飛鳥の工人の作物としては、これらは未完成品であったか、さもなければ主要な部分を喪った残欠であろうかと、私には思われる。

その他の不審の条々

①「小判形石造物」には、〈排水孔はあるが、取水孔が無い〉。そこで、南側の湧水施設から木樋状のもので水を「小判形石造物」へ導いたらしいと、『新出土亀形石造物遺構』（飛鳥古京顕彰会・二〇〇〇年八月一日・一二頁）は記す。取水孔が無い以上、上方から――それが木樋によるかどうかはいざ知らず――流れ落ちてくる水を受け止めたと考えるほか無い。

②ところで、「小判形石造物」の頭（南）の方に作り付けてある「俎板状の台（高さ一五センチ《メートル》、幅七〇センチ《メートル》）」は、何の用をなすものか不審である。その台はすこぶる丁寧に作りつけてあるのだが、造形的に見て美しいというものでもまったくなく、造形的にはむしろ無くもがなの変てこなものである。それが丁寧に作りつけてある以上、何か意味・用途があるはずなのだが、その意味用途について、今のところ管見に入った唯一の意見は、南側の湧水施設から降りてきた木樋か土管のようなものを、この俎板状の台の上に載せていたのであろうというものである（猪熊兼勝氏「酒船石遺跡シンポジウム」飛鳥保存財団『明日香風』第七六号・二〇〇〇年一〇月一日・三五頁）。あるいはそうであったかもしれないし、そうでなかったかもしれない。

③「亀形石造物」に〈尾が無い〉のも不審の一つである。尾があるべき部分はV字形に切り込んだ排水溝になっている。具象的に造り付けた手足に比べては、このV字形の溝は「欠損」としか見なせないものであり、この欠損を尾と見なすというのは多少横着である。

④「亀形石造物」の円形の水槽の縁の後方（V字形に切り込んだ排水溝の上方）に〈小溝状の刻み込み〉がある。その

小溝が何の用をなすものかが不審である。これについては、『大和を掘る18』（奈良県立橿原考古学研究所付属博物館・一九九九年度発掘調査速報展・二〇〇〇年七月二二日・二六〜二七頁）に、「水槽部分は本来栓をして利用していたものと考えられ、貯まった水は、甲羅の縁の小溝から流れる仕組みになっている。」と言うのが管見に入った唯一の意見である。オーバーフロー的な用途と見なす意見らしいのだが、納得できないものがある。なぜなら、この水槽は、甲羅の縁まで溢れるほどに水が溜まるようには作られていないからである。南側の湧水施設（『新出土亀形石造物遺構』一八頁掲載「模式図」参照）から導かれて「小判形石造物」から「亀形石造物」の鼻の孔へと流れてくる水は、落差がほとんど無いから、きわめて勢いの弱い流水である。その勢いの弱い水が「亀形石造物」の水槽の底面すれすれに開いている取水孔からチョロチョロと入ってくるに過ぎないのであるから、排水孔に栓をしたところで、水が水槽の縁まで溜まって満ち溢れることは物理的にあり得ない。すこし水が溜まった段階で、取水孔はそれ以上水を受け入れなくなる—という次第であるから、水槽の縁の小溝状の刻み込みの用途は不明というほかない。

『季刊　明日香風』七六号より

二つの石造物は「溢れ流れる水を鑑賞する設備」ではあり得ない

「亀形石造物」の取水孔と排水孔は共に水槽の底の面すれすれに開いているのだから、「亀形石造物」の水槽に水が満ち溢れることは物理的にあり得ない。取水孔から排水孔まで水槽の底面を縦断している溝をトロトロと流れるだけである。

同様に「小判形石造物」にも、水が水槽の縁まで満ち溢れることはない。「小判形石造物」の排水孔は、深さ二〇センチメートルの水槽の「底面より高さ約八糎の位置に径四糎の円形の孔」（『新出土亀形石造物遺構』一五頁）を開いているのだから、水は常時、水槽のほぼ五〇パーセント程度しか溜まっていない。つまりは、この二つの石造物は、その水槽に溢れた水や、勢い良く流れる水を「鑑賞」するような目的の設備では決してなかったということである。

飛鳥資料館蔵「須弥山石」は「水槽を兼ねた台石」を失っていた

飛鳥から出土した、同様に水に関係した石造物の例としては、かつて石神地区の田圃から出てきた「須弥山石」がある。飛鳥資料館蔵「須弥山石」は、「下の石の底面の構造から、別の石の上に乗っていたことがわかる」（奈良国立文化財研究所飛鳥資料館『飛鳥資料館案内』第七版・一九九九年一二月一日・二五頁）と言うことであるから、かの「須弥山石」は元来、今は失われた台石の上に乗っていたわけである。「須弥山石」の下段石は胴回り径約一、二米の円形だから、「小判形石造物」（長さ一、六五米・幅一米の小判形）とほぼ同じ程度の大きさの、ただしこれは円形の、台石だったと推測される。飛鳥の何処かに、それはまだ埋もれて眠っているであろうか。その幻の台石の中央には、「須弥山石」の下段の石の底面にある刳り込み（凹部）と接合する凸部が作り付けてあったはずである。

そうして、「須弥山石」の「下段石の裾には木樋を組合せる仕口として高さ16cm、幅66cmの方形にくりこみがある。内側は、深さ約40cmの臼状に刻込んだ水槽となり、底には四方に直径5cmの小孔を穿っている。さらに水槽の縁部にも、底から垂直にあけられた直径2cmの小円孔が二本あり、うち一本は木樋仕口につながる。もう一本は余分な水を排水する役目を果たすと思われ……」（奈良国立文化財研究所飛鳥資料館『あすかの石造物』二〇〇〇年四月十日・三八頁）とい

『明日香村史』上巻より

飛鳥資料館蔵「須弥山石」

うことである。とすれば、下段石の臼状の水槽の縁部に底から垂直にあけられた二本の小円孔のうちの一本から排水される余分な水を受けとめるべき水槽の部分が、その幻の台石にあったはずであり、おそらく中央の凸部のまわりが排水を受けいれるドーナツ状の水槽となっていたものと想像できる。

かように、飛鳥資料館蔵「須弥山石」は「水槽を兼ねた台石」を失っていた。

「小判形石造物」は「水槽を兼ねた台石」であろう

「小判形石造物」は、水槽であること疑いないが、それと同時に、何らかの上部構造物——今は失われた——を載せる台石を兼ねていたのではなかったかと推量してみる。飛鳥資料館蔵「須弥山石」は「水槽を兼ねた台石」を失っていた。一方、わが「小判形石造物」は、同様に「水槽を兼ねた台石」であったもので、その上部構造物のほうを失ったものではなかったか、ということである。

もともと人の目に触れるものではない台石であるがゆえに、それは稿初に述べたような〈抽象的で無表情な、長円形のしろもの〉であって何の不都合もなかった。亀石との組み合わせ上のちぐはぐがあったわけでもなかった。

そうして、かの意味・用途不明、かつまことに無愛想な俎板は、上部構造物と接合する（仕口としての）凸部であって、おそらく失われた上部構造物の底面には、かの俎板に接合すべき凹部が刳り込まれていたのであろう。

南側の湧水施設から引いてきた水を受け入れる取水孔は、失われた上部構造物のほうに開いていたのであって、それが「小判形石造物」に取水孔が無かった理由である。

喪われた須弥山石の台石か

さて「小判形石造物」を台石として、その上にどのような上部構造物が載っていたものか、以下、素人の妄想をたくましくする。

飛鳥池遺構が、「須弥山石」にすこぶる嗜好を有し、執着を示した斉明天皇（『斉明紀』三年七月一五日条・同五年三月一七日条・同六年五月是月条）の後飛鳥岡本宮付属の施設と推定されていることを思い合わせるなら、この「小判形石造物」の上に載っていたものも、あるいは同様に「須弥山石」の類ではなかったか。この「小判形石造物」の上には、資料館蔵「須弥山石」とほぼ同じ背格好の「須弥山石」が載っていたかもしれない。

もろもろの仙山――方壺・瀛洲・蓬莱・博山・崑崙山

巨亀（竈）との組合せをなしている点からすれば、巨亀が戴くという三仙山（「方壺」「瀛洲」「蓬莱」。『列子』沖虚至徳真経・湯問第五）も想起される。網干善教氏（「新出土の亀形石に想う」飛鳥古京を守る会『あすか古京』六二号・二〇〇〇年七月一日。「新出土亀形石造物についての所見」『新出土亀形石造物遺構』二二頁）も指摘された東京国立博物館蔵「蓬莱山蒔絵袈裟箱」（平安時代。東京国立博物館『法隆寺献納宝物目録』一九八三年三月版・図版六九。同『法隆寺宝物館』一九九九年七月版・一〇六頁図版等参照）に、巨亀がまさに首を挙げて「蓬莱山」を背負う見事な絵柄がある。

亀が仙山を背負う例は、渤海の三仙山に限るものではない。天理大学付属天理参考館に、中国漢代の「博山炉」の名品が幾つか展示してあるが、その中に「禽亀脚博山炉」というものがある。大海を意味する承盤の中に首を挙げた亀がおり、その背に鳳凰が立ち「博山」を支える貴重なデザインである（天理参考館『漢代の青銅器』一九九〇年第一二回企画展図録・図版一四「禽亀脚博山炉」）。「博山炉」の山の形は「五岳」（泰山・華山・衡山・恒山・嵩山）の一の「華山」を象るもので、「博山」は「華山」の異名だそうである（『大漢和辞典』「博山炉」の項所引「羣書札記」）。

その他、千田稔氏（「酒船石遺跡シンポジウム」飛鳥保存財団『明日香風』第七六号・二〇〇〇年一〇月一日・三三頁）の御指摘に教わるならば、中国山東省沂南の画像石墓の八角柱に「崑崙山」を支える亀の絵がある由である。

かように、巨亀とセットになる仙山は数有るわけだが、とりわけて「蓬萊山」が古来日本人にとって親しい神仙境であったわけだから、いま「小判形石造物」を台石とする上部構造物として「蓬萊山」を象った石造物を想像することもまた可能であろうか。(ちなみに言えば、千田稔氏は、斉明天皇が「両槻宮」を造営した「多武峰」が「蓬萊山」であり、「両槻宮という仙人の棲んでいる山を亀が背負っているという構図」を考えておられる。文英堂『飛鳥・藤原京の謎を掘る』「プロローグ・20世紀最後の大発見」二〇〇〇年三月一〇日)

「蓬萊山」は「蓬壺」とも言う。山容が壷に似ているからで、絵に描いても、仙人が住む金台玉闕を四方から取り囲む峨峨たる山容に描かれる(『古今図書集成』方輿彙編山川典第三十巻蓬萊山部掲載の絵柄、また東博蔵『蓬萊山蒔絵袈裟箱』の絵柄など)。この「小判形石造物」の上に載っていたものも「蓬壷」の形を象った筒状の石であり、四方に峨峨たる山岳文様を刻んでいたかもしれない。胴回りは台石「小判形石造物」に見合う小判形で、底面にはあの俎板状の台がすっぽりはまりこむ刳り込みがあり、裾には南側の湧水施設から樋で引いた水を受け入れる取水孔が開いていたであろう。

「須弥山石」以外に、「蓬萊山」その他の仙山を象った石造物の具体例を私は知らないから、右は我ながらおぼつかない妄想ではある。向原寺の「文様石」「トンネルの文様石」などと呼ばれる五つほどの石造物の断片は、文様がいまひとつ判然としないことを遺憾とするが、「山水画像石」とも呼ばれていて、あるいは須弥山石の断片かと推測する向き(朝日新聞社主催「飛鳥展」図録『飛鳥』「石の謎」一九七二年一〇月～一九七三年四月)もあるようである。私がいま「小判形石造物」の上方に載っていたと幻想する「須弥山」や「蓬萊山」の仙山像の断片も、いつの日にか飛鳥のどこかの泥の中から見つかることもあろうか、と期待を繋いでおくほかない。

「亀形石造物」は甲羅を背負っていたか

「小判形石造物」の上に、仙山を象った具象的で立体的な石造物が載っていたと想像すれば、対照的に、それとセットをなす「亀形石造物」のほうが、平面的・抽象的なものに見えてくる。亀の頭や手足はともかくとして、その背部は抽象的な円形の水槽でしかないのである。

「亀形石造物」もまた、現状のような雨曝しの水槽ではなかったのであって、あの背部にはふっくらとした大きな甲羅をデザインした蓋石が載せてあったのではないかと推測したい。すなわち仙山と巨亀のセットとなる。

「亀形石造物」の水槽後方の縁の意味・用途不明の小溝は、あるいはその失われた蓋石を載せる位置を定めるための仕口としての小溝状の刻み込みであって、蓋石のほうにはその小溝状の凹部に接合すべき棒状の凸部があったのであろう。甲羅の蓋石には尾もまた具象的に造り付けてあって、あの現状のままでは欠損でしかないV字形に切り込んだ排水溝の上を、ふわりと覆っていたかもしれない。

山背道と万葉のうた

あをによし奈良の山

平城京の北に、東・西また北へ広がって連なる丘陵が奈良山である。「一重山《ひとへ》」（4・七六五）とも歌われたように、せいぜい高さ一〇〇メートル前後の一重の丘陵地であるが、大和・山背《やましろ》(1)の国境をなしている。

　長屋王《ながやのおほきみ》、馬を寧楽山に駐《と》めて作る歌

佐保《さほ》過ぎて　寧楽《なら》の手向《たむけ》(2)に　置く幣《ぬさ》は　妹《いも》を目離《か》れず　相見しめとぞ（3・三〇〇）

（大意）佐保の里を過ぎ、奈良山を越える時、手向けの神に幣を奉って私は祈る。「愛する人と、絶えることなく逢わしめたまえ」と――。

たぶんこれらの歌を踏まえて作られた歌であろう、「平城山《ならやま》」という美しい歌曲（北見志保子《きたみしほこ》作詞・平井康三郎《ひらいこうざぶろう》作曲）はみなさんもよくご存じだ。旅に出る人を見送る者はまた、名残惜しさにともに奈良山を越え、清らかな泉川（木津《きづ》川）の川原で最後の別れの挨拶を交わすこともあった。(3)「あをによし奈良の山」と「泉川清き川原」は、人の世の出会いと別れの哀歓を象徴しながら今日も昔ながらの姿をとどめている。

つぎねふ山背道――養蚕と鋳銅と交易の道

大和から奈良山を越え、南山城の地を四通八達して、北陸・東山・東海・山陰・山陽諸道へと通じる道を統べて、広義の「山背道《やましろじ》」と称することができる。陸路だけでなく、木津川・宇治川・淀川を上下する舟運の利用が発達していたことはいうまでもない。

山背道の賑わいを想像してみよう。交易の品をあるいは背負い、あるいは馬の背に山と載せて奈良山を越え、平城京の東市・西市へ往来する商人の姿、駅馬を利用して地方へ下る官吏の一行、時節によっては諸国の租税や貢上物を運ぶ馬や人夫の群れが引きも切らず通行したであろう。それらの旅人の渇を癒すために、催馬楽《さいばら》にも歌われた狛《こま》名物(4)の瓜を路傍に並べて売る農婦の姿も見られたであろうし、田辺《たなべ》の酒(5)をひさぐ店もあったかもしれない。都造りのために木津川を上下する筏は泉木津の川原に山のように積み上げられていたであろうし、(6)上狛《かみこま》の泉橋院《せんきょういん》や布施屋《ふせや》(7)では、飢えた役民の群れに粥や医薬を施して立ち働く僧形の者の姿も見られたであろう。

つぎねふ　山背道《やましろぢ》を　他夫《ひとづま》の　馬より行くに　己夫《おのづま》し　徒歩《かち》より行けば　見るごとに　音《ね》のみし泣かゆ　そこ思《も》ふに　心し痛し　たらちねの　母が形見《かたみ》と　我《わ》が持てる　まそみ鏡に　蜻蛉領巾《あきづひれ》　負《お》ひ並《な》め持ちて　馬買へ我《わ》が背《せ》　（13・三三一四）

反歌

泉川　渡り瀬深み　我《わ》が背子《せこ》が　旅行き衣《ごろも》　濡れひたむかも　（三三一五）

清鏡《まそかがみ》　持てれど我《われ》は　験《しるし》無し　君が徒歩《かち》より　なづみ行く見れば　（三三一六、或本反歌）

（大意）山背道を、よその御亭主は馬に乗って、うちの父ちゃんはいつもテクテク、かわいそう。見るたびに私は泣けてくる。思えば胸も痛くなる。母さんの形見のマソミ鏡（よく澄んだ上等の銅鏡）も蜻蛉領巾（トンボの羽根のように薄くて美しい羅のヒレ。ヒレは婦人が肩に掛ける装飾の布）も、父ちゃんのためなら惜しくない。これをみんな持って行って馬を買って頂戴ナ、父ちゃん。

泉川の渡り瀬は深いから、父ちゃんの旅行服がずぶぬれになってしまうかもね。

上等の鏡も持っている甲斐がない。父ちゃんが苦労して歩いて行くのを見ると。

答える夫の歌、

馬買はば　妹徒歩《いもかち》ならむ　よしゑやし　石は踏むとも　我《わ》は二人行かむ　（三三一七、或本反歌）

（大意）馬を買っても、母ちゃんが徒歩では何になろう。たとえ石は踏もうと、二人で仲良く歩いて行こうよ。

ほほえましい夫婦情愛の問答歌である。山背国が、養蚕・機織の技術を将来した秦《はた》氏をはじめ多くの渡来人が住みついた土地であったことはよくご存じと思う。のちにも述べるが、仁徳《にんとく》天皇の皇后磐媛《いわのひめ》が身を寄せたという「筒木《つつき》の韓人奴理能美《からひとぬりのみ》」[8]は、「三色《みくさ》に変る奇《あや》しき虫」を飼う、すなわち養蚕を営む百済《くだら》渡来人集団の首長であり、顕宗《けんそう》天皇の代《よ》養蚕・機織をもってその姓を賜わった「調連《つきのむらじ》」[9]らの祖である。「筒木の韓人」というから綴喜《つづき》郷すなわち田辺町（現、京田辺市田辺）興戸《こうど》・多々羅《たたら》・普賢寺《ふげんじ》あたりの居住と知られ、田辺町大字多々羅のバス停前に「日本最初外国蚕飼育旧跡」という碑が建ててあるのもそれを記念している。木津川市山城町綺田《かばた》（往古の蟹幡《かむはた》郷）は機織に関係ある地名と思われ、蟹満寺《かにまんじ》は秦川勝《かわかつ》の創建と伝える。[10]同地の「綺原坐健伊奈太比売《かんばらにいますたけのいなだひめ》神社」について、これを同地にあって絹織物を業としていた人々の氏神であろうという説もある。[11]かれこれ、この万葉歌が「蜻蛉領巾」を歌い込んだ背景には、山背国が誇る養蚕・機織の産業があったものと考えられるのである。

では「まそみ鏡」が歌われているのはなぜか。山背国には、養蚕・機織産業と同様に、鋳銅の技術と産業があった。木津川市加茂町銭司《ぜず》に和同開珎《わどうかいほう》を鋳造するための鋳銭司《じゅぜんし》が置かれ、鋳物師《いものし》がいたことは周知の事実であり、平安朝に入っても貞観年間（八五九～八七七）に採銅が行われており、流岡《ながれおか》には、いまもなお銅鉱が存在する由である。銭司周辺には金鋳山《きんしゅさん》・金谷《かなたに》・鍛冶屋垣内《かじやがいと》ほか鍛冶に関係ある字名《あざ》が多く残り坩堝《るつぼ》なども発掘されている。あるいはまた、山城町上狛《かみこま》の高麗寺《こまでら》跡から風鐸《ふうたく》の鋳型と銅さいが出土している。[12]さらに古い時代には銅鐸の製造技術も山背国にあったことが、昭和五十七年三月向日《むこう》市鶏冠井《かいで》遺蹟から発見された銅鐸鋳型片によって察せられる。かように山背国は銅を産したし、鋳銅技術集団がたしかに各地に居住していたのである。

山背国には鍛冶の神様「天目一箇神《アメノマヒトツノカミ》」の後裔と称する氏族が居住していた。『先代旧事本紀《せんだいくじほんぎ》』巻十「国造《こくぞう》本紀」（前文）によると、神武《じんむ》天皇の橿原宮《かしわらのみや》即位のときに「天一目命」が「山代国造《やましろのくにのみやつこ》」に任ぜられたとあり、これが「山代直《あたい》」の祖であるという。『新撰姓氏録《しんせんしょうじろく》』山城国神別の「山背忌寸《いみき》」が右の「山代国造・山代直」の後裔であり[13]、「菅田首《おびと》〈天久斯麻比止都命《アメクシマヒトツノミコト》ノ後ナリ〉」とあるのも同じ神の後裔らしい。この一つ目の神様は『日本書紀』神代下（第九段一書第二）に「作金者《かなだくみ》」とある鍛冶神であり、奈良県磯城《しき》郡田原本《たわらもと》町小阪の「鏡作《かがみつくり》麻気《まけ》神社」の祭神である[14]。あるいはこの「天目一箇命」の後裔を称する山背氏らの支配下に鍛冶・鋳銅の技術をもつ集団があって、ある時期鋳銭や鏡作りなど鋳銅の労働に携わっていたのかもしれない。筆者はまた、田辺町大字田辺字棚倉《たなくら》の「棚倉孫《たなくらひこ》神社」・城陽《じょうよう》市水主《みずし》「水主《みぬし》神社」・城陽市富野《との》「荒見神社」の祭神「天香語山命《アメノカゴヤマノミコト》」[15]と、この神を祭る氏族（尾張氏・水主氏・三富部《みとべ》氏）が鍛冶・鋳銅の産業・技術に関わりある神であり、氏族ではないかと推測している。神別系氏族に限らず、渡来人による高度な鍛冶・鋳銅技術もまた山背国に存在していたはずである。たとえば山城町綺田蟹満寺の現本尊である丈六の銅造釈迦如来坐像の製造者として、当地の高句麗《こうくり》系渡来人の技術を挙げる論者もある[16]。

ちなみに田辺町大字「多々羅」は鍛冶に関係ある地名とする説があり[17]、十分うべなわれる説である。筆者は「田辺」という地名もあるいはタタラベ（踏鞴部）→タタナベ→タナベの転訛によるものではないかと考えている[18]。

こうして、この歌の「蜻蛉領巾」と「まそみ鏡」との背景には山背国の養蚕・機織の産業および鍛冶・鋳銅の産業があった、といえるように思う。「蜻蛉領巾」と「まそみ鏡」とはそれぞれの産業を代表する商品（いわばシンボル）なのであった。

とすればまた、その「蜻蛉領巾」と「まそみ鏡」を代価として「馬」を買おうという主人公夫婦の相談の背景には、「交易の道」としての山背道があった、と推測することも許されるであろう。馬は、平城京の東市・西市はもちろん

諸国の市で、かなり自由に売買されていたらしい。(19) 商人にとって馬は商品運搬のための必需品でもあった。(20)
これでわかる。この夫婦情愛問答歌の向こうに、人馬の往来頻繁な交易の道山背道を行き交う万葉時代の商人の姿が彷彿《ほうふつ》と立ち現われてくる。彼らが背に負うて運ぶ絹や鋳銅製品などの商品を、「たらちねの母が形見」にとりなして微笑ましい夫婦情愛の問答歌が仕立て上げられた。この歌の背景には、養蚕・機織と鍛冶・鋳銅の産業、そして交易の道、ちょっと大げさにいえば〝山背シルクロード〟の賑わいがあったといえるであろう。

百代にも変はるましじき大宮所——恭仁京

天平十二年（七四〇）十二月から三年間余り、相楽郡《そうらく》（現、木津川市）加茂町例幣《れいへい》を中心に恭仁京《くに》が経営されたころ、木津・加茂《かも》地区は造都の人夫の群れや宮廷人の集団で格別賑わった。

　久邇《くに》の新京を讃《ほ》むる歌二首　并《あは》せて短歌（其の二）　（田辺福麻呂《さきまろ》歌集）
我が大君　神の命《みこと》の　高知《たかし》らす　布当《ふたぎ》の宮は　百木《ももき》もり　山は木高《こだか》し　落ち激《たぎ》つ　瀬の音も清し　うぐひすの
来鳴く春へは　巌には　山下光り　錦なす　花咲きをり　さ雄鹿の　妻呼ぶ秋は　天霧《あまぎ》らふ　しぐれを疾《いた》み
さにつらふ　黄葉《もみち》散りつつ　八千年《やちとせ》に　生《あ》れつかしつつ　天《あめ》の下　知らしめさむと　百代《ももよ》にも　変はるましじき
大宮所　（6・一〇五三）

　反歌五首
泉川　行く瀬の水の　絶えばこそ　大宮所　うつろひ行かめ　（一〇五四）
布当山《ふたぎやま》　山並《やまなみ》見れば　百代《ももよ》にも　変はるましじき　大宮所　（一〇五五）
娘子《をとめ》らが　続麻《うみを》繋《か》くと言ふ　鹿背《かせ》の山　時し行ければ　都となりぬ　（一〇五六）
鹿背《かせ》の山　木立《こだち》を繁み　朝さらず　来鳴きとよもす　うぐひすの声　（一〇五七）

狛山《こまやま》に　鳴くほととぎす　泉川　渡りを遠み　ここに通はず　（一〇五八）

「布当の宮」は恭仁宮のこと。「布当」はほぼ旧瓶原《みかのはら》村の地域と考えられており、「布当山」は恭仁京の背後を守る三上山（四七三メートル）を中心とする山並みか。「泉川」は木津川の古名であり、山背川ともいった。反歌三首目の上三句は「娘子らが紡《つむ》いだ麻糸をかけるというカセギ（糸を巻く道具）」と山の名「カセ山」とを掛けた序詞。「鹿背の山」は木津町（現、木津川市）鹿背山（二〇三メートル）。「狛山」は、鹿背山の対岸の神童子《じんどうじ》山（二〇二メートル）である。この瓶原の盆地は、恭仁京以前にも奈良時代初期に「甕原《みかのはら》離宮」「岡田離宮」(21)が経営されていたことからもわかるように、山紫水明であってしかも交通の要衝であったから、恭仁京奠都《てんと》の意図も十分理解されるところであった。時代は藤原広嗣《ひろつぐ》(22)の乱の傷跡も生々しい政情不安の時代であったから、どうぞやこの新しい恭仁の都で平和と繁栄が取り戻せるようにと期待して、福麻呂のように「百代にも変はるましじき大宮所」と祈る人びとも多かった。しかし、支配者層間の軋轢《あつれき》もあり、人心の不統一もあり、聖武《しょうむ》天皇は天平十六年二月には恭仁京を棄て、強引に難波《なにわ》宮へ皇都を遷した。

かくて恭仁京は三年余の短命な都として廃された。先に恭仁京の永遠を祈った田辺福麻呂は、その唇も乾かぬうちに、

春の日に三香原《みかのはら》の荒墟を悲しび傷みて作る歌一首　并《あは》せて短歌

三香原　久邇《くに》の都は　山高み　川の瀬清み　住み良しと　人は言へども　あり良しと　我は思へど　古《ふ》りにし
里にしあれば　国見れど　人も通はず　里見れば　家も荒れたり　はしけやし　かくありけるか　三諸《みもろ》つく　鹿
背山のまに　咲く花の　色めづらしく　百鳥《ももとり》の　声なつかしき　ありが欲し　住み良き里の　荒るらく惜しも
（6・一〇五九）

反歌二首

三香原　恭仁の都は　荒れにけり　大宮人の　うつろひぬれば　（一〇六〇）
咲く花の　色は変はらず　ももしきの　大宮人ぞ　立ち変はりける　（一〇六一）

と歌って、都も人心も激しく動揺する不安と混迷の時代を嘆いたのだった。

さすらう王女の哀話――木津町（現、木津川市）相楽

大和から歌姫《うたひめ》越え、あるいは渋谷越え(23)の道をたどって山城国相楽《そうらく》郡木津町大字相楽《さがなか》に入る。このあたりが古代の相楽《さがらか》郷であり、相楽郡の名のもとともなった。JR西木津駅の西南方約三〇〇メートル、字清水に式内相楽《さがなか》神社もある。この「相楽」という地名の起源を説明する物語がある。(24)垂仁《すいにん》天皇は丹波から四人姉妹の王女を召したが、醜い二人の王女が本国へ追い返される。その一人円野比売《まとのひめ》はそのことを恥じ、山代の国の相楽に到って樹の枝に取り懸り死のうとした。そこでそこを名付けて「懸木《さがりき》」といい、いまは訛って「相楽《さがらか》」というようになった。比売はさらに乙訓《おとくに》郡に到り、淵に墜ちて死んだので、名付けて「墜国《おちくに》」といい、いまは訛って「弟国《おとくに》」というようになった、とある。縁起でもないお話で、相楽の住民にとっては迷惑な伝説かもしれないが、古代人はこんな言葉遊びを楽しみながら郷土の歴史を語り継ぎ、さすらう王女の霊を慰めもしたのだった。

紅葉の歌枕ハハソの森――相楽郡精華町祝園

相楽《さがなか》の小字城西《しろにし》の藤原百川《ももかわ》夫妻の墓と伝える塚(25)を見てさらに北上すれば、精華町祝園《ほうその》にも地名起源伝説(26)がある。崇《す》神《じん》天皇の兄で山背にいた建波邇安《たけはにやす》王が反乱を起こした時、敗走する反乱軍をここ祝園でさんざんに斬りハフリ（斬り散らし）滅ぼした。そこで「波布里曽能《はふりその》」という地名になったという。かようにこの南山城地方は、日本古代朝廷草創期の歴史にまつわる伝説に富む土地柄である。ちなみに、ハフリは祝（神官）の意味であって、おそらく木津川畔

の「柞《ははそ》の森」にある式内祝園神社の所在にちなむ郷名なのであろう。ハフリソノのモリがハフソノのモリ、ハハソのモリと転訛し、やがて「柞」の森（ハハソはナラやクヌギの総称）と意識せられるようになったものと思われる。「柞の森」は後世歌枕となった紅葉の名所である。『新古今集』藤原定家《ていか》の歌、

時わかぬ　波さへ色に　泉川　柞の森に　あらし吹くらし　（『新古今』5・五三二）

（大意）ははその森に嵐が吹くらしい。紅葉が泉川に散り込み、時節と関わりないはずの川波までが秋の色に染まっている。（第二・三句は「色にイヅ―イヅみ川」）

山背の管木の原――田辺町（現、京田辺市田辺）

田辺町のJR上田辺駅・近鉄三山木《みやまぎ》駅あたりは、和銅四年（七一一）に山本駅《やまもとのうまや》が置かれたところで、東西南北の路線が交差している。いま、宇塔之島《とうのしま》の寿宝寺《じゅほうじ》の門前に「山本駅旧跡」の碑が建ててある。

この交通の要地を中心に、草内《くさじ》・飯岡《いのおか》・宮津《みやづ》地区にわたって広がる木津川西側の豊かな原野が「山背の管木《つつき》の原」であろう。

そらみつ　大和の国　あをによし　奈良山越えて　山背の　管木《つつき》の原　ちはやぶる　宇治の渡り　滝屋《たきつや》の　阿後《あご》尼《ね》の原を　千年《ちとせ》に　欠くることなく　万代《よろづよ》に　あり通はむと　山科《やましな》の　石田《いはた》の社《もり》の　皇神《すめかみ》に　幣《ぬさ》取り向けて　我は越え行く　逢坂山を　（13・三二三六）

大和から南山背を経て近江へ旅する「道行き」の歌である。奈良山→管木の原→宇治川の渡り→滝屋の阿後尼の原（不詳）→山科の石田の社（京都市伏見区石田町・俗称田中明神）→逢坂《おうさか》山（大津市西南、京都市との境の山）とたどっている。

田辺町興戸《こうど》・多々羅《たたら》・普賢寺《ふげんじ》のあたりがおよそ古代の綴喜郷と考えられているから、「管木の原」の主要な範囲は、田辺町東南一帯の平野であると思われる。とすればこの歌の道行きは、本津川左岸を北上、三山木か草内あたりで東

行していまの玉水橋か山城大橋あたりで渡河、右岸の道に合するコースをたどっているということになる。しかし、「管木の原」を「綴喜郷」一帯の原と狭く限定せずに、川を挟んで対岸の井手町の野をも含めて広く「管木の原」といったと考えたほうがよいのかもしれない。「管木の原」を展望するために、われわれは「飯岡《いのおか》」（次章）に登ってみよう。

春草を馬咋山——田辺町（現、京田辺市田辺）飯岡

「管木の原」を旅するどの旅人の目にも印象的に映る丘陵は、飯岡《いのおか》である。高さ六〇～七〇メートル程度の低丘陵であるが、旅路の目標ともなり、登れば四方に開ける展望が快い。丘陵上に前～後期古墳を点在させ、東側中腹に式内咋岡《くいおか》神社がある。この岡が万葉集に「咋山《くひやま》」と歌われる山である。

泉河の辺りにして作る歌一首

春草を　馬咋山《うまくひやま》ゆ　越え来《く》なる　雁《かり》の使ひは　宿り過ぐなり

（柿本人《かきのもとのひと》麻呂《まろ》歌集）

（9・一七〇八）

（大意）咋山を越えてやってくるらしい雁の使いは、我が旅寝の宿の上を飛び過ぎて行くようだ。（家人への便りをあの雁の使いに托したいものだ）。

「雁の使ひ」は、中国・漢の蘇武《そぶ》が匈奴《きょうど》に使して十九年間囚われの身となり、雁の足に手紙を付けて都へ届けたという故事による。だから「雁の使ひ」といえば第一義的には「旅先から家郷への便り」の意味となり（例外はあるが）、季節は秋となる（第一・二句「春草ヲ馬クヒ」は地名クヒ山を導く修辞であり、これを作歌の季節を示すものとみる必要はない）。ある秋の一日、管木の原で旅寝をしていた人麻呂は、咋山を越え、わが頭上を渡り、都の方へ鳴き渡って行く雁が音を聞き、蘇武の故事も懐しく、家郷への思いをつのらせた。その雁の使いに家人への便りを托したいものだ、という気持ちを言外の余情とする。

東回りに下山して咋岡神社に参詣しよう。宇《う》賀《か》乃《の》御魂神《みたまのかみ》（倉稲魂とも書く。稲の霊）は古代から今日にいたるまで管本

の原の豊穣を祝福してきてくれた神様である。

磐媛の物語・山背の管木の宮――田辺町（現、京田辺市田辺）多々羅

仁徳天皇の皇后磐媛《いわのひめ》をヒロインにした古代の歌物語、あるいは歌劇のようなものがあったと思われる。以下。万葉集の歌と『日本書紀』仁徳天皇の巻の記事から粗筋を述べてみよう。

磐媛皇后、天皇を思《しの》ひて作らす歌四首

君が行き　日長《けなが》くなりぬ　山尋ね　迎へか行かむ　待ちにか待たむ　（2・八五）
かくばかり　恋ひつつあらずは　高山《たかやま》の　岩根《いはね》し枕《ま》きて　死なましものを　（八六）
ありつつも　君をば待たむ　うちなびく　我が黒髪に　霜の置くまでに　（八七）
秋の田の　穂の上に　霧《き》らふ朝霞　いつへのかたに　我が恋やまむ　（八八）

（第一首）お迎えに行こうか、それともひたすらお待ちしていようかしら、と迷い揺れ動く思い。（第二首）これほど苦しいのなら、いっそ死んでしまいたい、と高ぶる激情。（第三首）激情の鎮静。（第四首）あきらめにも似たひややかな悲哀――こんなにも磐媛は天皇をお慕いした。だのに天皇は皇后のひたすらな愛を裏切って、八田《やた》皇女を妃にしたいと言い出す。そこで磐媛の歌、

衣《ころも》こそ　二重《ふたへ》も良き　さ夜床《よどこ》を　並べむ君は　恐《かしこ》きろかも　（『日本書紀』歌謡四七）

（大意）着物を重ね着するとでもいうのならわかるけど、夜床を二つ並べて同時に二人の妻を愛そうとするなんて、あなたって人はまぁ、ひどい人！

仁徳天皇三十年九月、皇后磐媛が豊楽《とよのあかり》（宮廷の酒宴）に用いる御綱葉《みつながしわ》を採りに紀伊熊野へ出かけていた留守中、天皇は八田皇女を宮中に引き入れて寵愛した。難波の港に帰り着いてそのことを知った磐媛皇后は、御綱葉をことごと

く海に投げ棄て、そのまま船で淀川から山背川（木津川）とさかのぼり、宮室を筒城岡《つつきのおか》の南に作って入った。天皇は使者を遣わして、帰ってほしいと懇願するが、磐媛は聞き入れない。とうとう天皇自身が船で淀川・木津川とさかのぼってやって来たが、皇后は顔を見せようとすらしない。天皇が歌う、

つぎねふ　山背女《やましろめ》の　木鍬《こくは》持ち　打ちし大根《おほね》　根白《ねじろ》の　白腕《しろただむき》　枕《ま》かずけばこそ　知らずとも言はめ

（『日本書紀』歌謡五八）

（大意）山背の農婦が木の鍬で掘り起こした大根。真っ白大根。その大根のように真っ白な腕で抱き合ったことが一度もなかったとでもいうのなら、私を無視してもよいけれど——。（昔のことを思い出して、もう一度最初からやり直そうよ）。

不倫亭主が縒《よ》りを戻そうと懇願する文句は昔もいまも似たもの。磐媛は、「陛下、八田皇女を納《い》れて妃としたまふ。其れ皇女に副《たぐ》ひて后たらまく欲《ほり》せじ」と言って、ついに難波宮へ帰ろうとはしなかった。日本の婦人解放運動史上、一夫一婦制を主張してセックス・ストライキを敢行した最初の女性が磐媛皇后という次第である。

仁徳天皇三十七年十一月、磐媛皇后を奈良山に葬ったとある。いま、平城宮跡東北方、佐紀《さき》古墳群の中、蓮が美しい水上池《みずがみ》のほとりに「磐之媛命平城坂上《ならさかのうえ》陵」と指定された巨大な前方後円墳がある。(27)

皇后磐媛がその生涯を終えたという「筒城宮」の所在地は不明。その宮と、継体《けいたい》天皇が一時住まったという筒城の(28)宮とどんな関係にあったかということも不明。昭和三十七年、田辺町郷土史会によって「筒城宮址」の碑が大字多々羅字都谷《みやこだに》に建てられたが、此処と定める確かな証拠があったわけではない（碑はいま同志社大学京田辺キャンパスの構内、正門西方の小丘上にある）。『古事記』では磐媛は「筒木《つつき》の韓人《からひと》、名は奴理能美《ぬりのみ》の家」に身を寄せたとある。葛城《かづらき》氏は、磐媛の父「葛城襲津彦《そつひこ》」の昔から朝鮮渡来人との縁故が深い大族であった。仁徳天皇が磐媛との復縁をしきりに懇望して振舞ったのも、閨閥葛城氏やそのバックにある山背の渡来人勢力を軽視できなかったからであろう。とすると

「磐媛物語」も単なる夫婦の愛憎物語ではなかったのであって、当時なりに結構ハード・ボイルドな政治劇・歴史劇として語られていたものかもしれない。

朝狩に君は立たしぬ棚倉の野に——木津川市山城町平尾・綺田

ふたたび木津に戻って、今度は木津川右岸の道をたどってみよう。上狛《かみこま》から奈良街道を北上すると、JR棚倉《たなくら》駅がある。棚倉という地名は、いまはこの駅の名をとどめるのみだが、山城町平尾・綺田《かばた》は旧相楽郡棚倉村（明治二十二〜昭和三十一年）であり、棚倉という地名は天平時代の史料にもみえるところの、この地にゆかりのある古い地名[29]であるらしい。この一帯の野が「棚倉の野」である[30]。

手束弓《たづかゆみ》　手に取り持ちて　朝狩に　君は立たしぬ　棚倉の野に　（19・四二五七）

恭仁京時代、宮廷人は「棚倉の野」で狩猟をした。JR棚倉駅あたりに立って山・野・川のたたずまいを見渡せば、まことに好適な狩り場であったろうと想像される。綺田・平尾の山々から勢子が追い落とす鹿や猪を、天神《てんじん》川・不動《ふどう》川・鳴子《なるこ》川流域の野で、弓を持つ騎乗の大宮人たちが待ちもうけたのであろう。

加爾波の田居に芹ぞ摘みける——木津川市山城町綺田の水田地帯

天平元年（七二九）の班田収授の時に山背に出張した葛城王《かづらき》（後の橘諸兄《もろえ》）は、懇意な女官であった薛妙観命婦《せちみょうかんみょうぶ》に芹《せり》の包みを贈って、こんな歌を添えた。

あかねさす　昼は田賜《た》びて　ぬばたまの　夜の暇《いとま》に　摘める芹これ　（20・四四五五）

薛妙観命婦からお礼の歌が返ってきた。

ますらをと　思へるものを　大刀佩《たちは》きて　可爾波《かには》の田居《たゐ》に　芹ぞ摘みける　（四四五六）

「可爾波」は山城町綺田《かばた》である。天神川と不動川両河川流域の湿潤な低地や水田が芹を多く産したのであろう。出張先から土地の名産物を日頃親しい婦人に贈ったのである。多忙な公務の暇を縫って葛城王自らが袖を濡らして芹を摘んだように歌うのも懇ろな表現。それを言葉通りに受けとめて、「マア、立派な殿方ともあろうものが、大刀を腰にぶらさげて芹をお摘みになったとは！」とユーモラスに歌い返すのも、精一杯嬉しい感謝の気持ちである。

橘諸兄は後年、天平十二年（七四〇）前後からこの綺田に北接する綴喜郡井手町大字井手石垣のあたりに「相楽別業《さがらかべつぎょう》」を構えて「井手左大臣」と呼ばれた。恭仁京遷都もこの地に縁が深い諸兄の献策であったらしい。諸兄が創建したという橘氏の氏寺「円堤寺《えんていじ》（井手寺）」の跡を残し、真偽のほどは明らかでないが諸兄の墓と伝える北王塚《きたおうづか》（北大塚）もある。後世、歌枕になった「かはづ鳴く井手の山吹」は、口碑によれば、諸兄が円堤寺の回廊のめぐりに植えた山吹に始まるともいうのである。

山背の高の槻群——綴喜郡井手町多賀

井手町多賀《たが》は、古代の「多可《たか》郷」である。ＪＲ山城多賀駅の東方約八〇〇メートル、字天王山に式内高《たか》神社が鎮座する。高市黒人《たけちのくろひと》の歌、

早来《はや》ても　見てましものを　山背の　高《たか》の槻群《つきむら》　散りにけるかも　（3・二七七）

この「高の槻群」は、この多可郷の丘陵台地に見られた欅《けやき》の群生であろうというのが通説になっている。

都を離れて久しい間、おそらく北陸の旅にあった黒人は、あの山背道の高の槻群が美しく紅葉する時期に間に合いたいものだと、帰途を急いだのだったが、遅かった。冷えびえとした落葉樹林の中に立って、万葉随一の旅愁歌人高市黒人は、恍惚とその寂寞を身に染《し》めているらしい。

注

（1）山城は、古くは「山代」と書き、大宝令成立（七〇一）ころから「山背」、平安京遷都以後は山城と書いた。

（2）「手向」は山越えの場所などに旅の安全を祈願して幣物を手向ける神の坐すところ。奈良市歌姫町の歌姫神社（式内添御県坐《そうのみあがたにいます》神社か）も「奈良の手向」の一つであろう。

（3）万葉集巻17・三九五七～九参照。

（4）山城の　狛のわたりの　瓜作り　な　なよや　らいしなや　さいしなや　瓜作り　瓜作り　はれ／　瓜つくり我を欲しといふ　いかにせむ　な　なよや　らいしなや　さいしなや　いかにせむ　いかにせむ　はれ／　いかにせむ　なりやしなまし　瓜たつまでに　や　らいしなや　さいしなや　瓜たつま　瓜たつまでに（『催馬楽』31「山城」）

（大意）山城の狛のあたりの瓜作り。瓜作り。私を欲しいという瓜作り。どうしよう。さあ、どうしよう。いっそ靡いてしまおうか。瓜が熟する時までに。瓜が熟する時までに。

（5）京田辺市田辺興戸の酒屋神社や、同じく宮津の佐牙《さが》神社は酒造の神様。一条兼良《かねら》『梁塵愚案抄』（下）に「山城国狛といふ所にこまのうりふとて瓜作る所あり」と。相楽郡精華町下狛小字谷に「瓜生田跡《うりうだ》」と伝えるところがあり、いま公民館の庭に碑（明治三十九年建）を建てている。

（6）万葉集巻1・五〇「藤原宮の役民の作れる歌」、11・二六四五など参照。

（7）泉橋院、布施屋ともに天平年間、行基創建。

（8）『古事記』中巻・仁徳天皇の段参照。

（9）『新撰姓氏録』左京諸蕃「調連」参照。

（10）『太子伝古今目録抄』

（11）『私たちの相楽郡』（相楽郡誌刊行会）

（12）「奈良時代の風鐸鋳型―京都・山城町の高麗寺跡」昭和六十三年十二月十日朝日新聞・朝刊・大阪版。

（13）山代国造、山代直、山背忌寸は同一氏族。

（14）『特選神名牒』による。

（15）井村哲夫「『つぎねふ山背道』の歌―ある夫婦情愛問答歌の素材とその背景―」（『万葉』一三三号・平成元年　万葉学会、『憶良・虫麻呂と天平歌壇』所収）参照。

(16)『山城町史・本文編』(山城町役場)第二章第四節の同仏像に関する諸説解説参照。
(17)村田太平『郷土田辺の歴史と伝説』(私家版)、『田辺町郷土史・社寺篇』(田辺郷土史会)、『京都府田辺町史』(田辺郷土史会)
(18)田辺という地名は中世から近世にかけては現在の京田辺市田辺の南部の小地域であった。なお前掲注(15)井村論文参照。
(19)『関市令』16「売奴婢」条や、『日本霊異記』下巻第二七話など参照。
(20)『日本霊異記』上巻第二一話など参照。
(21)「甕原離宮」の所在は木津川市加茂町法花寺野、鹿背山の北麓、また「岡田離宮」の所在は加茂町岡田鴨神社あたりかといわれている。
(22)天平十二年(七四〇)九月大宰少弐藤原広嗣が時政に反対して反乱。二ヵ月後に鎮圧された。この間聖武天皇は奈良の都を出て伊賀・伊勢・美濃・近江などをめぐって行幸し十二月十五日恭仁宮に到着、ここに新皇都造営を開始した。
(23)足利健亮「山背の計画古道」(『日本古代地理研究』第二章・昭和六十年　大明堂)
(24)『古事記』中巻・垂仁天皇の段。『日本書紀』垂仁天皇十五年条に異伝がある。
(25)百川は淳和天皇の外祖父。贈太政大臣・正一位。木津川市相楽城西《さがなかしろにし》の墳墓を諸陵式に記す百川の「相楽墓」に比定するのだが、なお不詳。
(26)『古事記』中巻・崇神天皇の段。『日本書紀』崇神天皇十年九月条に異伝がある。
(27)ヒシアゲ古墳。全長二一九メートル。明治時代になって磐媛陵に指定された。江戸時代には平城天皇陵とされていたこともある。
(28)『日本書紀』継体天皇五年十月条参照。
(29)天平十九年の『大安寺伽藍縁起并流記資財帳』に相楽郡「棚倉瓦屋」とみえる。
(30)「棚倉の野」を、式内棚倉孫神社がある京田辺市田辺小字棚倉の地に比定する説もある。

参考文献

・大井重二郎『万葉集山城歌枕考』・昭和十一年　立命館出版部
・奥野健治『万葉山代志考』・昭和二十一年　大八洲出版株式会社
・犬養孝『万葉の旅』（中）昭和三十九年　社会思想社
・藤岡謙二郎編『古代日本の交通路』Ⅰ・昭和五十三年　大明堂
・芳賀紀雄『万葉の歌―人と風土七・京都』・昭和六十一年　保育社

大阪の万葉——解釈をととのえる

大阪地域の万葉歌のうち、今なお解釈に揺れがあって鑑賞を妨げている数首の歌を取り上げ、諸説を紹介しながら、私見をも述べ、その解釈をととのえておこうと思う。

一　（天平六年）春三月難波宮に幸《みゆき》しましし時の歌六首

① 住吉《すみのえ》の　粉浜《こはま》のしじみ　開《あ》けも見ず　隠《こも》りてのみや　恋ひ渡りなむ　（6・九九七）

右一首、作者未《いま》だ詳《つばひ》らかならず

（大意）住吉の粉浜のしじみのように、うち明けもせず、思いを胸の内に秘めたままでいつまでも恋い続けることであろうか。

② 眉《まよ》のごと　雲居《くもゐ》に見ゆる　阿波《あは》の山　かけて漕ぐ舟　泊《とま》り知らずも　（九九八）

右一首、船王《ふなのおほきみ》作る

（大意）眉を引いたように、雲居はるかに見える阿波の山並み、それを目指して漕ぎ行くあの船は、どこに泊り果てるのだろうか。

③ 千沼廻《ちぬみ》より　雨ぞ降り来る　四極《しはつ》の海人《あま》　網綱《あみづな》乾《ほ》せり　濡れもあへむかも　（九九九）

右の一首、住吉《すみのえ》の浜に遊覧《あそ》び、宮に還ります時に、道の上にして、守部王《もりべのおほきみ》、詔に応へて作る歌

（大意）和泉の海の沖合から雨が降ってきた。四極（住吉の浜辺の津の一つ）の海人が網綱を干しているが、
濡れてしまいはせぬか。

④ 児等《こら》しあらば　二人聞かむを　沖《おき》つ州《す》に　鳴くなる鶴《たづ》の　暁《あかとき》の声　（一〇〇〇）

右一首、守部王作る

（大意）あの子が一緒に居たら二人で聞こうものを。沖の州で鳴いている鶴の暁がたの声よ。

⑤ 大夫《ますらを》は　御猟《みかり》に立たし　をとめらは　赤裳《あかも》裾《すそ》引《ひ》く　清き浜辺《はまび》を　（一〇〇一）

右一首、山部宿祢赤人《やまべのすくねあかひと》作る

（大意）後述

⑥ 馬の歩み　押へとどめよ　住吉《すみのえ》の　岸の黄土《はにふ》に　匂ひて行かむ　（一〇〇二）

右一首、安部朝臣豊継《あへのあそみとよつぐ》作る

（大意）馬の歩みを抑さえ留めよ。住吉の崖の黄土に染まって行こう。

行幸の日程

このたびの行幸は『続日本紀』天平六年（七三四）春三月・四月の条に、

十　日　難波宮に行幸したまふ。

十五日　四天王寺に食封《じきふ》二百戸を施入《ほどこ》す。限るに三年を以てす。并《あは》せて僧等に絁《あしぎぬ》・布を施す。摂津職《つのしき》、吉師部楽《きしべのがく》を奏《つかへまつ》る。

十六日　陪従《みとも》の百官衛士已上并《あは》せて造難波宮司・国郡司・楽人等に禄を賜ふこと差《しな》有り。難波宮に供奉《つかへまつ》れる東西二郡には今年の田租・調を、自余の十郡には調を免《ゆる》す。

十七日　車駕、難波より発《た》ちて、竹原井頓宮《たかはらゐのかりみや》に宿りたまふ。

十九日　車駕、宮に還りたまふ。

（四月）三日　河内国安宿・大県・志紀の三郡に、今年の田租を免す。竹原井頓宮に供れるを以てなり。

と記録されている。

③の左注によって、この難波宮行幸の期間中住吉浜に遊覧したことが知られる。住吉と難波宮は日帰りの近距離であること、天皇と陪従者一行の宿泊に要する諸事万端の煩雑などを思えば、日帰りの住吉浜遊覧であったものと考えられる。十五日、聖武天皇は四天王寺行幸、食封二百戸を施入、僧等に布施賜物、仏前に吉師部楽を供養している。車駕はみだりに動き得るものではないであろうから、住吉浜遊覧もまた同じ十五日中のことではなかったろうか。四天王寺供養の後、車駕はさらに南下して住吉浜に遊覧したと考えるのがもっとも自然であると思う。

六首の配列を作歌時順であると仮定して、『続日本紀』の記事にあてはめてみよう。①は、作者未詳歌で、謡い物の風趣はあるものの、難波宮から住吉浜への往路上の地名「粉浜」を歌うものであるから、十五日の作歌（乃至唱歌）とみなす。②は、同日住吉浜から洋上を見はるかした歌、③も同じく十五日、住吉浜から難波宮へ還御の途上の歌とみなされる。左注「宮に還ります時に、道の上にして、守部王、詔に応へて作る歌」は、その歌が車駕の道行きの際の楽人の鼓吹に合わせた唱歌であることをうかがわせている。いわゆる「道楽《みちがく》」の類であろうか。④は、難波宮還御後、難波宮域での旅宿りであり、十六日暁の感興を歌ったものとみなされる。十六日は、難波宮滞在最後の日であり、このたびの行幸に奉仕した陪従百官衛士已上・造難波宮司の官人・国郡司ら・楽人等全員に、賜禄のことがあった晴れの日でもあるから、かならずや盛大な遊宴が行なわれたであろう。難波宮近辺には松林の景勝地「安曇江《あづみのえ》」[1]——『続日本紀』天平十六年（七四四）二月二十二日条「安曇江に幸して、松林に遊覧したまふ。百済王等、百済楽を奏る」。千田稔氏は小字アドエを残す北区野崎町付近に比定されている——もあった。⑤の赤人歌は、同日の浜辺の遊宴の華やかな賑わいの中で歌われたものと考えられる。⑥は、住吉に名残りを惜しむ行人の歌であるから、十七日帰路上の歌であり、すなわち難波宮から南門大路を南下、「住吉の岸」に至り、旅のしるしの「黄土染め」に興じつつ、磯歯津路《しはつ》乃至大津路を経て丹比邑《たじひのむら》・国府を経、河内大橋を渡って竹原井頓宮に至ったものと考えられる。

粉浜のしじみはどこで採れたか

①の歌の「粉浜」は旧粉浜村（明治十九年〜大正十四年）の地で現在住吉区に「東粉浜」、住之江区に「粉浜」の町名を残している。南海本線粉浜駅付近に犬養孝先生揮毫の同歌歌碑がある。ところで、シジミは鹹水では採取できない。はたして現粉浜駅付近に汽水に棲むシジミが採取される古代の地形を想像できるのであろうか。吉井巖氏(2)は、

ここの粉浜は普通名詞であり、住吉神社南方は今の細井川を中心に深く広い入江を形成しており、その入江の砂州に、おそらく汽水線に住むヤマトシジミが棲息していたと考えられる。（『万葉集全注』巻第六）

とした。また、日下雅義氏(3)は住吉大社付近の万葉時代の景観を推測して、

住吉大社は、段丘（上町台地）の西端に近く、標高七〜八メートルを示す見晴らしのきわめて良い所に鎮座する。眼下には、幅五〇〜六〇メートルを示すラグーンが南北方向に延び、その西に幅約六〇〇メートル、高さ三メートル前後を示す砂堆が発達していた。……（中略）……住吉大社前方の砂堆は、南海本線「すみよしたいしゃ」駅のすぐ南付近で、東から流下してきた細井川によって切られていたため、背後のラグーンには、細井川の水（淡水）のほかに、満潮時には西方から海水が浸入した。

住吉の粉浜のしじみ開けも見ず隠りにのみや恋ひ渡りなむ　（『万葉集』巻六、九九七）

この〝しじみ〟を汽水（少し塩分を含む）にも棲むヤマトシジミと解するならば、ここにラグーンが存在した事が、よりはっきりする。当時このラグーンが外海とつながっていた事実を示す和歌は『万葉集』には見当たらないが、

後の時代のものからそれを知ることが出来る。

すみのえの細江にさせる澪標ふかきにまけぬ人はあらじな（『詞花和歌集』、一一五一年）

五月雨のなほ住の江に日をふれば海より池に通ふしらなみ（『拾玉集』、一三四七年）

……（中略）……今では完全に独立した池となり、朱塗りの美しい太鼓橋「反橋《そりはし》」が、そこに架けられている。そして細井川は、池の南約二〇〇メートルの所を、東から西へ向かって緩やかに流れているのである。

かくて、万葉の「粉浜のしじみ」もその所を得て蘇ったように思われる。

難波浜辺の騎射行事

⑤の赤人歌は、十六日難波の浜辺、おそらくは安曇江で行なわれた遊宴の賑わいの中で歌われたものであろうと先に推測した。この歌の「御猟」は、御猟と言う以上聖武天皇主催の猟であることが確かであるが、その「御猟」の実態に疑義がある。これを山野の狩猟と解釈して疑わない通説の中にあって、「海藻などの採集」（『万葉集私注』）、「海のかり」（『万葉集注釈』）、「潮干狩」（『日本古典文学全集・万葉集』）とする解釈があった。しかし、尾崎暢殃氏(4)は海藻等の採集や潮干狩についてカリと言った例は集中にないとして、やはり山野の狩猟と見るのを至当とした。とすれば、難波の浜辺で狩猟などできない以上、赤人歌が描く清き浜辺の風景には、狩猟にでかけた聖武天皇と御供のマスラヲたちの姿は無くて、所在無げに赤裳裾引く女官たちの姿が有るだけということになる。一首の文脈は、

ますらをは　御猟に立たし／

をとめらは　赤裳裾引く　――　清き浜びを

となって、第一・二句と第三・四句とは対句でありながら、結句との脈絡は第三・四句だけにあるという、赤人らしくもない不均衡・不安定な文脈となる。これでは眼前の美景に対する結句の「清き浜びを」という讃嘆の声もまとも

に伝わってこないであろう。

神亀五年（七二八）の皇太子の寝病を契機として聖武天皇の心境に仏頼み・殺生慚愧の念がきざした（『続日本紀』同年八月二十一日条）。同八月甲午条の鷹養いの禁令からはじまり、十二月金光明経を諸国に頒布し、天平元年（七二九）六月一日、仁王経を朝堂・畿内・七道諸国に講ぜしめ、天平二年九月二十九日諸国に対し陸を造り多く禽獣を捕ることの禁断詔発布……、以後しきりに殺生抑制の政策がとり続けられた。聖武天皇のこうした殺生抑制の志向の日常の中で、天平六年春三月難波行幸時に、天皇の名に於いて山野の狩猟が行なわれたとは信じがたいものがある。天皇自身が違勅の罪に問われなければならなくなる。

私は赤人作歌の「御猟」を山野の狩猟と解釈することに疑問を抱き、その「御猟」の実態を、行幸先の難波の浜辺で臨時に催された天覧の「騎射（馬射）」行事であろうと考えている。騎射（訓ウマユミ。華やかな飾《おり》り馬に乗って馳せながら的を射る競技。端午の節の宮廷年中行事、また四月の山城賀茂祭の行事）は、この時代武芸として奨励され、朝野をあげての好尚としてあり、聖武天皇もまたその観閲を好み、みずから射芸を愛好するところであった。騎射は山野の狩猟の模擬行事であったから、「射猟」（『日本書紀』皇極元年五月五日条）「猟騎」（『続日本紀』神亀元年五月五日条）「校猟（類・紀略―狩猟）」（『続日本紀』天平十三年五月五日条）等の表記が可能であったものと考えられる。赤人もまた「御猟」の文字とミカリの訓を以て天覧の騎射行事を表記したものであろう。

天平六年春三月、おそらく難波宮滞在最後の十六日、場所は美しい松林におおわれた安曇江であろう。騎射に奉仕する者は行幸に供奉した諸衛の武官・数百名にも及ぶ諸国の騎兵の中から選ばれた「装飾ニ堪フル者」たちである。華やかな飾騎に乗って浜辺を疾駆するマスラヲたち。馬的を射当てるたびに起こる歓声、折々の奏楽。渚には赤裳を裾引いて観覧する宮人たち。その華麗な賑わいの中に立って赤人は「御供の男女、をの〳〵その所を得てたのしぶ君臣相あふ心」（『万葉代匠記』）を歌い上げたのであろう。（詳しい考証は稿を改める）

大夫は　御獵に立たし　〈連用中止形〉
（マスラヲハ騎射競技ニ熱中ナサッテオリ）
をとめらは　赤裳裾引く　〈終止形〉
（ヲトメラハ赤裳ヲ裾引イテ観覧シテイル）
　　清き浜辺を（場面・詠嘆）
　　（ナントマァ清ラカナコノ浜辺デサ）

二　三津の埼の隠り江

巻三「柿本朝臣人麻呂羇旅歌八首」の第一首、

三津《みつ》の埼《さき》　浪を恐《かし》こみ　隠《こも》り江《え》の　舟公宣奴嶋尓　（3・二四九）

下二句はまだ定訓を見ない。「三津の崎」は「難波《なには》の御津《みつ》」の崎であり、「難波之碕」と同じ。神武天皇東征の船が「難波之碕」に到った時、奔潮に会った。そこで浪速国と名づけ、また浪花と言い、今難波と言うのはその訛りであると言う（『日本書紀』神武天皇即位前紀戊午年条）。難波之碕は今の上町台地北端からさらに北へ伸びていた砂州の先端を指すと考えられている。大阪湾の干満時には、三津の崎を洗って流れる潮流はきわめて急潮であったと想像せられ、難波津で船出の機を窺う船は、この歌のように「隠り江」に急潮を避けるのが例であったと察せられるのである。

「隠り江」とは、普通名詞である上に、上町台地周辺の人麻呂当時の景観が消滅している以上、その位置について此処と定めることはむつかしい。万葉の注釈も多くは言及しない。「和泉、摂津、淡路にてつゝめる江なれば、こもり江とはいふ也」すなわち「大阪湾」と言う『万葉集攷證』の説などは論外としよう。ここに一説、上町台地東側の「難波江」を指摘する意見があった。上町台地北端部の砂州は、北方、吹田砂州・千里山丘陵と相対し、海はその間を通じて台地東側に入りこみ潟湖を作っていた。北から淀川が、南から大和川ほかの諸川が流れこみ、葦や菅の生い茂る広大な湿原状を呈して、澪標《みおつくし》や「難波人葦火《あしび》焚《た》く屋」の群れが風物詩であった。仁徳天皇時代に掘削した「難波堀江」が砂州を分断していた。今の天神橋から天満橋に至るあたりだと言う。さて、『万葉集全釈』に「三津埼の波のしづまるのを待つて、難波江の奥にかくれてゐた舟」と言い、『万葉集講義』に「（御津の埼の）岬より内の淀川の河口内」、『万葉集注釈』に「突き出たみ津の埼から湾入したところ、淀川や大和川の河口が入江のやうになつたあたりを云つたものであらう」と言う。しかしながら――

難波の埼の並び浜

しかしながら近時、この歌の「隠り江」の景観や位置について、歴史地理学的知見の増加につれ、もうすこし自由な想像が可能になってきたように思われる。すなわち、上町台地の西側から北側へ伸びる幾本かの砂州が並行している景が、『日本書紀（仁徳紀）』歌謡に、

押照《おして》る　難波の埼の　並《なら》び浜《はま》　並べむとこそ　その子は有りけめ

（『日本書紀』歌謡四八）

と歌われている「並び浜」の景観であると言うのが日下雅義氏[5]の新解釈である。氏が説き画く上町台地周辺の古代景観に従って思いをめぐらせば、先の人麻呂歌の「隠り江」もまた、この台地西~北方に伸びる砂州にはさまれた幾筋かのラグーンのうちのひとつであろうかという想像が可能になってくる。

日下氏『古代景観の復原』[6]に従っていますこし具体的な地名に即して言えば、現在の東横堀川が土佐堀川から分れる高麗橋付近の景観がクローズアップされてくる。高麗橋付近からさらに堀江北方へ延長し、扇町公園、JR大阪駅を通って神崎川付近にまで延びていたと言う自然のラグーンは、「安曇江」を含めて、聖武天皇の頃松林におおわれた景勝地であったことが想像され、それを人麻呂の当時にさかのぼって想像することは容易である。

とすれば、難波津で船出の機をうかがいつつ、難波崎の急潮を避けて一時船を退避させようとする船人は、苦労を

して堀江を遡り、上町台地東側の「難波江」に漕ぎ入れるまでもなく、台地の西〜北方に蒲鉾状に並ぶ幾筋かの砂州に挟まれたラグーンの間に漕ぎ入れて、景勝の松原越しに霞み渡る淡路島・明石海峡を望見しながら、潮待ちの時をしばし過ごせばよかったのである。

三　網引する難波をとこ

大宮の　内まで聞こゆ　網引《あびき》すと　網子《あご》ととのふる　海人《あま》の呼び声
（長意吉麻呂、3・二三八）

（大意）宮殿の中にまで聞こえてまいります。網引きをするとて網引きの者たちを指揮する海人の叫び声が。

海人娘子《あまをとめ》　棚《たな》なし小舟《をぶね》　漕ぎ出《づ》らし　旅の宿りに　梶の音聞こゆ
（笠金村、6・九三〇）

（大意）海人おとめたちが、船棚の無い小舟を漕ぎ出したらしい。旅宿りの枕もとにまで梶の音が聞こえてくる。

あり通ふ　難波の宮は　海近み　海人娘子らが　乗れる船見ゆ
（田辺福麻呂、6・一〇六三）

（大意）たびたび行幸がある難波の宮は、海辺にあるので、海人おとめらが乗っている船がすぐ間近に見える。

難波潟《なにはがた》　潮干《しほひ》に出でて　玉藻《たまも》刈る　海人娘子《あまをとめ》ども　汝《な》が名告《の》らさね
（丹比真人、9・一七二六）

（大意）潮干の難波潟に出て海藻を刈るかわいい海人おとめたちよ、おまえたちの名を教えてくれ。

住吉《すみのえ》の　津守網引《つもりあびき》の　浮《う》けの緒《を》の　浮かれか行かむ　恋ひつつあらずは
（作者未詳、11・二六四六）

（大意）いっそのこと、あの住吉の津守（住吉浜の一地名）の漁師が引く網のブイのようにプカプカと呑気そうに浮かんでいたいものだが――こんな苦しい恋をしてないでサ。

その他、海人の漁撈の姿は折々の難波の風物詩として万葉集に多く詠まれている。いまここに「網引する難波をとこ」を歌った一首がある。

大納言大伴卿、新袍《あらたしきうへのきぬ》を摂津大夫高安王《たかやすのおほきみ》に贈る歌一首

わが衣《ころも》　人にな着せそ　網引《あびき》する　難波《なには》をとこの　手には触《ふ》るとも　（4・五七七）

（大意）この私の衣をあなたにさしあげます。人には着せないでくださいね。たとえあの網引する難波男の手には触れようとも。

一首は、天平二年（七三〇）暮もおしつまった頃大宰帥大伴旅人が大納言に兼任されて筑紫から帰京した折の送別・相聞歌群（4・五六八～五七六）の直後に、そして翌天平三年七月旅人薨去後の歌（大伴宿祢三依悲レ別歌、五七八）の直前に置かれている。その配列位置から見て、おそらく筑紫からの帰途上、難波津に上陸して摂津大夫高安王に出迎えられ、盛大な歓待の宴を受けた新大納言旅人が、帰京後まもなく、王の厚意を謝して新袍を贈り、添えた歌がこの一首なのであるらしい。

「難波をとこ」は誰

ところでこの歌の解釈をめぐって疑義がある。上二句「わが衣人にな着せそ」は、恋人同士が衣を交換する習慣になぞらえて王への親愛の情を表して、「どうぞ御愛用下さいね」と言う心ばえである。ところが下三句の解釈が難しい。

「もし御気にいらずは網引きの男に捨てあたへ給ふとも外の人にはきせ給ふなと也」（『万葉拾穂抄』）と言う解釈は、『万『万葉代匠記』なども採るところであるが、わかったようで判らない。「もしお気に入らずは」という言葉を補うこともさることながら、「袍」を「網引きの男」にくれてやれと言う言葉にも格別な必然性がないではないか。それでは「難波をとこ」は「人間」の部類に入らないとでも言うのかと目くじらを立ててみたくもなる。あるいはまた、この「難波をとこ」は新袍を王のもとに持参した使いの者を指して言ったとする解釈がある（『万葉集新考』『日本古典文学全集万葉集』）。網引する難波の海人が旅人の使者に立った理由が判りにくい。また、題詞をほしいままに改竄して王と旅人

とを入れ替え、「摂津大夫高安王、新袍を大納言大伴卿に贈る歌」として、「難波をとこ」とは袍を贈った高安王自らの卑下謙退の言だと言う説もある（『万葉集古義』）。しかし題詞をむやみに改竄するのには容易に従いがたい。同様に題詞を疑って、「贈」字の下に「於」一字が脱落したものと仮定し、「高安王ヨリ贈レル歌」と訓んで、「難波をとこ」とはその新袍の製作者であるとする解釈もある（金子元臣『万葉集評釈』）。網引する海人が朝服の袍を縫製したと言うのも変である。一方、「難波をとこ」は袍を贈った相手の「摂津大夫高安王」を指して言ったとする解釈がある（『万葉考』所引諸成案・『万葉集全註釈』『新潮日本古典集成万葉集』）。『万葉集童蒙抄』も、いったんは同様に考えながら「然れ共あびきするといふ者は甚いやしきもの、業なれば……」高安王を指して言うには失礼であろうと前言を翻した。『万葉集全註釈』はその点を「親しさのあまり」の軽い戯れの言であるとかわしている。

風流士高安王

かように諸説紛々なのであるが、私は『万葉集全註釈』等の摂津大夫高安王を指して言うと見る解釈に賛成する。ただし、軽い戯れであるにせよ、『万葉集童蒙抄』の言うように失礼の言であることは免れないであろう。そこで、あるいはその戯れ言が失礼の言ではなく、かえって王の歓心を得る言であったと解釈できるならば問題は片付くのではないか。以下私の憶測を連ねてみる。

前述したように、漁りする難波の海人は難波の風物詩であった。高安王の弟の門部王にも、

門部王、難波に在りて漁父の燭光を見て作る歌一首

見渡せば　明石の浦に　燭《とも》す火の　ほにぞ出でぬる　妹《いも》に恋ふらく　（3・三二六）

（大意）見渡すと明石の浦に漁船がともした漁り火が見える。その火の穂のように穂に出た（他人の知るところとなった）ことだ、あの子に寄せるわが恋は。

という歌があった。当代名うての風流士であったと推測される摂津大夫高安王に、網引する難波の海人を歌って人に知られた歌が一首や二首あったものと仮定せよ、王を指して言う旅人の戯れの言「網引する難波をとこ」は、『源氏物語』の作者に向って、「若紫やさぶらふ」と戯れた藤原公任のそれに類するものとなり、失礼の言であるどころか相手の歓心を得るものとなるであろう。「沖の石の讃岐」「待宵の小侍従」「手枕の兼好」など、秀歌によって風流の渾名を得た故事を思い合せ得る。

さらに私は想像に淫したい。朝服の袍は同時に舞楽の正装でもあった。摂津職で催された新大納言旅人の帰国歓迎宴で、主人高安王は「網引する難波をとこ」の所作を写した歌舞を演じて、旅人を歓ばせたのだと思う。後日感謝のしるしに新袍を贈った旅人の歌は、その王の風流な「難波をとこ」ぶりを称賛した歌であるものと理解される。

この新袍を献上いたしましょう。ほかの人には着せないで下さいよ。あの「網引する難波をとこ」さんの手には触れようともね。

つまりは、「この袍を身につけて、いつかまたあの風流な難波をとこの網引の舞を舞って見せてほしいものです」と言う心ばえであったろうと言うのが、私のかねての憶測なのである。(7)

四　河内の明るい空の下で

河内の大橋を独《ひと》り去《ゆ》く娘子《をとめ》を見る歌一首　并《あは》せて短歌

級照《しなで》る　片足羽河《かたしはがは》の　左丹《さに》塗《ぬ》りの　大橋の上ゆ　紅《くれなゐ》の　赤裳《あかも》裾引き　山藍もち　摺《す》れる衣《きぬ》着て　ただ独り　い渡
らす児は　若草の　夫《つま》かあるらむ　橿《かし》の実《み》の　独りか寝《ぬ》らむ　問はまくの　欲しき我妹《わぎも》が　家の知らなく

（高橋虫麻呂、9・一七四二）

反歌

大橋の　頭《つめ》に家有らば　心悲《まかな》しく　独り去《ゆ》く児に　宿貸さましを　（一七四三）

（大意）（級照る）片足羽河に架けられた丹塗りの大橋の上を、紅色の赤裳の裾を引きながら、山藍染めの上衣を着、たったひとりで渡っているあの子は、（若草の）夫があるのだろうか、それとも（橿の実の）独り寝のおぼこだろうか、問い尋ねて見たいあの子の、家がどこかも知らないことだ。

この大橋のたもとに家があったらなぁ、可愛い姿でひとり歩いてるあの子に、宿を貸してやるのになぁ。

大和から大和川峡谷の右岸龍田道《たつたじ》をたどって、柏原市高井田《たかいだ》か、あるいは安堂《あんどう》に出てきた旅人は、大和川また石川に架けられた大橋を渡って河内国府に至った。この歌の「片足羽河」は石川か大和川か、「河内大橋」の位置はどこであったのか、諸説あってまだ確かなことは言えない。いずれにせよ河内国府付近、河内・大和二国間交通の要地であって、古代河内文化の真中心がこの歌の場面である。太陽光線溢れる「級照る片足羽河」に架かる「左丹塗り」の朱が目に眩しい「大橋」の上。その大橋を独り渡る美女の衣装は、これもまた目に染みるような「紅の赤裳」と「藍染めの衣」である。これら明るい光線と大橋と鮮麗な色彩とが象徴しているものは、この歌の背景にある河内の里の富と殷賑と洗練された文化的風土であろう。

紅と藍

高安山山麓、八尾市神宮寺五丁目に式内社「常世岐姫神社」（諸訓、トコヨキヒメ・ツネヨキヒメ・トコヨフナトヒメ・トコヨチマタヒメ等）がある。『大阪府史蹟名勝天然記念物・第三冊』[8]に「常世岐姫神社　南高安村大字神宮寺　八尾市延喜式内の神社にして常世岐姫命を祀る。社域百二十一坪あり。末社に稲荷社あり。例祭は七月二十三日、十月二十三日なり。里人之を八王子と称し、産前産後に霊験ありとて妊婦の参詣するもの多し。三代実録　清和天皇貞観九年二月二十六日、以河内国大県郡常世岐姫神預官社」とある。『大日本地名辞書』(9)に、「三代実録貞観九年始て官社に預る、蓋常世連の祖神なり」とする。『延喜式』巻九「神名」河内国大県郡条下に見える「常世岐姫神社」の後身であり、『新撰姓氏録』（左京諸蕃上・右京諸蕃上・河内国諸蕃）に、「燕国公孫淵の子孫である」と見える渡来人系「常世連」氏の氏神である。常世連はもと赤染氏を称していた。『続日本紀』天平十九年（七四七）八月丙寅条に、正六位上赤染造広足、赤染高麻呂ら九人に天平勝宝二年（七五〇）九月丙戌朔条には正六位上赤染造広足、赤染高麻呂ら二十四人に「常世連」の姓を賜わった。宝亀八年（七七七）四月乙未条に、右京人従六位上赤染国持等四人、河内国大県郡人正六位上赤染人足等十三人、ほか遠江国・因幡国の赤染氏らに「常世連」の姓を賜わったという記事を見る。赤染氏（常世氏）は河内国大県郡に本貫を持ち、染色の業に従事していたのでその名があった。大蔵省織部司に染戸があり、『令集解』職員令「別記」に「河内国の緋染七十戸。藍染三十三戸」とある。河内の赤染氏の一族が緋染・藍染の品部となって奉仕していたものであろう。

河内女《かふちめ》の　手染《てそ》めの糸を　繰り返し　片糸《かたいと》にあれど　絶えむと思へや　（寄レ糸。7・一三一六）

（大意）河内女が手染めの糸を繰り返し糸車に掛ける。弱い片糸だが切れることはない。そのように繰り返しあの子のことを思うわたしの心はけっして絶えたりするものか。

この歌の「河内女」もまた、赤染一族の女性に相違ない。紅と藍は、先進的な河内渡来人文化を象徴する色彩であった。虫麻呂歌に登場する、緋染めの裳と藍染めの衣を着て朱塗りの大橋を楚々と歩む娘子の風采には「さひづらふ漢《あや》女《め》」（小鳥の囀りのように異国語をしゃべる異国女性）の面影があるであろう。虫麻呂の写実の手法が彼女の姿態描写に目にも鮮やかな河内文化を象徴させ得た。われわれは虫麻呂のおかげで、渡来人の里、開明の光線に溢れて晴れ渡る古代河内の空の色を今に想うことができるのである。

注

（1）千田稔『埋れた港』（学生社、一九七四年五月）
（2）吉井巌「万葉集の住吉—その地理的研究—」（論集『古典学藻』一九五七年一一月。同氏『万葉集への視覚』所収。『万葉集全注』巻第六）
（3）日下雅義「古代における『住吉津』付近の地形」（『すみのえ』一七七号、住吉大社、一九八五年七月）
（4）尾崎暢殃「赤人の歌一首」（『学苑』五二九号、一九八四年一月。同氏『万葉論考』所収）
（5）日下雅義「『記紀・万葉』に自然を読む」（『地理』三〇巻五号、一九八五年五月）
（6）日下雅義『古代景観の復原』第Ⅵ章（中央公論社、一九九一年五月）
（7）井村哲夫「網引する難波をとこ」（『図説日本の古典・万葉集』月報、『赤ら小船—万葉作家作品論』所収）
（8）『大阪府史蹟名勝天然記念物・第三冊』（大阪府学務部）。清文堂出版株式会社の復刊（一九七四年九月再刊発行）に拠る。
（9）吉田東伍『大日本地名辞書』（河内、中河内郡「神宮寺」条、増補版第二巻四四五頁。冨山房）

志賀の大わだ淀むとも

過二近江荒都一時柿本朝臣人麻呂作歌の反歌の二、

ささなみの志我の（一云比良の）大わだよどむとも昔のひとにまたも会はめやも（一云会はむともへや）　（1・三一）

万人に知られたこの歌に、なお一・二の異見をさしはさむ余地があることを記して、後日の考に備えたい。

一　志我の大わだ・比良の大わだ

まず、第二句の異伝「一に云ふ比良の」とあるについて、諸注には二三の考え方が見受けられる。

(イ)　これはさす所の物一なる上にいづれも道理なきことにあらねばいづれにてもあるべし。（講義）

講義は「大和太」を琵琶湖そのものと解釈しているところから、志賀の大和太と比良の大和太と両々「さす所の物一」と言うのである。しかし、大和太は大ワタ（大海）にあらず大ワダ（大曲）であるとの通説に従うべきであろうから、この考えはその根拠を失うことになるであろう。

ちなみに「比良の大わだ」とは、雄松崎から木戸を経て南浜・和邇川河口へかけての、南北ほぼ十キロメートルにわたる弓状の曲汀に抱かれる湖面を言うものと考えられる。(1)

(ロ)　比良は、琵琶湖の西岸の地名であるが、比良の大わだと呼ぶには適しない。これも本文の方がよい。（全註釈）

だが、現に万葉に「比良の大わだ」とある以上「適しない」とは言えないのではあるまいか。「わだ」はかならずしも袋状の湾入であることを要せず、弓状の曲浦であってよいのであろう。

(ハ) 比良は都から距り過ぎてゐて、ふさはしくない。（全釈。金子評釈、注釈同旨）

おそらくこの見解が、一云の比良をすて、本文の志賀をよしとし、かつまたそれを大津湾と見なす通説を支えているものと思われる。

だが、第五句「会はめやも」の主格が「大わだ」であると見るのは後述のように解釈上の異見が可能であり、もしかりにそうだとしても、大津京の大宮人の行動範囲が大津湾あたりに限られていたわけでもあるまいから、人麻呂の心象風景の中で、昔の人に会うことを期待するものが比良の大わだであったと見てもおかしくはないはずである。

さらにまた、この反歌が長歌および反歌一と同じ時と処、すなわち大津京の殿舎の址とその近傍の辛崎あたりで、いわば一気呵成に詠み出したのだとは決めてしまえないのではないか。性急な調査によれば、製作の時と処を異にする長歌と反歌とを組合わせたものにはつぎのような数例を見出し得る。

(1) 過二辛荷島一時山部宿祢赤人作歌一首并短歌　（6・九四二〜五）
(2) 過二敏馬浦一時山部宿祢赤人作歌一首并短歌　（6・九四六〜七）
(3) 過二敏馬浦一時作歌一首并短歌　（6・一〇六五〜七、田辺福麻呂歌集）
(4) 羇旅歌一首并短歌　（3・三八八〜九、作者不詳、若宮年魚麻呂伝誦）
(5) 石上乙麻呂卿配二土左国一之時歌三首并短歌　（6・一〇一九、一〇二一、一〇二二、一〇二三、作者不詳）

(1)は、長歌が経過する地名（淡路の野島、印南嬬、辛荷島）を道行き風に叙し、反歌一・二とともに辛荷島付近の海上を過ぎつつある船上での作であるが、反歌三は辛荷島の東方約十キロメートルの距離をへだてた都太の細江での停泊を歌うもので、時と処は前三首をさかのぼるものである。

(2)は、長歌が敏馬浦を歌い、反歌が須磨浦で嘱目の海人を歌う。敏馬浦と須磨浦とは大和田泊・大和田浜をはさんで約十数キロメートルをへだてている。

(3)は、長歌と反歌一とが敏馬浦、反歌二は大和太の浜を歌う。大和田浜は和田岬東方の曲浜、だいたい今の神戸港である。全註釈に「この歌によって敏馬の浦というのが、神戸港を意味していることがわかる。」とあるが、私はむしろ逆に、この歌によって両地名の指すところを区別してもよいと思う。すなわち、先の(1)(2)の場合に同じく、いまも舟行の経過地二点が長歌と反歌に表わされているものであろう。大和田浜はおよそ和田岬から大和田泊へかけての範囲であり、その東方を画して敏馬神社あたりを敏馬浦と見るのがよいと思う。

(4)は、長歌に淡路島の出帆を歌い、反歌にこぎ廻る敏馬の崎を歌う。これは海上約二十キロメートルをへだてていよう。

(5)の、長歌一・二（一〇一九、一〇二〇～一）は大和に在る人の作の体裁、長歌三（一〇二二）が恐の坂（紀の川添いの山、注釈等）、反歌（一〇二三）が大崎の神の小浜（和歌山県海南市下津町大崎）を歌う。乙麻呂配流の道行きぶりである。

右のように、時処を異にする長歌反歌の組合せが少数例ではあっても、全くないわけではないとすれば、問題の三一番歌第二句が長歌・反歌一の製作の場所（あるいは歌う対象となった場所）から十数キロメートルをへだてた比良の大わだであったとしてもそれほど不都合はないことになろう。

ところで、比良の大わだは、先述のように滋賀郡志賀町（現、大津市）を中心に雄松崎から和邇川河口へかけての南北約十キロメートルの曲浦をさすものとすれば、実は「比良の」大わだはそれ自体「志賀の」大わだでもあったのである。先掲『講義』の説とはちがった意味で両伝「さす所の物一」なのではなかったか。

人麻呂歌の異伝が人麻呂自身において両案を存したものか、伝承の間の変化なのか、多くの場合たしかでない。巻一原本は人麻呂生存中に編まれたという伊藤博氏の説（「編者の意図」『国語国文』二九〇号、同氏古代和歌史研究1『萬葉集の構造と成立・上』第二章(一)、所収）に従えば、今の場合は人麻呂自身の推敲の両案である蓋然性が大きくもなろう。作者人麻呂にとって志賀の大わだ・比良の大わだは同じ風景なのであって、両案はただシガノ・ヒラノという音調上のよしあしの問題だったのだとは考えられないだろうか。
澤瀉博士は「過二近江荒都一時作歌」を「官命を帯びて東国又は北国へ使した折に通過した」（注釈）折の作品だとされた。思うに人麻呂は大津京の廃墟に佇立して彼れを見此れを見て一気呵成に長短三首を成したのではなかったのであろう。彼自らが大和をおき奈良山を越えてやってきて、廃墟をとぶらいまず長歌の構想を得た。やがて湖畔辛崎に歩を移して反歌一を成し（あるいはここで船上の人となり）、北上して比良の大わだを眺望して反歌二を得た。そうして「昔の人にまたも逢はめやも」の詠嘆をうそぶかせつつ、東国あるいは北国への道を辿ったのではなかっただろうか。(2)

二　淀むとも

つぎには、第三句「よどむとも」の解釈を問題にしたい。まず「とも」についてはすでに落着したと思うが、念のためにかいつまんで記しておこう。すなわち、この「とも」を事実に反する仮定条件とする解釈があった（拾穂抄、僻案抄、燈、攷證、美夫君志、講義、総釈（武田氏）、金子評釈、作者別万葉集評釈（窪田氏）等）。

もと淀まぬ水にむかひてこそ、よどむといふ詮もあれ、もとより淀なるをよどむとはいふべき事にあらぬをや。（中略）この大和太の水はよどむ世なく、勢多のかたへ流るゝが故に、たとひ此水のよどむ世はありともと、もとよりあるまじき事を設ていふなり。古人この轍多し。「すゑのまつ山浪も越なむ」などよめる類也。（燈）

金子評釈のみは同じく反事実仮定のともであるとしながら、「勢多のかたへ流るゝ」云々はとらず、「琵琶湖は流石に大湖で、岸辺の波は常に動揺して決して淀まない。」としている。これらに対して、このともの仮定は「必ずしも現在の事実の反対であることを要しない」のであって「山川を中に隔りて遠くとも心を近くおもほせ吾妹」などと同様に、「現在淀んでゐる光景に対して『淀むとも』といふ表現を用ゐたもの」という柴生田稔氏の説があり（斎藤茂吉編『万葉集研究』下）、佐伯梅友博士はこれに賛成して修辞的の仮定と言われ（「『淀むとも』考」『万葉語研究』所収）、『注釈』また「急いでゐる人を見て『たとへ急ぐとも』といふ」の場合のそれだと説明される。

さて、ともの解釈・用法がこのように落着した上で一首の解釈がすべて定まったかというとそうではない。ともで接続される前後の「大わだ淀む」と、「昔の人にまたも会ふ」との間には、どんな意味の脈絡があるのか。この点で諸注をたずねてみると、相互に似通うところはありながら、やはりくいちがっている三通りの解釈が広く行われているのである。

(イ)　淀みて待つとも――代匠記「又」の釈、略解、檜嬬手、新考、斎藤茂吉万葉秀歌、窪田評釈、大系、注釈、次田真幸講説等。

湾内の水は淀みてゆきやらぬもの、行きやらぬものは物を待つ如く思はるればシカ淀ミテ待ツトモ（新考。傍線筆者、以下同じ）

湖水の淀んでいる状態に人待ち顔なる印象を得て、これを昔の人にまたも会うことを期待する湖水の状態あるいは動作だと解くのである。玉の小琴「いつまで淀むとも」口訳「いつまで静かに淀んでゐようとも」などもこれにくみするのであろう。

(ロ)　昔ながらに淀むとも――橋田東声氏評釈、落合京太郎氏（『万葉集研究』下）、万葉集精粋の鑑賞、佐佐木氏評釈、私注等。

昔ながらの志賀の入江の現実に対して人の移ろひ易きを嘆いて居る歌の意（落合氏）

昔の如く変らずに、今も淀んで居らうとも（私注）

この解釈は、淀んでいる湖水の状態に「昔ながら」の印象を受取るわけで、

ささなみの志賀の辛崎幸くあれど大宮人の船待ちかねつ　（1・三〇）

と同工異曲と見ることになる。

(ハ)　昔ながらに淀みて……待つとも――古義、柿本人麿評釈編、豊田八十代氏新釈、次田潤氏新講、全釈等。

昔盛なりし世のまゝに淀みてあらむも、その詮なき事なるに、もしなほ昔の人にあふ事もあらむかとて、待つゝあるらむ心の、いかにさぶしかるらむと、大和太をふかくあはれみたるなり。（古義）

昔ながらに水が淀んで、如何にも人を待ち顔であるが（新講）

この解釈は(イ)(ロ)の混交説のようでまぎらわしいが、やはり違う。湖水の淀んでいる状態を昔ながらの状態と認めて、さてその昔ながらの姿に「待つゝあるらむ心」を忖度するのである。(イ)の解釈をふまえてさらに三〇番歌の発想に引きつけた解釈であると見える。(イ)とともに人待ち顔なる大わだをフカクアハレムふうの惻隠の情であるとする見方になる。

さて、諸注はこれら三様の解釈のどれかによって、平和的に共存していること奇異なほどであるが、もともとこうした幾通りかの解釈を許すほどに、情緒の文脈は読者の鑑賞に委ねた、いわば心余りて詞たらぬ一首であるとも見受けられる。ところでここに、右三説とは似て非なる、かつ孤立してかえりみられない代匠記の解釈があった。

水ハ早ク流レ過ル物ナカラ、大ワタニ入回リテ淀ムトモ、昔ハ去テカヘリコヌ物ナレハ、其世ノ人ニ、又逢ンヤ、又アハシト云也。（精撰本。初稿本同旨）

人麻呂にはつぎのような作歌が有る。

もののふの八十宇治川の網代木にいさよふ波の行方知らずも　（3・二六四）

流れる水も網代木にいさよう、しかしそれもたまゆら行方も知らぬ嘆きとなる。また、明日香皇女の死を悼んで、

明日香川しがらみ渡し塞かませば流るる水ものどにかあらまし　一云水の与杼《よど》にかあらまし　（2・一九七）

と歌っている。この歌の余意は、「流れて返らぬ水であっても、しがらみを渡して塞いたらばしばしはのどにもなれ、淀むこともあれ、人の世は瞬時もとどまることがない。」というものであろう。人麻呂が水に対してこのような観念と情緒とを持っていたとしたならば、いま、漫々とたたえて淀む志賀の大わだに見入って、

志賀の大わだにたたえた湖水は、たとえそのように淀みとどまろうとも、世の人は流れてとどまらず、近江京の人にまたも会うことはかなうまい。

という詠嘆を人麻呂が発したと理解することは十分自然であろうと思われる。

淀みとどまっていることは、その結果として昔ながらの姿を今にとどめていることになる理屈であり、それが契沖の解説を先述(ロ)(ハ)の解釈と紛らわしくさせ、結局契沖の見解が注意されることなくうもれてしまった理由かと思われるのであるが、視点の置きどころは両者全く別であることに注目したい。(ロ)(ハ)は、湖水の状態に「昔ながら」との印象をうけとって解釈するものである。「淀む」そのことに思いをいたすのではない。(イ)の解は「淀む」ことに「待つ」意を重ねるのである。前者は「幸くあれど」風の感傷であり、後者は湖水をフカクアハレム風の惻隠の情緒となる。契沖の解によれば、湖水の「淀む」そのことに思いを集めて、たとえ水は淀むことがあろうとも、人事は淀みとどまらぬものだという観念の表白の歌となる。湖水の淀みに寄せた一種の寄物陳思歌である。サキクアレドの感傷を脱し、湖水によせる惻隠の情を捨て、もっと人麻呂自身の日頃の人の世観・人間観に発し又それに帰る詠嘆でもって近江荒都歌一編は締めくくられることになるのである。こうして見ると、契沖説をことさら取りあげて通説の三解の前に置き、彼我比べつつあげつらう意味は決して小さくはあるまいと考えるのである。

注

（1） 湖畔から沖合を見渡すのも良い。湖上の観光船の舷側に寄り木戸あたりを過ぎるころ比良山系の影を落す湖水に

見入るのも良い。むしろ狭隘な大津湾に比べて、比良の大わだはよほど広潤で、球面をなしてもり上るかのようなまさしく「大わだ」を実感することができる。

（2）人麻呂歌集の歌はすべて人麻呂作歌とは言えないから不安ではあるが、参考までに高島で宿る歌（9・一六九〇、一六九一）、比良での歌（9・一七一五、槐本歌）を思い合わせることが出来る。

（3）これも参考として人麻呂歌集歌をあげることが出来る。

巻向の山辺とよみて往く水の水泡の如し世の人我は（7・一二六九）

往く川の過ぎにし人の……（7・一一一九）

往く水の過ぎにし妹が……（9・一七九七）

宇治川の水泡さかまき往く水のこと返らずぞ……（11・二四三〇）

いずれも流れて返らぬ水のイメージである。「その水でさえも淀むことはある。しかし世の人は……」という強調した表現が一九七番歌や問題の三一番歌だと言うことになるであろう。

「『行靡闕矣』考」続貂

一

百岐年《ももきね》　三野之国之《みののくにの》　高北之《たかきたの》　八十一隣之宮尓《くくりのみやに》
日向尓《ひむかひに》　行靡闕矣　有登聞而《ありときて》　吾通《わがかよふ》　道之《みちの》　奥十山《おきそやま》　三野之山《みののやま》
靡得《なびけと》　人雖跡《ひとはふめども》　如此依等《かくよれと》　人雖衝《ひとはつけども》　無意《こころなき》　山之《やまの》　奥礒山《おきそやま》　三野之山《みののやま》

（13・三二四二）

松田好夫先生の名著『万葉研究新見と実証』（昭和四十三年一月初版発行・桜楓社）を繙くことによって、先生の万葉学の重厚精緻な方法に感嘆しつつ多くを学んだ後学の徒は数知れまい。私もその末尾につながる一人である。先生が殊に精力を注がれたのは、同書に寄せられた序文で久松潜一博士も述べておられるように、訓詁注釈と万葉風土・地理の研究である。先生の卓抜斬新な発想と論理、そして実証的な方法による注目すべき数々の成果が欝然と同書に収められている。

その中に、冒頭に掲げた巻十三・三二四二番歌にかかわる二編の論文もある。一つは、古来の難訓に風穴を開けられた「『行靡闕矣』考」（原題『万葉集「行靡闕矣」考――巻十三・三二四二の本文復原――』『万葉』二十二号、昭和三十二年一月）であり、一つは、あくまで実地に即した合理的論証によって万葉地理学上に新見を提出された「『奥十山、三野之山』

考」（原題は「おきそ山、美濃の山——万葉集の一首は尾張の古謡か——」『文学・語学』五、昭和三十二年九月）である。

「奥十山」は、『三代実録』元慶三年九月四日条の「吉蘇小吉蘇両村」なる記事によって、長野県西筑摩郡（現・木曽郡）の木曾の山と見る説と、岐阜県可児市久々利の東南部浅間山《せんげん》（海抜三七四米）と見る説とが、並び行なわれている。先生は「『奥十山、三野之山』考」において、木曾の山が久々利から直線距離で約二十二里の遠距離にあることからして地理を無視した乱暴な説であるとして前説を退けられ、また後説に対しては、浅間山が久々利へ通ういずれの道筋においても往来に妨げになる山ではないことを検証して、その説の最初の提言者千村仲雄（『泳宮考』）の郷土愛に根ざした所見に端を発する謬見であろうと断じられた。

では先生の説はいかなるものか。先生は「奥十山」と「三野之山」は「はじめに山名で云ひ、重ねてその山の所属する国名を挙げて同じ山を呼び上げた」「重複呼称」であること、「三野之山」と言う表現には美濃国人ならぬ他国人的な立場による表現を見るべきこと、それも距離・交通路からして尾張国から国境を越えてきて久々利宮に通う前途を妨げる山をさして言う表現であるとされて、尾張・美濃の国境線を越える旧内津《うつつ》峠越えの道に目を注がれた。その道は、古代東尾張文化の中心地である東谷山周辺（旧内津峠の南方）と、万葉初期の東美濃地方の文化的中心であったと考えられる久々利地方（旧内津峠の北方。因みに先生は古代久々利の中心地を今の久々利の西方番場野とされている）とを結ぶ南北約五里の道であると言う。先生はこの道をこそ歌に言う「吾が通ふ道」であるとし、実地にたどって旧内津峠を北に越え、そこに久々利への往来を妨げて立ちはだかる海抜四一六米余の高社《たかやしろ》山を望まれたのであった。

「奥十山」の決定については、なお従来の通説が完全に否定されたとは言えないであろう。先生の功績は、通説のひよわさを鋭く突いて、すこぶる説得力と魅力に富む新説を提出されたところに有るであろう。一首を尾張国の古謡とみなし、その成立に古代東尾張文化の中心地と東美濃文化の中心地との関係交渉の反映を認めると言う、斬新な発想と丹念な実地探査に拠ったこの論文の方法が、後学にとって万葉地理研究のための一手本となっていることもまた誰も否定できないであろう。かく言う私は残念ながらまだ内津峠越えの古道を踏むことができないでいる。先生の論文をいま読み返しつつ、壮年の日の先生の足跡を慕ってみたい思いがしきりである。

二

もう一つの論文「『行靡闕矣』考」もまた斬新な発想に基づく好論文であった。「ゆきなびかくを」「いでましのみやを」「きらきらしこを」「ゆきなむみやを」「ゆくなきせきを」「ゆきかくるなく」その他、誤字説を取り混ぜて十一説もあって古来の難訓とせられているこの四文字をば、先生はまさに人の意表をつく発想と方法で処理せられた。すなわち、その「闕」なる文字を、本文の文字とは見ないで、集中の題詞に、

三野連　名闕　入唐時云々　（1・六二）

等とある、作者の「名」の記録が無い注記の「闕」字、あるいはまた、

霍公鳥　今来喧曾無　……………　加流々日安良米也　毛能波三箇辞闕之　（19・四一七五）

等とある、「辞」の用いてないことを示す注記の「闕」字と同じ、闕文があることを示す注の文字とみなしては如何か、という説であった。そうして、一首の詩形、短・長の句の配置からして、

日向尓　行靡　短・長

(闕)矣　有登聞而　短・長

の形が考えられるとして、

ひむかひに・ゆきなびける　5・6

4(闕)を・ありときききて　5・6

と推定された。次に、闕文の四音に当てる語を考えて、この歌の従来の諸説に「相聞的な訓と解釈が多いのは、歌自

体の持つ自然の勢のやうで、さう導く何物かが潜んでゐるかと思はれる。その正体が『(闕)矣』の□の所に四音の語としてあつたのではなからうか。その四音の語こそ、たをやかな美女を表はすものであつたと見てよい」として、闕字四音の語は「手弱女（たわやめ）」なる語であろうと推測されたのである。かくて問題の句の前後の訓は、

ひむかひに・ゆきなびける　5・6
たわやめを・ありときさて　5・6

と決定される。なお、この推測に従えば本歌は本来相聞歌であったことになるから、相聞部に収められていて然るべきではなかったかという疑問が残るのであるが、その点については、巻十三の編纂資料においてすでに「手弱女」三字が失われていたためであり、この闕文さえ無かったら当然相聞部に組込まれていたに相違ない歌であると、先生は言われるのである。

先生の新説には、澤瀉久孝博士も賛同され『萬葉集注釈』において詳しく紹介し、「今迄のどの説よりも、自然であり合理的であるから私は従ふべきものと考へる。さてさうすると『日向尓行靡』はヒムカヒニユキナビケルと訓むべきものと思はれるが、その意味は松田博士も『疑問が残る』と言はれてゐるやうに、も一つはつきりしないが、佐佐木博士の訳に『日に向つて歩みゆくに、なよなよとして靡くやうな』とあるやうな意味と採るべきであらうか。」と述べられたところであった。筆者もまたこの説を現在もっとも興味深く有力な説として尊重するものである。

しかしながら「闕」文字を本文の文字として訓読を試みる余地はまだ残されているようにも思う。以下、熟さぬ私見を記してみたい。

三

『常陸国風土記』行方郡の記事に、倭武天皇この土地を眺望して、

山ノ阿《くま》・海ノ曲《わた》ハ、参差《まじはりたが》ヒテ委蛇《もこよ》ヘリ。峯ノ頭《ほとり》ニ雲ヲ浮カベ、谿ノ腹ニ霧ヲ擁《いだ》キテ物ノ色可怜《おもしろ》ク、郷体《くにがた》甚愛《いとめづ》ラシ。宜《うべ》、此ノ地《くに》ノ名ヲ行細《なめくはし》ノ国ト称《い》フベシ。

と言い、「後の世、跡ヲ追ヒテ、猶、行方《なめかた》ト号ク」とある。右の訓読は日本古典文学大系本『風土記』秋本吉郎氏の訓に拠る。同書頭注に「行細の国」に注して、「ならべくわしき国。山・海の自然の並べ方（地形、景色）が精妙にすぐれている国の意。行は排列」とある。後世の号「行方《なめかた》」は、「行《なめ》（並め）方《かた》・形《かた》」クハシキ国の意とするものであろう。いま手元の辞書に頼れば「行」は「行、列也」（『詩経毛伝』『広韻』等）であることを知り、『新撰字鏡』（天治本・享和本）に「行々」の和訓「奈良夫又豆良奴《ならぶつらぬ》」ともある。「行」字を並《な》ムと訓んだ確かな上代文献の例を上記『常陸国風土記』以外に見出せないでいるが、『神代記』に「列」字を「列伏度《なみふしわたれ》」と用いた例がある。「列城《なみき》」の宮（『武烈紀』）もある。「細」字をクハシと訓むのは「色細シ」「浦細シ」「香細シ」「名細シ」「花細シ」「目細シ」「細シサ」等万葉に数多い用字例がある。かくて『常陸国風土記』行方郡条「行細国」三文字についての秋本氏の訓解は、訓・義共に従うべきものと思う。

さて、問題の「行靡闕矣」の「行靡」二文字をこれにならって「ナメ（ナミ）クハシ」あるいは「ナメ（ナミ）ウルハシ」と訓んで見るのも一案ではなかろうか（ナメは下二段列ムの名詞形。並べの意。ナミは四段列ムの名詞形。並ビの意）。『類聚名義抄』（観智院本）に「ホソシ、ウルハシ」の訓があるとおり、「靡」は「麗」に通じ（『広雅』〈釈言〉等）、また「細好也」と注される文字（『揚子方言』〈注〉等）である。そして「細」字の訓クハシの用例は前述の通りであり、「麗」字をクハシと訓む万葉集中の例には「麗妹《くはしいも》」（13・三三三〇）、「美麗物《くはしもの》」（16・三八二一。これにはウマシモノという訓もある）があり、ウルハシと訓む例には『播磨国風土記』に「許乃波奈佐久夜比売命其形美麗《うるはしかりき》、故曰二宇留加《うるか》一」（宍禾郡雲箇里条）、『日本書紀』に「容姿美麗《うるはし》」（『反正紀』即位前紀）、「地形広大亦麗《うるはし》」（『景行紀』十二年）その他少なからぬ訓読例があり、万葉集中の漢文「形容美麗」（17、四七オ）、「容姿佳麗」（2、十オ）等も亦もし訓読すべきものならば、まずはウルハシの訓が施されるであろう。そうして「靡、細也」「靡、麗也」というほどの漢字の知識を万葉人が持ち合わせていなかったとは私には考えられないことである。

次に、三文字目の「闕」はタカドノと訓みたい。

吉野川　激《たぎ》つ河内《かふち》に　高殿《たかどの》を　高知《たかし》りまして　…………　（1・三八）

の「高殿」である。「闕」は文字として宮闕の意であることは紛れもなく、「闕、門観也」（『説文解字』）すなわち楼観を頂いた宮門であり、ひいては「宮廷」の意味ともなる。「詣レ闕朝献」（『斉明紀』）その他に、この文字の使用例は数多い。

『神代紀・下』第十段に、

雉堞《たかがきひめがき》整頓《ととのへそなは》リテ、臺宇《たかどのや》玲瓏《てりかかや》ケリ。

とあり、その「一書・第一」に、

城闕《かきや》崇華《たかくかざ》リ、楼臺《たかどのうてな》壮《さかり》ニ麗《うるは》シ。

とある（本文ならびに訓読は日本古典文学大系本による）。いま問題の文字に施そうとする試訓は、右のような宮闕賛美の詞を念頭に置いたものである。「行」はナメまたはナミと訓み、「靡」はクハシキまたはウルハシキ、「闕」は城闕楼台の義でタカドノと訓んで、

ナメクハシキ（又はナミクハシキ）タカドノ

あるいは、

ナメウルハシキ（又はナミウルハシキ）タカドノ

と訓みたい。整頓リテ壮ニ麗シキ城闕楼台の義である。

ちなみに、四字の前の「日向尓」は通説通り「ヒムカヒニ」と訓んで、この宮闕が朝日夕日に向かって照り輝く宮であることを賛美する語と見るのである。

吾宮者　朝日乃　日向処　夕日乃　日隠処乃　竜田能　立野乃　小野尓………　（『延喜式』祝詞「竜田風神祭」）

纏向の　日代の宮は　朝日の　日照る宮　夕日の　日がける宮………　（『雄略記』歌謡一〇〇番）

内日刺す（枕詞）　大宮仕へ　（13・三二三四他）

寺院の建物の場合にも、「朝日刺す（枕詞）　豊浦の寺」（『霊異記』下三八）というのがあった。

また、うるわしい宮殿を賛美して、奉仕に通おうと言う歌の例は吉野宮・三香原宮・難波宮等に関して多く、ここに列挙することはしない。

本歌は泳宮（『景行紀』四年二月甲子条に初見）を賛美して、奉仕に通う通い道を歌った歌と考える。さればこそ雑歌部に収められた。ちなみに「通い道の障害」を嘆じて「靡け」と歌う歌は、相聞歌の例ではあるが、

妹らがり　我が通《ゆ》く路の　しのすすき　我し通《かよ》はば　靡《なび》け細竹原《しのはら》　（7・一一二一）

もあって、一種慣用的な発想であったものかと思う。

百岐年《ももきね》　三野《みの》の国の　高北《たかきた》の　八十一隣《くくり》の宮に
日向《ひむかひ》に　行靡《なめくは》《なみうるは》しき　闕矣《たかどのを》　有りと聞きて
吾が通《かよ》ふ　道の　奥十山《おきそやま》　三野《みの》の山
靡《なび》けと　人は踏めども　かく依《よ》れと　人は衝《つ》けども
心無き　山の　奥磯山《おきそやま》　三野《みの》の山

松田好夫先生追悼論文集に献稿を命ぜられながら、ご覧のように未熟な意見を提出する羽目となった。文字通りの続貂恥じ入るほかないが、いまはただ天にいます先生の例の温容慈眼に甘えるのである。

Ⅳ 研究余滴

柿本人麻呂

飛鳥浄御原宮《あすかきよみはらのみや》の新政開始後まもなく、おそらく大舎人として出仕したらしい柿本人麻呂は、たちまちその歌舞音曲の才を愛されて、鸕野《うの》皇后の後宮や草壁皇子《くさかべのみこ》の島宮《しまのみや》、諸皇子の身辺に常侍し、公私にわたる宮廷生活の場面を新しい倭歌《やまとうた》をもって華やかに飾った。行幸に供奉しては、

大君は　神にしませば　天雲《あまぐも》の　雷《いかづち》の上に　廬《いほり》せるかも　(3・二三五)

山川も　依《よ》りて仕《つか》ふる　神ながら　激《たぎ》つ河内《かふち》に　船出《ふなで》せすかも　(1・三九)

これらは、大君を頂点とする君臣上下の秩序は天地山川の鬼神にまで及ぶと歌い上げている皇室讃歌である。新田部《にいたべの》皇子《みこ》に献じた歌は、雪の日に駒を馳せて、

矢釣山《やつりやま》　木立《こだち》も見えず　降り乱《まが》ふ　雪にうぐつく　朝《あした》楽しも　(3・二六二)

これぞ君臣水魚《くんしんすいぎょ》の謳歌である。

天武天皇の新政が目指したものは、皇室を中心とした君臣の秩序を確立し、宮廷諸儀礼を整え、伊勢神宮はじめ宗《そう》廟《びょう》社稷《しゃしょく》の祭祀や仏教を統制し、日本伝統の歌舞音曲を振興させ……、一言で「日本の伝統と国土にしっかり根を下ろした礼《れい》・楽《がく》兼備の王権」といえるであろう。この気運の中で伝統の倭歌も時代の要請に応じた新しい意義を負うことになる。それは「天武皇統の新王権を讃美し、君臣和合を謳歌して、秩序と調和の聖代をことほぐ言霊《ことだま》」としての意義である。この新しい意義の倭歌を担う人麻呂の登場こそ「宮廷歌人」の誕生と呼ばれてよいゆえんである。

初期の作品に「庚辰《かうしん》の年（天武九年）作る」とある七夕歌（10・二〇三三）があり、大陸伝来の雅遊をリードする人麻呂の姿もうかがえる。人麻呂は口誦歌謡や伝承詞章の伝統を継承しながら、一方で中国詩文や仏教思想に薫染《くんぜん》、鮮烈な叙情と叙景の方法を工夫し、倭歌を古代日本の文芸として誇るに足る次元にまで引き上げた。しかし、彼の偉大な功績を説くためには必ずしも百万言は要しないのかもしれない。たとえば、

あしひきの　山川の瀬の　響《な》るなへに　弓月岳《ゆつきがたけ》に　雲立ち渡る　（7・一〇八八）

この歌、斎藤茂吉（『万葉秀歌』）をして「写生の極致」とまで言わしめた歌だが、自然の雄大な活力さながらに気韻生《きいんせい》動《どう》する人麻呂のコトバの魔術（言霊）を感得すれば足るであろうから。

人麻呂の活躍によって万葉集の黄金期（第二期）が展開した。大伴家持《おおとものやかもち》は「山柿《さんし》の門」と言って憧憬し、古今集序文も「歌の聖《ひじり》なりける」と鑽仰した。ついには「人丸影供《ひとまるえいぐ》」が行なわれ、神様にまで祭り上げられたがために、謎めいた人麻呂の虚像がいたずらに増殖肥大化したのだが、実像と混同することは避けたい。人麻呂は平城京遷都を待たず、あるいは慶雲三年（七〇六）の疫病大流行などで、齢五〇前後にして没したものか。公務の旅途、石見国鴨山《いわみのくにかもやま》で仆《たお》れ、石川で火葬・散骨されたというのが、もっとも自然に思われる。

閻羅庁の憶良

山上憶良は、養老末年頃から宿痾に取りつかれ、十数年間を呻吟した。その間、亀卜巫祝の類に頼ってもみたが、いよいよ病は重くなるばかり。医薬方に頼ってもみたが、扁鵲・華他ら聖医神薬の存在は大昔の話、今時の医者は藪医者ばかりで、さっぱり頼りにならないと減らず口を叩く。それかと言って殺生でも犯した罪かと顧みれば、「否々私はこの世に生を受けてこのかた三宝に帰依して読経懺悔を欠かさず、百神敬重の日々を送ってきたのでありまして、殺生な行いなど全く記憶にございません。いまだ過去世に犯した罪か、現世で犯した罪の報いか、ついぞ心当たり無し」と全面的に否認、私の病患の原因としては生来の飲食不節制くらいしか思い当りませんが——などと強弁しながら、「人願えば天従う」と言うではありませんか、もしそれが本当ならせめてこの病気を治してほしいものだ、もう千年ばかり長生きさせてくれませんか、などと不平たらたら往生した。行年七十四歳か（『万葉集』巻五「沈痾自哀文」）。

閻羅の庁の検察官は憶良に向かって、「おまえは、仏典の言葉をねじ曲げて、恐れ多くも釈迦如来に貪愛の濡れ衣をお着せ申したばかりか、維摩居士も病気を患った、お釈迦様も苦しみながら死んだなどとしきりに吹聴しては法身常住の理を蔑ろにした。脱俗を志して涙ぐましい努力をしていた畏俗先生に対しては、『家族をうっちゃらかして、このヒトデナシめが』などと聞くに耐えない罵詈雑言を浴びせかけたではないか。古日坊やの葬式の最中、事もあろうに閻羅庁の使者を買収せんとした罪もまた明々白々である。いたずらに内典外典をひねくり回しては俗世間や生命に執着するのが人間の道理であるなどと強弁もしおった。いったい全体『黐鳥のかからはしもよ行方知らねば』とは何事であるか。お釈迦様が目を回すぞ。『煩悩即菩提』などの言い訳は、おまえたちにはまだ百年早い。友人知人の不幸に際してはまともな悔やみ言を言うではなく、哀れっぽい挽歌の美辞麗句を練ることにうつつを抜かしておった。狂言綺語は十悪のうち。自分では殺生罪など犯したことはないと言い張り、あたかもこの世に神も仏も無いものかと言わんばかりくどくどと不平不満を申し立てておるが、無記の罪というものもあるということを知らぬか。七十四歳の高齢まで長生きさせてもらった冥加の程もわきまえず、まだその上に『千年にもが』とは何たる強欲ぞ。この往生際の悪い奴メ」と、大いに詰問されたことであろう。ただその時、かの熊凝少年や志賀白水郎荒雄や大伴旅人夫妻らがこぞって証言台に立ってくれたはずであるし、本人もいつだったか、たった一度だけではあるが殊勝にも「本願のまにま生を彼の浄刹に託せむ」と阿弥陀に直訴していたことでもあるから、閻羅王も憶良の結審にはかなり時間をかけて入念に審理したはずである。その判決がどのようなものであったか残念ながら記録が見当らない。

幸い『日本霊異記』は閻羅庁の判例集と言うべきものであるから、この際参考出来る。その一例——聖武太上天皇のみ世、摂津国東生郡撫凹村の或る長者が、漢神に祟られて、七年の間、年毎に一頭の牛を殺して祭ったのだが、重病に陥った。憶良と同じように医薬方に頼っても見、卜者を呼んでお祓いもしてもらったがいよいよ重くなるばかりである。これは牛を殺した罪であろうかと思案して以後、六斎日には精進斎戒、使いを八方に遣って値段をかまわず生き物を買い求め放生させた。七年後、長者は臨死体験をする。七人の牛頭人身（殺された七頭の牛）が長者を捕らえて閻羅の庁に突き出し、「こいつが我々を殺した罪人です」と訴えた。その時千万余人の者（放生された生きもの）が現われて「この人の咎ではない。祟る鬼神を祀るために牛を殺したのだ」と証言した。閻羅王は、「理判は多数の証による。ゆゑに多数に就かむ」とのたまい「無罪放免」。長者は御輿に乗せられ、千万余人の賛嘆礼拝を浴びながら聖者の行進よろしく蘇生した。「この恨み忘れるものか。いつか復讐してやるぞ。」と歯軋りしながら七匹の牛が見送った。蘇生の後、長者はみだりに神を祭らず、三宝に帰依して家を寺とし、いよいよ放生に努めて無病息災、長寿九十余歳にして死んだという（『日本霊異記』中巻第五縁）。この長者は富裕であったればこそ千万余の生きものを買い求め放生することもできたのであった。山背国紀伊郡の一女人（中巻第十二縁）などは一張羅の衣を代償にして蟹の命を助け、我が身を蛇に捧げる約束までして蛙を助けている。彼女には生れ付いて慈悲の心があったればこそよく五戒十善を受持し、生きものを殺さなかったのである。この長者のように無病息災で長生きしたいという現世的欲望の為の手段として、或る時は牛を殺し、或る時は放生し、財力に任せて寺を建てたりしたのとは、動機の純不純の点で雲泥の相違がある。こんな偽善家でさえ許されて良いのであろうか。第一、あの殺された七頭の牛の怨みはどうしてくれる？

さよう、かかる偽善家の長者でさえ許されて良いのである。地獄に落ちた極悪非道のカンダタにさえ、生前のたった一つのささやかな善行が採用されて一筋の蜘蛛の糸が与えられたことを思え。「閻羅の裁判は厳正を欠く。俗悪な現世的欲望に対しても寛大すぎる。いったいに万葉集や霊異記時代の民間仏教はレベルの低い現世利益仏教と言うべきものである」などと、したり顔で批評する人がもし居たとするなら、その人は閻羅の庁で舌を抜かれた上、尻叩き笞五十の刑に処せられて然るべきであろうか。

以上、閻羅庁の諸判例から類推するに、わが憶良に対する判決主文は「無罪」、それどころか「日頃の読経懺悔の生活まことに殊勝である。もっと長生きしたいと言う切なる願いを叶えてやりたいは山々なれど、すでに七十余歳の寿命の蝋燭は尽きて居るゆえ観念せい。その代わり後生は忉利天往生を許す」というようなものであったと推測される。日夜幾百千の天女に囲繞せられ、焼酎・老酒飲み放題、「憶良らは今は罷らむ子泣くらむ」などと歌っていることであろう。

末筆ながら、日頃絶えざる学恩を蒙っている中西進博士の万葉研究集成というまことに粛敬すべき事業であるにもかかわらず、かかる駄文を呈したことを謝罪します。

万葉集巻五「独」の訓みのことなど

㈠　永・独

禍故重畳、凶問累集。永懐二キ崩心之悲一ヲ、独流二ス断腸之泣一ヲ。………（5・七九三、大伴旅人書簡）

右の「永」の文字、ナガクと訓まれていたが、日本古典文学大系本はヒタフルニと訓む。『神代紀』の古訓や『名義抄』の訓によるらしい。先日、友人木田章義氏が、『漢書』（巻五十六、董仲舒伝）『永惟二万事之統一』の顔師古注に、「永、深也。惟、思也」とあることを教えてくれる。思いが深切である義で、「悢言既《ヒタフル》切《ナリ》」（神代紀）なども見合わせられて、永＝ヒタフルニの訓も諾なわれる。日本古典文学大系本の訓に従うことにした。

それに合わせて対の句の「独」も訓み改めたい。これはヒトリと訓まれていて誰も疑わないが、ワタシャヒトリデ泣イテルワイナみたいな甘ったれた泣言を言う旅人卿とも思えない。『周易正義』（晋）に、「独行レ正也」に注して「正義曰、独猶レ専也。言三進与退専行二其正一也」とある。これも先日、友人今西祐一郎氏が、慶安版及び寛文版『文選』の訓に、「一人不レ能三独《モハラニ》尽二其経一」（巻四三劉子駿「移書譲太常博士一首」）とあることを教えてくれる（付記）。そこで、

永《ヒタフル》ニ崩心ノ悲シビヲ懐《むだ》キ、独《もはら》ニ断腸ノ泣《なみた》ヲ流ス

となる。語呂もなかなか良い。旅人卿の涙もこれで須佐之男命の号泣のようになった。両氏に感謝しつつ赤提灯で乾杯する。

㈡ 餞酒

前出「大伴旅人書簡」中上二句の「重畳《ちようでふ》シ〜累集《るいしふ》ス」という、音読した二文字の漢語にスを付ける訓み方も気に入らない。これは私の趣味と偏見に過ぎないと言われたらお仕舞であるが、『万葉集』の中の漢文における限り、用言や副詞にはとにもかくにも訓読を与えたい。そこで、ここは「禍故重畳《かさな》リ、凶問累集《しき》ル」と訓んで済ませることができたけれども、

書殿ニシテ餞酒スル日ノ倭歌《やまとうた》四首　（5・八七六〜八七九題詞）

にはハタと詰まった。ウマノハナムケセシ日と訓む注釈書も多いが、これでは『土左日記』ではないか。サケクラヒテオクル日（「酒食送レ人也」『新撰字鏡』）とでも訓んでごますかなどと悶々数ヶ月、或る日、小芋の煮ころがしを赤い塗箸でつまみあぐねながら、ふと名案が閃いて、

書殿ノ餞酒ノ日ノ倭歌四首

と訓むことにした。餞酒の二文字、動詞とばかり思い込むことはなかったのである。逃げを打つのも兵法のうちであった。小芋の煮ころがしに敬意を表してもう一皿注文する。いい気分で帰宅して西本願寺本『万葉集』（複製）を開いて見ると、ちゃんとそう訓んでいた。

㈢ 妻子等

小芋の煮ころがしと言えば、かの人にも感謝しておかねばならない。

我よりも貧しき人の……妻子等は乞ひ乞ひ泣くらむ　（5・八九二）

「貧窮問答歌」の問歌の部分、貧者の家族に同情して歌うところで、その「妻子等」はメコドモと訓みならわされており、誰も疑わない。しかし、後半の答歌では、貧者がわが妻子を呼んで、「妻子等《めこども》母は足の方に」と歌っている。

この妻子等母（音仮名表記）に、妻子等（正訓）と区別する表記意識があると認められるとしたら、これはメコタチかメコラと訓むのが良いであろう。音節数の上からメコタチを採ろう。メコタチと訓めば、メコドモと言うよりも丁寧で敬愛をこめた言い方になる。

　こう訓み改めることに気付いたのは、昨年総選挙の頃テレビの政見放送を観ていて、かの人の小芋の煮ころがしのような摑まえどころのない演説を聴いていた時だった。「国民ノミナサマガタノ何とか、かんとか……」。

　たとえ相手が貧民ドモであっても、メコタチと呼びかける敬愛の情を、筑前国守の作者も亦持って居たればこそ、「貧窮問答歌」のような秀逸も作られたのである、と講義してその日のゼミの学生たちに深い感銘を与えたことである。

(四)　宇奈可美

海《わた》の底　沖つ深江の　宇奈可美乃　子負《こふ》の原に……　（5・八一三）

右の傍点部は従来、「海上《うなかみ》ノ」（海のほとりの）と訓釈されてきた。序文に、「臨レ海丘上」という語もあるので、それに引かれて誰も疑わなかったのであろう。しかし、海上《うなかみ》は、そのまま海ノホトリの意味になるのであろうか。川上《かわかみ》は、川下《かわしも》あっての川上であり、川の上流の意味である。川ノホトリの意味に取るべき「川上之伊都藻之花《いつものはな》」（10・一九三二）や「河上乃湯都盤村《ゆついはむら》」（1・二二）などは、今ではカハノヘノと訓まれている。思うにこれは、地名「子負の原」の枕詞として、「頸髪《うなかみ》の」と訓み解くべく（髪のミは勿論甲類）、義はウナヰガミに同じ。「頸著《うなつき》の童子髪《わらはがみ》」（10・三七九一）の語もあり、「額髪《ぬかがみ》」（11・二四九六）の語が有るように、「頸髪《うなかみ》」の語の存在は十分認められようと思う。すなわち、

　海底《わたのそこ》沖ツ―深江ノ
　頸髪《うなかみ》ノ―子負ノ原ニ

となる。この訓釈に思い当たったのは、学生のコンパに誘われて縄のれんをくぐり、可愛いおかっぱの女子学生某君

が慣れない手つきでビールを注いでくれていた時だった。まことに学問の道は因縁無限、恩頼無量と言うべきであろうか。

〔付記〕中村宗彦氏『九条本文選古訓集』（私家版、第四集、六四一頁下段）に、「獨《モハラニ》盡《スコト》二其經《ヲ》一」とあり、版本の訓の拠るところ古訓にあること、廣岡義隆氏の教示を得た。

祈りの挽歌――古代の葬送儀礼と歌

哭踊

イザナキノミコトが、死んだ妻を追って黄泉国《よもつくに》を訪問して見ると、イザナミノミコトの体にウジ虫がたかってコロコロと音を立てていた（ウジタカレコロロク）。死後の世界を「いなしこめしこめき穢《きたな》き国」であるとして恐れていた世では、死者がまだ生死の境をさまよっている間こそ、その霊魂をこの世に呼び戻そうとして遺族は哭き叫び、死者の名を呼び続け、にぎやかに飲み食い、歌い踊った。しかし、いったん死者が「黄泉戸喫《よもつへぐい》」をしてかの世のものになってしまえば、後はもっぱら千引《ちび》きの岩の向こうに封じ込めてしまうほか無かった。生者と死者のこんな関係のなかでは、懐かしく死者を偲び、あるいは死後の世界での死者の生活を美しく思い描くというような言葉は存在し得なかった。

ヤマトタケルノミコトの霊魂は八尋白智鳥《やひろしろちどり》となって飛翔したという。この幻想を抱いた人々はもはや、あのウジタカレコロロクと言う死者の観念からはよほど解放されていたものであろう。ヤマトタケルの御葬《みはふり》で歌われたという四首の歌がある（『古事記』中巻）。

なづきの田の　稲《いな》がらに　稲がらに　匍匐《は》ひ廻《もとほ》ろふ　野老蔓《ところづら》

（大意）水田の、稲の茎に、稲の茎に、からみついている野老蔓。

浅小竹原《あさじのはら》　腰なづむ　空は行かず　足よ行くな

（大意）篠原は、篠が邪魔して歩きにくい。空は飛べないから、歩いてゆく。

海処《うみが》行けば　腰なづむ　大河原の　植ゑ草　海処は　いさよふ

（大意）海を行けば、波に揉まれて歩きにくい。河原の水草のように、波に揺られてゆらゆら。

浜つ千鳥　浜よは行かず　磯づたふ

（大意）浜千鳥、浜を飛ばず、磯を伝って乱れ翔ぶ。

このヤマトタケルの御葬の記事には、古い由来の葬送儀礼の要素、匍匐礼《ほふくれい》・哭泣礼あるいは喪主が自らの身体を傷つける習俗等が反映していると言う。また、四首の葬歌は、本来労働歌謡または恋愛歌謡であったもので、それが葬礼の歌として転用されたものであると言う。(1)労働の苦労や恋の難儀を歌う詞を借りて、葬礼に奉仕する悲苦の姿を描写しており、これはこれなりに死者を慕う遺族の悲哀を不十分ながらも表現し得ているけれども、叙情詩というには遥かに遠かった。

悲傷

死者を傷み偲ぶ歌は——もしその所伝が信用すべきものであるならば——斑鳩宮の聖徳太子の身辺で誕生した。

上宮聖徳皇子、竹原井《たかはらのゐ》に出遊《い》でましし時に、竜田山《たつたやま》の死人を見、悲しび傷みて作らす歌一首

家ならば　妹《いも》が手まかむ　草枕　旅に臥《こや》せる　この旅人《たびと》あはれ　（3・四一五）

（大意）家であれば、妻の手枕。それをまぁ、草を枕に死んでいるこの旅人よ、あぁ痛ましいこと！

この歌は、万葉にあらわれる最古の挽歌（青木生子氏）(2)。のちのち行路病死者を悼む歌の手本となる。また、膳《かしわで》夫人《のきさき》が死んだ時の太子の作歌、

いかるがの　富《とみ》の井の水　生《い》かなくに　食《た》げてましもの　富の井の水　（『上宮聖徳法王帝説』）

（大意）斑鳩の富の小川の水よ。どうせ死ぬときまっていたのだから、飲ませてやれば良かった。あんなに欲しがっていた富の小川の水を。

死ぬ直前に夫人が水を乞うたが、太子は許したまわず、夫人は死んだ。そこで太子が自らを責めて詠まれた、とある。生死の境にある人は今はの際に水を願うという。太子が水を与えなかった理由は、夫人の死を認めることを拒んだためであろう。どうぞ死んでくれるなよという願いが、しかし今となってはホゾを噛んで嘆かれた歌である。もはやこれらの歌は先の御葬歌とは叙情の質を異にする。死者を前にした生者の痛恨の吐露であり悲傷の叙情詩である。太子の死に際して巨勢三杖《こせのみつえ》大夫が歌った三首（他二首略）

いかるがの　富の小川の　絶えばこそ　わが大君の　御名忘らえめ　（『上宮聖徳法王帝説』）

もまた、伊藤博氏のいわゆる「偲びの歌」[3]であることが確かである。

仏法興隆の聖地である斑鳩宮から、始めてこれら死者の前に生者が捧げる悲傷と偲びの歌があらわれてくる。「死」が叙情の対象となるためには、やはり仏教思想の浸透による生死観・後生観の変化や葬送儀礼の変革がなければなるまい。聖徳太子の妃のひとり橘大郎女《たちばなのおおいらつめ》が、天寿国《てんじゅこく》に往生した聖徳太子を美しく幻想して画家に描かせ、采女たちが心を籠めて刺繍した曼荼羅《まんだら》繍帳《しゅうちょう》こそは、古代日本人の精神史の美しい標識の一つである。

万葉集の時代は、飛鳥・白鳳・奈良の三時代約一三〇年間をおおう日本仏教の生誕から爛熟の時期にあたっている（田村圓澄氏）[4]。葬送儀礼について言えば、天皇の大葬の場合、僧尼がはじめて参加したのは天武天皇の葬儀であった。これを出発点として以後葬送儀礼は仏教的に整備されて行く（伊藤博氏[5]・田中日佐夫氏[6]）。初七日から始めて七七、百か日の追善供養、周忌の法要等、主として寺院を中心に行なわれるところの、死者の後生の冥福を祈る葬儀になってくる。天皇家に限らず、貴族官人から庶民にいたる諸階層で仏式の葬送儀礼が普及してゆく。こうして、仏教が「氏族仏教」から「国家仏教」へと発展・興隆・爛熟しつつ、葬送儀礼が仏式に整備され普及して行くにつれて、万葉の挽歌もまた徐々に叙情詩として変貌を遂げつつ展開して行くのである。

追善供養の場と挽歌の製作

持統天皇作の挽歌巻2・一六二は、その題詞通り天武天皇の崩御後八年（持統天皇七年）の九月九日に行なわれた御《ご》斎会《さいえ》（追善の法要）の夜に作られた歌であった。また、人麻呂の殯宮《ひんきゅう》挽歌の歌の場として、殯宮期間の果てに死者生前の居所または寺院で行なわれる仏式の斎会の場が推測されている（渡瀬昌忠氏）[7]。これらは仏教を鎮護国家の思想的支柱にしようとして保護育成した天武朝のころから、七七・百か日・周忌等の仏式法要が、挽歌の製作や享受の新しい場として拡がってきたことをうかがわせる事情である。天平時代に下がって、大伴家持作の安積《あさか》皇子挽歌（巻3・四七五～四七七）はまさに皇子の三七日供養に際して作られている（伊藤博氏）[8]。山上憶良作の「日本挽歌」（巻5・七九四～七九九）が、大伴旅人の妻の百か日供養の日を期して献呈されたものであろうと言うのは、上記諸氏の論などに示唆を蒙って得た筆者の推定である[9]。

祈り――万葉挽歌史の一達成

次に挙げる「男子名は古日に恋ふる歌」（山上憶良）もまた、亡児古日の七々の供養を期してその親に贈られた作品であったと思う。

男子《をのこ》名は古日《ふるひ》に恋ふる歌三首

世の人の　貴び願ふ　七種《ななくさ》の　宝も　我は何せむ
我が中の　生まれ出でたる　白玉の　吾《あ》が子古日は
明星《あかぼし》の　明くる朝《あした》は　敷《しき》たへの　床《とこ》の辺《へ》さらず　立てれども　居《を》れども　共に戯れ　夕星《ゆふつづ》の　夕になれば　「い

ざ寝よ」と　手を携はり　「父母も　うへはなさがり　三枝《さきくさ》の　中にを寝む」と　愛《うつく》しく　しが語らへば　何時
しかも　人と成り出でて　悪《あ》しけくも　良けくも見むと　大船の　思ひ頼むに
思はぬに　横風《よこしまかぜ》の　尓母《しかにしも》　布敷《しくしく》　可尓《かに》(10)　覆《お》ひ来《きた》れば　せむすべの　たどきを知らに　白たへの　襷を掛け
まそ鏡　手に取り持ちて　天《あま》つ神　仰ぎ乞ひ祈禱《の》み　国つ神　伏して額《ぬか》づき　「かからずも　かかりも　神のま
にまに」と　立ちあざり　我乞ひ祈禱《の》めど　しましくも　良けくは無しに　漸々《やくやく》に　形つくほり　朝な朝な　言
ふ言《こと》止み　たまきはる　命絶えぬれ
立ちをどり　足すり叫び　伏し仰ぎ　胸打ち嘆き　手に持てる　我《あ》が子飛ばしつ　世間《よのなか》の道　（5・九〇四）

反　歌

稚《わか》ければ　道行き知らじ　（大意）幼くて　道を知るまい
幣《まひ》はせむ　礼はします
黄泉《したへ》の使　負《お》ひて通らせ　鬼よ　あの子をおぶってください　（九〇五）

布施置きて　吾《あれ》は乞ひ祈禱《の》む　（大意）布施を積んで　お願いします
あざむかず　迷わせず
直《ただ》に率《ゐ》行きて　天路《あまぢ》知らしめ　天国へ一路　お連れください　（九〇六）

反歌第一首は、亡児古日の死出の旅路。四十九日の間、閻羅王ら七王の審判を受けながら中有《ちゅうう》を彷徨《さまよ》うのである。反歌第二首は、死者の追善供養のために三宝に布施を捧げ、亡児を天国へ導いてほしいと祈願する。この作品は、古日という幼児を喪《うしな》った親のために、慰籍と祈願の意をこめて作られ、贈られたものであろう。それはおそらく古日七々日に斎を設けて三宝に供養する、その日のことであった。

供養願文との類似

さような製作の意図からして、一首の言葉運びは自ずから供養の日の願文《がんもん》に似た起承転結を持つことになったようである。すなわち、亡児の生前の可愛さの追想描写、成長の暁への親の期待、次いで「アニ思イキヤ、コト願イト違イテ横風《よこしまかぜ》ノニワカニ襲ウトコロトナラントハ」という展開、「セムスベノタドキヲ知ラ」ぬ親の悲嘆の描写、そして最後に往生の妨げとなってはいけない悲嘆を抑えて懇切な祈願の言葉、「伏シテ願ワクハ、三藐三《さんみゃくさん》菩提《ぼだい》ノ仏タチ、亡児古日ヲシテ九泉下ニ迷ワシメズ、直チニ天国へ化生《けしょう》セシメヨ」と結んだ。一首は、万葉の挽歌史がたどりついたもっとも美しい作品の一つであると思う。

注

（1）神堀忍氏「歌謡の転用―倭建命葬歌の場合―」関西大学『国文学』第二六号。また同論文に引用せられている諸家の説参照。
（2）青木生子氏「挽歌の源流」『万葉挽歌論』一。
（3）伊藤博氏「挽歌の創成」『万葉集の歌人と作品・上』第一章一。
（4）田村圓澄氏『飛鳥・白鳳仏教論』第三章三「『万葉集』と仏教」。また同書第二章一「聖徳太子の時代とその仏教」。
（5）伊藤博氏「人麻呂殯宮挽歌の特異性」、同上書第五章三。
（6）田中日佐夫氏「「誄《しのびごと》」という儀礼」『二上山』第三章。
（7）渡瀬昌忠氏「人麻呂殯宮挽歌の登場―その歌の場をめぐって―」『国文学・解釈と鑑賞』四三七号（三五巻八号）「万葉の挽歌」。
（8）伊藤博氏「十六巻本万葉集―万葉集の構造と成立―」『万葉学論叢』。
（9）拙稿「報凶問歌と日本挽歌」『赤ら小船』。
（10）以上六文字難訓。試訓の根拠は拙著『万葉集全注』巻第五。

万葉の女歌

近頃、万葉の女性歌人の表現について関心を持っていて、宮島達夫氏編『古典対照語い表』の付録の統計表からあるヒントを得た。すなわち更級・源氏・枕・蜻蛉等女流の作品と徒然・方丈・大鏡等とを比べて見た場合（この際ジャンルは無視して）、名詞の使用率において、女流が一団となって低く（例外は紫式部日記）、形容詞と副詞において高いという傾向が見られる。そこで、万葉歌人の場合はどうかというわけで、主要な作者のカードをとってみた結果は、やはりそこでも品詞別の使用率の上でかなりの偏差をもって「男女のわかち」（『歌意考』）を考えることができた。

詳しい数字は省略せざるを得ないが、結果だけを述べると、女流歌人（額田王・大伴坂上郎女・狭野弟上娘子・群小歌人十二名）は軒並に名詞の使用率が男性の平均よりも低く、動詞は高い（例外は笠女郎）。形容詞はばらつきがあるが、副詞はおしなべて高い。一方男性歌人（人麻呂・黒人・金村・赤人・旅人・福麻呂・群小歌人十五名）は軒並に名詞の使用率が高く、動詞が低い（例外は憶良・池主・初期の家持・宅守らで、これは彼等の比較的くねくねした文体に関係があるだろう。虫麻呂はひとり名詞・動詞共に高く、従って他の品詞の使用率が低く、その単純明快な個性を示していると思われる）。形容詞は男性もばらつきがあり、副詞は一般に低い（例外はこれも憶良・家持）。総じて女性は、男性と比べて用言過多的である。「かのしうねくくねくしき」（『歌意考』広本）女てふものの性であろうか。その一例歌、

玉匣《たまくしげ》覆ふを安み明けて往なば君が名はあれどわが名し惜しも　（2・九三、鏡王女）

玉匣三諸の山のさな葛《かづら》さ寝ずはつひにありかつましじ　（2・九四、鎌足）

後者はどこから見ても男性の歌であるが、名詞4、動詞2、副詞1で成り立っていて引締ったわずか七文節の調べも直線的である。対して前者は、名詞4、動詞4、形容詞2で成り立っていて、助詞を多く用いたこまぎれの十一文節が、心理的にも調べの上でもくねくねと屈折し曲線的である、云々。

真淵は、大和国は丈夫国で、女もますらをに習ったから万葉集の歌はおよそ丈夫の手ぶりであり、山背国はたをやめ国で、男もたをやめを習ったから、古今集はもっぱら手弱女の姿であると言うのである（『にひまなび』）。万葉集にも手弱女の作者は多いが、それにつけては如何と言えば、

女の歌はしも、古へはよろづのこと、ますらをにならはひしかば、万葉の女歌は男歌にいともことならず。

とは言いつつ、

そが中によく唱へみれば、おのづからやはらびたること有は、本よりしか有べき也（大伴坂上郎女のを、しく、石川郎女の艶ひやか成はおきて惣てをいふ）、男は荒魂、女は和魂《にぎたま》を得て生るれば也（『にひまなび』）

と言う。「いとも異ならず」と言うのは、万葉の女歌もまた男歌と共に直くひたぶるな心を歌っている点において同じだと言うのである。むしろ万葉歌人はひたぶる心に歌うだけに作者の性別もうちつけに表現されてあらわとなる。すなわち、

額田姫王・石川郎女などのうたは、ふるき世のさまながら、しらべも心もまことに女なり（『歌意考』広本）

という次第だ。『万葉考』をひもといていても、作者未詳歌などで、「かくはかなくよめるは女の歌にて」「此歌は女の歌なるべし」「女歌なり」などの注がしばしば見受けられるのであって、女性の歌に対する真淵の関心は相当深い。真淵はまた、古今集のよみ人しらずの歌を賞揚し、「こゝろみやびやかにゆたけくして……なだらかににほひやかなれば、まことに女の歌とすべし」（『歌意考』流布本）と言い、あるいは女性は万葉にその高く直い心を得て、しかる後に艶える姿を古今集のごとく詠むのはよろしいとも言っている（『にひまなび』）。

私は無知であるから教えていただきたいのであるが、いったい女歌のことなぞ心配した近世の学者が真淵の他にも居たのかどうか。県門三才女を弟子に誇る真淵ならではと思われる。「ますらをぶり」の真淵はその一方で女歌を十分尊重する人であったと思う。

古今歌集のころとなりては、男も女ぶりによみしかば、をとこ・をみなのわかちなくなりぬ　（『歌意考』流布本）

いかにもその通りで、試みに古今恋歌数首を作者を伏せて大学生約百名の授業中に作者の性別を質問したところ、どの歌についても男女ほぼ二分する答が返ってきた。つまり古今歌はコインの裏表を当てる確率でしか男女の判別がつかないということになる。その後の和歌史でもほぼ同じ事情があるだろう。とすると、万葉の女歌の存在は貴重なものである。さいわい校訂あらたに真淵全集が出た。万葉の女歌についての真淵の意見をもうすこし尋ねてみたいと思う。

若狭に来た。山川登美子の歌碑を見る。

いく尋の波はほをこす雲にゐみ北国人と歌はれにけり

この歌を真淵ならどう批評しただろう。小浜はますらおぶりの梅田雲浜と佐久間艇長と、登美子の取合せがおもしろい。

悲恋の物語

一　穂積皇子《ほづみのみこ》と但馬皇女《たじまのひめみこ》

但馬皇女は天武夫人氷上娘《ひかみのいらつめ》（鎌足娘）を母として生れた。異母兄穂積皇子との実らぬ恋に苦しんだ当時、同じ異母兄の高市皇子《たけちのみこ》の宮に在った事が判っている。そこでそのロマンスも実は高市皇子の妻でありながらの道ならぬ恋であり、穂積皇子が志賀山寺に遣わされたのもその故の勅勘であったと見るのが通説のようだ。しかし「勅《シテ》二穂積皇子《ニ》一遣《ス》二近江志賀《ノ》山寺《ニ》一。」（2・一一五題詞）とあるのが勅勘と確認できるものでない事も言われている。この稿では皇女が母を失った天武十一年（六八二）はまだ幼少の頃で、頼りもなくなるままに、最年長の兄であり末は皇位にお立ちになるかと目されていた高市皇子の宮に引取られて、成長の後には何しろ皇女であるからその后がねにとも予定されていた。

と、ちょうど源氏の若紫のような境遇を考えてみる事にした。皇女を姦婦にするのは忍び難いから。もっとも以下は集中に散在する二人の歌を綴って組立てた話である。当時こんな歌物語として存在していたわけではない。ただこうした情歌が類を以て集められる時、題詞や左注を付して自らそこに一つの歌物語が形成されてゆくふしが見られて興味深く、小稿はいわばその一異本というわけである。

穂積皇子は天武夫人大蕤《おおぬ》娘を母として生れた。皇子もまた高市・草壁・大津らの諸皇子よりはずっと年下であったらしい。母が近江朝の重臣で壬申乱後流された蘇我赤兄《あかえ》の娘であった事が、皇子の幼少年時代をやや暗い沈んだ雰囲気で包んでいたろうかと思わせ、その作歌から髣髴される皇子の内省的で繊細な、傷付き易そうな心情はそうした時期に作られたものではないかしら。

皇女は、母の居ない淋しい境遇にもめげず、純心で美しい少女として成長するにつれ、同じ異母兄ながら重厚壮齢の高市皇子よりも、歳も近い穂積皇子のどこか一抹のかげりのある風貌に惹かれるようになったらしい。皇子もまた、兄高市を頼んでその宮に出入りするうちに、そこに養われていた美しい異母妹の淋しい境遇に最初はいたわりの眼を向けつつ、やがて皇女の時にひたむきな眼差を眩しく、そして嬉しいとも思うようになったのであろう。二人の間に芽生えた愛情はうぶな少女青年のそれであるだけにぎこちなく仕種にも現われて忽ち噂の立つところとなった。末は高市皇子のお側にと誰もが思っていた皇女の身に起った事であるから、人々の心配も干渉も一通りではなかったはずだ。けれども阻まれる程純な愛情は燃え上り確信を強め、ひたむきなものになってゆく。

秋の田の穂向きの寄れる片寄りに君に寄りなな言痛《こちた》かりとも　（2・一一四）

人言を繁み言痛みおのが世に未だ渡らぬ朝川渡る　（2・一一六）

言繁き里に住まずは今朝鳴きし雁にたぐひて行かましものを　（8・一五一五）

時の天皇は持統天皇、夫の天武天皇を助けて大和国をきりもりしてきた苦労人であるから、数多い皇子皇女の間に波風は立てまいと思案し、近江崇福寺の造立か何かの公用（『攷証』）にかこつけて皇子を遣り、人の噂の七十五日が程は二人の間を遠ざけておこうとされたのであるらしい。その時の皇女の歌、

遺《おく》れ居て恋ひつつあらずは追ひ及《し》かむ道の隈廻《くまみ》に標結《しめゆ》へわが背　（2・一一五）

皇子は志賀山寺で懊悩の日々を過していたが、皇女の許から秘かに届いたこの歌を悲しく読んでも、和歌を送り返

す事はしなかったようだ。恩を思い義理を考え、幼時から教え込まれてきた儒教の道徳をふりかえったであろう。何よりも、自分の愛を諦める事が皇女の将来にとって一番幸福な方向なのだと自分を納得させ、思いの火を鎮めようと努めたのであろうか。

今朝の朝け雁がね聴きつ春日山もみちにけらしわが情《こころ》痛し　（8・一五一三）

秋萩は咲きぬべからしわが屋戸の浅茅が花の散りゆく見れば　（8・一五一四）

皇女にとっては漢字で書かれた人倫の教えなどその思想ではなかった。ただひたむきなおのが愛こそが真実であり生命であったのだが、皇子の真意は測りしられず恨めしく、忍従と諦めのうちにやがていつの日か高市皇子の妻として迎えられたのであろうと推測する。

持統十年（六九六）七月、太政大臣高市皇子は朝野の哀惜のうちに薨じたが、穂積皇子には、両夫に見《まみ》える事を愛するひとに求めることは出来なかったのであろうか。あるいはすでに皇子の壮年の知恵は、皇女との結婚によって失ってしまうかもしれない大切なものの価値を知り過ぎていたのであろうか。

家にある櫃《ひつ》に鏁《かぎ》さし蔵《をさ》めてし恋の奴《やつこ》のつかみかかりて　（16・三八一六）

右歌一首、穂積親王宴飲之日、酒酣《たけなは》之時、好誦㆓斯歌㆒、以為㆓恒賞《つねノめでト》㆒也。

酔いのままに口ずさまれるものは、決して皇女にきかせてはならない苦い歌なのであった。

和銅元年（七〇八）六月、但馬皇女は三品という位とそして恐らく故高市皇子尊の後室という尊貴な身分とをもって世を去った。丁重な葬儀を重ねた後、遺体は都を出て初瀬吉隠《よなばり》猪養《いかい》の岡に収められた。時に知太政官事の要職にあった穂積皇子は、その時初めて、滂沱と頬を伝う涙を人に見せて拭おうとはしなかった。

但馬皇女薨後、穂積皇子冬日雪落、遙㆓望御墓㆒、悲傷流涕御作歌一首

降る雪はあはにな降りそ吉隠の猪養の岡の寒からまくに（塞《せき》なさまくにトモ。）　（2・二〇三）

皇女に冷たかったのは雪ではなかった。あの純でひたむきな皇女の愛に対して、義理といえ道徳といえ、かたくなに心を閉ざしてしまったおのれこそ、雪にもまして冷たい人間なのではなかったか。

皇女の死後七年、霊亀元年（七一五）七月丙午日「知太政官事一品穂積親王薨ず。従四位上石上朝臣豊庭・従五位上小野朝臣馬養を遣はして喪事を監護せしむ。天武天皇第五の皇子なり。」と『続日本紀』にある。

二　石上乙麻呂《いそのかみのおとまろ》と久米若売《くめのわかめ》

神亀元年（七二四）五月、正六位上久米奈保麻呂なる者が久米連の姓を賜わった。この男なんとか家名を挙げたいものと、今を時めく藤原四兄弟の一人宇合《うまかい》卿に接近していったのであるらしい。宇合は神亀の初め持節大将軍として蝦夷を征し従三位勲二等、三年には参議式部卿に任ぜられている。『懐風藻』に載す六篇の堂々たる詩文を見よ。文武両道の大器量人、かの万葉歌人高橋虫麻呂もぞっこん傾倒したいわば男惚れのする大丈夫であったらしい。奈保麻呂も家運を賭けるのはこの人にこそときめて秘蔵の愛娘若売を「かしこかれども――」と差し出した。それは遅く見て天平三年（七三一）の事で（四年に百川《ももかわ》生）、時に若売の年齢を番茶も出花十八歳と仮定する（献上にはこれ位が一番よろしい）。宇合は男盛りの三十八歳、すでに若売と同年輩の広嗣・良継ら始め数人の子供が居たし先妻もいたろう。玉の輿に乗った若売は嫉妬や中傷に悩まされつつおろおろとすごしていたのであろうが、やがて一児の母となってやっと妻の座も落着いたと思う間もなく、天平九年（七三七）八月疫病の大流行で頼みの宇合卿にぽっくり死なれてしまった。実家の後押しも何分頼りなく、六歳の小児を抱えた二十四歳の美貌の未亡人が、音にきく藤原カルテルの片隅で小さくなって暮していたところへ、石上乙麻呂が近付いていって優しい声をかけたわけである。

乙麻呂は故左大臣贈従一位麻呂の第三子。家柄、容姿、才気、それらを包む纏綿たるムード、かてて加えて満々たる自信（以上は『懐風藻』の伝や作品による想像）、およそ女性が惹かれる男性の条件をすべて一身に備えた紳士であったらしい。年齢は不明だが、当時四十三、四歳であろうかと思う。(1) 宇合卿とほぼ同年輩で、あるいは二人は青年時代から学問や詩の勉強で机を並べた好敵手であったかも知れぬ。乙麻呂と若売との間も、かねてより親しい友人の妻、夫の親友というものではなかったろうか。

さて、いかなる天魔の見入れしぞ若売は乙麻呂の情熱的な求愛にたわいもなく押し流されてしまった。思えば宇合との結婚も家の為身の為と説き伏せられて少女心のやみくもに嫁いできたのだった。男女の愛というものがこんなにも激しく妖しく心をゆさぶるものだとは若売は知らなかったのであろう。

若後家の挙動に対する世間の常は鵜の目鷹の目、忽ち露顕してしまった。何はさておき皇后光明子の兄嫁にあたるもののふしだらなのだから（窪田『評釈』）世間の口も騒がしい。藤原氏の家名にかけても許されない。天平十一年（七三九）三月、乙麻呂は土左へ、若売はまだききわけもない百川を人手に委ねて泣く泣く下総へ流されてしまった。

石上布留《ふる》の尊《みこと》は　手弱女《たわやめ》の惑ひによりて　馬じもの縄取り付け　鹿《しし》じもの弓矢囲《かく》みて　大君の命恐《かしこ》み　天離る夷
辺にまかる　古衣真土《まつち》の山ゆ　帰り来ぬかも
（6・一〇一九）

大君の命恐み　さしならぶ国にいでます　はしきやしわが背の君を　かけまくもゆゆしかしこし　住吉《すみのえ》のあら人
神　船の舳《へ》にうしはき給ひ　つき給はむ島の崎崎　より給はむ磯の崎崎　荒き波風に遇はせず　つつみなくやま
ひ有らせず　すむやけくかへし給はね　もとの国べに
（6・一〇二〇、一〇二一）

父君に吾は愛子《まなご》ぞ　母刀自に吾は愛子ぞ　参上る八十氏人の　手向する恐《かしこ》の坂に　幣《ぬさ》奉り吾はぞ追へる　遠き土
左道を
（6・一〇二二）

大崎の神の小浜はせばけども百船人《ももふなびと》も過ぐと言はなくに
（6・一〇二三）

乙麻呂自作との考えもあるが、『私注』は「後世の瓦版とか、今の新聞三面記事の如きはたらきを此等の歌がしたものと見える。」と言う。筆者も〝瓦版〟説乃至〝講釈〟説をとる。歌は賑やかな掛合いで、舞台は表情たっぷりな道行きである。「父君に～母刀自に～」とクドキを入れて「恐の坂に幣奉り」でフリをつける。見てきたようなうそをつくのは講釈や瓦版の常であろう。この種のムードが人々を面白がらせていたとすると、それは天平という時代世相のある頽廃の一面を窺わせるものだといえよう。広嗣の叛乱もこういう時代に起った。

天平十二年（七四〇）六月の大赦で若売は帰京を許されたが乙麻呂は除かれ、翌年九月の大赦でやっと許されたらしい。流謫中に『銜悲藻』二巻をなしたというが何だか転んでもただ起きなかった人だった気がする。『懐風藻』の「秋夜閨情」という五言など随分いい気なものだ。そんな人だからか、帰京後も栄達して、天平勝宝二年（七五〇）九月中納言従三位兼中務卿として薨じた。先の推定によれば五十五歳か。

一方、若売の晩年は幸福だったようだ。百川は光仁天皇の特別の信任を得て栄進を重ね、父と同じ参議式部卿となって宝亀十年（七七九）七月薨じた（四十八歳。贈従二位右大臣）。翌十一年六月、若売は百川の後を追うようにして死んだ。嫁の諸姉と愛孫旅子[2]の手厚い看護にみとられながら。先の推定によれば行年六十七歳。天平版「女の一生」のあらすじである。

注

（1）乙麻呂『続紀』初見神亀元年（七二四）二月従五位下。その前に正六位下であった。中西進博士は「従五位上昇任が天平四年で八年かかっている事を仮りに手がかりとすれば、正六位下は霊亀二年となる。左大臣の子としてその授位は遅くないだろうから年をこの時十六歳とすると、出生は大宝三年となる。久米若売事件は天平十一年（万葉では十年）で、時に年三十九歳になる。」（『万葉集の比較文学的研究』三〇四頁）と推定された。正六位下を霊亀二年（七〇三）とみたのは散位の選叙が八考を経るとの規定もあるから認め得る推定であるが、十六歳の授位はやはり早過ぎる観があるからそれを二位の蔭《おん》の二十一歳と考えたらどうか。持統十年（六九六）生で、天平十一年（七三九）は四十四歳。五味智英氏の推定五十、五十一歳（『アララギ』昭和四十一年六月）より若干若くなり宇合卿とほぼ同年輩となる。

（2）後の桓武夫人。淳和母。贈妃并正一位。贈皇太后。

参考論文

小稿では多岐にわたる考証はできなかった。「一」については賀古明博士（「但馬皇女と穂積皇子との恋」学燈社『国文学』十一巻十三号、昭和四十一年十一月）。「二」については小島憲之博士（『上代日本文学と中国文学・中』第一章「口頭より記載へ」）、五味智英氏（『アララギ』昭和四十一年六月以降「石上乙麻呂の配流をめぐって」の題で、同氏『萬葉集の作家と作品』所収）の詳論卓説を参考されたい。

筑波山紀行

某月某日、所用で上京。明日は筑波山まで足をのばしてこようと、新橋某ホテルに投宿。部屋まで鞄を運んでくれたボーイが、なんだかモジモジしているので、

〝どうも有難う。用が有ったら呼ぶから。〟

と言うと、ふかぶかと一礼して去って行った。なかなか躾けが良い。チップをやればよかった。

朝、地階のレストランへ降りようとエレベーターに飛び乗ったら、僕のうしろからターバン巻いた印度カレーの宣伝のような大男が小走りについてきて、

〝アップ？　ダウン？〟

と聞くから、〝知ラン〟と答えるのも国際的に無責任なので、この際とりあえず、

〝ダウン！〟

と答えておくと、印度カレー氏も飛び込んだ。ドアが閉って、スーと上昇――

〝ホリャ！　アップ。アイムソリー。〟

と謝意を表したら、何を勘違いしたか、印度カレー氏あわてて両手を高々とさし上げ《ホールドアップ》た。英語のヒヤリングがよく出来ないのではないか。

上野で常磐線に乗り込んだ途端、外国にでも来たような思いがした。周囲のおしゃべりの半分以上は聞きとれない

のである。なんだかとっても不安、今朝の印度カレー氏を思い出す。三十分ほども乗った頃、先程から関西エビスを観察していた東《あずま》エビスの一人が、もう辛抱できないと言う顔で声を掛けてきた。

〝アンタワァ、ドコサエグダィ?〟

〝筑波山へ行きますネン。〟

〝ツクバサン? ナーニシニエグダィ?〟

〝登りにエグダィ。〟

うつってしまった。関西人はどうも主体性がない。

虫麻呂の歌の秘密は、「人生への限りない慕情、清らかな懐しみ」というものだと説き明された犬養孝先生の美しい文章があった。(1)感動して読んだ学生時代の記憶――「筑波山に登る歌」(9・一七五七〜八)は、啄木の歌「高山のいただきに登りなにがなしに帽子をふりて下り来しかな」と同じ感傷だなぁと思ったのが、虫麻呂を好きになったきっかけだった。そうして一度筑波山に登ってみたいと思いながら果せないでいたのだった。

石岡駅下車。常陸国庁址の石岡小学校へいそげば、秋の運動会だった。オッフェンバックの「天国と地獄」がひとしきり高鳴って、赤い帽子と白い帽子が、腕を振り回し、歯をくいしばり、白眼を剥いて走っている。万国旗にふちどられ、双頭の鷲の姿なす筑波山が、西方十五キロの彼方に霞んでいる。

〝ああ、筑波サン。とうとうやって来ました私。あなたに憧れていた者です。ホラあの虫麻呂さんの知り合いですよ。〟

なんだか、とってもうっとりしてきて、校庭の隅のブランコをこいでいたら、

〝あんた、ソゴデナーニシトッカ?〟

トレパンに、頸から笛をぶら下げた見回りの先生が僕の背後に立っていた。どうも先程からそこに居たらしい。六

尺豊かな美丈夫で、ウーン誰かに似ているなと思ったら、加藤剛扮するところの将門だった。子孫かもしれない。〝大阪から筑波山を眺めにやって来たのだ〟と弁明すると、将門先生、僕を案内して校舎の屋上まで連れて行ってくれたのである。

筑波嶺の嬥歌会が行なわれた場所は、あの山のいったいどのへんだったのだろうか。はじめて訪れた筑波山麓に立って、その秀麗な山容を飽かず眺めている無遠慮な他国者の熱い視線を、女神は恥じらい給う様子もなく、その広大な裾野を筑波・新治・真壁三郡にまたがってひろげていた。女峰の東南麓、百〜二百メートルの緩傾斜地に夫女原《ぶじょがはら》がある。いつの頃かそこを「裳萩津《もはぎつ》」と称し、歌垣と称する祭事を行なっていたらしいのである。筑波山神社の社務所で頒けてもらった杉山友章著『筑波誌』(2)にこうあった（ルビ原文のまま）。

> 裳萩津《もはぎつ》又妹背《いもせ》ケ原《はら》夫女原《ぶじよがはら》亀《かめ》ケ岡等《をかとう》の名あり　筑波神社拝殿より東南の方八町余の麓《ふもと》にあり、当社には上代に在りて毎歳二月八月の両月に各二日を式日とし、裳萩津《もはぎつ》の東西に幄《あく》を張《は》り、東には童女《どうちよ》を集《あつ》め、西には童男《どうなん》を集め、其間を歌垣《うたがき》と称し垣《かき》を結《ゆ》び童男先つ掛歌《かけうた》を同音《どうおん》に歌《うた》ふ、次《つぎ》に童女和歌《こたへうた》を同音に歌ふ、是を嬥歌《かゞひ》の祭《まつり》といふ、童男は十三歳以下、童女は十二歳以下なりしと旧記《きうき》に見えたり、此祭りの絶《た》えたるはいつ頃《ころ》なるか定《さだ》かならず、……

ここに「旧記」というのは、例言によれば『筑波山私記』という書の由であるが、その行事の模様は、歌垣という語の俗解を交えて、どうみても擬古的に演出した後世の祭事と思われる。夫女原産のメトギを一名裳萩《もはぎ》と言うとして、それを虫麻呂作歌（9・一七五九〜六〇）の裳羽服津《もはきつ》に付会するおまけもついている。

> 旧記に此岡の矢筈草《やはづくさ》は漢名蓍《し》といふ、（中略）上古搢紳家《じやうこしんしんけ》正月初子日に祝《いは》ふて妻戸《つまど》に挿《さ》したり、故に妻戸木といふ、蓍《めとぎ》の形《かたち》萩《はぎ》に似《に》たるを以て妻戸《つまと》萩《はぎ》又は裳萩《もはぎ》といふとあり。

同所産の蓍については、中山信名の『新編常陸国誌』(3)にも見えている。蓍を「萩一種也」として「蓍萩《めどはぎ》」とも言うとは『雍州府志』(4)にもあるが、モハギとも言ったかどうか覚束ない。仮に言ったとせよ、「裳羽服《き》津」のキと「裳萩《はぎ》」

のギとは清濁、音韻ともにことなるわけである。

何よりも、夫女原を一望すれば、そこは屹立した女峰の裾の緩傾斜地であって、虫麻呂歌の「筑波嶺に登りて」や、『常陸国風土記』の「騎《うま》にも歩《かち》にも登臨《のぼ》り」とある記述にぴったりこない観があるであろう〔付記〕。そこで眼を挙げるなら、男女二峰の鞍部に「御幸原《みゆきがはら》」が望まれる。犬養先生『万葉の旅』(5)も嬥歌会の場所と考えておられるところ。夜な夜な男神が女神の許へ通われる道であるから「御幸原」と言うのであり、従ってまた土地の人は山頂で泊ることはせず、茶店の人達も日が暮れるとさっさと下山するのだそうである。

〝電波中継所や気象観測所の宿直員はどうしまス?〟

〝ンー、よそもんはヨガッペ。〟

とのことであった。

嬥歌会の場所が御幸原だとすると、虫麻呂歌に、「裳羽服津」とあるような水のありか（津は「渡レ水処也」と和名抄にある）が不審となる。あるいは女男川《みなのがわ》に関係があろうか。再度『筑波誌』を引用しよう。

女男川《みなのかは》　女体山の頂上《ちやうじやう》より南の方に僅《わづ》か下れば、岩石《がんせき》の間《あひだ》より、清泉涌出《せいせんゆうしゆつ》す、風土記曰《ふどきいは》く、夫筑波岳《それつくばだけ》は高《たか》く雲《くも》に秀《ひい》で、（中略）東方磐石昇降決屹其側《とうほうばんじやくしようこうけつきつそのかたはら》に流泉冬夏《りうせんとうか》絶《た》えずとあるは、此清泉《このせいせん》を指《さ》したるものなり、西南《せいなん》に流下《りうか》して女男川《みなのがは》となる、風雨猛烈《ふううまうれつ》なる時《とき》は、水声激《すゐせいげき》して山嶽《さんがく》為《た》めに砕《くだ》けんとするも、平素《へいそ》は至《いた》て細《ほそ》き流水《りうすゐ》なり（中略）道《みち》を隔《へだ》て丶数尋《すうじん》の谷《たに》に落《お》つ、此処《ここ》を恋《こひ》が淵《ふち》といふ、男体山より涌出《ゆうしゆつ》する橘井の清泉は、流下して此淵《このふち》の流水に合し、山麓《ろく》を過《す》ぎて桜川に入る。

男体山頂南側、親鸞上人と間宮林蔵ゆかりの立身石の下方、木の根にすがって数十メートルも滑り降りたろうか、土地の人が「御海《みうみ》」と称してあがめている霊泉がある。そこに至る道標は現在取り払ってある。何故と言って、その霊泉で下着の洗濯をしたキャンパーがいたのだそうである。これが右の『筑波誌』の記述に「橘井の清泉」とあるものであろうか。「女男川」の文字は、これら男女二峰に発源する二流水が合することよりする文字であろう。そうしてミナノガワの名は、同書に、「平素《へいそ》は至《いたつ》て細《ほそ》き流水《りうすゐ》」で、「一説《いつせつ》に涌出《いうしゆつ》する清泉《せいせん》真砂《まさご》の下《した》をくゞりて、川とも見えず一滴《てき》づゝ、流《なが》れて、末《すゑ》は河《かは》となる故水無川《ゆゑみなのがは》と名付しものなりと」と言うのが当っているのだろう。

「裳羽服津」の地名について『全註釈』は、裳は婦人の腰部をまとう衣裳であること、裳をつけた僧を侮って「裙《も》著《はき》」と言った例（『日本霊異記』下、第三十八話）、また山の凹処を陰部になぞらえて言う例（「畝傍山の南の御陰《みほと》の井の上の陵」）をあげて、筑波山の「裳ハキ津」は、女峰の凹処で水の出る処を言ったのだと考えている。それを何処とは示していないが、あるいは女男川の女峰側の源泉を念頭に置いての説明かもしれぬ。

御海《みうみ》の霊水を美味しくいただいて、もう一度御幸原まであえぎ登ると、店を仕舞って帰り支度をした茶店の主人が、縁台に腰掛けて待っていてくれた。先刻、御海へ下りる道を教えてくれた小父さんである。迷わずに帰ってきた僕の顔を見て安心をして、

〝道が急ダガラ、疲レダッペヤ。〟

と一言言ってスタスタと立ち去った。

常陸の人が、根っから親切なのに感心したのは一度や二度ではない。郵便物を鷲掴みにしたまま、わざわざ道を曲げてその夜の宿を指さして教えてくれた配達夫。美味しいとお世辞を言うと、もう一盛りラッキョの皿を持って来てくれた宿のお内儀さん——昔、神祖《みおや》の尊《みこと》を迎えて暖かくもてなしたという筑波の神の物語（『常陸国風土記』筑波郡条）は、今の筑波の人々の生活の中になお生きている神話だと思ったことだった。

注

（1）犬養孝「虫麻呂の心―孤愁のひと―」（『万葉の風土・続』塙書房、一九七二年一月）

(2) 杉山友章著『筑波誌』(筑波山神社発行。一九一一年七月初版。一九二一年八月第四版の影印、一九七五年二月、崙書房)

(3) 中山信名著、栗田寛増補『新編常陸國誌』。中山信名(一七八七〜一八三六年)の生前には完成せず、栗田寛の手により最終的に成る(積善館、上巻、一八九九年四月。下巻、一九〇一年五月)

(4) 黒川道祐により天和二(一六八二)〜貞享三(一六八六)年に成る。京都叢書刊行会編『京都叢書』の一冊として『雍州府志』がある(黒川道祐編『日次紀事』と合冊、一九一六年四月)。土産門上「菓木部」に載る。

(5) 犬養孝『万葉の旅』中(社会思想社、一九六四年七月)

〔付記〕「登る」という語には、春日山麓の「春日野に登りて作る歌」(赤人、3・三七二題詞)の例もあるが、今は「筑波嶺に登りて」とあり、嶺は先ず以って山頂と解されること、また『常陸国風土記』に「騎にも歩にも登り」と言い、登る手段(馬・徒歩)を強調するのも「汗かきなけ、うそぶき登る」(虫麻呂、9・一七六三「検税使大伴卿の筑波山に登りし時の歌」)と歌われている筑波山上への道の苦労を表現していると先ずは思われるものである。

宇智川磨崖涅槃経碑

十二月二十四日、雲が南へ飛んでいる。思い立って、暖かく着込んで家を出た。近鉄阿倍野橋から御所《ごせ》までは、眼をつむって俄かな下腹の痛みをこらえる。近頃ウイスキーが翌朝まで残るようになったらしい。御所でバスに乗り換えて葛城・金剛の東山麓を一路南下、栄山《えいざん》寺口《じぐち》下車……枯草の小径を降りて清冽な小川のほとりに立つ。宇智川《うちがわ》である。青い冷い流れに影を映して千二百年前の宝亀年間に彫られた「涅槃経《ねはんぎょう》磨崖碑《まがいひ》」(1)が有るのである。推定百字余りの文字のうち、もはや半分の五十字余りは磨滅している。今日はその読めない部分の文字のうちの何文字かが、まさに読めないことをもう一度確認に来たのだった。

一字一字、指でまさぐっていると、眼で見るよりも指の感触の方に記憶が確かであった。思いなしか数年前訪れた時よりも、碑面の磨滅や剥落が甚しくなっているように感じられる。左に『古京《こきょう》遺文《いぶん》』(2)所載の碑文を示そう。

大般涅槃経
諸行無常　是生滅法　生滅々已　寂滅為楽
如是偈句乃是過去未来現在諸仏所説開空法道
如来證涅槃永断於生死若有至心聴
常得無量楽

若有書写読誦為他能説一経其身於却後七劫不堕悪道
宝亀九年二月四日工少□□□
知識□□

碑首の経名の後、本文第一行の「諸行無常《しょぎやうむじやう》」偈《げ》および第二行「如是偈句《にょぜげく》」一条は棭斎《えきさい》の言うように「聖行品《しょうぎょうほん》」に出るものである。過去世において雪山《せっせん》（ヒマラヤ山脈）で修行中の釈尊《しゃくそん》（雪山童子《せっせんどうじ》）を試そうと、帝釈《たいしゃく》が羅刹《らせつ》（血肉を食う鬼形）に変じて現われ、

諸行《ショギヤウ》ハ無常ナリ、是《コレ》生滅ノ法ナリ

と唱えた。釈尊は喜悦して、わが血肉を代償として与えることを約し、後半偈の

生滅滅《メツ》シ已《ヲハ》ッテ、寂滅《ジャクメツ》ヲ楽《ラク》ト為ス

を聴き得た。これを処々の石、壁、樹、道に書写した後、羅刹との約を果たすべく、身を投ずる為に高樹に登る。驚いた樹神が、「それは命と引きかえるほどに尊い偈なのか?」と聞く。釈尊が答える、

是《カク》ノ如キノ偈句、乃《スナハ》チ是《コレ》過去・未来・現在ノ諸仏所説《ツヨセツ》ノ開空法道《カイクウホフダウ》ナリ。我此ノ法ノ為ニ身命ヲ棄捨ス。……

かくて身を空中にひるがえした釈尊を、帝釈が受けとめて、地上に安置し、諸々の天人、大梵天《だいぼんてん》たちの賛嘆頂礼《さんだんちょうらい》を受ける。有名な雪山童子施身聞偈《せしんもんげ》の本生譚《ほんしょうたん》である。

第三行から四行へかけての「如来證涅槃《にょらいしょうねはん》」偈はこれまた棭斎の言うように「高貴徳王菩薩品《こうきとくおうぼさつほん》」に出る。ただし、「常得無量楽」の常の文字、南本の国訳である『昭和新纂国訳大蔵経』の本文は「當ニ無量ノ楽ヲ得ン」とあって、句意や文脈上もその方が良いように思われるのだが、その本の性質上校訂の根拠を明らかにしない。『大正新修大蔵経』所収の南本、北本とも常とあって校異を記さないでいる。その方面の識者の意見を仰ぎたいものである。もちろ

ん現在の碑面からは判定しようもない。以上二行、

　如来涅槃ヲ証シテ、永ク生死ヲ断ズ
　若《モ》シ至心《シシン》ニ聴ク有ラバ、常《トコシヘ》ニ無量ノ楽ヲ得ン（乃至、当《マサ》ニ無量ノ楽ヲ得ン）

と訓む。ちなみに、この偈の前後のくだりも、先の施身聞偈に類する釈尊の売身供養《ばいしんくよう》の本生譚である。

　第五行も同じく「高貴徳王菩薩品」に出るものであること梅斎の言う通りであるが、一寸注釈が要る。この一行はこのままの形では経文に現われない。上十字（「説」まで）と下十三字とを、かれこれ取ってきてつないで一文とした作碑者の作文である。下十三字は、「高貴徳王菩薩品」によれば、

　（若シ衆生）一タビ耳ニ経《フ》ル者有ラバ、却後七劫《キャクゴシチコフ》悪道ニ堕《ダ》セジ

と訓むべきもの。『古京遺文』に「一経其身」とするのは「一経耳者」と改めるべきであろう。字体の似る点からして、梅斎の一見した時点ですでに両様紛れる程度に磨滅していたものと見える。上十字は、同じく「高貴徳王菩薩品」に、

　若シ能ク大涅槃経ヲ修行シテ書写シ、受持《ジュジ》シ、読誦《ドクジュ》シ、解説《ゲセツ》シ……
　若シ人能ク是ノ経ヲ書写シ、読誦シ、解説シ、他ノ為ニ敷演《フエン》シ……
　大涅槃経ヲ受持シ、書写シ、読誦シ、他ノ為ニ解説シ……
　是ノ経ヲ書写シ、受持シ、読誦シ、他ノ為ニ広ク説キ……

等類似の文言が散見する。右の第三例から、『古京遺文』の「為他能説」はすべからく「為他解説」に改めたいところである。これまた磨滅による魯魚《ろぎょ》の誤りであろう。道端に立てられていた五條市教育委員会の説明板にまさに「解説」としていたから敬意を表した次第である。

　最後の年記と工人については諸説が有るが今はいかんとも判じ難い。

　碑文の左方に、像高六十数センチの仏像が一軀彫られている。頭部と腰部と、蓮台《れんだい》を指でなぞることができる。欠

損した口唇部が、ぽかっと大口を開いて混濁の現世を嗤《わら》っているかのように見える。碑文と同時の作か、別時のものかの確証が無い。棭斎は未完成の彫刻であろうかとも言うが、これも今となっては判断しかねる。この像が何仏をかたどったものかも不明と言うより他はない。俗に「不動尊《ふどうそん》」とする説が有る由であるが、これは西村貞氏『奈良の石仏[3]』も言うように、到底従えない。像は菩薩、または如来形であること疑いない。碑の上方に架かる橋を「不動橋」と称するところよりする俗説である。他に「観音」像とする説もあるようである（『奈良県に於ける指定史蹟[4]』）。以下私案を述べてみよう。

「不動橋」なる橋名の由来には十分由縁が有るのであった。『涅槃経』の書写、受持、読誦の功徳に「不動国往生」を説くのは「高貴徳王菩薩品」である。

　是ノ経ノ一偈ヲ書スレバ、則チ不動国ニ生ゼン………

「不動国」すなわち「東方妙喜国《みょうきこく》」、そこに不動如来（無動如来、阿シュク仏）が坐す。右の仏像は、書写の功徳としての不動国往生の思想を現わすもので、阿シュク如来をかたどったものではあるまいか、というのが数年来誰にも告げずに楽しんでいた私のひそかなあらましごとであった。だが、このたび訪れたひとつの目的は、この仏像に私の誤解を陳謝することにもあった。この彫像は、「常住の仏身《じょうじゅうぶっしん》」の象徴と見るべきものである。『涅槃経』の思想の最も大きな柱である「仏身常住」、「金剛不壊身《こんごうふえしん》」をかたどったものであるはずである。説明は無用と思う。「金剛身品《こんごうしんぽん》」中の一文言を示すにとどめよう。

　迦葉《カセフ》菩薩、マタ仏ニ白《マヲ》シテ言《マヲ》サク、「世尊《セソン》、如来常身猶《ナホ》シ石ニ画クガ如シ」ト。

宇智川畔を立ち去って、栄山寺へ向かった。道の右側を碧い吉野川が流れている。さっきから僕の右の頬だけが冷たいのはそのせいであった。寺の境内に人影は無かったが、東側に接してショウシャな国民宿舎が建っていたのには、がっかりした。とは言え、その食堂で一杯の地酒にありついたのだが。ホロ酔い気分で、藤原武智麻呂《むちまろ》卿の墓を目指して急坂を登る。登りつめたところが、なんと！　広々と造成されていた。近頃はやりの分譲霊苑になるらしい。武智麻呂墓をのせた小丘の片面が無残に削ぎ取られている。斜面に乗り捨てられたブルトーザーのキャタピラにしがみついている赤い泥塊が、何だか武智麻呂卿の生肝であるように見えてきて、心細い念仏三べん唱えて来たことだ。

注

（1）奈良県五條市小島町に所在。井村哲夫「涅槃経碑」（上代文献を読む会編『古京遺文注釈』桜楓社、一九八九年二月）がある。『古京遺文注釈』は『古京遺文』と『続古京遺文』の注釈を収める。

（2）狩谷棭斎（一七七五―一八三六）編『古京遺文』（文政元年〈一八一八〉序）。活字では、山田孝雄・香取秀真編『続古京遺文』と合わせた『古京遺文』（宝文館、一九一二年一二月）がある。本稿では本文を常用漢字に改めて引用した。

（3）西村貞『奈良の石仏』（全国書房、一九四三年一月）

（4）史蹟調査報告第三輯『奈良県に於ける指定史蹟』第一冊（内務省、一九二七年一二月）

妖怪「一本タダラ」に教わった話

今年の夏、奈良県と三重県の県境、大台が原山へ行きました。吉野・熊野国立公園です。大台が原山は標高一七〇〇メートル弱ありますから、真夏でも涼しくてとても快適です。ただし「一月に三十五日雨が降る」といわれるくらい雨の多い地帯です。太平洋から吹いてきた暖かい風が、大台が原の斜面をかけのぼり、上空の冷たい空気に冷やされて、一気に雨雲となるのです。だから大台が原山地の東南方の斜面は、日本一の多雨地帯、年がら年中雨が降っているようなところです。

さて、山の上で泊まった宿の売店で、お土産を買いました。妖怪の人形です。この吉野の山奥には、昔から有名な妖怪が二種いるのです。一つは、ダリと呼ばれる妖怪で、こいつは旅人を見つけると、その背中の荷物の上にひょいと乗っかるので、旅人は急に荷物が重くなって、歩きにくくなる。それから旅人が弁当を食っていると横から盗んで食べるので、旅人はいくら食べてもお腹がすいて仕様がない。そんな悪戯をする妖怪なのです。まあ、旅人を殺して食うとか、そんなひどいことはしない。あまり憎めない妖怪です。この妖怪の名前をダリと言う。皆さんが持っている古語辞典を一度引いてみてください。古典語にタル（ダル）という言葉がある。ラ行四段活用動詞で、意味は身体が「疲れる、くたびれる」という意味です。英語の dull と発音も意味も似ている。この動詞からダルイという形容詞もできた。皆さんも「身体がダリィのう」と使うでしょう。この妖怪が旅人の背中の荷物の上に乗っかるものだから、くたびれる。それでこいつの名前をダリと言う。またヒダルシと言う形容詞がある。ひもじい・空腹だと言う意味で、これも同じくダルから出来た言葉です。旅人の弁当を横から盗み食いをして旅人はひもじい思いをさせられるのです。江戸時代の俳諧に出てくる「ヒダル神」という神さまも、この吉野・熊野国立公園を縄張りにしているダリの親戚筋に当たる神でしょう。平凡社の大百科事典を参考してみると、ヒダル神は西日本に多いのだそうです。地方によって名前も、ダラシとかジキトリとかヒモジイ様とかいろいろ言われているそうです。人間だけでなく牛にも取り憑くのだそうで、岡山県では牛を飼う時、あらかじめ牛の尾っぽの先をちょっと切って血を流しておくと、この神が取り憑かないという言い伝えがあると書いてありました。皆さんが住んでいる町や村でこのダリの親戚が居るかどうか調べて、もし居たら教えて下さい。このダリの人形を身に付けていると、ダリが見て、すでに他のダリが取り憑いていると思って寄りつかないから、安全に旅ができるというわけで、吉野・熊野の山を歩く人達のお守りになっているのです。

ダリ

一本タダラ

さて、吉野・熊野の山地にいるというもう一匹の妖怪の名前を「一本タダラ」と言います。この人形を見ると、一つ目で一本足の怪物です。柳田国男に「一目小僧」また「目一つ五郎考」という有名な論文があって、この「一本タダラ」のことにもちょっと触れている。山に住む神様で目が一つという例は挙げ切れぬくらいの記録があると柳田さんが書いておられる。この「一本タダラ」という妖怪は、さっきのダリと違って、旅人の生血を吸って殺すという恐ろしい怪物です。

この妖怪の名を「一本タダラ」と言う。一本と言うのは、あるいは山田のカガシのように一本足だからでしょう。

タダラは、文字をあてるならおそらく踏鞴（たたら）なのでしょう。鍛冶屋さんが足で踏んで風を坩堝に送り込む道具です。とすると、一本足・一つ目で、鍛冶の道具踏鞴という名前を持っていて、山に住む妖怪ということになります。そこで思い出したことですが、日本の神話に出てくる神様の中に「天目一箇神《あめのまひとつのかみ》」という神様がいます。この神様は刀剣や鏡を作る鍛冶の神様なのです。『日本書紀』神代の巻・下に「作金者《かなだくみ》」つまり鍛冶屋さんとして出てくる。奈良県磯城《しき》郡田原本《たわらもと》町に「鏡作氏《かがみつくりし》」という鍛冶を専門とする氏族が住んでいて鏡を作っていましたが、彼らが祭る神社を「鏡作神社」という（「鏡作麻気神社」「鏡作坐天照御魂神社」「鏡作伊多神社」三社）。その祭神の一つがこの「天目一箇神」です。その名前の通り、目が一つの神様なのです。なぜ一つ目の神様かと言うと鍛冶屋さんはその職業上、年中真っ赤に燃える熱い火を見て仕事をしているので、職業病として目を患ったり失明したりする人が多かった。今でも溶接の仕事をする人は目を保護するためにプロテクターを目にあててバーナーを使っているでしょう。そんなところから鍛冶の神様「天目一箇神」は一つ目の神様であるらしいのです。ちなみにギリシヤ神話の鍛冶の神様ヘファイストスの下で働く職人はキュクロプスという一つ目の巨人たちだそうですから、東西、面白い一致ですね。

　私はこの吉野・熊野の山に住む「一本タダラ」という妖怪はひょっとして、その素姓、鍛冶の神「天目一箇神」であったのではないか、本来ならば尊敬されるべき神様として神社に祭られるところを、祭る人もなくいつか堕落しておちぶれてしまった成れの果てがこの「一本タダラ」ではなかったか、などといろいろ想像を楽しみながら大台が原から帰ってきました。

　さて、このお土産の「一本タダラ」を私の書斎の柱にぶらさげておいたのですが、ごく最近この妖怪があるヒントを与えてくれて、おかげで、『万葉集』のある歌について新しい解釈を思いつくことが出来たのです。そのことをお話しします。歌を読んでみましょう。

　つぎねふ　山背道《やましろぢ》を　他夫《ひとづま》の　馬より行くに　己夫《おのづま》し　徒歩《かち》より行けば　見るごとに　音《ね》のみし泣かゆ　そこ思

ふに　心し痛し　たらちねの　母が形見と　我が持てる　まそみ鏡に　蜻蛉領巾《あきづひれ》　負ひ並《な》め持ちて　馬買へ我が背　（13・三三一四）

反　歌

泉川　渡り瀬深《ぜ》み　我が背子が　旅行き衣　濡れひたむかも　（三三一五）

或本の反歌に曰く

清鏡《まそかがみ》　持てれど我は　験無《しるしな》し　君が徒歩より　なづみ行く見れば　（三三一六）

●南山城概要図

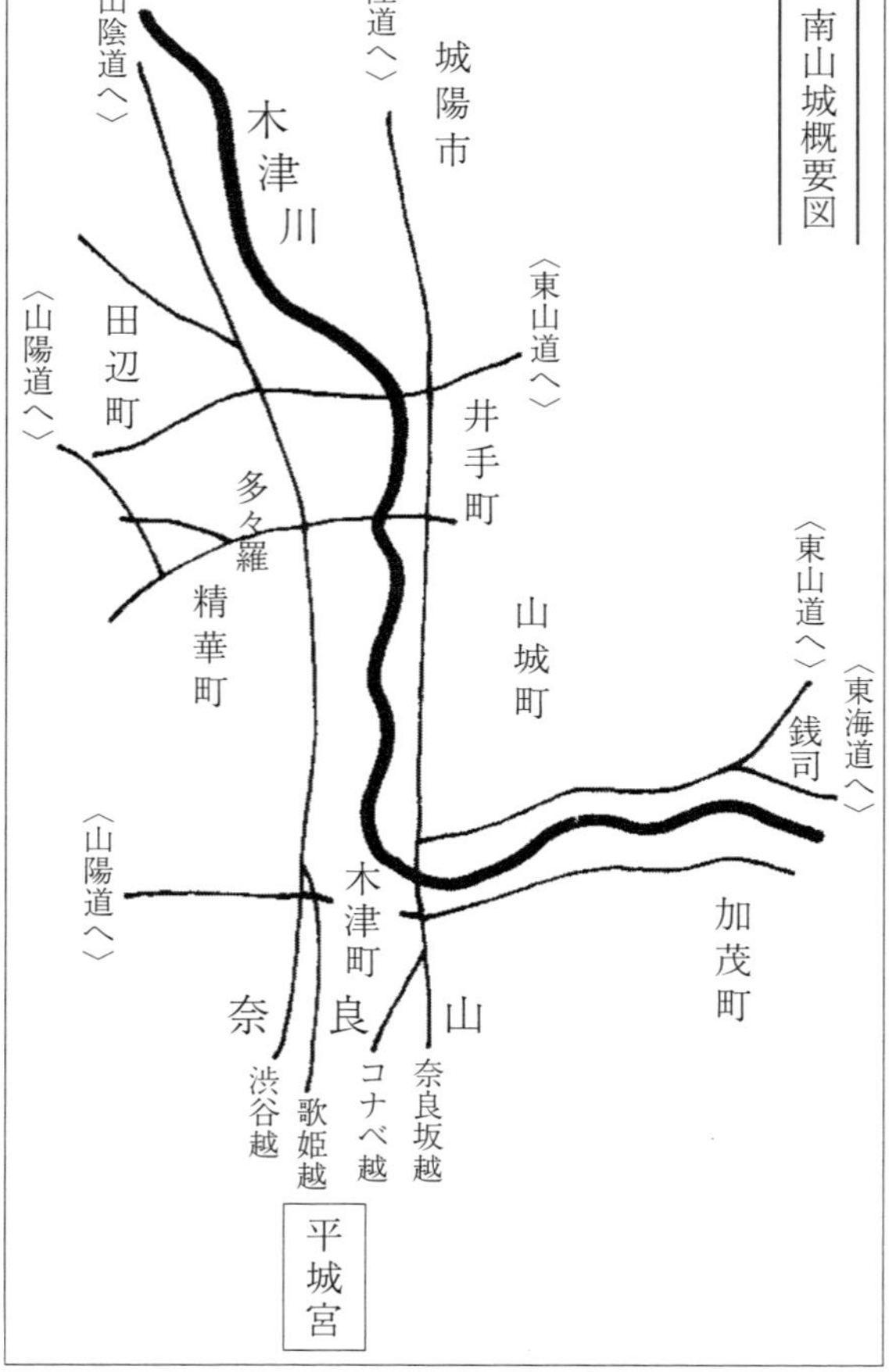

「つぎねふ」は山背の枕詞。「山背」は今の京都府の南半分。京都市から南の方奈良県との境の木津町へかけて。「山背道」と言うのは、大和から奈良山を越え、山背国内を四通八達して、東海・東山・北陸・山陰・山陽諸道へと通じる道を統《す》べて、広義の「山背道」と言う。奈良時代、南山背の地は交通の要衝としてとても賑わった。また朝鮮

（百済・新羅・高句麗・任那）からやってきた渡来人の植民地でしたから、進んだ文化を誇る豊かな土地でした〔補説1〕。

〔口語訳〕

（つぎねふ）山背道を、よその御亭主は馬に乗って、うちの父ちゃんはいつもテクテクかわいそう。見るたびに私は泣けてくる。思えば胸も痛くなる。（たらちねの）母さんの形見のマソミ鏡も、蜻蛉領巾も、父ちゃんの為なら惜しくない。これをみんな持って行って、馬を買いなさいナ、父ちゃん。

泉川の渡り瀬は深いから、父ちゃんの旅行服がずぶ濡れになってしまうかもしれないね。

上等の鏡を持っていても甲斐がない。父ちゃんが苦労して歩いて行くのを見ると。

亭主思いの健気な女房、山内一豊の妻の万葉版です。答える夫の歌、

馬買はば　妹《いも》徒歩《かち》ならむ　よしゑやし　石は踏むとも　我《わ》は二人行かむ　（三三一七）

馬を買っても、母ちゃんが徒歩では何としよう。たとえ石は踏もうとも、二人で仲良く歩いて行こうよ。

ほほえましい夫婦愛の歌です。土屋文明『万葉集私注』に「演劇的要素を多分に含んで居るのは、構成された民謡と知られる。」「遠い代のフィクション」と言うとおりでしょう。ところでフィクションというからにはかならずモデルがあるはずです。この夫は「旅行き衣」を身につけて「泉川」を渡る旅をしている。それも妻が「見るごとに音のみし泣かゆ」というのですから、この夫の旅は大和・山城両国間をかなり頻繁に往復する旅であるかのように印象されます。いったいこの男は何の所用があって大和・山城を頻繁に往復する旅をしているのだろうか。反歌三三一七では、夫婦仲良く同伴の旅を歌っているのですが、まさか上原謙氏と高峰三枝子さんじゃあるまいし、今流行のフル・ムーン旅行に出掛けるわけでもあるまい。次に、歌の中に「蜻蛉領巾」（トンボの羽根のように薄くて美しい最高級絹製の肩掛）と、「まそみ鏡」（よく澄んだ上等の銅鏡）が歌い上げられているのは何故だろうか。ひょっとしてこの歌の背景である山城国と何か関係がありはしないだろうか。夫婦が「馬」を買う相談を交わしているのは何故だろうか。こんな疑

問を私はいつもこの歌に抱いていたのです。

「蜻蛉領巾」を歌っていることについては、前からある考えを持っていました。山背国が、養蚕・機織の技術を将来した秦《はた》氏をはじめ多くの渡来人が住みついた土地であったことは、皆さんも日本史の授業で習っていてよくご存じでしょう。秦氏だけでなくて、調《つき》氏とか多々良《たたら》氏とか養蚕・機織の技術を持つ渡来人集団が山城国には溢れるほどいました。同志社大学の移転先の田辺町（現、京田辺市田辺）多々羅《たたら》というところに「日本最初外国蚕飼育旧跡」という碑が立ててあるのもそれを記念しています。

すなわち、山背国が誇る養蚕・機織（「蜻蛉領巾」はその代表的製品）の産業を背景として、この『万葉集』に「蜻蛉領巾」が歌い込まれているものと考えられるのです。

では「まそみ鏡」が歌われているのは何故か。私は、おそらく山背国には養蚕・機織の産業と同様に鍛冶・鋳銅の産業があったはずであると、ひそかに考えていた。皆さんもご存じの日本最初の銅貨である「和同開珎《わどうかいほう》」を鋳造する鋳銭司が置かれていたところは、ここ山背国（現、木津川市）加茂町の銭司《ぜず》というところです。そこの流ケ岡という岡には掘れば今も銅鉱があるといいます〔補説2〕。先述の田辺町大字「多々羅」というところが、鍛冶に関係のある地名であろうと言う説も以前からあった。こんな訳で、山背国には鍛冶・鋳銅の技術があった。渡来人の多い土地がらだし、彼らの進んだ鍛冶技術もあったに違いない、と私はそこまでは考えていた。しかしもう一つ傍証になるような根拠が欲しかった。

そうした或る日、ふと机の前にぶら下がっているこの「一本タダラ」を見て、「ああ、そうだ」と思いついたのが、先に述べた「天目一箇神」という鍛冶の神様のことです。そうだ、たしか「天目一箇神」という鍛冶の神様は、山背国と何か関係があったぞ、とおぼろげな記憶を呼び起こしてくれました。早速、いろんな本に当たってみたら、有りました。平安時代の初期に成立した『国造本紀《こくぞうほんぎ》』という本に、神武天皇の橿原宮での即位の時に、「天目一箇神」が

「山代国造《やましろのくにのみやつこ》」に任ぜられたと書いてある。つまり、山背国には鍛冶の神様「天目一箇神」の子孫だという氏族が住んでいたのです。しかも彼らは、ある時期「国造」、つまり山背国の支配を朝廷から預かるほどの勢力ある豪族だったということです。この「天目一箇神」の後裔と称する山代氏の支配下に鍛冶・鋳銅の技術集団が居て、ある時期和同開珎の製造や鏡作りなどの労働に携わっていたものかもしれない。後の『延喜式』〈平安中期の法典〉木工寮の条に「鍛冶戸。山城国十烟」とあるのも彼らの末流かもしれない。さらに『新撰姓氏録』〈平安時代前期に出来た、京畿諸国に居る諸氏族の系譜集〉を開いてみました。山背国に居る氏族のうちに、前述した鏡作神社の祭神、つまり鍛冶の神様であるところの「天目一箇神」や「天香山命《あめのかごやまのみこと》」（『大和志料』に石凝姥命《いしこりどめのみこと》の一名とする）等の後裔と称する氏族も幾つか見つかりました。そして田辺町「棚倉孫《たなくらひこ》神社」と城陽市「荒見神社」「水主《みぬし》神社」という三つの神社に「天香山命」が祭られているということにも気がつきました。それらの神を奉斎する氏族が住んでいたわけです。〔補説3〕

こうして、この歌が歌い込んでいる「まそみ鏡」もまた、山背国が誇る鍛冶・鋳銅の産業を背景としているものであろうと判断する自信がついた次第です。これは「一本タダラ」のおかげなのです。

「蜻蛉領巾」と「まそみ鏡」は、それぞれ山城国の持つ養蚕・機織と、鍛冶・鋳造という産業を代表する、言わばシンボル的な商品なのでしょう。とすればまた、その「蜻蛉領巾」と「まそみ鏡」を持って行って「馬」を買おうという主人公夫婦の相談の背景には、「交易の道」としての山城道があったということも確かな推測になってくるでしょう。歌は、山背の生産物である「絹製品」・「鋳銅製品」を持って行って「馬」を買うという、交易を歌っています。「馬」は、平城京の東市・西市はもちろん諸国の市で、かなり自由に売買されていました〈『関市令』〈売奴婢条〉、『日本霊異記』〈下巻第二七話〉等参照〉。

馬はまた、商人にとって商品運搬の道中の必需品でした〈『日本霊異記』〈上巻第二一話〉等参照〉。この夫婦は、今で言えば、貨物を運搬する軽トラックかオート三輪を買う相談をしていたわけです。

これで判ります。この「夫婦愛の歌」のフィクションを一皮剥げば、人馬の往来頻繁な交易の道山城道を行き交う万葉時代の商人の姿が彷彿《ほうふつ》として立ち現れてくる。彼らが背に負うて運ぶ絹や銅鏡などの商品を、「たらちねの母が形見」にとりなして、山内一豊夫妻物語の万葉版に仕立て上げたところが、フィクションたる所以です。この歌の背景には、ちょっと大げさに言えば、「山城シルク・ロード」の賑わいがあった、と言えるようなのです。

この夫婦情愛物語の歌が歌われる背景には、万葉時代・奈良時代の産業・商業や交易の生き生きした実態があったわけです。とするとこの歌は文学の分野だけでなく、日本の古代史の生きた資料としても大切な歌になってきます。

こういう次第で、私がこの歌について新しい解釈・批評を加えることができるようになったのも、ひとえにこの「一本タダラ」のお導きなのです。安全ピンで柱にぶらさげてあったこの「一本タダラ」を、それ以来大切なものを入れるガラスケースの中へ納めてあります。

＊

さあ、これで万葉の話はおしまいですが、最後に、皆さんにお薦めしたいことを述べておきたいのです。

私は昭和二〇年四月に高梁中学三年に転入してきました。第二次大戦の敗戦の年です。転入してしばらくして、学校が工場になり、教室の床をひっぺがして旋盤やらフライス盤やら工場の機械類が入った。みんな勉強をやめて、油だらけになって旋盤に取り組んだ。そのうち私は軽い肺結核にかかっていることがわかって、休学届を提出した。広島・長崎に原爆が落とされた。そして敗戦。高梁中学が新制高梁高校になって、私はその第一期の卒業生というわけです。柴田先生と同期なのです。

そんな混乱した時代でしたから、落ち着いて勉強はできなかった。活字に飢えていたけれど、本を読む時間もあまり無かったし、本そのものが容易に手に入らなかった。或る日、金星堂の本棚に、三木清の『人生論ノート』という本を見つけてむしょうに欲しくなり、小遣いを工面して買い求めた。内容は難しかったけれど、理解できるところには赤鉛筆で線を引きながら読んだ。この三木清『人生論ノート』が、私が青春時代に出会った忘れられない本の一つなのです。いつか私はこの本から入学試験問題を出したこともある。

もう一つ私に忘れられない本があります。私の長兄（高梁中学、昭和一三年卒業）が召集されて、中国の最前線に行くことになった。その時兄が、形見のつもりででもあったのでしょうか、「これを読め」と言って残しておいてくれた本が、岩波新書・赤表紙版の斎藤茂吉『万葉秀歌』上・下二冊でした。『万葉集』に対する茂吉氏の熱っぽい思い入れに煽られ、私は『万葉集』にしっかり魅せられてしまった。その後私が『万葉集』を専門に勉強することになった契機も、この本に負うところが大きいのです。

青春時代に出会って、その後の人生に影響を与えられるような本、折に触れて懐かしく思い出すような本のことを、私は「初恋の本」と呼んでいるのですが、皆さんはどうですか。もう初恋の本に出会いましたか。もしまだでしたら、どうか一日も早く、一冊でいいから、僕の初恋の本・私の初恋の本と呼べるような本に出会えますように—。

もう一つ言って置きたいこと。皆さんが旅の好きな人になるよう、お薦めします。先程の話もそうですが、私は何処かへ旅をする毎に、いつも何か一つ二つ新しい発見をお土産に持って帰っているように思います。

昨年夏、中国を訪問しました。私は生まれて始めてカルチャーショックなるものを体験しました。少年時代から今日にいたるまで、私が『唐詩選』や南画を通じて抱き育んできた中国についての色々なイメージは、あらかた壊れてしまうか、乃至目もあてられぬほどの変容を余儀なくされてしまいました。

白馬寺（洛陽郊外）をはじめ幾つかの寺院を拝観して回ったのですが、どのお寺も極彩色のキンキラキン。しかも仏・菩薩・天・明王から羅漢にいたるまで百体、二百体の仏像群のオンパレード。それは例えば、日光の東照宮で信楽の狸のバーゲンセールをやっている図を想像されたい。唐時代の寺院の様子も大体同じようなものであったと思うけれども、我が空海さんもおそらくあのような中国寺院の雰囲気を見てから、たくさんの仏像や極彩色の曼陀羅《まんだら》やキンキラキンの法具を買い揃えて日本に帰って来たのです。京都の東寺の講堂に行くとやはり仏像のオンパレードで、私なんぞはいつも辟易《へきえき》するものですが、その有り体《てい》も納得できた思いがした。

思えば、お経などには、仏・菩薩・諸天から阿羅漢、はては動物・這う虫の類まで、集まる大衆無慮数千、と言ったまことに賑やかな叙述がよくあるのでして、もともと仏教の世界本来の雰囲気というものは、あの中国のお寺のように騒々しく賑やかな、まるで仏様のメーデーみたいなものであったのかも知れないのです。一度私は韓国のお寺を見て回って確かめたいものだと思っています。

聖域を画する神社の鳥居と同じ意味を持つ南門をくぐり、手入れの行き届いた境内（それはしばしば幽すいな山水を象った庭園である）の中の御堂に入って、しばらくは内陣の薄暗さに眼を慣らしてから、ほんの数体、あるいは一体（ある時は秘仏として閉ざされた厨子の中に）鎮座まします仏像を寂光の中にふり仰ぐ、あの奈良や京都の古寺を訪れた時の風情は、日本だけのものなのかどうか。もしそうだとしたら、それは幽暗な森の中に潜んでいる神を、遠くから畏れ敬うことに慣れていた古代日本人が、異国の神である仏を、日本の神と同じもののように待遇したからにほかならないだろうと思う。こんな感想をお土産に中国の旅から帰って来ました。旅なればこその収穫と言えます。

皆さんは今高校生だから、旅をする機会はそんなに無いでしょう。けれど家から学校まで毎日通い慣れた道中であっても「旅」になります。日頃目慣れていて何の意味も無いように見過ごしている風景や物を、一度「旅人の眼」をして、見直してご覧なさい。きっと何かの発見があるはずです。「旅人の眼」は学問研究に熱中している人の眼付きとよく似ています。学問というものはある意味では「魂の旅」であるからでしょう。先程述べた三木清『人生論ノート』の中の「旅について」という文章を読むことをもお薦めします。

〔補説1〕山背道の賑わいを想像してみよう、交易の品をあるいは背負い、あるいは馬の背に山と載せて奈良山を越え、平城京東西市へ往来する商人の姿、駅馬を利用して地方へ下る官吏の一行、時節によっては諸国の租税や貢上物を運ぶ馬や人夫の群れが引きも切らず通行したであろう。それらの旅人の渇を癒すために、催馬楽《さいばら》にも歌われた狛《こま》名物の瓜を路傍に並べて売る農婦の姿も見られたであろうし、田辺の酒（酒屋神社・佐牙《さが》神社は酒の神様）をひさぐ店もあったかも知れない。都造りのために木津川を上下する筏は泉木津の河原に山のように積み上げられていたであろうし、上狛《かみこま》の泉河の渡し場や泉橋寺（天平年間行基創建）では、飢えた役民の群れに粥や医薬を施して立ち働く僧形の者の姿も見られたであろう。

〔補説２〕銭司《ぜず》周辺には金鋳山・金谷・鍛冶屋垣内ほか鍛冶に関係ある字名が多く残り、坩堝等も発掘されている。

〔補説３〕山背国に鍛冶・鋳銅の技術と産業があったとする推測に二、三補説したい。

田辺町（現、京田辺市田辺）大字「多々羅」を鍛冶に関係ある地名かとする一説があり、十分蓋然性ある説であると思う。奈良県磯城郡田原本町鎮座「鏡作三社」近傍の字「タナベ」が永仁二年（一二九四）の古記録には「多々羅部《たたらべ》」とあることを、社会思想社刊『鏡』所載和田萃氏稿「古代日本における鏡と神仙思想」の記述によって知った。タタラベ→タタナベ→タナベの転訛と考えられる。「多々羅部」はやがて「鍛冶部」と同義なのであろう。当地の「田辺」という地名は南北朝時代の文献に初めて見えるところの、大字田辺字棚倉「棚倉孫《たなくらひこ》神社」周辺の小地名であった由（『角川日本地名大辞典・京都府』）であるが、これもあるいは彼と同様な転訛であったろうかと考えられなくはない。この推測がもし当っていたとすれば、中世以前のある時期棚倉孫神社周辺に鍛冶集団が居住していたと言うことになるだろう。

「棚倉孫神社」の祭神は、「天香語山命」である。『旧事紀』天孫本紀に「天香語山命」の別名を「高倉下命《たかくらじのみこと》」また「手栗彦命《たなくりひこのみこと》」とする。「棚倉孫神社」の社名はまたの名「手栗彦」よりするものである。『古事記』『日本書紀』の神武天皇東征伝説中、熊野で刀剣神「建御雷神《たけみかづちのかみ》」から授かった神剣を神武天皇に献上したという「高倉下」は当然鍛刀の技術者と考えられる神格ではないか。『日本書紀』・神代下の一書第六によれば、「天火明《あめのほあかりの》命《みこと》の児、天香山」は「尾張連《むらじ》等が遠祖」であり、『新撰姓氏録』山城国神別に見れば「尾張連」の一派が山城国にも居た。あるいは彼らが田辺の「棚倉孫神社」を奉斎した氏族であったかも知れない。「天香語山命」は、田辺町と木津川を隔てて向かいあう城陽市富野《との》「荒見神社」同じく城陽市水主《みずし》「水主《みぬし》神社」にも配祀されている。「荒見神社」は社伝によれば、大化三年「三富野部連金建」による創建の由（『京都府の地名』）であり、「三富野部連」は『姓氏録』山城国神別に「火明命」の後と称する「三富部氏」である。後者「水主神社」もまた『姓氏録』山城国神別に「火明命」の後と称する「水主直氏」の奉斎するところ。「水主氏」は「栗隈大溝に木津川より水を取り入れる井堰の管理をつかさどった一族」（『京都府の地名』）といわれ、その職からその名を得たと思われるが、「水主氏」が大同年間「鏡作三社」の一「鏡作坐天照御魂神社」の神職であったことを示す文献もある（『大和志料』所引『大同類聚方』）。

ところで「天香語山命」は、『大和志料』に「石凝姥命《いしこりどめのみこと》」の一名とする。「石凝姥命」は『日本書紀』神代上・下に「冶工」「鏡作の上祖」等と見える神であり「鏡作三社」の祭神の一である。『大和志料』に従えば、前述した「棚倉孫神社」・「荒見神社」・「水主神社」三社の祭神は鍛冶神「石凝姥命、一名天香語山命」ということになる。ただし『大和志料』の説の当否を知らない。

（右は昭和六三年一一月五日の岡山県立高梁高等学校での講演メモをもとに文章として整え、補説をも加えたものです。井村）

付録

収録論文一覧

Ⅰ　憶良・旅人

山上憶良論―その文学の思想と方法　『万葉の歌人と作品』第五巻（和泉書院）　二〇〇〇年（平一二）九月

沈痾自哀文　『万葉の歌人と作品』第五巻（和泉書院）　二〇〇〇年（平一二）九月

悲歎俗道仮合即離易去難留詩一首并序　『万葉の歌人と作品』第五巻（和泉書院）　二〇〇〇年（平一二）九月

（原題「俗道は仮に合ひ即ち離れて去り易く留まり難しといふことを悲しび嘆く詩一首并せて序」）

山上憶良―人生を歌った〝言志〟の歌人―　『別冊歴史読本』（新人物往来社）第一五巻第一六号　一九九〇年（平二）七月

山水有情―憶良・旅人の場合―　『国文学　解釈と教材の研究』（学燈社）第三三巻第一号　一九八八年（昭六三）一月

（原題「憶良・旅人の場合―山水有情」）

園梅の賦　『万葉集物語』（有斐閣）　一九七七年（昭五二）六月

Ⅱ　虫麻呂

虫麻呂の魅力　『奈良時代の歌びと』高岡市万葉歴史館叢書20冊　二〇〇八年（平二〇）三月

虫麻呂の「手穎」の文字と訓について　『万葉』（万葉学会）第一六六号　一九九八年（平一〇）七月

虫麻呂―叙事と幻想　『国文学　解釈と教材の研究』（学燈社）第一九巻第六号　一九七四年（昭四九）五月

虫麻呂―天平万葉の一視標　『短歌』（角川書店）第三三巻第一二号十二月号　一九八六年（昭六一）一二月

Ⅲ　万葉飛鳥路・山背道　その他

謎の里　飛鳥　『続明日香村史』中巻、文学編（明日香村）　二〇〇六年（平一八）九月
（原題、第三章「飛鳥の万葉故地」第一節「明日香村村内の故地とその歌」一～五）

ミハ山・飛鳥神奈備説の疑義を質す　『万葉』（万葉学会）第一九九号　二〇〇七年（平一九）一二月

明日香村出土の亀形・小判形石造物の不思議　『無差』（京都外国語大学日本語学科）第一〇号　二〇〇三年（平一五）三月

山背道と万葉のうた　『けいはんな風土記』（関西文化学術研究都市推進機構）　一九九〇年（平二）三月

大阪の万葉——解釈をととのえる——　『大阪の歴史と文化』（井上薫先生喜寿記念論文集）（和泉書院）　一九九四年（平六）三月

志賀の大わだ淀むとも　『語文』（大阪大学）第二九輯　一九七一年（昭四六）五月

「『行靡闕矣』考」続貂　『万葉学論攷』（松田好夫先生追悼論文集）（続群書類従完成会）　一九九〇年（平二）四月

Ⅳ　研究余滴

柿本人麻呂　『別冊太陽　飛鳥　古代への旅』（平凡社）　二〇〇五年（平一七）一一月

闊羅庁の憶良　『中西進万葉論集』第二巻「月報」第二号（講談社）　一九九五年（平七）五月

万葉集巻五「独」の訓みのことなど　『みをつくし』（上方芸文研究みをつくしの会）第二号　一九八四年（昭五九）六月

祈りの挽歌——古代の葬送儀礼と歌——　『短歌』（角川書店）第三六巻第一二号十一月号　一九八九年（平元）一一月

万葉の女歌　『賀茂真淵全集第二六巻』（続群書類従完成会）「会報」第一〇号　一九八一年（昭五六）一〇月

悲恋の物語　『国文学　解釈と教材の研究』（学燈社）第一三巻第一四号　一九六八年（昭四三）一一月

筑波山紀行　『万葉・その後』（犬養孝博士古稀記念論集）（塙書房）　一九八〇年（昭五五）五月

宇智川磨崖涅槃経碑　『国文学会誌』（園田学園女子大学）第一三号　一九八二年（昭五七）三月

妖怪「一本タダラ」に教わった話　『有終』（岡山県立高梁高等学校）第三九号　一九八九年（平元）三月

井村哲夫著作一覧

著書

『憶良と虫麻呂』Ａ　桜楓社　一九七三年（昭四八）四月
『萬葉集全注・巻第五』　有斐閣　一九八四年（昭五九）六月初版・一九九三年（平五）五月再版
『万葉の歌　人と風土　５　大阪』　保育社　一九八六年（昭六一）七月
『赤ら小船　万葉作家作品論』Ｂ　和泉書院　一九八六年（昭六一）一〇月
『憶良・虫麻呂と天平歌壇』Ｃ　翰林書房　一九九七年（平九）五月
『憶良・虫麻呂の文学と方法』Ｄ　笠間書院　二〇一八年（平三〇）三月

共著・共編

『注釈万葉集《選》』（共著者　阪下圭八・橋本達雄・渡瀬昌忠）　有斐閣　一九七八年（昭五三）一二月
『古京遺文注釈』（共著者　上代文献を読む会）　桜楓社　一九八九年（平元）二月
（執筆項目）石川朝臣年足墓志／涅槃経碑／法隆寺旧蔵釈迦仏造像記／鰐淵寺観音菩薩造像記
『風土記逸文注釈』（共著者　上代文献を読む会）　翰林書房　二〇〇一年（平一三）二月
（執筆項目）美奴売松原／塩之原山・久牟知川・塩湯／大三輪の神の社／閼宗岳／日向国号／智鋪郷／高日村・三輪神の社

『高橋氏文注釈』（共著者　上代文献を読む会）　翰林書房　二〇〇六年（平一八）三月
（執筆項目）月令（1―7）

論　考

（題目の下の略号A～Dは、「著書」の符号と対応し、同著に収められていることを示す。）

多奈和丹・訓解小見　『ことたま』（柳原白蓮主宰ことたま会）第二一巻第五号　一九五六年（昭三一）八月

多奈和丹の試訓について補足　『ことたま』（柳原白蓮主宰ことたま会）第二二巻第二号　一九五七年（昭三二）六月

万葉集「東歌」の採集について　『語文』（大阪大学）第一九輯　一九五七年（昭三二）九月

大君の命かしこみ―「大君のまけのまにまに」と「大君の命にされば」と―　『国文学』（関西大学）第二六号　一九五九年（昭三四）七月

土左日記「ななそぢやそぢはうみにあるもの」　『国文学』（学燈社）第四巻第一一号（九月号）　一九五九年（昭三四）八月

貧窮問答歌の論―白氏秦中吟重賦との比較的考察を通じてその貧窮の本質に及ぶ―・A　『国文学』（関西大学）第三〇号　一九六一年（昭三六）三月

憶良「思子等歌」序文の典拠・A（「思子等歌の論」前半）　『万葉』（万葉学会）第四一号　一九六一年（昭三六）一〇月

山上憶良伝一斑―世に出るまで―・A　『千里山論集』（関西大学大学院研究会）第一号　一九六三年（昭三八）五月

高橋虫麻呂―その閲歴及び作品の製作年次について―・A　『国文学』（関西大学）第三四号　一九六三年（昭三八）六月

憶良「思子等歌」の論・A（「思子等歌の論」後半）

『万葉』（万葉学会）第四八号　一九六三年（昭三八）七月
《再録・日本文学研究資料叢書『万葉集Ⅰ』（有精堂、一九六九年（昭四四）一一月）》
Egotist憶良―作品形成の契機としての性情論―・A
『国文学』（関西大学）第三五号　一九六四年（昭三九）一月
憶良から虫麻呂へ―作品史的系列の成立―・A
『美夫君志』（美夫君志会）第七号　一九六四年（昭三九）六月
筑前守憶良の同僚・下僚・A
『万葉』（万葉学会）第五二号　一九六四年（昭三九）七月
福麻呂と田辺氏・B
『語文』（大阪大学）第二五輯　一九六五年（昭四〇）三月
金村の歌一首―巻三・三六七番―・B
『万葉』（万葉学会）第五五号　一九六五年（昭四〇）四月
若い虫麻呂像・A
『万葉』（万葉学会）第六〇号　一九六六年（昭四一）七月
倭大后考―巻二・一四八番歌の解釈を通じて―・B
『論文集』（園田学園女子大学）第一号　一九六七年（昭四二）二月
沫雪の降るにや来ます―十六・三八〇四～五―・B
『万葉』（万葉学会）第六八号　一九六八年（昭四三）七月
憶良「令反或情歌」と「哀世間難住歌」・A　『論文集』（園田学園女子大学）第三号　一九六八年（昭四三）一二月
虫麻呂論の諸問題・A
『講座日本文学の争点』上代編（明治書院）　一九六九年（昭四四）一月
憶良らの論―憶良は〈さかしらびと〉か―・A
『論文集』（園田学園女子大学）第四号　一九六九年（昭四四）一二月
憶良らの論―罷宴歌は避宴歌か―・A
『万葉』（万葉学会）第七三号　一九七〇年（昭四五）二月

親子兄姉の嘆き―大伯皇女・憶良・家持―・A	『国文学解釈と鑑賞』（至文堂）第三五巻第八号	一九七〇年（昭四五）七月
志賀の大わだ淀むとも・D	『語文』（大阪大学）第二九輯	一九七一年（昭四六）五月
憶良らの論―その文学の主題と構造―・A	『万葉』（万葉学会）第七七号	一九七一年（昭四六）九月
山上憶良―生と美学―・A	『国文学』（学燈社）第一六巻第一五号	一九七一年（昭四六）一二月
山上憶良の作品―世間蒼生の文学―・A	『万葉集講座』第六巻（有精堂）	一九七二年（昭四七）一二月
虫麻呂―叙事と幻想―・D	『国文学』（学燈社）第一九巻第六号	一九七四年（昭四九）五月
車持朝臣千年は歌詠みの女官ではないか・B	『上代の文学と言語』（境田教授喜寿記念論文集刊行会）	一九七四年（昭四九）一一月
潮干乃山と方便海・B	『国文学』（関西大学）第五二号〈吉永登先生古稀記念上代文学論文集〉	一九七五年（昭五〇）九月
山部赤人と笠金村	『上代の文学』（有斐閣）	一九七六年（昭五一）三月
高橋虫麻呂とその歌集	『上代の文学』（有斐閣）	一九七六年（昭五一）三月
赤ら小船―志賀白水郎歌私注―・B	『万葉の発想』〈森脇一夫教授古稀記念論文集〉（桜楓社）	一九七七年（昭五二）五月
園梅の賦―筑紫歌壇の一日・D	『万葉集物語』（有斐閣）	一九七七年（昭五二）六月
松浦の虚構―仙女と佐用姫と・D	『万葉集物語』（有斐閣）	一九七七年（昭五二）六月
酔日泣き―讃酒歌の世界・D	『万葉集物語』（有斐閣）	一九七七年（昭五二）六月
沖に袖ふる―白水郎歌の世界・D	『万葉集物語』（有斐閣）	一九七七年（昭五二）六月
かくばかり術なきものか―憶良の貧窮問答歌・D	『万葉集物語』（有斐閣）	一九七七年（昭五二）六月

報凶問歌と日本挽歌・B　『万葉集を学ぶ』第四集（有斐閣）　一九七八年（昭五三）三月

山上憶良の思想・B　『万葉集を学ぶ』第四集（有斐閣）　一九七八年（昭五三）三月

網引する難波をとこ―歌と舞と―・B　『図説日本の古典第二巻万葉集』月報（集英社）　一九七八年（昭五三）四月

虫麻呂歌集筑波の歌・B　『万葉集を学ぶ』第五集（有斐閣）　一九七八年（昭五三）六月

万葉の問答歌―長歌のばあい―・B　『万葉集を学ぶ』第六集（有斐閣）　一九七八年（昭五三）六月

機構の投影・B　『上代日本文学史』（有斐閣）　一九七九年（昭五四）一月

恋男子名古日歌の反歌二首・B　『万葉・その後』〈犬養孝博士古稀記念論集〉（塙書房）　一九八〇年（昭五五）五月

万葉集巻五「恋男子名古日歌」の難訓二つ・B　『語文叢誌』（田中裕先生の御退職を記念する会）　一九八一年（昭五六）三月

人並に我もなれるを・B　『万葉』（万葉学会）第一〇九号　一九八二年（昭五七）二月

遊藝の人憶良―天平万葉史の一問題―・B　『国語と国文学』（東京大学国語国文学会）第五九巻第一一号　一九八二年（昭五七）一一月

作家論のために―万葉歌人の語彙量調査―・B　『万葉集研究』第十一集（塙書房）　一九八三年（昭五八）一月

憶良から虫麻呂へ―抒情と方法について―・B　『万葉集―叙情の流れ』上代文学会編（笠間書院）　一九八三年（昭五八）九月

The Influence of Buddhist Thougft on the Manyoshu Poems of Yamanoue no Okura・B　"ACTA　ASIATIKA" VOL.46（東方学会）　一九八四年（昭五九）三月

歌儛駱驛・B

（一）茜さす紫野行き標野行き・B　『短歌』（角川書店）第三二巻第三号　一九八五年（昭六〇）三月

（二）み吉野の耳我の嶺に時なくぞ雨は降りける・B　『短歌』（角川書店）第三二巻第四号　一九八五年（昭六〇）四月
（三）剣太刀鞘ゆ抜き出でて伊香山・B　『短歌』（角川書店）第三二巻第五号　一九八五年（昭六〇）五月
（四）住吉の得名津に立ちて見渡せば・B　『短歌』（角川書店）第三二巻第六号　一九八五年（昭六〇）六月
（五）わが背子が手馴れの御琴・B　『短歌』（角川書店）第三二巻第七号　一九八五年（昭六〇）七月
《再録・日本の名随筆62『万葉・二』（作品社、一九八七年（昭六二）一二月）》
（六）立ちしなふ君が姿を忘れずは・B　『短歌』（角川書店）第三二巻第八号　一九八五年（昭六〇）八月
憶良所引「魏文惜時賢詩」・B　『大阪大学古代中世文学研究会会報』第二号　一九八五年（昭六〇）一〇月
山上憶良―万葉サラリーマンの悲哀―　『歴史と旅』（秋田書店）第一二巻第一三号　一九八五年（昭六〇）一〇月
大宰帥大伴卿讃酒歌十三首・B　『万葉』（万葉学会）第一二三号　一九八六年（昭六一）二月
憶良の貧窮問答歌・B　『国文学解釈と鑑賞』（至文堂）第五一巻第二号　一九八六年（昭六一）二月
虫麻呂―天平万葉の一視標―・D　『短歌』（角川書店）第三三巻第一二号　一九八六年（昭六一）一二月
万葉びとの祈り―現世安穏・後生善処―・C　『上代文学』（上代文学会）第五九号　一九八七年（昭六二）一一月
憶良・旅人の場合―山水有情―・D　『国文学』（学燈社）第三三巻第一号　一九八八年（昭六三）一月
憶良を読む―「存亡の大期」の解釈を中心に―　『上代文学』（上代文学会）第六〇号　一九八八年（昭六三）四月
「つぎねふ山背道」の歌―ある夫婦情愛問答歌の素材とその背景・C

祈りの挽歌―古代の葬送儀礼と歌―・D　『万葉』（万葉学会）第一三二号　一九八九年（平元）七月
山背道と万葉のうた・D　『短歌』（角川書店）第三六巻第一一号　一九八九年（平元）一一月
憶良の言葉「存亡之大期」又々の説―言説を離れ籌量を絶つ―・C　『けいはんな風土記』（関西文化学術研究都市推進機構）　一九九〇年（平二）三月
「『行靡闕矣』考」続貂・D　『和歌史の構想』〈島津忠夫教授大阪大学退官記念〉（和泉書院）　一九九〇年（平二）三月
憶良における漢文・序・歌の全体をどう把握するか・C　『万葉学論攷』〈松田好夫先生追悼論文集〉（続群書類従完成会）　一九九〇年（平二）四月
山上憶良―人生を歌った〝言志〟の歌人―・D　『国文学』（学燈社）第三五巻第五号　一九九〇年（平二）五月
国司としての人生　生涯―「都」と「鄙」―・C　『別冊歴史読本』（新人物往来社）第一五巻第一六号　一九九〇年（平二）七月
天平十一年「皇后宮之維摩講仏前唱歌」をめぐる若干の考察・C　『山上憶良　人と作品』（桜楓社）　一九九一年（平三）六月
山上憶良―万葉史上の位置を定める試み・C　『記紀万葉論叢』〈吉井巖氏古稀記念〉（塙書房）　一九九二年（平四）五月
「歌儛所」私見―天平万葉史の一課題・C　『万葉集Ⅱ』和歌文学講座（勉誠社）　一九九三年（平五）三月
高橋虫麻呂―第四期初発歌人説・再論―・C　『香椎潟』（福岡女子大学）第三八号〈鶴久教授退官記念特集〉　一九九三年（平五）三月
　『無差』（京都外国語大学日本語学科）創刊号　一九九四年（平六）一月

山上憶良の思想と文学・C　『筑紫万葉の世界』（雄山閣）　一九九四年（平六）二月

赤人作歌一首の疑義を質す―騎射行事の成立と展開を通じて―・C　『万葉』（万葉学会）第一四九号　一九九四年（平六）二月

大阪の万葉――解釈をととのえる――・D　『大阪の歴史と文化』〈井上薫先生喜寿記念論文集〉（和泉書院）　一九九四年（平六）三月

天平宮廷歌壇と歌儛所　覚書・C　『万葉の課題』〈森淳司博士古稀記念論集〉（翰林書房）　一九九五年（平七）二月

蘭亭叙と梅花歌序―注釈、そして比較文学的考察―・C　『万葉の風土・文学』〈犬養孝博士米寿記念論集〉（塙書房）　一九九五年（平七）六月

高橋虫麻呂―虫麻呂歌集の元の姿を考える―・C　『国文学』（関西大学）第七三号〈木下正俊・佐伯哲夫両教授退職記念〉　一九九五年（平七）一二月

お千代・半兵衛の墓碑―胎児分離習俗の一事例か―　『環日本研究』（京都外国語大学環日本研究会）第三号　一九九六年（平八）三月

憶良にとって歌はどうして必要だったのか・C　『国文学』（学燈社）第四一巻第六号　一九九六年（平八）五月

有馬湯泉と美奴売松原―『古風土記』逸文研究のうち―　『無差』（京都外国語大学日本語学科）第五号　一九九八年（平一〇）三月

虫麻呂の「手穎」の文字と訓について・D　『万葉』（万葉学会）第一六六号　一九九八年（平一〇）七月

『日向国風土記』逸文三片　『無差』（京都外国語大学日本語学科）第六号　一九九九年（平一一）三月

閼宗岳―『古風土記』逸文研究のうち―　『無差』（京都外国語大学日本語学科）第七号　二〇〇〇年（平一二）三月

山上憶良論――その文学の思想と方法・D　『万葉の歌人と作品』第五巻（和泉書院）　二〇〇〇年（平一二）九月

沈痾自哀文・D　『万葉の歌人と作品』第五巻（和泉書院）　二〇〇〇年（平一二）九月
俗道は仮に合ひ即ち離れ易く留まり難しといふことを悲しび嘆く詩一首并せて序・D
『万葉の歌人と作品』第五巻（和泉書院）　二〇〇〇年（平一二）九月
ミハ山・飛鳥神奈備説の疑義を質す・D　『万葉』（万葉学会）第一九九号　二〇〇七年（平一九）一二月
飛鳥神奈備―ミハ山説批判―　『あすか古京』（飛鳥古京を守る会）第七四号　二〇〇八年（平二〇）二月
虫麻呂の魅力・D　『奈良時代の歌びと』高岡市万葉歴史館叢書20　二〇〇八年（平二〇）三月

辞典・事典への執筆

『日本古典文学史の基礎知識』（有斐閣）　一九七五年（昭五〇）二月
（執筆項目）山上憶良／歌体
『文芸用語の基礎知識・増補改訂版』（至文堂『国文学　解釈と鑑賞』臨時増刊号）　一九七九年（昭五四）五月
（執筆項目）東歌／旋頭歌／長歌／反歌／仏足石歌体／片歌／賦
『万葉集歌人事典』（雄山閣）　一九八二年（昭五七）三月
（執筆項目）高橋虫麻呂
『日本文学史辞典』（京都書房）　一九八二年（昭五七）九月
（執筆項目）笠金村／田辺福麻呂／高橋虫麻呂
『万葉の歌ことば辞典』（有斐閣）　一九八二年（昭五七）一一月
（執筆項目）クモ／シモ／ツマ／マキ／マクラ／ヤマガヒ／ヤマタヅ／ユフ／ヲトメ
『兵庫県大百科事典』（神戸新聞社）　一九八三年（昭五八）一〇月

（執筆項目）印南国原／印南都麻／印南野／印南の浦／印南の海／印南の川／印南郡／印南別嬢

『大百科事典』（平凡社）　一九八四年（昭五九）〜一九八五年（昭六〇）

（執筆項目）類聚歌林／伝説歌／沙弥満誓／志斐嫗／高橋虫麻呂／高市黒人／山上憶良／石上乙麻呂／小野老／柘枝伝説／菟原処女／真間手児名

『日本古典文学大辞典』（岩波書店）第四巻　一九八四年（昭五九）七月

『研究資料日本古典文学』第五巻「万葉・歌謡」（明治書院）　一九八五年（昭六〇）四月

（執筆項目）高橋虫麻呂／高橋虫麻呂歌集

『万葉集を読むための研究事典』（学燈社『国文学』第三〇巻第一三号）　一九八五年（昭六〇）一一月

（執筆項目）山上憶良／小野老／沙弥満誓

『和歌大辞典』（明治書院）　一九八六年（昭六一）三月

（執筆項目）山上憶良

『日本架空伝承人名事典』（平凡社）　一九八六年（昭六一）九月

（執筆項目）憶良／金村／志斐嫗／満／雑歌／相聞

「短歌用語の基礎知識」（角川書店『短歌』第三四巻第五号）　一九八七年（昭六二）五月

（執筆項目）菟原処女／真間手児名

『日本史大事典』（平凡社）　一九九二年（平四）一一月

（執筆項目）相聞歌

（執筆項目）類聚歌林／沙弥満誓／志斐嫗／高橋虫麻呂／高市黒人／山上憶良／石上乙麻呂／小野老／うなひ処女／ままのてこな

『日本古典文学大事典』（明治書院）　一九九八年（平一〇）六月
（執筆項目）長屋王／石上乙麻呂／大伴古慈悲／藤原麻呂／藤原八束／厚見王／紀女郎／大伴田村大嬢／橘奈良麻呂

分担執筆

『斑鳩町史』（奈良県斑鳩町役場）　一九六三年（昭三八）九月
（執筆項目）「文学」（共同執筆者吉永登氏）
『王寺町史』（奈良県王寺町役場）　一九六九年（昭四四）三月
（執筆項目）「文学」（共同執筆者吉永登氏）
『続明日香村史』（明日香村）中巻　二〇〇六年（平一八）九月
（執筆項目）第三章（飛鳥の万葉故地）第一節明日香村村内の故地とその歌
――飛鳥（明日香）・飛鳥の真神の原・飛鳥の宮・明日香の古き京師・飛鳥川

書評

北山茂夫・吉永登共編『日本古代の政治と文学』
『国文学』（関西大学）第三六号　一九六四年（昭三九）六月
山口正著『万葉集百首歌とその研究』　『万葉』（万葉学会）第七四号　一九七〇年（昭四五）一〇月
橋本達雄氏著『万葉宮廷歌人の研究』を読む
『万葉』（万葉学会）第八九号　一九七五年（昭五〇）九月

伊藤博氏著『万葉集の歌人と作品』上下二巻を読む　『万葉』（万葉学会）第九三号　一九七六年（昭五一）一二月

村山出氏の憶良論―新著『山上憶良の研究』を読んで―　『国語国文研究』（北海道大学）第五八号　一九七七年（昭五二）八月

学は井を穿つが如し―吉永登博士の新著『万葉―その探求』を読む　『経済と文化』（現代創造社）第一三巻第一九号　一九八一年（昭五六）七月

華麗な知的冒険の書―中西進著『旅に棲む』―　『国語と国文学』（東京大学）第六三巻第二号　一九八六年（昭六一）二月

稲岡耕二先生還暦記念『日本上代文学論集』　『国文学』（学燈社）第三五巻第一〇号　一九九〇年（平二）九月

綺麗な万葉植物の本―清原和義著『万葉の花と西宮』　『短歌』（角川書店）第三八巻第一一号　一九九一年（平三）一一月

学界展望

学界展望　上代　『国文学　解釈と鑑賞』（至文堂）第三六巻第一号　一九七一年（昭四六）一月

昭和四十六年度国語国文学界の展望　上代（韻文）　『文学・語学』（全国大学国語国文学会）第六二号　一九七二年（昭四七）三月

上代文学　『国文学年鑑』昭和五十八年（国文学研究資料館）　一九八五年（昭六〇）三月

文献目録・索引

万葉集巻五・憶良・旅人研究文献目録（共編）『論文集』（園田学園女子大学）第一五号　一九八〇年（昭五五）一二月
古京遺文〔正続〕索引『万葉』（万葉学会）第一一七号　一九八四年（昭五九）三月

随筆

（題目の下の略号Dは、「著書」の符号と対応し、D著に収められていることを示す。）

悲恋の物語・D『国文学』（学燈社）第一三巻第一四号　一九六八年（昭四三）一一月
赤ら小船『園田学園女子大学国文学会誌』八号　一九七七年（昭五二）三月
筑波山紀行（承前）『園田学園女子大学国文学会誌』九号　一九七八年（昭五三）三月
万葉の霜『園田学園女子大学国文学会誌』一一号　一九八〇年（昭五五）三月
筑波山紀行・D『万葉・その後』〈犬養孝博士古稀記念論集〉（塙書房）一九八〇年（昭五五）五月
万葉の女歌・D『賀茂真淵全集第二六巻』（続群書類従完成会）「会報」第一〇号　一九八一年（昭五六）一〇月
宇智川磨崖涅槃経碑・D『国文学会誌』（園田学園女子大学）第一三号　一九八二年（昭五七）三月
忘れられぬ三冊の本『季刊　悠久』（鶴岡八幡宮）（読書特集・昭和百三十七冊の本）第一一号　一九八二年（昭五七）一〇月
石川郎女の和へ奉る歌一首『一〇〇人で鑑賞する万葉百人一首』（教育出版センター）一九八四年（昭五九）四月
万葉集巻五「独」の訓みのことなど・D『みをつくし』（上方芸文研究みをつくしの会）第二号　一九八四年（昭五九）六月
妖怪「一本タダラ」に教わった話・D『有終』（岡山県立高梁高等学校）第三九号　一九八九年（平元）三月
美と思想（鼎談）『万葉集を学ぶ人のために』（世界思想社）第六章　一九九二年（平四）一月
難波津の潮待ち『ウォーク万葉』（クリエイト大阪）第三五号　一九九三年（平五）七月

藤原百川の母―天平版「女の一生」―（けいはんな歴史物語）
『くらすたあ』（関西文化学術研究都市建設推進協議会・同推進機構）Vol.12　一九九四年（平六）五月

可哀やお腹に五月の―お千代・半兵衛物語―（同右）
『くらすたあ』（関西文化学術研究都市建設推進協議会・同推進機構）Vol.13　一九九五年（平七）

閻羅庁の憶良・D
『中西進万葉論集』第二巻「月報」第二号（講談社）一九九五年（平七）五月

秋風の心よさに
『月刊健康』（月刊健康発行所・発売丸善）No.470　一九九七年（平九）一二月

浦島太郎も山上憶良も高脂血症？

『月刊健康』（月刊健康発行所・発売丸善）No.485　一九九八年（平一〇）一一月

我が心の犬養節―犬養孝先生追悼
『ウオーク万葉』第五七号　犬養先生追悼特集　一九九九年（平一一）一月

痛ましや、離身童子
『月刊健康』（共同通信社）No.528　二〇〇二年（平一四）一一月

柿本人麻呂・D
『別冊太陽　飛鳥　古代への旅』（平凡社）二〇〇五年（平一七）一一月

万葉秀歌抄（巻5・七九七、七九八、七九九の三首）
『万葉の歌人と作品』第十二巻「万葉秀歌抄」二〇〇五年（平一七）一一月

「あつき思い」―追悼寿岳章子先生
『和漢語文研究』（京都府立大学国中文学会）第四号　二〇〇六年（平一八）一一月

西の京の空からあすかを想う
『あすか古京』（飛鳥古京を守る会）第七九号　二〇一〇年（平二二）二月

故郷高梁頼久寺の鶴亀の庭に言寄せて―細川汀先生の賀寿に寄す
『樹々の緑を雲過ぎて』〈細川汀先生米寿記念誌〉二〇一五年（平二七）三月

井村哲夫著作　正誤表

私の旧著の正誤表を付録します。単なる校正漏れに留まらず、疎漏な誤記・錯誤少なからず。慚愧に堪えません。これらの拙著御所持の場合は、なにとぞ御訂正ください。

『萬葉集全注　巻第五』初版（昭和五九年六月八日初版第一刷発行・有斐閣）**正誤表**

頁	行	誤	訂正
一二	三	神亀三年	神亀五年
一七	九	畜生・餓鬼	餓鬼・畜生
一七	一二	身観経	仏説無常経（栗原俊夫『万葉集憶良歌引用漢籍・仏典集成』※）
二一	一〇	羅密多	羅蜜多
二四	一	哀哉（傍点の位置）	哀哉（傍点の位置）
六九	一二	答歌三首	答歌二首
一一七	一四	益田勝美	益田勝実
一一八	九	都留文化大学	都留文科大学
一七七	一九	だんきゅう（「檀弓」の訓）	だんぐう（「檀弓」の訓）
一九〇	一五	コユは下二段	コユは上二段
二二二	七	七仏通戒解	七仏通戒偈
二二八	六	十七箇所	十八箇所
二三一	一三	あがな（ひて）（「贖」の訓）	あか（ひて）（「贖」の訓）

※『駒沢大学大学院国文学会論輯』第三二号（二〇〇四年三月）

『萬葉集全注　巻第五』再版（平成五年五月三〇日再版第一刷発行・有斐閣）正誤表

頁	行	誤	訂正
八	一	思也とあると。	思也」とあると。
一七	九	畜生・餓鬼	餓鬼・畜生
一七	一二	身観経	仏説無常経（栗原俊夫『万葉集憶良歌引用漢籍・仏典集成』※）
二一	一〇	羅密多	羅蜜多
二四	一	哀哉、（傍点の位置）	哀、哉（傍点の位置）
六九	一二	答歌三首	答歌二首
八九	九	香椎廟祭祀（十二月）	香椎廟祭祀（十一月秋祭。渡瀬昌忠『山上憶良　志賀白水郎歌群論』）
九二	一五	おはひにし（「幕」の訓）	おほひにし（「幕」の訓）
一一七	一四	益田勝美	益田勝実
一一八	九	都留文化大学	都留文科大学
一七七	一九	だんきゅう（「檀弓」の訓）	だんぐう（「檀弓」の訓）
一九〇	一五	コユは下二段	コユは上二段
二二八	六	十七箇所	十八箇所
二三一	一三	あがな（ひて）（「贖」の訓）	あか（ひて）（「贖」の訓）

※『駒沢大学大学院国文学会論輯』第三二号（二〇〇四年三月）

『憶良と虫麻呂』（昭和四八年四月初版発行・桜楓社）正誤表

頁	行	誤	訂正
三〇	一八	盛年快楽	盛年壮色
九一	五	応	応供
九八	一二	affectiv	affective
一一八	一七	盛年快楽	盛年壮色
一三〇	二	構造	構想
一三〇	三	主役	主客
一八三 表	上段 七	10・10	10・11
二五五	三	二年庚辰条	二年二月庚辰条
二五五	三	対鳥	対馬
二六九	一二	ペンをく。	ペンをおく。

『注釈万葉集《選》』（昭和五三年初版第一刷発行・有斐閣）正誤表

頁	行	誤	訂正
一五二	一五	酒《ほ》を讃むる歌（ルビ位置の訂正）	酒を讃《ほ》むる歌（ルビ位置の訂正）
一九二	二	并せて序	并せて短歌
三〇六	一二	玉手門	玉手門乃至佐伯門

『万葉の歌　人と風土　5　大阪』（昭和六一年七月発行・保育社）正誤表

頁	行	誤	訂正
七	七	南区	現中央区（平成元年以降）
九	一一	に合流する	から分流する
九八	一六	いしばし（「石走る」の訓）	いはばし（「石走る」の訓）
一〇二	一二	磯城郡大三輪町	現桜井市三輪（昭和三八年以降）
一一三	四	飽くとやの人の	飽くとや人の
一一三	七	寛平三年・八九一卒	天慶元年・九三八以降卒去
一一三	七	隠棲した跡	隠棲したと伝える跡

頁	行	誤	訂正
一一三	八	古曽部町	現天神町一丁目（昭和四三年以降）
一一四	一	ただし今は慶長十五年（一六一〇）銘の鐘がぶらさがっている。	〔削除〕金龍寺は昭和五八年焼失。廃墟と化した。
一二九	三	悔りそ	侮りそ
一五六	一二	（『大和名勝図会』）	（『大和名所図会』犬石）
一五九	三	御陵	御陵（『河内名所図会』所説）

あとがき

一、本書の上梓は、一に年来の知友廣岡義隆氏の篤き友情の賜物です。氏は、療養生活中の私を支え励まし、原稿のテキスト・ファイル化から始めて、一字一句に及ぶ校閲、出版社との交渉、編集、校正に至るまで全てにわたって、煩労を惜しまず御尽力くださった。私情ながら敢えてここに記して、氏との友情の記念と致します。

二、末筆になりましたが、本書の出版を引き受けて頂いた笠間書院に深甚の謝意を表します。編集に際しては同社の重光徹様から種々の御教示をいただきました。記して感謝申し上げます。

＊　＊

明日香路も　遠くなりにけり　日向ぼこ

——近況一句

二〇一七年一二月

著者識

著者略歴

井村　哲夫（いむら・てつお）

1930〈昭和５〉年５月生。
大阪大学文学部卒業。
関西大学大学院博士課程単位取得修了。
園田学園女子大学・京都府立大学・京都外国語大学教授、歴任。
京都府立大学名誉教授・京都外国語大学名誉教授。文学博士。

著書
『憶良と虫麻呂』（桜楓社、1973〈昭和 48〉年４月。学位論著）
『萬葉集全注・巻第五』（有斐閣、1984〈昭和 59〉年６月）
『万葉の歌　人と風土　５　大阪』（保育社、1986〈昭和 61〉年７月）
『赤ら小船　万葉作家作品論』（和泉書院、1986〈昭和 61〉年 10 月）
『憶良・虫麻呂と天平歌壇』（翰林書房、1997〈平成９〉年５月）

憶良《おくら》・虫麻呂《むしまろ》の文学《ぶんがく》と方法《ほうほう》

2018〈平成30〉年3月31日　初版第１刷発行

著　者　井　村　哲　夫

装　幀　笠間書院装幀室
発行者　池　田　圭　子

発行所　有限会社 **笠間書院**
〒101-0064　東京都千代田区神田猿楽町2-2-3
☎03-3295-1331　FAX03-3294-0996
振替00110-1-56002

ISBN978-4-305-70887-8　組版：ステラ　印刷／製本：モリモト印刷
落丁・乱丁本はお取りかえいたします。　（本文用紙：中性紙使用）
出版目録は上記住所までご請求下さい。http://kasamashoin.jp/